U0905652

长篇社会小说

办事处

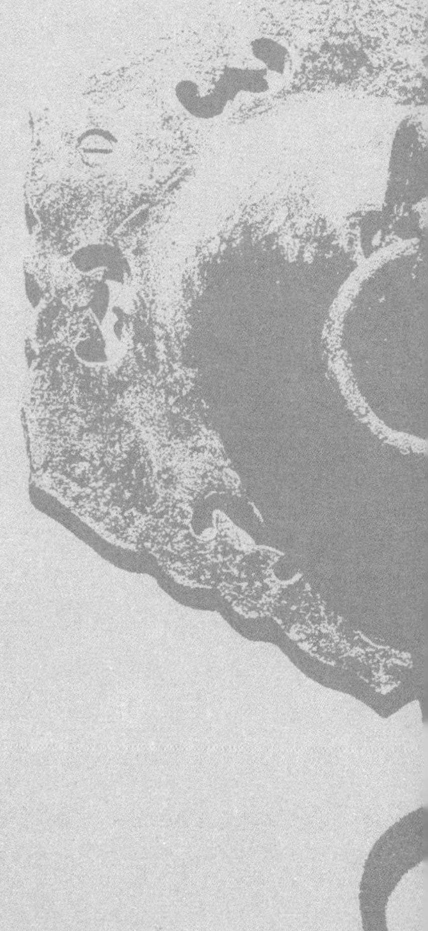

刘春来 著

中国青年出版社

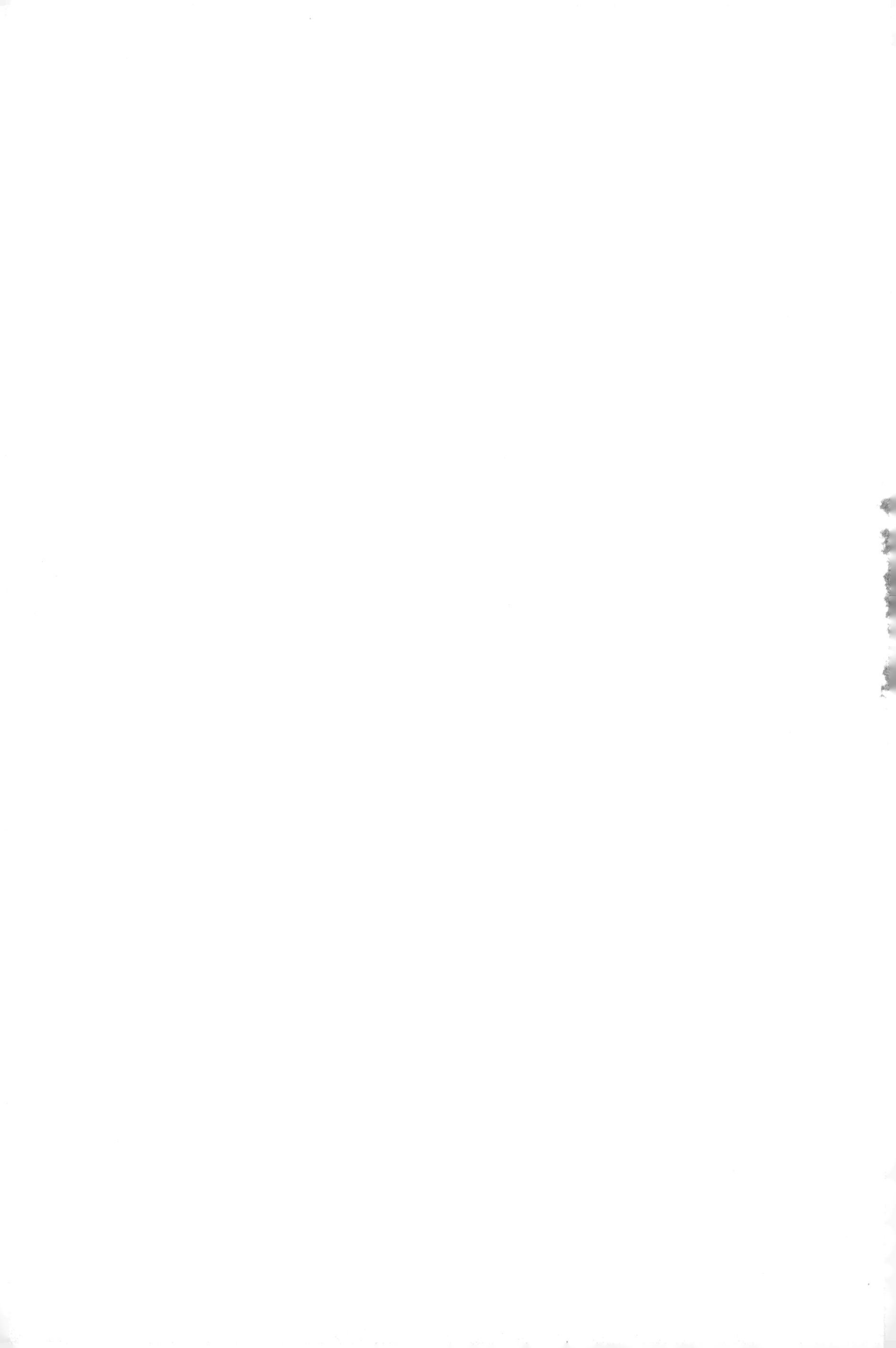

一

彭玉蓉调进了办事处

彭玉蓉搞通了刘达夫，很顺利地就调进寒陵县驻龙鳞城办事处了。

刘达夫刚刚定下来到办事处去当主任。

寒陵县党政机构的编制表上，其实没有什么驻龙鳞城办事处，据说上面也不允许县里到地区去设什么办事处。但寒陵县有寒陵县的实际情况，到行署所在的龙鳞城去设个办事处，也是迫不得已。县委书记王自铬就不止一次在常委会上说：不设这么一个机构，行吗？问了马上又自己回答自己：那是不行的。王书记演讲能力比较强，说话喜欢用反诘句，他认为反诘句气势大，所以经常用。王书记是那种想干事的年轻干部，常委会上没有必要粉饰太平，应当讲真话。真话是什么呢？真话是县里规划的开发区开而不发，拿出了几平方公里的土地来筑巢引凤，路通了，水通了，财政的钱用空了，但到目前为止，肥硕的凤凰一只都没有飞过来，只飞来了几只瘦骨伶仃的小麻雀。热火朝天鬼叫鬼喊搞完了拆迁的黄土地上，有一大半现在已经是莺飞草长。野兔和狐狸也不到派出所来办暂住证，自作主张不请自来在那里安了家，而且不搞计划生育。这就好了寒陵县一些爱打猎的人，他们把开发区当成了狩猎场，经常背了自制的火枪，带了只会张牙舞爪的土狗，在草丛里寻来寻去。退下来的一些老干部们没有事做，他们不打猎，他们喜欢给新班子挑刺，讲新班子的空话，讲得很粗俗。

其实这事情怪不了王书记。不当家不知道柴米贵呢，落后地区要后发赶超，不引进外资又依靠什么？你要把外资引进来，当然得让人家看到你的决心呵——王书记有时候也感到很委屈。

怪只怪龙鳞地区是落后地区，寒陵县在龙鳞地区又是落后县。

龙鳞地区十二个县，寒陵县吊在最西边的大山里，解放前出产土匪。作家水运宪火爆中国的电视连续剧《乌龙山剿匪记》，一部分外景当年就是在这里拍摄的。这样的鬼地方，交通当然就成问题了。本小说开张的时候，新世纪正要来临，好多要用放大镜才能在地图上找得到的小地方都在牛皮哄哄，说是要建设国际化大都市，要建飞机场了，寒陵县却一如既往，还是只有一条灰扑扑的沙石公路和龙鳞城相通，王书记当然着急。不加快招商引资的力度，行么？他恨不得把美国的那个比尔·盖茨都请到寒陵来，搞他娘的一个大项目，以此带动整个县域经济的发展。王书记日理万机，但只要一听说龙鳞城里来了什么大老板，也会立马放下手头的工作，坐了他那部桑塔纳汽车赶了去。但效果总是不佳，往往是汽油烧掉好几十公升，赶过去还是西红柿蛋汤都凉了，大老板早被其他县接走了，已经到其他县考察去了。现在是什么时代？是信息时代。信息不通就关系不畅，关系不畅还讲什么？那是办不好任何事情的。王书记和李县长一商量：地区可以在北京上海设办事处，在深圳海南设办事处，在他们想设办事处的地方就设办事处，又是哪个规定可以的呢？火车跑得快，就是车头带的。我们为什么就这样老实，不可以学学样，先在龙鳞城里也搞一个办事处呢？有了办事处，信息就灵通了，招商就方便了。李县长平时什么事情都喜欢和王书记顶一顶牛，但这件事情他还是举双手赞成。他同时还考虑到另外一个事情，就补充说，有了办事处，上面的领导生病住医院，我们也可以在第一时间就去探病了。后来两个人就商量出了具体办法：至于上面不给编制嘛，编制是死的，人可是是活的呵。活人还能让尿涨死？叫县招待所到龙鳞城里去开一个酒楼，再从县招商局抽一个副局长去抓这个酒楼，对外并不打出牌子来，不就是一个很好的办事处了么？

而且上面也挑不出什么毛病来。

只是动作要快。

时间不等人呵，眼看一年又要过完了。

彭玉蓉早就想进龙鳞城了，于是就有了机会。

彭玉蓉的老公在他们家族排行第七，人称七老板。七老板注册了一个建筑公司，提篮子揽工程再转包给别人，专做转手买卖。虽然他的整个公司就装在一个黑色的牛皮包里，但赚起钱来却是多快好省，一点也不含糊的。七老板早就想进龙鳞城了，因为寒陵县太穷了，生意怎么也做不大。世界上水往低处走，钱却是往高处流的，龙鳞城里的钞票和省内其他地市比不行，但与寒陵县比，就还是要厚实得多。七老板早就想去龙鳞城闯荡了，但一直得不到彭玉蓉的批准。彭玉蓉不批准是有道理的，都说十个包头九个骚，剩下的那个最无聊，彭玉蓉就不这样认为。包头们确实不争气，工地上给民工发工资没有钱，歌厅里给小姐发工资却一个比一个大方。但主要是管理问题，管理出效益，只要管理好了，剩下的那个包头就也会是一个好孩子的。彭玉蓉的七老板，因为她管理得好，就一直到现在还是一个好孩子。七老板搞公关给人家安排小姐，那是没有办法。彭玉蓉搞过侦察，七老板每一次都确实只是守在吧台上等着结账，确实不容易。现在的风气是有蛮坏，歌厅里选小姐，已经像农贸市场选水果一样，可以先尝一口再讲价了，放出去了如果没人管理，七老板是否能够保持光荣的传统呢？那就很难说了。放是到时候要放出去的，但必须比翼双飞。彭玉蓉像那首流行歌唱的一样时刻提醒七老板：亲爱的，你慢慢飞，小心前面带刺的玫瑰。彭玉蓉早就想好了，走是早晚要走出寒陵的，但要一起走。最好的办法是自己先走一步，把家安顿好了，让七老板没有外宿过夜的机会，再让他把那个黑色牛皮包提到龙鳞城里来。

千万富翁不都是一步步打拼出来的？

我们两个人都有头脑，莫说也已经有一定的经济基础了。

彭玉蓉原来是县招待所的包厢领班，管了包厢里的那些服务员，干部也就算是干部吧，兵头将尾的那种干部。那 天刘达夫在龙凤阁招待几个好朋友，酒喝多了管不住嘴巴又发牢骚，说着说着心里又烦躁了，又骂起冲天娘来，因为他根本就不想到龙鳞城里去当什么办事处主任。在这之前，彭玉蓉并不知道县里要在龙鳞城里去设办事处，但刘达夫心里一躁，张嘴一骂，她就知道了。

刘达夫正是寒陵县招商局的那位副局长，他一步一步地挪，挪了十多年了，挪出了一大把胡子，挪得肚子都大了，才挪得在诸多副局长之间排在了第一位。局长大人五十五岁了，再过两年“一刀切”就要退二线了，他等着副转正，想做一回一把手，实属人之常情。到办事处去做一把手是不错，吃有吃的，玩有玩的，将在外，有时候君命还可以打一点小折扣，一时间寒陵

县好多级别相当的干部都来跑这个美差，刘达夫就没有去凑这个热闹。组织上找他谈话，说达夫同志呵，组织上左选右选，全县的干部还是只有你最得力。刘达夫却说，我已经熟悉现有的工作了，再学一门新手艺，只怕是八十岁公公学纺纱，有一些迟了吧？他当然不会说他要等着做招商局的一把手，他只说我个人的得失无所谓，我是怕给县里的工作造成损失。刘达夫没有想到，组织上只和他谈了一次话，后来就再也没找他了。突然间，王书记的一个堂老弟王中书，就从国税局调进了招商局。正常的平调交流，王中书在国税局是副局长，交流到招商局还是副局长，并没有升迁，并且名字还排在刘达夫的后面。国税局好肥的单位哟，招商局有什么鬼油水？王中书从米箩里跳到糠箩里来，难道真的是叫干啥就干啥么？刘达夫一下子就清楚了，娘的，这就叫提前进入前沿阵地！

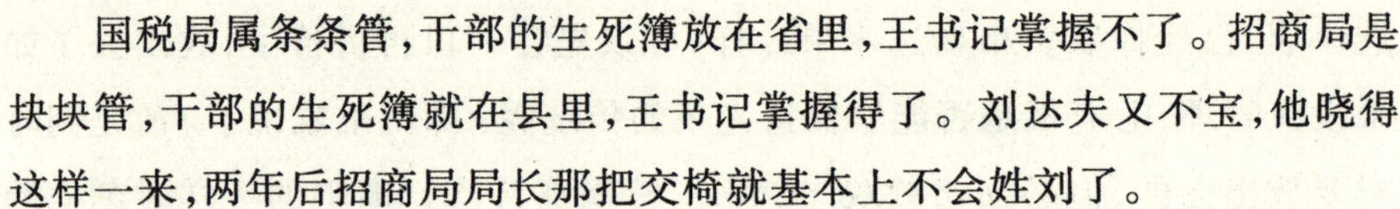

国税局属条条管，干部的生死簿放在省里，王书记掌握不了。招商局是块块管，干部的生死簿就在县里，王书记掌握得了。刘达夫又不宝，他晓得这样一来，两年后招商局局长那把交椅就基本上不会姓刘了。

刘达夫的后路被挖断了，他只好听从组织上的安排了。

好汉知道弯上转，刘达夫后来还是主动去找了组织，因为组织上很委婉地暗示了他，只要听话，两年后你退线，还是会给你搞一个正科级的什么员的。刘达夫主动去找组织，组织上问他，老刘呀，是不是又有了新想法？刘达夫满腹牢骚地说，我们这样的人，背后一根筋都没有，想硬都硬不起来呢，还能有什么新想法呵？我再不懂味，也晓得组织培养我这么多年，不会让我吃亏的。我从来都是听组织的话，已经听了快一世了。

刘达夫这么说的时候，其实心里躁得疼。

但这样的疼又是喊不出来的，顶多只能背后骂骂娘。

而且骂娘时还要声音小一点，不要让人听见了。

刘达夫回家后，在家里发足了牢骚才对老婆说，老子前半世蠢猪一条愚忠愚孝守身如玉，后半世只怕也要学聪明一点才好呢。两个人就商量，先就在办事处守两年摊子吧，只要正科级的什么员到手了，把待遇搞上去了，就退休。他老婆是医生，刘达夫就打算退了休开一个私人诊所，不当一把手也一样地过神仙日子。他对老婆说，其实搞办事处也好，该吃的抓紧吃一点，该玩的抓紧玩一点，工作么，我也搞，只是再不得守身如玉了，搞得怎么样就是怎么样。

老婆很赞成他的思路，老婆说，你今天算是小学毕业了。想想又不放心，怕老公从此变质，老婆就又打预防针。老婆说，玩是要玩，但基本原则你还是要坚守的。尤其是第一项：不想离婚就不要去玩小姐。

刘达夫说做好事，交得清你的公粮我就修佛了。你晓得我亩产太低，根本就没有余粮卖的。

也有公粮不交专卖余粮的呢，老婆是个快活人，说了就掩了口蜜笑。

刘达夫正色道：你不晓得我向来觉悟高？

刘达夫这样说，老婆就在他脸上啃了一口，鼓励他进一步提高觉悟。老婆有一点爱放嗲，因为他们两口子感情很好。她知道刘达夫作风严谨，是从来就不爱那一杯的。

确定了还是去龙鳞城里搞办事处，两口子就商量要在招待所请一回客，和玩得要好的朋友们告一个辞。那一天在招待所，刘达夫和朋友们讲起还要在招待所抽几个人，彭玉蓉进去敬酒，就听进心里去了。

彭玉蓉最会做人了，平时县里一些可以签单的人物在招待所私人请客，她都不会让他们即时结账。等到年底，这些人代表单位在招待所开总结会开表彰会的时候，她再把他们平时的私人消费搅在公家的账里头，帮这些人节省一些开支。她就靠这一手，把自己的业绩做上去了，还交结了四方豪杰。刘达夫就曾经替她总结说，你这叫偷了岳老子的酒，又来请岳老子的客。刘达夫也是招待所的常客，这家伙五音不全，却只要一得闲，就喜欢吼上两嗓子。不过他不像有的人，他从来没带过其他女人，每回带的都是自己老婆。他带老婆来招待所不吃饭，一来就关起卡拉OK间的门唱歌，一唱就是花鼓戏《刘海砍樵》。刘达夫握一个话筒，唱"胡大姐你是我的妻啰嗬嗬"，他老婆也握一个话筒，唱"海哥哥你是我的夫啰嗬嗬"。他们的夫妻感情很深很深，深到隔几天就要向全世界人民庄严地宣告一次。只是他们两个人唱歌的水平都不行，彭玉蓉总是打击他们的积极性。彭玉蓉说，刘局长你和嫂夫人不是唱歌是喊歌，我们招待所卫生状况之所以这样好，主要是你们一喊歌，老鼠听了都逃跑了。刘达夫经得起打击，还是经常带了老婆来唱。招待所的卡拉OK也是要收费的，年底招商局公家的账里搅不了那么多消费，彭玉蓉还帮刘达夫想过办法，把刘达夫唱歌的消费搅到电信公司、移动公司那些有钱单位的账里头去了。

有了这么一个铺垫，彭玉蓉想跟了刘达夫到龙鳞城里搞办事处去，刘达夫就自然不好拒绝了。

彭玉蓉那天送刘达夫回家,谈了自己的想法。

当然,她不会向刘达夫讲真话。

彭玉蓉向刘达夫表态说,刘局长呵,你晓得我这个人不坏事,只是想换个环境。我屋里乒乒五岁了,明年就要读小学。龙鳞城里龙鳞附小的教学质量那就好哪,老师个个都是一口标准普通话,一个字是不是卷舌音都要分得清清楚楚。哪里像我们寒陵一小?寒陵一小的老师只会讲塑料普通话。我呢,又只有这么一个崽,我一定要把我屋里乒乒送到龙鳞附小去读书!彭玉蓉这样一讲,刘达夫心里就想:和女人家共事确实有好处,女人家最高的愿望就是油盐酱醋茶,不像男人和男人在一起,都有野心,于是就哪个单位都阶级斗争永不停顿。刘达夫当然不想部下有野心,再说男女搭配也干活不累。彭玉蓉美人坯子一个,办事处的工作很大程度上是攻关,用彭玉蓉来攻关,还不是顶好的重磅炸弹?所以彭玉蓉一开口,刘达夫心里就同意了。不过刘达夫还是实话实说,刘达夫说,到底在招待所抽哪个,你不要以为我真的当得好大的家。县里想当家的领导多着呢,一个个都说是关心办事处,要给办事处把好进人关。彭玉蓉就埋怨刘达夫,说你这样讲就是不想帮忙了。刘达夫双手一摊,说你又不是不晓得,我不可怜?说是主任,其实还是牛胯里的一个蚊子呢,牛卵泡摆一摆,我就跟着摆。彭玉蓉说,总之还是要你接受呵,我不找你,又去找哪个?两个人斗了一阵嘴,刘达夫最后很诚恳地说,你要自己去疏通领导,你疏通了领导,只要上了推荐名单,领导问我的意见,我大海捞针再把你捞出来。

刘达夫是一个实在人,说的也是实在话。

那一天刘达夫多喝了一口酒,月色又很好,朦朦胧胧的路灯下,一男一女推心置腹,要发生一点故事并不是很难的。要是换个花心一点的男人,说不定会对彭玉蓉动手动脚。刘达夫在这一点上比较过硬,他和彭玉蓉走了好远的路,也只是捏了一下彭玉蓉的手背,还是彭玉蓉看似无心其实是有意递上去的。彭玉蓉的手好柔软,手背上有一排小酒窝。刘达夫捏着彭玉蓉的手背呵呵呵地赞美说,你足可以代表我们寒陵的形象呵,我要建议县里招商时拟这样一条标语:寒陵形象怎么样,请看我们彭玉蓉!你到办事处来,我有什么要不得的呢?我是巴不得的呵,你和我坐对桌,起码能够美化办事处的工作环境。

刘达夫说要拟一条标语，还说能美化办事处的工作环境，彭玉蓉就越发娇艳了。彭玉蓉希望刘达夫还有进一步的动作，那样事情成功的把握就会更大一些。但刘达夫是读过女儿经的男人，讲究从一而终，并没有下一步的动作。彭玉蓉只好推了刘达夫一掌，转一个男人女人都感兴趣的话题说，达夫你好大的胆子呵，你刚才说什么？你刚才是在骂领导呢。刘达夫说我没有，彭玉蓉就指出来，你说你是趴在哪里的蚊子？那领导是什么呢？按你的意思，领导就是牛、牛、牛的那个、那个——我真的讲不出口。

彭玉蓉平时总是装个淑女样子，从来不讲粗鄙话的。

刘达夫就笑，刘达夫说，你就不要乱讲呵，你不要挑拨我和领导的关系呵，我刚才说了领导么？明明没有讲嘛。

讲了，讲了，就讲了！彭玉蓉在刘达夫面前撒起娇来。

刘达夫不近女色，否则的话，那一回他装个撒酒疯的样子凑上去啃彭玉蓉一口，彭玉蓉也是做好了思想准备的。

刘达夫坐怀不乱没有啃彭玉蓉，只叫彭玉蓉赶紧去疏通。

刘达夫叫彭玉蓉去疏通，彭玉蓉就去疏通了。

彭玉蓉屋里的票子比较厚实，疏通起来就比较潇洒。

送了刘达夫回到家里，七老板正在房里算一笔账。彭玉蓉和七老板讲起县里会到龙鳞城里建办事处，定了刘达夫做主任，刘达夫已经答应带她去了，七老板就喜得鬼一样。真的呀？七老板账都不算了，两只眼睛射出来的都是喜悦。彭玉蓉刚刚汇报了一个详细情况，七老板就丢下计数器，一伸手就把彭玉蓉抱起来了。抱了车一个圈，他就觉得下面有点感动了，他干脆以疯作邪，说要庆祝一下，一丢就将彭玉蓉丢到了床上。

然后饿虎扑食，然后泰山压顶。

彭玉蓉手脚乱打哇哇乱叫，叫着叫着就很幸福了。

他们的夫妻感情也很好。

彭玉蓉喜欢七老板看见自己就馋猫一样。七老板看见自己就馋猫一样，一说明自己很有魅力，二说明七老板仍然还是一个好孩子。彭玉蓉幸福一番后，重新穿戴整齐了，这才从七老板的黑色牛皮包里捡出一迭票子来，回七老板一个亲吻，连夜就出去疏通去了。她花枝招展这里那里跑了三天，请了两回客，三天后喜不自禁告诉七老板说，小事一桩，OK了！然后说过程，说细节，说她是如何像阿庆嫂一样智斗三方，让朝霞终于升起在阳澄湖畔。

七老板坐在沙发上懒洋洋听，听完了才像领导一样做总结。七老板总结时没有表扬彭玉蓉，反而批评彭玉蓉。七老板抽着烟说，你们女人家哪，到底少见识，我看你还是有蛮蠢。彭玉蓉问，我蠢？我蠢在哪里呢？彭玉蓉数票子，数了票子说，我们计划的那点公关费，我还省了一半呢。七老板说，我不讲钱的事，我是这样想的：办事处大小也是一个单位嘛，刘达夫主任的位子是动不了的，加个副主任又是多大的事？你就不想搞个副主任的头衔印在名片上，出去揽工程人家也看得起一些？我晓得，县里这回打的是擦边球，反正办事处也是个没有级别的单位，封一个副主任，根本就不要通过组织部门的。打个比方吧，不过是部队首长队列前口头表扬一次战士们，我们要争取一步到位。

彭玉蓉想一想，确实如此！

她向来就承认七老板比自己聪明。

七老板不聪明，一个人玩得转一个公司？

彭玉蓉就再从七老板的黑色牛皮包里捡出一迭票子来，再去跑。

这回跑了一星期，跑成了副主任。

彭玉蓉大展宏图了。

彭玉蓉一进龙鳞城，就在菊山花园买了房子。办事处搞装修，她也搞装修。办事处的装修搞好了，她的装修也搞好了。办事处开张的那一天，七老板夹着他的那个黑色牛皮包，开了他的那部雪铁龙，就把他的建筑公司一搬也搬到龙鳞城里来了。七老板一到城里就电话向彭玉蓉报到，彭玉蓉心里好得意，她叫七老板也到办事处来喝一杯酒，七老板却没有去。七老板在电话里又说她蠢，七老板说，你怎么就老是长不大呢？刘达夫晓得我这么快就来了，就晓得你进城的目的了，你就是老老实实上班，他也会以为你是在帮我跑建筑业务。我不来，你们那个酒有什么喝头？莫耽误我赚钱的工夫了。七老板要彭玉蓉打个电话给儿子，你答应了每天打个电话给儿子的，你今天还没有打吧？

彭玉蓉这才想起来，确实忘记了给儿子打电话。

儿子是彭玉蓉的宝贝，彭玉蓉本来是要把五岁的宝贝儿子也带来的，但儿子的爷爷奶奶外公外婆都不肯。彭玉蓉和七老板两个都是独苗，儿子就有四个保姆。四个保姆都疼孙子，疼到骨头缝丝丝里去了。孙子是月亮，四个保姆都是星星。星星要跟着月亮走，四个保姆都要跟着孙子走。月亮和星星都来，彭玉蓉受不了，彭玉蓉就一狠心，兵兵就让他们抢着去带算了。她来之前和儿子说好了，每天都给儿子打一次电话。

彭玉蓉就给儿子打电话。

这样的电话当然打得很啰嗦。刘达夫为办事处开张啰啰嗦嗦讲了些什么，彭玉蓉听都没有听。

二

相思酒楼

寒陵县驻龙鳞城办事处是八月八号八时八分开张的。开张的时辰选了四个八，是为了讨一个吉祥。现在好像已经成了这样一种风气，大家都要八，大家都要发。办事处开张时王书记没有去，李县长也没有去。王书记只是派了县委办一个叫何一修的副主任来代表他，口头宣布了对刘达夫和彭玉蓉的任命。为什么不行文只口头宣布一下呢？还是那个原因，寒陵县党政机构的编制表上，并没有什么驻龙鳞城办事处，现在打的是擦边球。何一修宣布了任命，再代表王书记说了几句希望和鼓励的话，大家就坐下来，不声不响地喝酒了。一挂十八响的鞭子都没有放，更没有通知任何单位和任何个人来送贺礼。开张时的情形就没有什么好写的了，借用前苏联一部著名中篇小说的题目就表述清楚了。那部中篇小说的题目是：这里的黎明静悄悄。

刘达夫其实还是准备了两个小包封的。

因为打的是擦边球，刘达夫怕龙鳞日报和龙鳞电视台爱管闲事的记者来捣蛋。他想万一有人来捣蛋，就用红包封住人家的嘴巴。结果呢，龙鳞日报的记者没有来，龙鳞电视台的记者也没有来。后来刘达夫才知道他多心了，龙鳞地区尽管还是一个经济不发达的地区，但龙鳞城也是一个浮躁的城市。在这个城市里，每天都会有好多酒店热热闹闹地开张，每天也会有好多酒店不声不响地关门。记者又不是特务，哪个搞得清你开的这个酒楼是个特别的酒楼？

就是搞得清，也不关他们的事。

再说，上面的一些规定，也并不是条条都当真的。

红包于是没有送出去。

一直到后来，一直到寒陵县驻龙鳞办事处自生自灭撤消了，也没有一个人来管他的这个闲事。

他忙，人家也忙。

寒陵县驻龙鳞城办事处一共才三个人，除了刘达夫和彭玉蓉，剩下的就是司长罗海军了。现在的人爱戴高帽子，看见干部就局长科长的乱喊，如果你是副职，那副字肯定是要省略的。罗海军一个开小车的，怎么喊？人们也有办法，就喊司长了。

带个长，喊起来响亮，听起来也喜庆。

罗海军就没有什么讲头了，办事处请的一个临时工。

只是年轻，只是长得帅。

如今的机关单位都讲形象，聘请的小车司机都长得帅。

寒陵县驻龙鳞城办事处设在龙鳞城里很偏僻的神仙巷，那地方原来是一个小茶楼，名字取得很有韵味，叫相思茶楼。

一栋很小很寒伧的二层楼。

龙鳞城里最繁华的地段是梨花大街，那里和行署只有一箭之隔，办事处如果设在那里，和各部门联系工作肯定都要方便些。刘达夫本来是想在梨花大街租了金台酒店的五层楼的，但县财政拿不出那么多钱来。送预算的时候，他刚开了一个口，就被李县长唬了一顿。李县长说，老刘呵，你没有搞错吧？我是要你去找钱呢，你以为我是钱多了，要请你去花钱呵？李县长绷着个脸，在他报上来的预算经费上签字，签字前轻轻地在他造的预算上划去了最后面一个零，他就只好打消原来的念头了。考虑到办事处要迎来送往，李县长还是给他调配了一台旧桑塔纳，他坐着那台旧桑塔纳在龙鳞城里左挑右挑看了好多地方，最后才在神仙巷挑中了相思茶楼。

相思茶楼经营状况很不好，房东李东山急于脱手。

相思茶楼经过一番敲敲打打，就悄悄地变成相思酒楼了。

外面贴了一点最便宜的白瓷砖，里面墙壁重新粉刷了。

这个夏天，因为是公元二十世纪的最后一个夏天了，上天也就不怎么当一回事了，所以一点也不热。报纸上说，一个本来要困惑新世纪的叫做什

么千年虫的问题,后来经众多科学家联合攻关,也很好地解决了。全国人民都意气风发,都在准备进入新世纪,龙鳞城里的相思茶楼,就是在这样的大好形势下焕然一新,变成了相思酒楼的。龙鳞城里的茶楼和酒楼,经营的业务基本上差不多,因为喝茶的人要吃饭,吃饭的人也总要喝茶。许多人出来吃饭喝茶,其实是借一个地方打了牌再吃饭,或者是吃了饭再打牌,他们更加不考虑茶楼和酒楼有什么不同。原来茶楼的大师傅和服务员,都是熟练工了,人员又很精干,刘达夫就只辞退了两个长得特别丑的服务员,能够留下来的,基本上都留下来了。楼下包厢还是吃饭,楼上包厢原来唱歌,现在就只留两间唱歌了,考虑到县里总会有些人来办事的,辟出来一些做了包房。最顶头那间包房里摆上了两张桌子,桌子上再摆上一部电话机,就算是办公室了。

门口钉了一块牌子,牌子上只写了办公室三个字。

你可以理解为办事处的办公室,也可以理解为相思酒楼的办公室。

随你的便。

装修是罗海军指挥着工人搞完的,一切都搞妥当了,刘达夫这才背着双手,上上下下地看了一遍。刘达夫看完了点着头说,基本上就是这个样子了。彭玉蓉穿一身西式套裙,袅袅婷婷跟在刘达夫后面,应声虫一样接着说,蛮好,蛮好。罗海军晓得自己的身份,两位主任上上下下转的时候,他一直汗流浃背地在收拾办公室。等到刘主任和彭主任转到办公室时,办公室已经被他擦得光可照人了。给两位主任一人泡好一杯滚烫的热茶,把茶送到两位主任手上,罗海军又赶紧开空调。调好空调,又去关窗子。做完这一切,他才很懂味地退出去。

刘主任拍拍罗海军的肩,表示鼓励。

彭玉蓉只朝罗海军笑了一笑。

王书记给办事处是定了任务的,说第一年任务还是下轻一点,招商引资搞回来一个亿就算了,以后再一年上一个台阶。王书记说,不管钱是从哪里来的,只要是从县境以外搞来的,都作数。具体如何操作我就不管了,我给你们八个字:自主创新,敢为人先。办公室里于是就挂了一个条幅,斗大的楷书写的就是这八个字。墨宝出于龙鳞城里最有名的书法大师之手,这个书法大师刚好是寒陵县人,为家乡做贡献,他就只吃了办事处一餐饭,没有收润笔费。当然,王书记李县长和刘达夫临行谈话时,还是嘱咐了刘达夫的:敢为人先是敢为人先,但还是要摸着石头过河。王书记和刘达夫开玩笑说,敢为人先并不是说就可以贩运毒品。李县长接着王书记的玩笑话,很幽默地又加上一句说:贩卖妇女儿童也不行。他们当时的谈话,正如报纸上时常可见的外事报道的习惯性措辞,是在轻松友好的气氛中进行的。不过,刘达夫心里还是一点也不轻松。一个亿的钱堆起来有好高呵,他不知道到哪里去找这么多钱。但工作还是要做的,最起码,酒楼就不能做亏了。如果酒楼都做亏了,那人家还会给你正科级的什么员么?所以,何一修走后,在一个阳光灿烂的早晨,刘达夫喊了彭玉蓉在办公室里坐了下来,说是要研究分工。

刚进龙鳞城有一股新鲜感,两个人的心情都很好。

瘦死的骆驼的确比马大,就是只站在窗口看,寒陵和龙鳞那还是不能比的。不讲别的,龙鳞的街道就比寒陵的街道宽了好多,街道上跑的汽车,也不像寒陵尽是一些国产车。寒陵办运动会只能在县一中的操场里办,龙鳞就专门修得有体育公园,一个足球场就比县一中的校园还大些,足球场上种的草,据说都是外国进口的。这就难怪下面县里的乡镇长想调进龙鳞城里来做一般科员,也要钻孔打洞,是一种荣耀。而龙鳞城里的一般科员提拔到下面县里去当乡镇长,大家就要猜测,猜测他是不是和领导搞好了关系。刘达夫和彭玉蓉站在窗口都感受到了,就是龙鳞的阳光,也要比寒陵的阳光要华丽一些。所以在龙鳞上班,尤其是第一天上班,两个人的心情都很好。寒陵县各部门现在都还是办公室自己烧开水,龙鳞城里就有专门给办公室送饮用水的送水公司。看看,办公室一搞好,不知道送水公司怎么就掌握了,他们就将饮水机无偿地送来了,饮水机上面还贴得有他们公司的电话号码呢。刘达夫坐下来试着打了一个电话,真的,还没有两分钟,摩托车就到楼下了。一个穿黄色背心的送水工掮一桶饮用水,进门就是一声领导们上午好,然后就讲他们公司的服务宗旨,讲他们的积分办法,讲长期合作的话,公司会给客户一些什么奖励。

不要烧开水还可得奖励,这就让两个人的心情更加好了。

可是谈到后来,刘达夫的心情却不好了。

刘达夫惊奇地发现,自己实在是小看了彭玉蓉了。

刘达夫想要彭玉蓉承包酒楼,彭玉蓉不肯接受。

两个人研究了劳务输出,研究了信息梳理,研究到酒楼如何经营的时候，刘达夫预测说，办事处暗度陈仓纳入了县财政拨款单位，这又好又不好。好处就不用说了，财政是一棵大树，有道是背靠大树好乘凉。不好的地方是纸包不住火，县里那些穷单位的头头脑脑很快就会晓得，他们晓得了，再来龙鳞城里，还不理直气壮地吃了还要住么？所以，小彭你抓酒楼，你要经营好酒楼。刘达夫说，我们都是抽调干部，招商局发我的工资，招待所发你的工资，但发的都是排骨工资，既没有补贴，也没有奖金。我们呢，我们要想办法自己补贴自己，自己给自己发奖金补贴。刘达夫拿出他的方案来：我们也搞个责任制吧。小彭你晓得的，这地方租金就是十二万，日常开销和水电费就算了，打到办事处的办公经费里面去，混水摸鱼由我去找财政一回报销。我就定你十二万块钱上交任务吧，你看是够不够意思？刘达夫鼓励彭玉蓉说，发财的机会来了呢，据说龙鳞城里的人都是好吃鬼，小彭呀，搞几个我们寒陵的特色菜出来，狠狠赚他们的钱！我呢，我不管你赚好多，交了我的上交，其余的就是有一万担，都算是你的合法工资。你不要不放心，我们可以签个协议，日后纪检会要是讲啰嗦，我们就把协议拿出来。刘达夫端着他的大茶杯，吹着大茶杯里的热气说，我晓得你彭玉蓉来龙鳞的目的，就是要先富起来哟，我就让你先富起来！

彭玉蓉这回不撒娇了，她不动声色听刘达夫说完，然后说，我反正是向刘主任您学习。

只是不就刘达夫的安排表态要得呢，还是要不得。

彭玉蓉有自己的目标，她有自己的事要做呢，她怎么能把自己捆死在酒楼里？七老板的建筑公司没有一个职员，她是七老板惟一的职员，捆在酒楼了，怎样去帮七老板呵？我来龙鳞的目的是要先富起来，但我看不起你的什么合法工资——彭玉蓉心里想：你以为我也像你一样没看见过钱么？我屋里七老板随便提一个篮子，就可以吓你一大跳！

彭玉蓉的思想和刘达夫统一不起来，那一个上午他们的分工就没有分出什么结果。彭玉蓉说，她还要仔细地考虑一下，约定了第二天再答复刘达夫。

当天回到家里，彭玉蓉就把这个事向七老板汇报了。

七老板也认为，刘达夫这种做法太不对了。既然都是抽调干部，你怎么就代表办事处向彭玉蓉发包酒楼呢？彭玉蓉难道就不是县里派过来的，是你从街上喊起来的么？县财政局拨过来的钱里面有一项是人员工资，那里面就没有彭玉蓉的一份？七老板这样一讲，彭玉蓉才意识到问题的严重性：原来刘达夫根本就没有把我当副主任看呵，真是太目中无人了！七老板点破后，彭玉蓉心里就真的对刘达夫有意见了：现在的人都讲客气，不是领导的人都要喊成领导，你却一口一个小彭，你喊一声彭主任就会死人呀？彭玉蓉意识到问题的严重性就真的生气了：我只不过比你多一个副字呢，我就不是办事处的领导了？你把酒楼承包给我？好笑！真的笑死人！

七老板叫彭玉蓉第一仗绝不能打输了，打输了以后的日子就不好过了。

神仙巷太偏僻了，相思茶楼鬼都不上门，房东李东山连亏了三年，和办事处签的租赁合同上每年租金却是十二万。办事处出那么高的租金，彭玉蓉先还以为刘达夫是真的搞不清龙鳞城里的行市呢，哪晓得一个偶然的机会，她发现了工作还没有开始，刘达夫就搞了名堂。当然名堂不大，再加上当时彭玉蓉正忙，笑一笑也就忘记了。但现在不同了，七老板要彭玉蓉就拿这个事情来震一震刘达夫，先打掉他的锐气再说。

这个事情又要从头说起。

王书记指示过的，要动员一切力量来招商引资，要想尽一切办法来招商引资，在招商引资的问题上，要学会走国家政策的钢丝绳，要借鉴外地行之有效的现成经验。彭玉蓉是七老板的帮手，七老板是彭玉蓉的老师。七老板教彭玉蓉落实王书记的指示，一进龙鳞就搞寒陵乡友联谊会。七老板走南闯北见多识广，知道地区设在深圳上海北京海南的办事处也是这么一个搞法，他们都是通过乡友联谊会建立一个网络和平台，然后再站在这个网络平台上搜集信息，高喊亲不亲故乡人的口号开展各项工作。七老板问彭玉蓉，你看没看过革命现代京剧《智取威虎山》？那个戏里面有一个联络图，座山雕想要做大哥大，就要拿了这个联络图才能号令各个山头。办事处的联络图，就是乡友联谊会。哪个掌握了这个网络和平台，哪个就可以八面来风，哪个今后的工作就主动，哪个就容易做出成绩来。七老板对彭玉蓉说，我们做工程，也要打通各方面的关系，也需要这个网络和平台。他建议彭玉蓉一进龙鳞马上就以办事处的名义，编一本《寒陵乡友通讯录》，通讯录编下来了，我们的朋友就遍天下了。彭玉蓉忠实地落实七老板的指示，一进龙鳞就一直在地直各个部门跑。具体的操作方法是：凡是寒陵县籍的正科以上干部都登记入册，记下他们的电话号码，转达王书记李县长对他们的问候，询问他们家里有什么困难，看县政府是不是可以帮上忙，然后请他们为家乡怎么样才能后发赶超献计献策。彭玉蓉告诉他们，我是受县政府的委托专搞联谊会的，今后就为乡友们服务了。当然，她还会向他们顺便了解一下，哪个单位近两年会不会有基建工程，哪一位领导抓基建。

想一想吧，平日很沉闷的办公室里，突然就来了一个漂亮女人，这个漂亮女人用家乡土话转达家乡领导对你的问候，而且还问你家里有什么困难，县政府是不是可以帮上忙，这就好像是一缕从家乡吹过来的春风了，足以撩发游子的无限乡思，进而激励他们为家乡多做贡献。龙鳞城里寒陵籍的干部们就都很高兴，都说王书记李县长比上几届书记县长都英明伟大。他们这个人向那个人打电话，那个人又向这个人发短信，都很主动地帮助彭玉蓉开展工作。国土局的文科长自告奋勇，愿意为《寒陵乡友通讯录》收集资料。这个文科长新近提拔了，从副科长提成了科长，掌管了国土局一个很重要的科室，家乡还有很多人不知道呢。他希望《寒陵乡友通讯录》快一点印出来，生怕将来的《寒陵乡友通讯录》上印错了自己的职务，所以主动说他可以帮忙搞校对。这样的热心人还不少呢，彭玉蓉经常是到哪个局刚刚下的士车，就有一个原来不相识的人在等着她了，说你肯定就是我们的彭小姐了呵，某某某刚才已经打电话过来了呢，我一直在等呢。然后说欢迎呵欢迎，欢迎家乡来的美丽使者。

一个本来素不相识的人，马上就成了好朋友。

也是天意，那天从国土局出来到劳动局去，路上乘一部红色的士车时，彭玉蓉突然发现开的士车的司机，竟然就是原相思茶楼的房东李东山。刘达夫撇开彭玉蓉和李东山谈租金，彭玉蓉一直有想法。这一回彭玉蓉就扯起李东山神聊，看是不是可以聊出一点什么东西来。刚刚聊到龙鳞师范路口，红灯就亮了。红灯亮了正好，正好聊下去。彭玉蓉和李东山深入地聊下去，还没有聊得红灯变绿，刘达夫背着自己都搞了一些什么名堂，她就全不费力打探清楚了。

彭玉蓉故意笑李东山，说你一个刚刚拿了十二万租金的大资本家，还开什么烂的士车呢？本小姐今天运气好，本小姐今天要打土豪，本小姐今天是不得出的士费的了。说上面这些话的时候，彭玉蓉故意给李东山丢了一个媚眼，然后斜起眼睛看他的反应。李东山看来不好色，他对彭玉蓉丢过来的媚眼视而不见，但百分之百是一个没有城府沉不住气的糟男人。彭玉蓉说不出的士费了本是开玩笑的，可他马上就急了，就赌咒发愿说，猪娘养的才拿了你们十二万好不好？神仙巷那个地方鬼都不上门，只适合当官的有钱的养小蜜。他和汤和水倒出来说：你是不晓得，我其实是二房东呢，十一万一年租了三年了，也赔了三年了，赔得老婆都和我离了婚，现在我是单身贵族。好不容易碰到了你们这班贵人，我是先垫了一万元回扣才转租了十二万的。十二万减去一万，还不是十一万？十一万给了一房东，我还要继续赔租赁税！我现在只望我和一房东的合同快点满期，你们再和他直接去租，我就不要交租赁税了。李东山和汤和水倒完了就骂娘，骂你们那个刘主任良心也太黑了一点，叫鸡公腿上还要刮出四两精肉来。彭玉蓉欲擒故纵，就正色对李东山道，你这个家伙就莫乱讲了，我们刘主任我还不晓得？他是个好干部呢。李东山啐了一口痰，吐出窗外说，好？好得瘌子抓不得痒！你为他说话，你是不是也分了千把两千？彭玉蓉不答腔，只是问，你这个鬼，见人就这样拉肚子直泻么？真的假的呵？你就不怕我告诉刘主任？李东山硬着脖子说，你只管告，我就想你去告呢，我签了合同就不会怕他了。他还望一年一万回扣呢，望吧，望得他两眼翻白！现在合同签下来了，就有法律保障我了，我明年崽还会再给他狗×的一分钱！我也玩他一回宝看！彭玉蓉骂他说，你这个鬼，你不是君子。李东山干脆承认，说，我就是小人，行了吧？

看李东山对刘达夫恨得要死的样子，一激动就口里白泡沫直泛，彭玉蓉当时忍不住笑了起来。回来说给七老板听，七老板也笑，还说刘达夫是农民，是那种从来没有看见过大钱的老农民。

第二天，彭玉蓉在办事处和刘达夫继续研究分工，刘达夫刚刚讲到要彭玉蓉承包了酒楼算了，彭玉蓉就又笑了起来。刘达夫莫名其妙，刘达夫就问，小彭你笑什么呵？你说嘛，愿不愿意按十二万承包？

彭玉蓉还是偏偏不说承包的事，彭玉蓉又一次说了我向刘主任学习后，云天雾地突然就说道，刘主任，我昨天碰见李东山了。

哪个李东山？刘达夫不是明知故问，他确实是记心不好。

还有哪个李东山？彭玉蓉答，我们租的哪个的房子？他现在开出租车呢。

啃，他开出租了？那有什么可笑的？刘达夫掸一下烟灰，一个从心底里讨厌李东山的样子。刘达夫说，那个鬼呀！抓住一寸不放一分的角色，秋丝瓜一条煮不烂，一绞起筋来口里就白泡沫直泛。你不晓得，他原来硬要十五万呢，我和他斗智斗勇，才把秋丝瓜煮熟了，最后压成了十二万，为财政省了三万。我现在是看见他就恶心——哎，他开出租车未必蛮好笑?

彭玉蓉想了想，又清了清嗓子，就将她在国土局听文科长讲的一个段子，强加到李东山身上了。彭玉蓉说，我坐他的出租，他给我讲了一个段子，这个段子就真的好笑哪。你把裤带子系好，提防笑出事故来。

刘达夫问是什么段子，彭玉蓉就说了。

彭玉蓉问刘达夫，纺织学校的那个戚校长落马了，你听说了吗？刘达夫点点头，彭玉蓉就开讲了。彭玉蓉说，我们办事处开张的那天，法院第一次庭审。法庭辩论时，戚校长请的律师说，检察院指控戚主任受贿十一万不是以事实为依据，也不是以法律为准绳。律师举出他落实的事实来，说包工头送出去十一万不错，但其中十万是送给戚主任女儿的，与戚主任没有一点关系。检察院的公诉人问，据我们调查，犯罪嫌疑人戚建国的女儿戚萍萍不负责纺校办公楼基建工程，她今年还只有十七岁，在龙鳞一中读高二。我请问辩方律师，包工头有什么理由送十万块钱给一个中学生？戚校长请的律师是龙鳞城里有名的王大年，人称王铁嘴。王铁嘴也是蛮狡猾的，他不直接和公诉人交锋，只说具体细节牵涉到未成年人的隐私，不宜在这里阐述。按照刑法第几十几条的规定，我申请法庭择日不公开审理。他其实是想拖延时间，他们正在和包工头搞攻守同盟，一些具体细节还没有对接上。检察院的公诉人当然知道他的阴谋，就穷追猛打，一定要王铁嘴当庭讲清楚，牵涉到隐私的可以先不讲。王铁嘴支支吾吾面有难色，戚校长就急了，只好自己跳将出来，抢着发言。戚校长说，女儿呀，事到如今，我也顾不得你了！尊敬的审判长，各位审判员和陪审员，我冤枉，我确实是冤枉。那畜牲的胆子也太大了一点，到纺校砌屋就砌屋吧，天天请了我屋里萍妹子去海市蜃楼跳什么伦巴舞，还喝什么鬼咖啡！好哪，办公楼还没有建起，我老婆就发现萍妹子的肚子大起来了。我屋里萍妹子当时还不满十六岁呵，我只有这么个女儿，我只想拿一把刀，一刀把那个畜牲杀了！我老婆说杀不得，那个畜牲也请求私了算了，就出了十万元，客客气气送到我屋里来。

彭玉蓉讲的这个事情刘达夫也听说过，他认为这个段子编得一点也不好笑。

彭玉蓉说，好笑的在后头，你继续听。

纺校那个戚校长平常是说塑料普通话的，彭玉蓉喝一口茶，模仿了戚校长的口气用塑料普通话继续讲：尊敬的审判长，各位审判员和陪审员，我们历来就讲究实事求是，我有错，包工头赞助我们经委一万元，我没有入账，但我没有贪污一万元的故意。一个单位，总有一些开支按财经纪律无法报销，所有的钱都入了账，无法报销的支出怎么办？难道要我个人从工资里出么？现在这一万元开支了六千七百八十二元三角四分，我有发票。剩下的三千多元我也没打算贪污，我只是没有入账。这个事我对不起党，我愿意接受处罚。但那十万元，我认为按刑法几百几十几条，应当定性为民间经济纠纷。彭玉蓉再喝口水，不讲塑料普通话了：检察院的公诉人也是个好有趣的人，这个时候竟和戚校长玩起了幽默。公诉人故意问，我请问被告，民间纠纷也要有个名目呀，那十万元到底算是什么钱呢？这一问问得刁，戚校长答不出来，王铁嘴王律师也答不出来，不想旁听席上一个闲人却答出来了，那闲人高声叫道：稿费！

这个段子到这时候创意出来了，刘达夫听到稿费两个字再也忍不住，突然就放声笑了。

笑得山摇地动，笑得荡气回肠。

哎哟，我肚子疼——稿费？真的有意思，稿费！不应当是禾旁的稿字，应当是提手旁的搞字吧？搞费，哎哟，搞费！刘达夫笑得手直颤，手一颤，那夹在手指头上燃得正红的烟头就掉到了桌面上。他慌手慌脚去扫，一扫又扫在了自己的裤子上。他那天穿的裤子化纤含量太高，见火并不冒烟，只是熔，结果那条裤子的前面开口处就熔出了一个小洞。

那烟头可能也有一点色，马上就顺着小洞钻到裤子里面去了。

刘达夫怪叫一声，赶快在办公室开展跳高运动。

三跳几跳，那色鬼烟头才从裤脚眼里掉了出来。

这回轮到彭玉蓉笑了，笑得弯下腰，眼泪都流出来了。

看看，看看，烧的不是地方呵，彭玉蓉说，幸亏掉出来了，里面都是一些易燃物质呢。笑够了，彭玉蓉一边为刘达夫拍裤子上的烟灰，一边调侃他。调侃了刘达夫，彭玉蓉才敲山震虎。彭玉蓉说：刘主任哪，易燃物质最怕的是星星之火，李东山那小子嘴巴有蛮不稳当呢，我们和他打交道，要小心一点才好呢。

刘达夫一惊，就不笑了。

重新坐好了，刘达夫装做很随意的样子问彭玉蓉：看你神神秘秘的，李东山还和你讲了一些什么呵？

彭玉蓉嫣然一笑意味深长：没有讲什么呀。想了想又说，呵，记起来了，他讲那天在飞天宾馆签合同，你们喊了两个小姐。

彭玉蓉故意虚晃一枪。

刘达夫重新点上一根烟，正色道，他是什么人物？又不是港商，会带一千万到我们寒陵县去投资么？我会给他配小姐？你莫乱讲。

刘达夫批评彭玉蓉乱讲，彭玉蓉就不乱讲了，也严肃认真地坐下来，接着和刘达夫研究工作。

捡起酒楼经营的话题，彭玉蓉很策略地说，刘主任你还记得吧？我们来时王书记交代了的，寒陵县到龙鳞城里办酒楼，是醉翁之意不在酒呢，全在什么什么山呵水中间。我就信服王书记，你看他这号话讲得几有水平！还有诗意！我按照王书记的指示，所以一直在搞寒陵乡友联谊会。你没看见我这一向人都跑瘦了吗？彭玉蓉从她的坤包里翻出她精致漂亮的商务通，打开商务通向刘达夫汇报说：龙鳞城里的寒陵乡亲，我这里面有九十八个了。九个副地级，其中还在台上的有两个，二十二个正处级，除了文联、气象局、文明办一些没有钱的单位，十六个寒陵乡亲都有向下面拨款的权力。像水利局，每年过手的防汛抗旱经费就是几个亿呵，都是中央财政的转移支付，他说拨到哪个县就是哪个县，都是局长一支笔审批。水利局的邓局长不是寒陵人，但他老婆是我们寒陵县后乡蓝山镇的人，他是我们寒陵县的女婿呢。女婿半边崽，我请他进我们寒陵乡友联谊会做一个特邀副会长，他答应得蛮干脆。只是讲起一个事，说他二舅子不蛮争气，在蓝山镇坐庄买地下六合彩，前一向我们寒陵县搞严打，他就钱没有赚到，却赚了公安局一副手铐子。邓局长希望还是重在教育，我就给王书记通了一个电话。王书记叫我直接和公安局罗局长去讲就是的，就说是他王书记要我打的电话，招商引资压倒一切。龙鳞城里的科级干部就太多了，随便哪个门角落里扫一扫把，就扫得一撮箕出。他们的区别就大了，我正要向你请示呢，就不要一个个都请进联谊会了吧？只请那些起得作用的。卫生局下面爱卫办王主任，只是一个正科级，却掌握了整个地区农村双改的经费，手里也是一年几百万，都是中央财政的钱。彭玉蓉讲以上这些话时，一直低着头看她的商务通。考虑到“农村双改”这样的名词太专业了，刘达夫不一定懂，她这才抬起头来说：刘主任你晓得双改吗？就是改水改厕。改善农民饮用水状况，一家打一个摇把井，把乡下农民那种死不讲卫生的茅屎屋推翻，一家建一个水冲式厕所——哎，刘主任你是不是有点不舒服了？

彭玉蓉不抬头不要紧，一抬头就发现了大问题。她订得有气象台的天气预报手机短信，她发现刘达夫的脸正像今天的天气预报。而今天的天气预报的内容是：阴，多云，有时候会有雷阵雨，市民们出行请备好雨具。

我舒服，我舒服得很！

刘达夫将烟头狠狠地掐灭在烟灰缸里，手指在桌上敲打出只有他自己才懂的节奏，两眼故意不看彭玉蓉。

明显的是面有怒色。

彭玉蓉何等灵泛的人？她立刻意识到自己刚才说漏了嘴。

彭玉蓉在心里打自己的嘴巴：你怎么就告诉刘达夫，说自己和王书记直接通过电话呢？办事处到底谁是一把手呵？七老板不是说过么，官场游戏规则有这么一条铁律：主官不会容忍副手越过自己与上级单线联系。

接下来就更是话不投机了。

这一天两个主任谈分工，还是没有谈出什么名堂来。

彭玉蓉后来干脆八块牌翻过来朝天打。彭玉蓉说，刘主任呀，我不眼红别个得好处，只是别个也不要小看了我。我没有本事，但也是县里派来的，你要发包，最好另外找一个人。李东山亏得一塌糊涂，你难道不晓得么？

彭玉蓉说"李东山亏得一塌糊涂"的时候，故意加重了语气，眼睛还盯着刘达夫，分明是别有用心。

刘达夫心里有鬼，当然听得出来。

看刘达夫听出来了，彭玉蓉嘟起嘴巴索性又加上一句：莫要搞得我来了火呵，搞得我来了火，我就有的没有的都掀出来！

彭玉蓉这么一说，戏剧性的结果出来了。刘达夫本来是在生气的，彭玉蓉一嘟起嘴巴，他却反而不生气了，竟提起开水瓶，走过来为彭玉蓉续了一点水。不过他讲出来的话，也还是话中有话。他是这样说的：小彭呀，不包就不包，你发什么气呢？李东山嘴巴不稳，他随讲什么都没有人信他的。他乱讲请了小姐，他拿得出证据？拿不出证据就是诬陷，诬陷是要反坐的！我们不说李东山那个鬼了，小彭呀，有一本书上说，再美的女人只要生得三年气，就会变成一个丑八怪。你变成了丑八怪，七老板会拿把刀砍了我的。又开玩笑调节气氛说：一条好裤子呵，可惜就烧烂了！我只带得两条裤子来，

洗了一条还没干。哎，小彭，时代不同了，男女都一样，你有多的裤子出借吗？

彭玉蓉只好又笑了，重新笑出一个很娇媚的样子来说：我的裤子都是侧边开口的，你穿了会那个、那个那个——解手不方便。

三

寒陵行动

刘达夫和彭玉蓉谈分工没有谈出效果，心里是窝了一肚子气，但表面上却还是不露出一点声色来。

场面上的老麻雀了，刘达夫这点修养还是有的。

刘达夫想：乡友联谊会也是要有人去搞，彭玉蓉爱搞，就让她去搞吧。她也适合搞这个。只是她搞得好久，那就要看我的心情了。

刘达夫不依靠彭玉蓉了，调整思路重新做了个工作规划。

十几天后，他悄悄回了一趟家。

后来彭玉蓉晓得了，就说刘达夫这次回家是寒陵行动。

刘达夫是搭班车傍晚回来的，他没有叫罗海军开车送。中东老是不和平，汽油老是在涨价，办事处才那么一点点经费，刘达夫舍不得花那么多汽油钱。

刘达夫不但不近女色，而且不喜铺张。

寒陵县城当然还是原来那个老样子。和离开的时候比，只是秋天来了，暑气消退了一些，夜里没有人铺着凉席睡在路边上了，但傍晚在路边上喝漫酒的人还是有很多。街上还是一个漫酒摊接着另一个漫酒摊，刘达夫在街上走，一脚踩下去不是嗍螺壳壳，就是龙虾壳壳。走着走着，刘达夫就笑了，因为他想起了龙鳞人讥笑寒陵人的一个笑话。寒陵县到上面去要钱，总是说县里除了殡仪馆那个烟囱冒烟，就再没有烟囱冒烟了，一个产业都没有，所以穷。龙鳞人说寒陵人这是在谦虚，大山里出来的人果然胸怀若谷。

他们讥笑寒陵人，说据他们考察，寒陵县至少就还有一个漫酒产业非常发达。

龙鳞人没有说错，寒陵县的漫酒产业确实很发达。

发达得很无奈。

嗍螺是一种小钉螺，只要是有水的地方就能长，总共才一耳屎大，堆尖一水桶也剥不出二两肉来。乡下人捞了嗍螺用尿桶挑了送到街上，送给摆漫酒摊子的下岗工人，下岗工人加酱油加味精加辣椒加桂皮加无数种作料一锅煮了，让街上众多的闲人来慢慢地吸，大家好消磨时间。所谓的龙虾，就更不是东西了，除了壳壳还是壳壳，根本就没有肉，只是在沟渠里繁殖得飞快。过去农民在沟渠里放药杀龙虾，因为龙虾啃田垅，啃得农田漏水。现在农民不放药了，撮起来也送给城里摆漫酒摊子的下岗工人。这样的东西，当然烂便宜，人人吃得起。现在没事做的人又那么多，于是一伙人一伙人各坐一个小矮凳，围了漫酒摊一边扯闲篇一边喝漫酒，就成了寒陵县城里的一道风景线。硬要说和过去比有变化，那就也是因为天凉了，坐在路边上喝漫酒的人们再不打赤膊了，整个县城就显得比过去文明了一些。县城就是那一巴掌大，公共厕所拉个尿都可以碰上几个熟人，刘达夫不想和漫酒摊上喝漫酒的熟人打招呼，就尽量走阴暗处。好在寒陵县城里的路灯本来就不多，刘达夫很容易就做到了这一点。

在龙鳞城里出发时，当然是向老婆电话报告了的，老婆就提前下了班，搞了一桌子好菜，提前在屋里等老公。

刘达夫一回到家，桌子上就热气腾腾了。

老婆的胖脸上也热气腾腾。

酒足饭饱后，老婆的脸上红扑扑的了，蜜笑着说你还不快些去洗个澡？我刚铺了一个新床单呢。

刘达夫晓得老婆的意思，就在老婆的脸上掐一把说，亲爱的，你是越活越年轻了。我还有事要出去一路，回来再交公粮吧。

老婆也真是好老婆，也不问什么事，只蜜笑着说快点回呵，我等你。又开玩笑说，回晚了我就去一夜情酒馆了，搞自力更生去了。

刘达夫说，行，减轻农民的负担。他故意贬低老婆说，我晓得，一夜情酒馆是盲人协会开的，那里的男士都是瞎子。

老婆就跑过来要打他。

两个人打闹一阵，刘达夫抹把脸就出了门。

工作还是重要些。

刘达夫在路上就电话约好了何一修，请他晚上在武侯茶楼喝一回擂茶。何一修在县委办虽说只是一个副主任，而且是排在最后面的那个副主任，但王书记欣赏他，离不开他。这小子虽说并没有文凭，但手中一支笔何等了得，真像是章回小说里说的那样，百万军中取上将之首如探囊取物，死人都可以被他写得活转来，而且活转来还可以唱流行歌。寒陵县山穷水瘦，农村劳动力都是一门心思外出打工赚钱，这些年田土抛荒了不少。可这一段时间地区要总结冬种农业的经验，刘达夫前几天就在《龙鳞日报》上看到一个头版头条。头版头条特大号粗黑体标题的文章说，寒陵县近年来大力推进“冬种工程”，层层落实责任制，田土还是原来的田土，但因为冬种农业搞得好，“一年收两个阳春”，于是农民的年收入就“每年递增了四点五个百分点”。这样的成绩，当然要粘到一把手的身上去，所以就是“王书记先在浮云乡办了一个冬种示范点，取得了经验成功后，再在全县大面积推广的”。而且县里还成立了什么“冬种农业领导小组”，而且还“在实践中总结出了种子、技术、田间管理一条龙服务的运行机制”。《龙鳞日报》是地方党报，指令性发行的，办事处两个编就分了两份。刘达夫坐在龙鳞城里他的办公室看这个报道时乐得不行，忍不住就和何一修打了一个电话。刘达夫问他：一修伢子呀，你这一向是不是转行了？我在龙鳞日报上看到了你写的一篇科幻小说呢，写得不错，想象力蛮丰富的。何一修一听就明白了是怎么回事，他在电话那头先是一笑，然后小声答道：是师傅您呵，师傅教的真传，徒弟我还没有学到手呢，我还要努力向您学习。

何一修一直认刘达夫做师傅。

在寒陵县，一个人认另一个人做师傅，说明这个人对那个人无限崇敬。

何一修崇敬刘达夫。

在整个寒陵县，除了何一修的爹和娘，也只有刘达夫敢喊何一修做“一修伢子”了。

这其中当然是有原因的。

十多年前，刘达夫还在乡下当乡长的时候，就发现了窝在山沟沟里的何一修文章写得好，笔头子上敢于解放思想，就把他搞到乡政府做秘书了。当时没有编制，刘达夫就安排乡财政每个月多造一个食堂里的临时工炊事员，一直造到后来他搞到了自收自支的事业编。才子一般都风流，编制才到手，还没有落实到人，没想到何一修就不得了了。他开始谈恋爱，明明手里只有一粒粟米，却要逗几只画眉鸟，谈一回恋爱就搞大一个妹砣的肚子。人年轻子弹充足，何一修枪法又好，常常是抬腿一枪就命中目标，打出并不想要的效果来。何一修搞到第三个肚子大时，第一个第二个妹砣的哥兄老弟不答应了，两屋乡下人联合起来，一索子把他捆起关在了红薯窖里，要他赔偿他们妹砣的青春损失费。那一回乡派出所都出动了人，警察向无法无天的乡下人指出这是非法拘禁是犯法行为，乡下人也不怕，说他们要帮何秘书做结扎手术，割掉他那个把戏算了，省得他老是破坏计划生育。最后还是乡政府垫付了一点钱才谈判成功，才将何一修要了回来。乡政府这一下热闹了，等待编制的又不是只有何一修一个人。何一修在一个巴掌大的地方犯了一个天大的错误，丑得出不了门，自己都认定转编是肯定没有希望了。又是刘达夫讲义气，他当着乡党委书记的面扇了何一修几个耳光后，就顶着天大的压力，不惜和乡党委书记闹翻了脸。刘达夫说，说这个编制是我搞来的，你有狠你就去搞，还是把编制落实到了何一修的名下。刘达夫调到县里去后，何一修的日子当然就不好过了。他那么有本事，但乡镇精简编制时，还是成为了富余人员，只能待岗。关键时节又是刘达夫，将何一修大骂一通后，还是千方百计将他调到了县招商局。那一回何一修真是大长了志气呵，离开乡政府时他昂起脑壳对乡党委书记说，书记呵，谢谢你过去对我的关照，你今后有什么事情要办，尽管到县里来找我就是。

乡党委书记被他气得小病了一场。

何一修祖祖辈辈坟山都没有埋得好，一直到何一修这一代才开了一条刚刚可以爬进蚂蚁的丝茅坼，出了何一修这么一个拿官饷吃官饭的官家人。何一修的爹和娘从此就在村里走摆步了，他们在村里走摆步的时候，村支书碰见了，也要站住了装一根烟。何一修的爹和娘都很朴质，最懂得吃水不忘挖井人的中国式大道理，他们就谆谆教导何一修说：崽呀，那个刘局长硬是你的前世师傅呢，你这一辈子都不能背叛刘局长呵。

他爹和娘说，你背叛了刘局长，天上的雷公爷爷会电闪雷鸣劈人的。

何一修并不迷信，但他还是认定了，刘达夫就是自己这生这世的师傅了。

事实证明，何一修也确实是一个人才。

何一修调到县里招商局才半年,几个材料一写,原来瘦巴巴的县招商局就成了大胖子,各个方面取得的成绩都下不得地。招商局得的锦旗和奖状,很快就没有地方放了。这样的人才,放在一个部门当然是一种浪费,他于是很快又被王书记看中了。王书记要破格将何一修调到县委办公室去写材料,也有人不服气。王书记就在县里人才开发会议上讲,我们就是要进一步解放思想,要文凭还是要人才?在人才开发的问题上,我个人认为这是思想真解放还是假解放的分水岭。消息传出来,何一修心里当然是喜得要死,但又不好意思才调到招商局就走人,他怕人讲他知恩不报。

他私下里问刘达夫,我是去呢还是不去?

刘达夫一口气连说了三个去,还说只有蠢卵才不去呢。

那一回,也是坐在武侯茶楼喝擂茶。喝到第三杯擂茶时,刘达夫说,一修伢子呀,我就讲直的了。我要讲只是为了你的前途呢,一半是真心话,一半是婊子腔。我这人不爱讲婊子腔,我是直肠子人,我走到哪里都是讲真心话。我看看就五十岁了,七年后就"一刀切"了,七十岁去见马克思,还有二十多年要活人呢。人到老年无朋友,那时候我靠谁?就靠你来照应我了。你有前途,我就有后路,所以你根本就不要呆想子想。离开我就是对不起我?小农思想,真的是小农思想!招商局复杂,这半年来你为我搬旗打伞,你走了我是要艰难些。但你能到王书记身边去工作,帮我还不帮得更加得力些?机会难得呀,去,坚决去,只有蠢卵才不去呢!刘达夫生怕何一修下不了决心,还给何一修做工作:给大领导提包跑腿,辛苦是辛苦,但回报也是很高的。刘达夫弯着手指给何一修举例子:某人原是某人的秘书,某人原是某人的秘书,要不为什么说宰相家人都七品官呢?举尽了例子刘达夫才说,你就是为了我,也应当去占领这个制高点。

何一修于是就放心放意去占领制高点了。

何一修占领制高点后,还是记得他爹和娘教导他的话。下午接了刘达夫的电话,他就天大的事情都放在一边了,预先在武侯茶楼订了一个临水的包厢。他叫茶博士准备好了擂茶原料,只等师傅一来就开擂。一个人和另一个人如果关系真的很铁,见面时是无需讲什么客套话的。刘达夫进茶楼,茶博士想跟进来,刘达夫摇摇手。关上门并不需要和何一修说声"你好",刘达夫就直奔主题了。

刘达夫问，一修伢子，我想知道王书记对办事处工作有什么想法。

何一修说，不就是八个字么？自主创新，敢为人先。

这等于他告诉我他爸爸是男的，刘达夫说，我是想知道他思想解放的程度到底有好大。

何一修微笑着摇摇头，表示他对这个问题没有研究，说不好。

刘达夫就先和何一修说起彭玉蓉，说她是地雷一颗。

刘达夫说，才三天就想和王书记单线联系了呢，你看，她晓得一点上下吗？带她去龙鳞，本是想好了让她承包酒楼的，她当时也答应了，可一到龙鳞，讲过的话就不作数了，现在的人呀，真的！刘达夫直摇脑壳。摇了脑壳又自我检讨，我原来认为自己一双老眼睛，水里面都看得三尺深呢，这次是瞎了狗眼了，看人没有看得准。不过这也没有什么——刘达夫说，一个婆娘，跳起来屙尿也屙不了一尺高，我呢，再怎么说也是站着屙尿的人，你说是不是？

何一修说，战略上可以藐视，但战术上还是要重视。

刘达夫一拍大腿：所以，我想知道王书记心里究竟是怎么样想的，知道他比较具体一点的想法，我搞事才好踩到他的点子上去。否则的话，那婆娘就会事事都占先了。

何一修还是为难。

刘达夫只好问：他对我有什么看法？

你是问这个我就好汇报了，何一修说，王书记三天前还表扬了你。

真的呀？刘达夫不相信。

我还敢哄我师傅？何一修于是娓娓道来。

三天前县委常委开第二十一次例会，又是我做记录。研究到县里招商引资的形势时，李县长讲到信息工作很重要，有时候一条信息就是好多钱，王书记就插话了，说办事处有一个叫刘达夫的同志就是一个很敏感的同志，最近这个同志提供了一条很有价值的信息。王书记还说，我们寒陵县一共八十一万人口，要是每个人都提供一条有价值的信息，我们要后发赶超，还会是一句空话吗？就不会是一句空话了。何一修站起来学王书记讲话的姿势，学得惟妙惟肖。学完了又评价说，师傅你晓得，王书记讲话爱用反诘句。列宁的演讲风格他是学到家了，自问的时候手这样慢慢伸出去，自答的时候手握成拳头再这样猛的收回来，以手势助说话，听他做报告，真的好有感染力。

王书记也是他心中的师傅。

坐下坐下。刘达夫不喜欢搞演讲,不让何一修学王书记。他问何一修说,我提供了什么信息呵?我怎么自己都不记得呢?

这说明你已经把有限的生命,融入到了无限的为人民服务的事业之中了。何一修也学会了调侃他师傅了。何一修启发他师傅说:记得不记得?上个月一号,我是不是和你通过一次电话?

上个月一号是通过一次电话,当时刘达夫在龙鳞城里办事处睡午觉,何一修电话打过来时,刘达夫还怪他吵了他的午觉,所以记得很清楚。何一修不过在电话里头问:听说你们办事处分了工,姓彭的婆娘搞联谊会,你抓全面兼抓信息?王书记现在就要一个信息,他要晓得祁专员最近会不会外出。

当时刘达夫搞不懂,王书记要一条这样的信息有什么用。祁专员外出了,你还想搞政变呵?信息工作还没有开始呢,我挨祁专员的边都挨不上,也只是经常在电视上看见他,我知道祁专员最近会不会外出?想起曾在许多场合听人讲,祁专员是一个典型的孝子,过几天又是七月半了,刘达夫就搪塞何一修说:祁专员有可能去烧山。

七月半去家族坟山里给先人烧纸,寒陵人的说法是烧山。

何一修说,我把你提供的信息向王书记汇报了,王书记要综合科综合一下,综合科综合后认为可靠性很大。马上就是七月半了,祁专员是一个孝子,有消息说省里会要派他去香港进修行政管理,一去就是两年,他更有理由今年烧山。王书记相信我,叫我去操作。祁专员老家在琼池县的靠山冲,我带了一班人,两天时间就把他先人的四座坟山修得焕然一新。培了土,栽了常青树,修了一个围墙,将墓碑上的字用油漆重新描得清楚了,还修了一条水泥梯道,他今后上山烧纸再不要披荆斩棘了。琼池县的张书记不知道怎么就晓得讯了,电话打到村里来,村支书就来问,你们是哪一部分的?我说我们是行署的,就让张书记彻底放心了,没有来抢我们的生意。我故意拖到祁专员上山那天才下山,为的是也和祁专员照上一面,否则我们学雷锋就白学了,修墓的钱也白丢了。祁专员晓得了我是寒陵县王书记派起来的,什么也没有说,只是用力拍了拍我的肩膊,夸奖我小伙子长得帅。师傅呵,我这样子痨病鬼一个还长得帅?他根本就是没话找话,尽在不言之中嘛。只是这一拍就拍出了效果呐，今天上午我已经得到信息说，这一次地委要增加一名委员，考察三个人，我们王书记有可能进入被考察人名单。龙鳞地区的县委书记，有搞了八年还在一二一一二一踏步踏的，他还只搞得两年零九个月就要进步了，现在下面正议论纷纷。更加现实的是，乡村公路建设现在是要“村村通”，地区交通局却只肯在我们县投入一千万，这显然不公平嘛。王书记出主意，要我带了县里交通局的吴牛皮，去龙鳞城里找祁专员。我麻起胆子寻到祁专员的办公室，一个秘书不让进。祁专员记心好，看见我马上说，我的小朋友我的小朋友，我们山上见过的，山上见过的。祁专员真的亲民，他主动和我握手，吴牛皮惊了个目瞪口呆。吴牛皮汇报说，我们寒陵县王书记自己廉洁，要求我们也廉洁，我们外出办事，送一点土特产县纪委都要查，所以我们的公路就老是不能“村村通”。寒陵县好多人？八十一万人，琼池县好多人？五十三万人。八十一万人一千万，五十三万人也是一千万，何况我们寒陵是大山区地广人稀，面积比琼池大了若干倍。我们不知道地区交通局这个账是怎样算的，所以斗胆来汇报。祁专员只笑，笑了又问我们，是小王要你们来的吗？我们说是，祁专员就马上和地区交通局打电话，说山区的竹子要开发，可以造成纸嘛，寒陵县就有七十多万亩楠竹，公路不通开发就是个问题呵。——娘的，这个电话就值钱哪，昨天，地区交通局“村村通”项目规划办的人已经住到我们县招待所来了，要我们先造规划。我们报的是九千万，打算了他们审核最多是拦腰砍价吧，也还有四千五百万。

何一修讲这些的时候，刘达夫如听天书。

他根本没有想到，他和他的办事处，已经为寒陵人民做出了这样重要的贡献。

四千五百万？今年的任务不就完成一半了？

他更没有想到，一条那样的信息，竟是这样的值钱。

他问何一修：小何呀，王书记是怎样评价我的呢？

这一次没有喊一修伢子。

何一修一字一顿：师傅放心，姓彭的婆娘目前还拢不了王书记的边，有我守着，她以后也难得拢上边。王书记是这样说你的，他说刘达夫同志就是一个很敏感的同志，最近他就提供了一条很有价值的信息。我们寒陵县八十一万人口，要是每个人都提供一条有价值的信息，我们后发赶超还会是一句空话吗？就不会是一句空话了——还是用的反问句。

这回没有学王书记的手势，有点像中学生背书。

刘达夫喃喃自语：那就好，那就好。心里想：信息真的重要呵，我干脆以后就只搞信息了。

刘达夫“那就好”后，突然记起擂茶还没有开擂呢，马上伸手按墙上的叫铃。叫铃一响，等候在门外的一男一女两名茶博士就推门而进了。那男的手提一个好大好大的瓦制擂钵，肩扛一根差不多有一人长的茶木棒棒。那女的则端一个古香古色的红漆托盘，托盘里一色白灿灿的银碗，银碗里面分别装了茶叶、芝麻、花生、黄豆、生姜、糯米、白糖、食盐，还有许多山中找来的，平常人根本就叫不出名字的草草叶叶。

寒陵县的擂茶，绝对是中国传统文化中的一朵奇葩，仅仅那喝茶的过程，就是参与一种艺术表演，就是一种文化享受。那一男一女两名茶博士，男的进来后打一个拱手，女的进来后行一个古代女子的侧身礼，让你一下子就回到一千多年前的悠悠岁月。擂钵摆好后放点冷开水，女的按程序一样一样添加原材料，男的就用那根茶木棒棒死劲地擂，将添进擂钵里的东西都擂出白绵绵的汁汁儿来。他们操作的时候，按一定的节奏全身各部位都在摆动，有一点像非洲丛林中的原住民跳迪斯科，只是没有那么狂野。据说这种茶的知识产权，属于三国时代的诸葛亮先生。《三国纪事》说，一千多年前，诸葛亮七擒孟获，带了一队汉中士兵来到这里，士兵们水土不服上吐下泻，仗还没开始打，士兵们就被山中的瘴气熏倒了一多半。诸葛亮日尝百草夜读药典，按天下万物相生相克的道理发明了一个方子，煮成茶来让士兵们喝，只喝得三天就喝得大家身强体健，结果就有了气力，就把那长着铜头铁脑的孟获同志捉起来放掉，放掉了又捉起，整得他心服口服俯首称臣。有了这个故事做铺垫，这个茶楼所有的茶博士就都统一了服装，都是汉代士兵的打扮了。他们轻衣小帽，胸前缀一块圆巴巴红布，写了一个黑色的“卒”字，倒也很有特色。擂原料的那根茶木棒棒，其实就是一味药，必须是经霜几年的茶树，讲究些的呢，还要搞清楚那茶树是长在什么方位，长在什么土壤上。有现代医学博士考证说，诸葛亮那时候就知道微量元素对人体的作用，只是表述的方式与现在不同。那一人长的茶木棒棒天天擂，半个月就擂得只有几寸长了，喝擂茶的人，一辈子可能要喝进肚里几方木材。

红烛低燃，暗香流淌。包厢的墙壁上有一个不露痕迹的小音箱，小音箱里正在放古筝独奏《高山流水》。这样的音乐很适合这样的环境，那如诉如怨的音符轻轻洒下来，包厢里便有了大珠小珠落玉盘的美妙效果。加上美妙的灯光一衬托，那效果就更加的好了。

在寒陵县城，武侯茶楼是上流社会出入的地方。

不一会，汁汁儿擂好了，倒在茶碗里白得晃眼，比牛奶还要细腻。茶博士小姐香喘吁吁，将滚烫开水冲进碗里，热气腾起时，一种说不出来的带有春天百草气息的清香扑进鼻子里，刘达夫顿时觉得精神一振。刘达夫一边喝茶一边想：俗话说赚钱不费力，费力不赚钱，其实世界上的事情，都是这么个道理。一条那么随口一说的所谓信息，因为运作得好，可以让王书记进入考察名单，还可以让地区交通局多拿三四千万，难怪说科技是生产力，信息更是生产力。好多事看起来好像很难，其实只要下定了决心去做，有时候也容易得很。要不，人们怎么会总结说人有多大胆，地就有多高产呢？这样一想，他就觉得自己原来的消极思想真是要不得了。那首诗是怎么说的？老牛不怕黄昏晚呵，还是要无须扬鞭自奋蹄呢，能多为人民做一点贡献，还是要做一点贡献才好。

刘达夫对办事处的工作，算是有个正确的认识了。

两位客官，你们请，请！

茶博士小姐弓身端起茶碗，莺语轻声。那个茶博士先生，则扛着那根茶木棒棒，雄赳赳地站在一旁，做出一个汉代武士的造型，看上去很有点滑稽。古筝换了一个曲子，奏的是《红楼梦》里面的《葬花词》，一杯净土掩风流。刘达夫听着《葬花词》喝擂茶的时候，毫无来由的就觉得，那个掮着小锄头悲悲戚戚的林黛玉，就是露出了狐狸尾巴的彭玉蓉。他品着擂茶想：你心比天高呵，你会命比纸薄的。我现在不和你一般见识，你不想做贡献你就等着回招待会吧，到头来你就会晓得了，满舅舅是谁？满舅舅也代表外婆呢！

胸中慢慢就成熟了一个方案。

他现在真的是想做点事了。

喝擂茶，与喝其他茶不同，擂茶包含了芝麻、花生、黄豆、糯米等等东西，几杯喝下去，等于是吃了一个夜宵，那肚子就鼓鼓胀胀的有了感觉。刘达夫喝得肚子鼓鼓胀胀的有了感觉了，才向何一修托出他心中的方案来。和何一修说话前，他对二位茶博士说，你们请便了，我们喝好了。二位茶博士彬彬有礼地出去了，他才对何一修说，我调查了一下，龙鳞城里许多领导家里都是保姆在主持家政，但高素质的保姆真的不好找。我们反正是要搞劳务输出的，我有这样一个想法：找几个素质高一些的服务员，派到龙鳞城里领导家里去做保姆，由办事处来管理，信息工作就好开展了。领导发不发工资给保姆，我们不管，保姆既然是办事处的工作人员，我们办事处一个月还是发她几百块钱，让她们有收集信息的积极性。这样一来，就不是烧山的问题了，领导的小舅子几时结婚，领导的情人几时感冒了，在哪个医院住院，办事处都能在第一时间掌握，你说是不是？

何一修一下子就明白了刘达夫的意思，他也对这个事情很感兴趣。天时不如地利，寒陵县就是没有地利。有好多次，上面的领导生病住院，他都不能在第一时间给王书记提供信息，让王书记老是跑在人家后面，他是挨过好多次批评了。他当然不会对刘达夫说我也正要这样的信息呢，他只是和刘达夫开玩笑说，你是要让她们都做特工007么？

刘达夫正色道：一修伢子你是看电影看多了呵？怎么能这样讲呢？主要是为领导服好务，让领导对我们寒陵县更有感情嘛。

那是那是，何一修马上说。还是有些担心，又问刘达夫，这样搞妥当吗？

刘达夫这回用王书记的话来回答了：自主创新，敢为人先。

何一修问：那你要我如何操作呢？

先找个合适的机会启发王书记，只要王书记不明确反对，就说明他是赞成的。他赞成了，你就打电话告诉我，我再找王书记，向他专门汇报劳务输出，把这个事夹在里面，一回就汇报了。

这好说。我是侦察小组，你是主攻营。我把情况摸清楚了，打出一颗绿色信号弹，我的任务就完成了。你发动进攻，打得赢打不赢那是你的事——你的作战部署是这样的吗？

何一修确实喜欢看电影，尤其喜欢看间谍电影，看打仗的电影。

两个人都笑，笑得好开心。

四

帅哥罗海军

半个月后，何一修的绿色信号弹打过来了。

何一修说他试探过王书记了，估计王书记十有八九会同意。

刘达夫大喜，放下电话就调整他的战略部署。

办事处的工作，刘达夫做了这样的安排：彭玉蓉不服调遣么？那就不管她了，让她去搞乡友联谊会就是，日后慢慢想个办法把她退回招待所去，自己再接手乡友联谊会，给她个猫咬猪尿泡，扎扎实实地空欢喜一场。罗海军是个临时工，没有资格调皮捣蛋，就慢慢培养吧，给他压一点担子，让他兼管了相思酒楼算了。既然明确了信息工作是主攻方向，酒楼这一摊子就很不重要了，赚得一个是一个，赚不到也没有什么关系，当内部招待所来搞，就只需要一个维持会会长了。罗海军能力是还有待提高，但现在只要他财务上控制一下，莫让厨房里大师傅一斤肉砍出两斤肉的钱来，相信他这个能力还是有的。酒楼确定了主要不对外了，就可以再精减两个人。再精减两个人，也就只有那么几个人要开工资了。但喊还是要喊自负盈亏，不过真的万一亏了，办事处补贴一点也就是了。

反正是困难，再困难一点也只是困难。

经费紧，车呢，就轻易不要开动了，养车不如租车，租车不如坐车，汽油费修理费过桥过路费划不来。接待费也要控制，一支笔批条子，再不准彭玉蓉请客了，卡紧了她，整个经费也就卡紧了。

想好了，刘达夫看着看着电视就喊罗海军，喊他过来谈话。

罗海军当然是受宠若惊。

因为刚刚吃过晚饭，刘达夫和罗海军谈话时，就一直在用一根牙签剔牙齿，剔得津津有味。刘达夫剔着牙齿说，组织上通过这一段时间的考察，小罗你各方面还是不错的，诚实，肯干，应酬也基本得体。现在组织上研究了，要培养你。我个人的想法是，既然把你招来了，你就不能老是临时工呵。都晓得我刘达夫对部下就像对崽女一样，一负责就是要负责到底的。

罗海军用半边屁股在椅子上坐得笔直，连声说感谢感谢，感谢刘主任看得我起。他曾经听人说起过刘达夫和何一修的事情，晓得刘达夫特别关心部下，所以相信刘主任说的都是真的。

刘达夫看罗海军一眼，继续剔着牙齿说，组织上培养你，你就要经得起培养。我们办事处只有三个人，工作任务又特别重。你看见了的，一个人要做几个人用，要一专多能，都是领导又都不是领导。小罗你怎样一专多能呢？具体说就是要开好你的车，还要在我的全面领导下，在彭主任的具体领导下，兼管好我们的相思酒楼。

罗海军听说要他兼管相思酒楼，那心中自然是喜不自禁。

管一个酒楼，那我不也是经理一级的人物了？他想。

转过来又想：问题是从来没搞过，以前只被别人管，从来没有管过人，搞得不好新账老账一起算，只怕会连车也开不成了。

罗海军这么一想就面有难色了。

刘达夫见罗海军脸上有畏难情绪，就指着墙上贴的条幅对他说，你看你看，王书记给我们的就是这八个字，自主创新，敢为人先。叫你管酒楼，你这还不是敢为人先呢，中国已经有多少酒楼了？你这一段跟我在外面跑，你注意没有？给我们递名片的人，哪个没有吓得人死的头衔？龙鳞城里人行道上十片树叶砸到行人头上，砸中的人九个是经理，剩下的那一个还是总经理呢。你自己想好，你要硬不想搞，我还是可以再找人的，但肥水不落外人田，我还是希望你来搞。

罗海军怎么不想搞？罗海军马上说，我感谢刘主任对我的提携，我会尽我最大的能力把酒楼管好。想了想，又提出一个要求：只是刘主任和彭主任，都要经常指点我。

当然当然，我们不会撒手不管的。刘达夫说，从理论上讲你是这里的三把手。我的意见酒楼总经理的名义还是彭主任先挂着，但她也是事太多了，要搞乡友联谊会，酒楼呢，实际上就只能是你具体负责了。以后有关酒楼的事我就不找她了,我只找你。

刘达夫将牙齿剔得干干净净了,电视机里播音员也正说"今天的新闻联播就到这里,明天再会",谈话就结束了。

刘达夫还要出去有事,就对罗海军说,我们先谈到这里吧。

刘达夫起身时,罗海军问:那我就印名片了?有了名片我就可以请我那班司机朋友帮忙了,请他们关照一下我们酒楼的业务。很多情况下,领导出去不知道在哪里吃饭哪里唱歌才好,总是问司机,司机就可以介绍我们。

刘达夫说行,名片上就印副总经理吧。

罗海军就这样当上了副总经理。

刘达夫叫罗海军晚上想一想酒楼的事,明天拿出个方案来,他要看一看。

那一晚上,罗海军翻来覆去没有睡着觉。

罗海军那一夜都在想:我一定要不辜负组织上对我的信任。

罗海军是寒陵县一个小镇上的人,高中毕业后当过三年兵。虽然名字叫海军,其实连大海是什么样子都不知道。他一直在陆军部队服役,开车,开那种绿脑壳军车。部队复员后回到县里,城镇兵是要安排工作的,他就叫他父亲也出去活动一下,该送礼的地方也给人家送点礼。

他父亲好为难。

他父亲说,崽呀,你硬要原谅我。我一个县办厂子的工人,关系好一点的官,最大的也就是我的车间主任了,我如何去活动?我真的对你不起,我只能向你道歉。我现在把屋里的钱全都拿出来,你再问问你妈妈,看她是不是还有一些私房。父亲把家里的钱全都拿出来后,很羞愧地说,钱呢是不多,你就看看如何用吧,你还晓得要如何用,我呢,我是如何用都不晓得呢,你就说了算。

那一点点钱,办这样的事做胡椒也不辣,罗海军也不知道如何用。

于是就到底也没有用出去。

于是罗海军待业一年后分到了县麻纺厂。

罗海军分到县麻纺厂时,县麻纺厂其实正在改制,工厂早就停了摆。王书记李县长日日夜夜招商,香港深圳北京上海跑遍了,四到八处只想找一个老板来,来盘活这一砣国有资产,但盘了差不多三年了,总是盘不活。罗海军于是只好和厂里原来的工人一样，每个月到厂里领一百二十元待岗生活费，再这里那里打工，最后才在办事处找到了这个工作。罗海军很看重办事处这一份工作，他和彭玉蓉有一点转弯抹角的亲戚关系，彭玉蓉的表舅母的堂姐姐，是他已经出了五服的堂叔叔的表亲家的妹妹，抢到这一份工作，还是仗着背后有彭玉蓉这么一条硬腿。这一份工作虽说工资不高，每月只发六张老人头，但办事处吃饭不花钱，这就占了大便宜了。而且，刘主任和彭主任都是天底下最好的人。办事处交际活动多，跟了他们两个中间的无论哪一个外出交际，只要是有礼品，他们都不会忘记向会务组多要一份，说不好意思，我们还有一个司长在车上呢。一个很明显的对比是，过去罗海军抽烟抽两块钱一包的，和基建工地上的民工一个档次。现在抽烟抽的是精品白沙了，八块钱一包，基本上达到了龙鳞城里一般科级干部的水平。罗海军跟了刘主任或者是彭主任外出吃饭，虽然每回都懂得自己的身份，每回都自觉地坐在饭桌最靠门的那个位子上，但无论是宴请方发烟还是被宴请方发烟，都断不会少了他那包。饭桌上的烟，都是高档烟，随便一包都远远超过他一天的工资，罗海军就想出了一个办法。神仙巷进口子有一个小烟摊，罗海军就和摆小烟摊的那个老娭毑建立了长期业务关系。一包湖南产黄脑壳芙蓉王换三包精品白沙，一包四川产绿脑壳小熊猫换五包精品白沙，一包云南产极品红塔山换一条精品白沙，这样一搞就搞活了，他就每天都可以抽精品白沙了。

就是在龙鳞城里，也不是每个人都抽得起精品白沙的。

而且还开着桑塔纳。

现在又是副总经理了。

罗海军当然翻来覆去睡不着觉。

罗海军睡不着觉，就给彭玉蓉打电话。

在办事处，罗海军是把彭玉蓉当作姐姐来看的。罗海军有事就找彭玉蓉讨主意，彭玉蓉也确实是喜欢他，总是尽心尽力地帮着他。公开场合他喊彭玉蓉做主任，私下里彭玉蓉叫他小海，让他喊自己蓉姐姐。罗海军在办事处没有专门的房间，他的个人用品都放在车库里，哪天哪个包房空着，那天他就睡在那个包房。包房一个不空，就睡卡拉OK里面的沙发。包房和卡拉OK都装有市内电话，打电话是不要花钱的。罗海军拿起电话问：蓉姐姐，我是小海呢。你在哪里潇洒呀？还没有和姐夫进入情况吧？说话方便不方便呵？

电话那头有电视声音，彭玉蓉说：是小海哟，我一个人在家里看电视呢，进入什么情况？你这个鬼崽子，你又想讨打了么？胆子是越来越大了呵，还敢调侃你姐了呢。

罗海军说：蓉姐姐呀，嘿嘿，我现在是副总了呢。

副总？哪里的副总？

你不知道呀？

你说。

罗海军就把晚餐后刘达夫和他谈话的情况，大致说了一遍。说完了又喊蓉姐姐：蓉姐姐呀，刘达夫不晓得我其实只听你的话呢，你不会说我抢班夺权吧？

彭玉蓉说，你晓得我正不想探闲事呢，办事处又只有三个人，我向刘主任提建议让你上呢，他也只能这样办。怕你抢班夺权？好笑！你是副的呢，我已经说了我不搞，可刘达夫还是要我领导你，他也找我谈话了呢，你就等着我整你吧，总经理的名义还是我挂着的呵。彭玉蓉没有说假话，她确实正要向刘达夫提建议，让罗海军管了酒楼，目的是将自己解放出来。问题是她还没有向刘达夫提建议，刘达夫也不和她商量，一个人做出了这样的决定，这就有一点不够意思了。刘达夫不够意思，彭玉蓉不好和罗海军说，怕罗海军会小看她，她就很策略地说：刘主任叫我搞，我不搞，他说再请一个人，我说哪里有那么多的钱？我说罗海军兼了不就行了么？看来他还是听了我提的建议了。本来就是嘛，鬼都晓得的，相思酒楼又是赚钱不到的，只要不出乱子就行了，不要搞得那么紧张嘛，小海你说是不是？

罗海军连声说是是是，感谢了她暗中提携后又问道，蓉姐姐呀，相思酒楼弄得这么复杂，他全面你分管，把我卡在中间吊起来，遇到具体事我到底是听你的呢，还是听他的呵？

彭玉蓉反问道，你说呢？

罗海军答，这样行不行？我表面上听他的，实际上听你的。

彭玉蓉马上表扬罗海军，说小海你还不很蠢嘛。

罗海军说，现在的具体事情是，他要我拿出个方案来，而且限定了时间，明天就交给他。

彭玉蓉说，你拿嘛。

罗海军说,我拿不出。

彭玉蓉说,你是想要我拿,然后再到刘主任哪里去图表现?

罗海军说,嘿嘿,嘿嘿。

彭玉蓉说,我跑了一天了,累得人都脱形了,你还来打扰我,你真是!哪个叫我是你姐呢?你就到姿江风光带来,静心茶室。不要开车,打的过来,我们商量一下怎么拿。

罗海军说,好,我一切听组织的,我的组织就是你蓉姐姐,你是我心中的红太阳。

罗海军好像是卖糖出身的人,嘴巴沁甜沁甜的。

彭玉蓉放下电话就描眉毛,描了眉毛又画口红。将自己整理一番后,又站在穿衣镜前一连试穿了三件旗袍。她看到,穿衣镜里面的那个女人风光无限,无论从哪个角度看,都应当是龙鳞城里最优秀的女人,只要她愿意,就足可以扰乱男人世界的社会治安,提高整个城市的离婚率。考虑到姿江风光带的灯光很柔和,彭玉蓉比划了好久,最后才确定还是穿那件水红色的旗袍比较好。着好装,她又用一块湿抹布将精心选出来的一双高跟皮鞋擦亮了,这才提着她的坤包出门,将门反锁后款款下楼来。

彭玉蓉心里也承认,她对罗海军的感情是有点复杂。

罗海军长得太帅了!

罗海军一米七五的个子,倒三角体形,又在部队锻炼了三年,天天立正稍息,卧倒了又爬起,肌肉就不是一般的发达了。尤其是鼻子长得好,欧洲人一样笔挺的,很是性感。彭玉蓉喜欢罗海军,所以罗海军想到办事处做司机求到她头上,她马上又去疏通,就是想把罗海军也带来。当然,疏通这个事的时候瞒了七老板,也瞒了刘达夫。刘达夫到现在都还只晓得是某个领导的意思,不晓得是彭玉蓉走了那个领导的路子,其实那个领导只是一个代言人。喜欢罗海军,彭玉蓉认为这一点都不稀奇。俗话说,哪个山上不埋人?哪个少妇不怀春?喜欢就是喜欢,又不是一喜欢一个男人,就马上要和他睡觉搞那个事。

彭玉蓉相信自己能够和罗海军做到比友情多一点,比爱情少一点,主要是团结起来共同对付刘达夫。

话是这么说,但到底有些分神。所以提着坤包走在路上的时候,彭玉蓉就在心里自己给自己做工作。她自己对自己说:世上的事,鱼和熊掌是不可兼得的。七老板人好,又有能力,到目前为止还没有进入那十个包头工的行列,还是第十一个包头工,这在他就真的是够意思了。你要他也长得像罗海军这样漂亮,那是不现实的。

所以喜欢就只是喜欢,不要想鱼和熊掌都兼得。

彭玉蓉是一个对家庭很负责任的人。

一边是海水,一边是火焰。

她能够用海水来浇灭火焰。

五分钟后,彭玉蓉就坐在姿江风光带静心茶室的雅座里,很优雅地品着一杯龙井茶,心不在焉地看江景了。

姿江风光带是龙鳞城里的一个窗口。

龙鳞地区虽然也是贫困地区，主要靠中央财政的转移支付过日子，但也还是搞了许多窗口工程的。1998年，中国经历了一次特大洪灾的考验，龙鳞地区的抗洪斗争，更是惨烈空前。现在都还有人说，那一年龙鳞地区遭受了那么大的损失，基本上被洪水冲成了一张白纸，就是因为当时龙鳞地区的一把手在动员全区人民奋勇抗洪时，讲话没有讲得好。龙鳞地区各个县沿姿江一共摆开十个垸子，当时的一把手动员全区人民全力投入抗洪斗争时说，我们今年要决战决胜，我已经向省里保证了，我们能够做到一垸不溃。结果呢，他说的话就兑了现，就真的做到了一垸不溃：倒了九个垸子，只剩下一个垸子没有被洪水冲垮江堤。但世界上的事情总是祸福相依，洪灾过后，龙鳞地区因为十垸九倒惨不忍睹，也就出名了。北京的记者跑了几路后，先是引起了省里的重视，后来又引起了中央的重视。上面一重视，话就好讲了，各个渠道兴修水利的钱就不断有来的。结果就先在城里搞了个姿江风光带，既有防洪的功能，又是一个大众消闲的好去处。下面各个县当然有想法，但也只是个想法而已：姿江风光带那么高的堤，只是顺便美化了一下，你能说不是防洪工程么？再说，龙鳞城里也确实需要这么一个地方，以前上面有领导来，外面有客商来，晚上连个散步的地方都没有。现在好了，可以带到江边上来吹吹江风，看看夜景了。

这里除了有一排又一排造型别致的路灯外,还有比天上星星还要闪亮的各色彩灯。路灯和彩灯将轻柔的光辉挥洒在玉兰树的花朵上,挥洒在天竺竹的绿叶上，挥洒在种成了一个又一个图案的红枳木的枝条上，很巧妙地藏在雕塑里面的音响再播出《何日君再来》，真的就营造出了一个花好月圆的梦幻境界。老年人协会就经常在这里开展活动，他们扭起秧歌来，会将一脸的皱纹笑成一朵盛开的菊花。年轻人则喜欢在这里幽会，他们双双对对的，一男一女总是先在堤上的磨光地板上散步，走了一阵后，总会有一个人别有用心地提出来说走不动了，于是就都走到江边去，找一个没有灯光的地方坐下来。

有的人还会带一块雨布。

那雨布做什么用，就不要讲了。

江水浮金跃银，人就当然感情激荡。

来的人一多，姿江风光带于是就有了许多茶室。

彭玉蓉很理解年轻人为什么要带一块雨布来，但她不可能带一块雨布，她只能和罗海军坐在静心茶室的雅座里。她看见罗海军大步流星走到了楼下，忙将脑袋伸出窗外喊：这里呢，这里这里！

罗海军就顺着旋转楼梯进了雅座。

彭玉蓉喝着茶并不抬头，只问罗海军为什么不坐的士？

罗海军嘿嘿干笑，不答。

以后要坐的士，没有身份的人是赚不到钱的，彭玉蓉这么教导罗海军说。还有一句话她不好说出口，没有钱就问姐要嘛。她没有说，是怕会伤罗海军的自尊心。她曾经对自己规定过，绝对不主动给钱给罗海军，但一定要教会罗海军怎样自己去赚钱。

那天晚上，彭玉蓉和罗海军在静心茶室的雅座里谈了很久。

彭玉蓉告诉罗海军，给刘达夫看的方案要如何如何拿，才能不难为自己。以后操作起来，又要注意哪几个方面，总之是既不得罪在相思酒楼打工的那些人，又要让刘达夫觉得，你是尽了力的。最后她用一句寒陵县土话捎了总，她说：你日后想事做事的原则，就是船要过得了水，舵又要不压泥。

彭玉蓉不懂哲学，但她说的话很有哲学道理。

罗海军一直在说是的，是的，最后才说：蓉姐姐呀，我怕我搞不好呢。

彭玉蓉很温柔地看他一眼说：有我呢。

罗海军就说，我就靠姐了。

罗海军一直将彭玉蓉送到了家里，自己才走。他还是没有听彭玉蓉的话，还是没有坐的士。他不知道，彭玉蓉从静心茶室回到家里后，心里有一点伤感。她伤感她出门时特意收拾了那么久，罗海军却一句赞美的话都没有说，那一件水红色的旗袍也是白穿了。后来又一想，彭玉蓉就笑自己了：嘿，你也真是，他是你弟弟呵，又不是你的情人，你要他赞美一个什么呵？总说人家复杂，怎么自己也这样复杂呢？彭玉蓉在心里警告自己一次说：要警惕呢，你和他是友情呢，再不准你胡思乱想了。

后来七老板回来了，彭玉蓉也就真的什么都不想了。

七老板要洗澡，彭玉蓉就找出换洗衣服来。

七老板洗了澡点名要看一个电视连续剧，彭玉蓉就调出那个频道来。

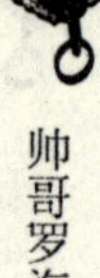

七老板看电视连续剧看得不耐烦了，说睡吧睡吧，彭玉蓉就马上去铺床，铺好床就很现实地和七老板一起睡觉了。

五

走马上任

有了彭玉蓉的指点，罗海军就聪明多了，他向刘达夫交了一个简单扼要的方案后，就再也不和刘达夫说起相思酒楼了。彭玉蓉说得不错，你就是不搞，刘达夫也不会亲自来抓酒楼的，他除了找你，又还能去找哪个？你一图表现，他就会提出更高的要求来，到时候你就为难了。你干脆不图表现，做一个要搞不搞一切听从组织安排的样子出来，他也只能把酒楼交给你来搞。

风是不会吹走月亮的。

罗海军就还是开他的车，没有车开就坐在办公室看杂志。

他要等刘达夫来找他，这样主动些。

在办事处，刘达夫是很难得在办公室坐一回的，他总是在外面四海乱跑。彭玉蓉就更难得有时间到办公室来坐一下了，更是在外面四海乱跑。过去，临时工罗海军经常严肃认真地坐在办公室里，现在的副总经理罗海军，还是严肃认真地坐在办公室。他接电话，接了电话按刘主任的指示就随时将车开到哪里去送哪个人，或者是接哪个人。要不，就是将什么东西送到什么地方去，交给什么人。寒陵县各个乡镇的土特产，像东山镇的脱水蒴菜，鱼尾坳乡的隔年竹荪，云雾山上的精制春茶，杜溪湖里的干焙金枪鱼，办事处都弄来了许多。下面乡镇的东西都是好东西，但就是没有市场，销不出去。办事处弄来了，放了一些在超市做样品，大量的就在龙鳞城里当做宣传品这里送那里送了。

不过罗海军还是将名片印好，开始散发了。

罗海军将他的名片先发给龙鳞城里的熟人,后来又一张一张寄给他高中时的同学。他的高中同学许多都在寒陵县里混得不错,寄给同学们的名片就都附了一封短信,信上说请大家支持他的工作,爱国主义首先表现在热爱家乡,所以进龙鳞城一定要到办事处来消费,他呢,也可以为同学们打折优惠。他给同学们寄名片的时候,其实心里也有显摆一下的想法,想让同学们都知道他出息了,当了副总经理了。寄同学时,先只寄了县城里的,后来觉得不尽兴,不能够嫌贫爱富,就乡下的同学也全都寄了。浮云乡鲤鱼塘村一个叫娥姐的女同学,也寄了。后来还把这个女同学弄进龙鳞城里来了,但这是后话,暂且不表。

现在要说的是,罗海军总不见刘达夫再找自己。

几天以后,罗海军耐不住了。那一天彭玉蓉到了办事处来找一个资料,罗海军就将她扯到背人处,悄悄地问道:刘主任不会变卦吧?

没出息!彭玉蓉剜他一眼。

嘿嘿嘿嘿,罗海军脸红了。

彭玉蓉很肯定地说:他明天就会找你。

你是神仙?罗海军马上脸不红了。

他已经和我通了气,彭玉蓉说,后天他要回县里去,说是去汇报工作。酒楼没搞妥当,他怎么汇报?至少,形式上也要搞妥当才好汇报。

罗海军问,他若是问我,我还是那么讲吧?

彭玉蓉说,当然还是那么讲。

果然,下午刘达夫就找罗海军谈话了。

这回没讲什么多余的话。

刘达夫带了罗海军,喊了酒楼的大师傅和几个服务员,在楼下包厢里坐好了,说是要开一个会。

原来李东山搞相思茶楼的时候是从不开会的,老板和打工崽有什么会开?没有必要啰嗦。大师傅一听说要开会,就觉得很新鲜,就解下他的白围裙说,依呀,到底是政府机构呵,我们今天是学习三个代表呢,还是讨论建设新农村?开天辟地第一回呵,我们也享受一回干部待遇。

刘达夫晓得他油腔滑调惯了的,就并不计较他,还是很认真地讲:三个代表要学的,建设新农村也是要学的,今天我们先交一下心,互相认识认识。

大师傅姓夏,人称三哥。刘达夫事前就已经了解了,大师傅三哥手艺不错,正因为手艺不错,人就很牛皮,讲起话来就没有一个上下,没有必要和他计较。刘达夫和三哥扯了一些厨房里的事,又逐个逐个问服务员:家是哪里的?屋里还有些什么人?读了好多书?服务员都是外县人,只有一个叫刘媛媛的小妹子是寒陵大山里出来打工的,刘达夫就叫她今后要发扬主人翁精神。想想不妥当,这样讲不是寒陵县出来的服务员会有意见,就又马上修正说,当然啰,我们都是来自五湖四海,为了一个共同的革命目标走到一起来了,大家都是主人翁,大家都是主人翁。又问一个叫施丽华的服务员:谈爱了还是没有谈爱?结婚了还是没有结婚?那个叫施丽华的服务员回答他:结个鬼婚呢,我们基本上都是副处级。

施丽华说完了就笑,笑得好灿烂。

刘达夫不解,很认真地问:我搞了一世了都还是个副科级呢,你年纪轻轻怎么就是副处级了?

刘达夫的话,弄得所有的服务员都笑了。

大家笑得哈哈连滚,没有一个人出来回答他。

大师傅三哥见刘达夫满脸茫然,怕浪费时间了,就告诉他说,她们都是一些油诈鬼,而且没有一个人怕丑。大师傅三哥向刘达夫解释说,副处级的意思就是没有条件结不起婚,现在和男朋友是同居关系。以后作不作得数还不晓得,但是目前要用,那还是有用的。

用什么呵?刘达夫一下子没有搞懂。

大家就更是笑得一塌糊涂了。

搞懂了用什么,刘达夫满脸不屑:这就是副处级呀?乱七八糟!

大师傅三哥答,当然啰。你说她是处女,她会说你这是看不起她,是说她连个男朋友都找不到,太没有人生价值了,她有意见。你说她不是处女,她又可以和你打官司,告你诽谤罪。我婚都没有结呢,我怎么就不是处女了?所以就是副处级了,简称副处。

还有这样的民间幽默呵,刘达夫听了不禁也哈哈大笑。

笑够了,刘达夫要大家坐好。

那一天,刘达夫满脸春风,表现得很有一些首长风度,搞得几个服务员妹子受宠若惊,心里想给政府做事和给老板做事,那待遇就是不同。那个叫刘媛媛的小妹子就怯生生地说:叔叔,你比李东山好了一百倍了。刘达夫问我好在哪里，刘媛媛说，李东山最爱摆老板资格，从来也不和我们说一句轻话的，还叫我们吃客人吃剩下的菜。他说这是响应上面提出的号召，建设什么什么社会呀？

刘媛媛说不好，用眼光求助于另外一个服务员，那个服务员脱口而出：建设节约型社会。

罗海军坐在旁边，想起自己没来办事处之前这里那里到处打工的经历，就很有同感地说，资本家都是黑心肠。

罗海军坐在角落里，本来打算不说话的。彭玉蓉告诉过他，男人要心有城府，有城府的男人都是不怎么说话的，尽量让别人说，自己只听。他以前没有想过要实践，现在身份不同了，就打算照着去做，可他一时不可能修炼到家，还是没有忍住。他一说话，大家就注意他了。施丽华是一个油诈鬼，油诈得曾经开玩笑和男人打赌，有狠的就当众脱裤子，没有人油诈得她过的。见罗海军一个很正经的样子，施丽华就打趣罗海军说：依呀，好一个帅哥呢！长得比郭富城还具有杀伤力！看年纪，你只怕也是一个副处吧？我们都是一个级别的！你看我这样子，还长得不讨嫌吧？今晚开车带我兜一回风，好不好？

罗海军正襟危坐，再不敢搭腔了。

开会开会！刘主任很讨厌地看了施丽华一眼，皱着眉头说。

会议就开始了。

相思茶楼本来人就不多，改成相思酒楼后走了两个，现在加上刘达夫和罗海军，也不过桌把人。会议开始前，刘达夫问罗海军，彭玉蓉怎么还不下来？这是我们的第一次全会呢，讲了她也要参加这个会议的。罗海军其实知道彭玉蓉脚底下抹油已经溜了，但还是装个不晓得的样子，还是装模作样地上楼去请。一会儿下来说，办公室没有人呢，到哪里去了呵？刘达夫就掏出手机来打电话。刘达夫接通了彭玉蓉的电话说，哎，小彭呀，在搞什么呵？趁了七老板还丢在寒陵，感情走私去了是不是？我这里开会了呢，我的彭主任哟！

刘达夫还不晓得，七老板早已来了，已经在龙鳞城里开展他的业务了。

电话里，彭玉蓉在那头说，该死该死，你看我这臭记心，忘得干干净净了！我现在在去琼池县的中巴车上呢，快到琼池了。地区环保局肖局长的老岳母挠直了，肖局长也是内定了要做我们乡友联谊会副会长的人选呐，你指示了我到时候也要去送个花圈，送份奠礼的。你看，我记住了你的这个指示，就忘记了你的那个指示了，真是该死该死！彭玉蓉在电话里装出个很听话的样子问，刘主任呀，你看我现在是继续往琼池走呢，还是折转回龙鳞？你一句话作数，我这人有个优点，就是最听领导的话了。

鬼才晓得她现在在哪里！刘达夫不相信彭玉蓉说的话，但又不可能去搞清楚。手机真是个好东西，听见声音看不到人。刘达夫自己就多次玩过这样的把戏，不想搞的事你来喊，明明近在眼前，却硬说是远在天边。不是不想来，完全是客观原因来不了。彭玉蓉这个鬼婆娘，是不是也在和我玩这样的把戏？刘达夫没有千里眼，刘达夫只好说，那你就搞你的吧，花圈写办事处，奠礼簿上就写我和你的名字算了，不要写办事处了。

刘达夫懒得追究她，已经在心里把她做甩亩抛了荒了。

彭玉蓉却一眼就看出了刘达夫的阴谋：人情是把锯，扯过来再拉过去，送出去的人情，以后都是可以收回的。你今天给肖局长送了人情，今后你刘达夫的老人过世，肖局长就会打开奠礼单子来还情。你若是真的送了也应当得，问题是你没有送，是办事处送的呵！她又一次在心里嘲笑刘达夫真是没有看见过钱，口里却说，钱太少了，我的名字就不要写了。

刘达夫说，随你。

刘达夫手机啪地一合：开会了开会了！

刘达夫首先讲同志们辛苦了，然后说这一向我实在是太忙了，没有时间和同志们过多地打交道，请大家原谅。但我已经了解了，我们这支队伍，是一支好队伍，是一支过得硬的队伍，是一支高素质的队伍！他慢慢地接触主题，接触到主题后大家就搞清楚了，原来办事处想让大家来搞集体承包。整个酒楼，包括楼下包厢、楼上包房和卡拉OK，一起打捆承包给所有的员工们，以后就打破月工资，按收入提出个分成比例来大家自己分配。水电等日常开销就算了，算是办事处照顾大家，就不计入成本了。刘达夫只晓得这个方案是罗海军提出来的，他不晓得这个方案其实是彭玉蓉教罗海军搞出来专门敷衍他的。彭玉蓉知道，刘达夫是枞树上不了，就想上杉树。但杉树也不是好上的，相思茶楼长期生意不好，能够留下来的服务员，就都是一些混日子的货，她们既胸无大志又没有真正的本事。相思酒楼要整体承包，除非把这些人一起换了，再投入一笔钱完善装备，搞几个特色菜出来，到日报和电视台打一些广告。但办事处没有钱投入装备，也打不起广告，有本事的服务员也请不起，所以承包就会是一句空话。但方案还是要做的，在静心茶室里彭玉蓉就对罗海军说了，做不做方案是你的事，方案拿出来做不做得到，那就不关你的事了。你总是要拿一个方案出来的呀，就拿这么个方案出来，说明你还是想了事的。如果刘达夫说这个方案不行，要你承包，你就说你还是只开车算了。

果然，刘达夫不敢提出要罗海军承包，只好按罗海军的意思来开会，看是不是可以搞集体承包。

彭玉蓉对罗海军说过集体承包也是搞不好的，搞不好你就当维持会长算了，当维持会长骗一骗鬼子，轻松又愉快。果然，大师傅三哥就对搞什么集体承包坚决表示反对。大师傅三哥问清楚办事处不再投入了，就脑壳一扭开叫说，刘主任你搞清楚呵，我的厨房是已经承包了的呢。二千一百元就红案、白案、瓢工、火工、备料、洗涮一手来，我带的徒弟也再不要你发工资了，天底下还有更便宜的厨师班子么？我就告诉你哪，我是有厨师证的呢，正正规规的三级厨师呵，不是没有地方去哪！飞天宾馆六千元一个月请我组班子，我没去。你算一下账，去飞天我带四个徒弟行了吧？别个的徒弟不把钱，我把五百块钱一个，一个月还落得四千元！没有去飞天，我图个什么？就是图的你这里不要操心！

施丽华嘻嘻笑着说：怎么提成呵？刘主任，我九你一提成，我就承包了。她扯一扯罗海军的衣角，又笑：嘻嘻，我和这位帅哥合伙承包。

大师傅三哥不失时机地插她一句：你是想承包这位帅哥喏。

是又怎么样？我已经打听了，他现在还没有人承包呢。施丽华嘴和大师傅说话，眼睛却瞄着罗海军，看他有什么反应。

大师傅三哥气她：人家是干部，会爱你？而且你比他大许多。

我去年一十九，今年才一十八呢。再说，年龄不是障碍，只要舍得拖，弟弟变哥哥。施丽华回击了大师傅三哥，又继续撩拨罗海军说，你说呢，帅哥？是不是这样呵？不要不好意思嘛，嘻嘻。

罗海军很不习惯这样的调笑，赶忙挪一下屁股，坐得离施丽华远一些。

刘达夫看不下去了，就说，都给我严肃点，开会就开会。

但所有的服务员还是不严肃，她们话是不讲了，但又各有各的事做。有的全心全意剪手指甲，有的不声不息读武打小说，还有的就在桌子上摆开了全副装备，对着一个小镜子悉心悉意描，描了嘴唇再描眉毛。

好像刘达夫讲的事情，和她们一点关系都没有。

刘达夫只好一个个问，逼了每一个人都要表态。

一个服务员说，刘主任听说您也喜欢唱歌？那支歌会唱吧？

刘达夫问哪支歌，那个服务员就摇头摆尾轻轻地唱道：不要问我从哪里来，也不要问我到哪里去。

另一个服务员没有唱，但说出来的也是歌词。这个服务员说，刘主任你要赶我们走就讲直的，不要硬讲你是为了我们好。我们自己会照顾自己的，冬天记得穿棉袄，夏天记得戴草帽。

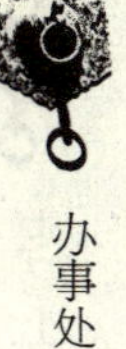

再一个服务员站起来说，我正要走了呢，我是妹妹坐船头，哥哥岸上走。我男朋友争气，在深圳打工一不小心终于混出个人样儿来了，我们回老家开个发廊去算了。夫妻双双把家还，你织布来我浇园。

刘达夫先还板起个脸，后来竟也被这帮油诈鬼逗乐了。刘达夫问她们，你们天天都在唱流行歌么？怎么说出话来都是流行歌的歌词呵？

大师傅三哥这才说，刘主任你还留了两间包房做卡拉OK，那是绝对正确的。领导你还不晓得呢，装修时她们这些鬼就约定了的。他们说，人生就是一首歌，没有歌唱还活什么活？要是你将卡拉OK都做了包房，歌都没地方唱了，她们就会集体炒你的鱿鱼算了的。

罗海军想笑，拼命才忍住。

集体炒我的鱿鱼？没歌唱都不想干，逼狠了，她们真的只怕会集体炒我的鱿鱼呢，这些不求上进没有理想的家伙！刘达夫知道，会开到这个份上，当然是再开不下去了。他正不知如何办，手里电话响了。刘达夫接了电话说我这儿正有事，等一会我再给你打过来。关了电话他正好对大家说，承包的事就先到这里，以后大家再慢慢讨论。今天我代表办事处，先宣布一项任命，任命罗海军同志——喏，就是你们说的这位帅哥——为相思酒楼副总经理，以后就是他和你们具体打交道了。小罗是部队转业的，在部队搞过经济工作，年纪和你们相仿，办事处再三考虑，他和你们打交道，是最合适的人选。我呢，我今天对不起，我还有一点急事要去处理。下面的讨论，就由小罗你主持了。

施丽华领头，大家鼓起掌来。

刘达夫则打开电话，一边大声说着话，一边就走了。

刘达夫走后，大家请罗海军讲话，都说当了副总经理不讲一下怎么行？罗海军正纳闷：我在部队搞过什么经济工作？开车路上加汽油，钱都不经我的手，那是班长的惟一权力。一想这是刘主任为自己树威信呢，也就乐得糊涂不加什么解释了。大家请罗海军讲话，罗海军不讲话，只问大师傅三哥厨房里都还有一些什么菜，选取最好的搞出来，他要请大家吃一餐饭。他说，我们能够在办事处一起工作，是一个缘份，我能够和大家共同搞相思酒楼，更是一种缘份。他还说，同船过一渡，还是五百年前修出来的缘份呢，我们今后就天天都要在一起了，当然要庆祝一下我们的缘份。

全体再一次热烈鼓掌。

罗海军这样做这样说，也是彭玉蓉在静心茶室为他设计好了的。彭玉蓉叫罗海军上任不要多说话，以后都不要讲多话。她和罗海军分析说，反正就是一个烂摊子，又不可能再投入，你只要紧紧抓住人心，让大家都附和你就行了。

彭玉蓉教导罗海军说，当领导没有巧，其实就是抓人心。

六

马诗人

罗海军走马上任的那一天，彭玉蓉其实并没有到琼池县去。

奠礼是托人搭过去的，花圈也是托人代办的。刘达夫和她打电话请他开会的时候，她正坐在她家那部雪铁龙汽车的副驾座上，全神贯注地读一个刚刚流行的手机短信。

开车的当然是七老板了。

短信真是个好东西，因为是个好东西，眼下差不多全国人民都投入了短信创作。大家将短信发过来发过去，不断修改不断完善，全国人民共同的智慧结晶就形成了短信精品。彭玉蓉手机上的这条短信是国土局文科长发过来的，《寒陵乡友通讯录》还没有开始编，彭玉蓉只陪文科长唱得三回歌，打了两回牌，两个人就成了最好最好的朋友了。他们两个人都有欣赏短信的爱好，两个人中间只要哪一个收到了好的短信，就肯定要给对方发过去，幸福请您也来分享。文科长发过来的这条短信很不错，不是很黄，但是很幽默，彭玉蓉读完后忍俊不住，噗的一声就笑了出来。七老板就说，又喝了哪个笑婆婆的尿呵？读出来让我也乐一乐哪。

彭玉蓉就读：一少妇不想夜里起来给孩子把尿，就叫孩子去隔壁和爷爷睡。孩子不肯去，少妇就哄他说，爷爷房里有大苹果呢，你不去我就去了呵。爷爷听见了，就在隔壁喊，媳妇呀，做人要讲诚信，你这回不能哄了孩子又骗老人呵！

七老板听了也忍俊不住，笑得哈哈乱滚，前仰后合。那车就开得舞龙一样，差一点就擦上了并排行驶的一辆的士。

注意，注意！彭玉蓉惊叫，吓出了一身冷汗。

就是这时候，刘达夫的电话打过来了。

彭玉蓉见是刘达夫的号码，先示意七老板不要说话，然后才按下接听键，才说她到琼池县去了，去给环保局肖局长的老岳母送花圈去了。彭玉蓉不是那种品行不好的人，很偶然地扯一次谎，实在是情状如此，出于不得已。

她已经约了马诗人在晶晶宾馆见面。

这件事当然比办事处开会更重要。

彭玉蓉昨天从国土局文科长的口里得知，电视台可能会有一个大动作，他们有可能会在龙鳞广场的东南角建一个电视大楼，造价初步估算不会低于两千万元。文科长讲的时候，彭玉蓉先还不相信，一个小而又小的地区级电视台，而且还是贫困地区的电视台，一起才有几个人呢？要那么大的一个大楼做什么呵？她是到过北京的，知道中央电视台的办公大楼也不是特别的大。

但文科长说是真的。

彭玉蓉就利用她的关系网，有意识有目的地去打听。

彭玉蓉的关系网就是她的乡友联谊会。这些乡友都在龙鳞城里占据要津，龙鳞城里的事情，包括即将发生的事情，还能不知道？不知道也就进不了乡友联谊会，上不了她的关系网了。彭玉蓉几个电话一打，几个茶室一坐，很快就搞清楚了事情的来龙去脉。

原来，龙鳞城里最大的形象工程是龙鳞广场，拆迁了好多老房子现在广场建好了，白天喷泉晶莹，夜里华灯闪烁，但无论日里夜里，周边都还是冷清得鬼打人。一些想拿驾照和刚刚拿到驾照的人，总是在那里开了车子打转转。有一个私人办的驾校，就公然拿广场来做教练场，也没有人出面来干涉。上半年有一个副省长来了龙鳞，祁专员兴致勃勃陪了副省长看广场。祁专员本来是想听副省长表扬几句的，龙鳞地区公务员工资都发不及时，还搞了这么一个大广场，这还不是负重奋进？副省长只要一表扬，祁专员就还会提出来，龙鳞人民有决心也有实力，也要将龙鳞建设成一个国际化的大都市。他会说现在招商引资的形势很好，非常好，所以城区还要东扩二十平方公里，再搞一个高科技开发区。龙鳞地区地方财力太薄弱了，这几年差不多就是靠出卖土地过日子了。但省里国土部门有一点不懂味，说龙鳞地区的开发区并不见烟囱冒烟，好像是在搞圈地运动，就一定要龙鳞地区将以前积欠的国土出让资金交清了，才肯考虑东扩的事。难道开发区就一定要烟囱冒烟么？我们规划的是高科技开发区，引进的都是搞软件编程序的大企业呢，根本就不需要什么烟囱。祁专员和省里国土部门讲不清，请副省长来龙鳞，就是想求得副省长的支持，帮着到省里国土部门说句好听的话。可祁专员没有想到，这位副省长刚从中央党校毕业，戴一副眼镜，是个比较务实的人，一点也不好说话。只怕是不该戴眼镜吧？广场那么大的气势他视而不见，不但没有表扬祁专员，还说老祁呀，我们中国要那么多国际化的大都市做什么呵。副省长给祁专员上了一课，说好多人把我们党推进城市化进程的意思理解不全面。推进城市化进程并不是都来建国际化大都市，比如农村也和城里一样通电通公路，农民也和城里人一样有低保有医保，农民生活城市化，也是推进城市化进程。偏只能慢慢纠，副省长最后对祁专员说，老祁呀，我看，你们就先把现有的开发区搞出点人气来，再说东扩的事吧。这样下去怎么行？比如这广场，现在就只好了驾校一家，这样是不行的呢。我两年后再来，我希望这里再不是冷冷清清的。

副省长的话说是说得很轻，但落下去却很重。

副省长这样一说，祁专员就没有办法了。副省长走后他就现场办公，规划龙鳞广场东南西北四个角，先建四座大楼，先搞出一个看相来。必须十四层以上，必须是全玻璃屏幕外墙，而且要两年内一定建起，两年后副省长也有可能真的来看呵。原来是指望这四座楼都招商引资的，但招商引资一下子喊不应，现在只好自力更生，依靠自己的力量了。祁专员找来了几个他认为有条件的单位，要求一个单位来建一座大楼。土地行政划拨，算是送给你们了。建大楼的钱从哪里来，他不管，他说他只讲结果不看过程。祁专员现场办公说，干部是做什么的？干部就是为国家分忧的，不能要帽子的时候劲板板的，卵子撞得板凳响，一遇到困难就阉官子一样，疲软了。你疲软了可以，要知道帽子还抓在我手里呢。你克服不了困难，行，你休息去，我可以找能够克服困难的人！

现在这件事情几个单位都正在落实，电视台落实得好一些。其他单位没有抵押物，银行不肯贷款，电视台的有线电视收视费是靠得住的收入，上面就要电视台用这笔钱做抵押担保，到银行贷款建大楼。台长本来是无所谓的，可台里才开了一个会，他就不肯到银行去了。因为会上记者们把他骂得要死，都说有线电视收视费是我们的吃饭钱呵，今后归银行收了，做了利息去了，我们还吃不吃饭？就算我们都是机器人，可以不吃饭，收视网络总要维护吧？没有钱维护网络了，电视台两年以后肯定会完蛋。台长是个死脑筋，不晓得两年以后当官的是可以走人的，他怕被记者们骂死，就一个报告打到上面，说他最近体检查出了肿瘤，要求退居二线但不在电视台养老。上面已经同意他的请求了，好多人就去活动这个职位，地区创作室的主任最有希望。这个人姓马，人称马诗人。只等台长一滚蛋，据说马诗人就会去接手电视台。

马诗人比台长聪明，他是看好了会修大楼，才去活动这个职位的。

现在七老板开车，彭玉蓉是和他一起去晶晶宾馆。

马诗人和文科长在地区党校一起培过训，也算是同学。彭玉蓉特地请文科长出面，将马诗人约出来了。目的是先聚一次，帮七老板联络一下感情。

就要和文科长见面了，彭玉蓉还在和文科长短信交流。

彭玉蓉回文科长短信：哈哈，做人是要讲诚信！请问你的孩子是男孩还是女孩呵？

文科长回彭玉蓉短信：问这个干什么？男孩。

彭玉蓉回文科长短信：那你今后就是要求媳妇讲诚信的老人了。

文科长回彭玉蓉短信：你对你公公讲诚信吗？

彭玉蓉回文科长短信：要死了？狗嘴里吐不出象牙！

文科长回彭玉蓉短信：不吐象牙了，马诗人已经到了呢，我们现在在莫斯科玩"三吃一"，你还要多久才大驾光临呵？

"三吃一"是一种刚从省城流传过来的扑克新玩法，三个人打一个人，输赢比较大。彭玉蓉就回文科长短信说：稳住呵，该出手时才出手，多赢一点钱好请客，我们就来了，已经在梨花路了。

晶晶宾馆在龙鳞城里还算是比较高档的地方，自己说自己是四星，所以那包厢价格是比较吓人的，而且崇洋媚外。张家界、九寨沟、井冈山、太阳岛、瑞丽城这一类以中国名字命名的包厢收费四百八十八元，华盛顿、新德里、巴黎和东京那一类以外国名字命名的包厢，收费就是六百八十八元了。

反正是打土豪让彭玉蓉出钱，文科长订的包厢就是莫斯科了。

彭玉蓉和七老板让小姐引着走进莫斯科时，文科长正坐庄，他拖了一盘牌，眼看就要被打垮了。打垮了一人要出三个人的钱，他们打的是二四六，一人六十，三六就是一百八十元，他就想赖皮了。见彭玉蓉和七老板进来，就将牌一和，说不打了不打了，下一个节目我们唱歌我们唱歌。一个长得很纤细的男人不肯和牌，站起来说不打了可以，但你这一盘的钱还是要结清哪！文科长不管他，只当没听见。他一只手握了七老板，一只手握了彭玉蓉，对那个长得很纤细的男人说，这就是大企业家，我们的七老板，这就是彭主任，专管七老板的纪委书记。彭主任下不得地呢，只要她一说话，就是代表寒陵县的王书记，代表寒陵县的李县长，代表寒陵县八十一万人民。又将那个长得很纤细的男人介绍给七老板和彭主任，说这就是马诗人，也是了不得的人物。他专门将散文分行排列，再每隔三行写一个呵字，打一个惊叹号。据说全世界的诗人都死绝了，明年诺贝尔文学奖的得主，有可能就是这家伙了。介绍了马诗人，再将另外三个男人都向七老板和彭玉蓉介绍一番：一个姓石，税务局的稽查队长；一个姓迟，设计院的办公室主任；一个姓谢，质监站的副站长，都是可以在业务上照顾七老板的人。

众人和七老板、彭玉蓉分别握手，握手时都说幸会幸会。

然后七老板敬烟，然后大家交换名片。

马诗人和七老板握手时，恭维七老板说，七老板呀，你要叫你夫人少到街上去走呢。我说我们龙鳞城里的离婚率怎么突然一下子就提高了呢，现在原因找到了。彭主任到大街上一走，男人们只要看一眼，回去就都对老婆不满意了，和你夫人一比，她们就都是丑八怪了。

七老板说谢谢，彭玉蓉也说谢谢。

彭玉蓉在心里佩服马诗人聪明，一句话就把他们两口子都恭维了，而且恭维得那么机智幽默。

她第一眼看到马诗人时就觉得眼熟，只是一下子记不起来在哪里见过面。

到底在哪里见过面呢？她想。

使劲想，还是想不起来。

关于下一个节目的事，总不能坐着等饭吃，七老板就问是唱歌呢，还是继续打牌？马诗人手气正好，还想继续打下去，文科长怕算老账，就主张唱歌算了。七嘴八舌争不清场，最后还是七老板以东家的名义下结论：想唱歌的唱歌，想打牌的打牌，充分尊重人权，张扬每一个人的个性。音响设备在外间，牌桌就搬到里间去了，七老板替代文科长，陪了马诗人、石队长、迟主任打牌，彭玉蓉呢，就陪了谢站长和文科长，在外间唱歌。

晶晶宾馆的音响效果还不错，彭玉蓉陪文科长唱了一曲黄梅戏《夫妻双双把家还》，陪谢站长唱了一曲花鼓戏《补锅》，三个人再联合起来，又唱了革命样板戏《沙家浜》里面的选段《智斗》。文科长唱胡司令，硬起喉咙喊"想当初，老子的队伍才开张"，还真的唱出了一个土匪样子。谢站长唱刁参谋长，阴起声音吟"适才听得司令讲"，也将刁参谋长阴阳怪气的神态唱出来了。彭玉蓉就更不用说了，歌场老手，一出场就真的像死了阿庆嫂。她一下子就垒起了七星灶，就铜壶煮三江，再摆开八仙桌，就招待十六方了。尤其是唱到"有什么周详不周详"的时候，她随便拿起一个茶杯做道具，将杯子里的剩茶轻轻一泼，那一份潇洒，简直就是当年的阿庆嫂再次还生了。

两个男人眼里，彭玉蓉举手投足间都尽是娇艳。

一个女人和两个男人唱歌，两个男人就都会产生一些莫名其妙的情绪。

因为有这莫名其妙的情绪，两个男人下意识的又开始窝里斗了。《智斗》唱完了，文科长意犹未尽，他要求彭玉蓉接着唱沙奶奶，他来唱郭建光，两个人干脆过把瘾就死，从"朝霞映在阳澄湖上"开始对唱，一直对唱到"再来看望你革命的老妈妈"。文科长要一个人霸占彭玉蓉，谢站长就不舒畅了，心里就有些失落感。文科长和彭玉蓉两个人过瘾时，他就总是插科打诨，横进中间去插一杠子。他一插杠子，彭玉蓉就笑，笑得出气不赢，笑得无法和文科长配合到位。后来他们就只好各唱各的了，你把这首歌献给我，我把那首歌献给你。唱之前先祝你万事胜意，祝你财源滚滚，祝你身体快乐一夜情，祝你家庭健康不分裂。彭玉蓉祝了文科长又祝谢站长，祝他们的老婆不管他们的闲事，文科长和谢站长则分别祝彭玉蓉，祝她情人的老婆经常出差在外，最好到国外去留学。你献了歌给我，我就要献花给你，包厢里花瓶里摆的那束假花，就一下子飞到这个人怀里，一下子又飞到那个人怀里。

都说歌厅里的人是疯子，情况确实是这样。

后来彭玉蓉唱累了，就跑到里间去看七老板他们打牌。

彭玉蓉有一个坏毛病，一看七老板打牌心里就痒，就想当七老板的家。七老板准备出这只牌，她说应当出那只牌，总是喜欢指挥七老板出牌。七老板手气正不好，已经连输了两把了，有一把还输得非常弱智，就把火都发到了彭玉蓉身上。

是我打还是你打呵？七老板说，嚷嚷嚷，吵死一样，一手牌被你嚷得大家都晓得了，我还能不输么？

七老板一发火，彭玉蓉就装个怕老公的样子出来，老老实实坐到旁边去了。

好女人在外面都会装个怕老公的样子，只是在家里厉害。

彭玉蓉是个好女人。

坐到旁边没有事做，彭玉蓉就拿出刚才马诗人给的名片来玩味。

马诗人的名片和众人的不同，是折叠式的那种，一共有四个版面。正面两个版面印了他的头衔，彭玉蓉数了一数，数清了一共是九个。这九个头衔，分别是世界华人诗人联谊会总干事、香港抒情诗人驻内地联络处主任、中国乡土诗人联合会副总干事、中国农村青年诗歌爱好者协会副秘书长、省里大众诗社荣誉社长、省里某某报副刊特约诗歌编辑、龙鳞一中神风文学社顾问、岩山县青山镇中学客座高级讲师，最后才是拿工资的那个头衔：龙鳞地区艺术创作室主任。翻到背面，背面两版就是他的作品目录和获奖情况了。他的作品尽发表在一些稀奇古怪的地方，得的却尽是一些世界性的大奖。目录中一首叫《祖国颂》的诗歌，小八号字注释说是九十年代中国行走诗歌的代表作，曾经在南中国产生轰动效应。

这首叫《祖国颂》的诗歌，让彭玉蓉心里一动。

她想起来了，十多年前她是见过马诗人的。

难怪说觉得面熟！

十多年前文学还比较热，彭玉蓉也还没有结婚，刚刚招工到招待所。那时候的彭玉蓉，和无数的梦幻青年一样，怀里总揣着一个文学梦。有一次县招待所来了一个人，说自己是行走诗人，要求招待所赞助一点钱出版诗集，共同来建设精神文明。当时的所长也是一个文学青年，就要那个行走诗人搞一次现场诗朗诵，证明了自己是诗人，他才好拿赞助。诗朗诵是在职工食堂举行的，彭玉蓉也跑去听了。听了那个行走诗人的诗朗诵，彭玉蓉马上就破灭了自己的文学梦。那个行走诗人朗诵的诗歌叫《祖国颂》，那首诗很有个性，一共才两段，很好记的，彭玉蓉好长一段时间都记得那首诗。她记得行走诗人那天就站在职工食堂的一条高凳上，眼睛看着天花板上的一个蜘蛛网，摇摇欲坠挥动着一双可怜的瘦手，声嘶力竭地朗诵道：

黄河黄

长江长

长江没有黄河黄

黄河没有长江长

呵，黄河

呵，长江

都在我心中流淌

黄河黄

长江长

黄河行走在北方

长江行走在南方

呵，北方

呵，南方

都是我亲爱的故乡

那个行走诗人，可能是龙鳞地区岩山县的人。岩山县土话土得掉渣，等于是语音中的活化石，他敢于用岩山县土话来朗诵诗歌，那效果就奇好，笑得人死。岩山县土话最突出的特点是，语音里面至今没有现代汉语拼音方案里"基、欺、希"和"资、痴、思"六个声母，都是用声母"根"来代替，这样一来，"江"就读成了"钢"，"中"就读成了"东"。岩山县土话还使用几个最权威的汉语语音专家也无法记录的韵母，"黄河"读出来就成了"昂河"，"祖国颂"读出来就是"堵固颂"了。没有想到的是，最大的技巧真的是无技巧，行走诗人敢用岩山县土话来搞诗歌朗诵，那效果就太好了，弄得好长一段时间，招待所的年轻人一见面就互相逗乐子。这个说，现在我朗诵堵固颂，昂河昂，长钢长，都在我心东流淌。那个说，堵固颂，呵，昂河，呵，长钢，都是我亲爱的个乡。因为全招待所的人都被他逗乐了，所长当时就大笔一挥，给了两百元赞助，让他去建设精神文明。

当时彭玉蓉就想，还文学呢，还诗人呢，这和玩猴把戏有什么两样？

可是今天，马诗人说普通话了。

彭玉蓉就老是盯着他的脸看，看出马诗人虽然说普通话了，但脸上总还是那个行走诗人的轮廓。

说普通话的马诗人发现彭玉蓉老是盯着自己看，就一边出牌一边说，彭玉蓉你是不是看上我了？我可没有七老板那么多钱，我可是个穷光蛋呵。

彭玉蓉也俏皮，她想确证一下眼前的马诗人是不是十多年前的那个行走诗人，就说，不是要郎才女貌么？七老板有钱，没有你的才呵，你要小心！我现在在看相呢，我从你马大诗人的脸相上看出来了，你马大诗人在女人的问题上刁得很，我腹内空空的，你眼角都不会扫一下的。我还看出来了，马大诗人小时候过得很苦，曾经在深山里砍过柴火。

马诗人一惊，说，我是岩山县山角角里人哪，你怎么看出来的？

彭玉蓉嫣然一笑：天机不可泄露。

七老板却有点吃醋了，说，出牌出牌，彭玉蓉你唱你的歌去。

彭玉蓉还要考证马诗人，这时候有小姐进来了。小姐问，是不是可以点菜了？七老板就要彭玉蓉点菜。彭玉蓉就暂时放下马诗人了，她一样一样点菜，原则只有一个，那就是要吃得大家都高兴。

七老板经常说，舍不得花钱就赚不到钱。

这一聚聚去了一千多，卖单的时候，彭玉蓉要了发票。晶晶宾馆的规矩是，要了发票就不打折了，但彭玉蓉宁愿不打折，还是要了发票。她心里想，虽说暂时报销不了，但发票放在手里总是会有用处的。

彭玉蓉是个精明人。

开着雪铁龙回家的路上，七老板半真半假生彭玉蓉的气。当着我的面就敢那么盯着男人死看，我要是出得半年差，回来还不城头变幻大王旗了？彭玉蓉在七老板脸上啃了一把，就说行走诗人，说“堵固颂”，说“昂河昂，长钢长，都在我心东流淌”，说得七老板再一次笑了。笑够了，两个人就研究马诗人。彭玉蓉不解，喃喃道，龙鳞地区也不是没有作家，有两个作家还很出名呢，怎么就让马诗人当了作家的头呢？七老板道，这就是你不懂官场了。上面的官场还要讲影响，下面的官场就不管这许多了，只看哪个会运作。马诗人当年就知道行走，当然是运作高手了。我听人家说，马诗人有一个本子，专门记领导的生日，领导家保姆过生日，都会收到他一个电话问候。满满一桶水不会起浪的，只有半桶水的人，往往就会浪起好高。看一个人的名片，就知道他会不会搞运作。什么世界华人诗人联谊会？只要胆子大，印上去就是，没有人会去联合国调查，就是去联合国调查，也调查不出有没有这样一个组织。再说，就是没有，也可以搞一个嘛，马诗人搞文学也像你们搞办事处呢，醉翁之意是不在酒的。要是在酒，他写诗就是了，还要费那么大力气搞通上头，调到电视台去做什么？电视台就要建楼了，又有个把两个人要先富起来，想去的人还不有一个加强营？

彭玉蓉说，今天用去了一千多呢，这账我记在马诗人的头上了。

七老板说，舍不得孩子套不着狼。

彭玉蓉说，我看马诗人那人好对付。

七老板踩一脚油门，很不屑地说，没见过什么世面的乡巴佬，小菜一碟。

七

编制问题

刘达夫把罗海军扶上马，让他去抓相思酒楼后，还没有来得及将他送一程，就急赶急又回了一次寒陵县。

这一次他在县里呆的时间比较长。

做的准备工作也比较充分。

刘达夫回来的时候，正好县里在杜溪河桥头停车场搞"村村通工程"开工典礼，他一下车就赶上了那喜气洋洋的场面。停车场赶集市一样，他先还以为县里又开三级干部会议呢，下面的村支书都来了，一个人手里拿一瓶矿泉水。他晓得何一修肯定会在这里，就去找，果然在主席台下面找到了。何一修正在搞登记报到，登记一个名字就发一瓶矿泉水，发一份资料，忙得一塌糊涂。见是刘达夫来了，连忙也丢过来一瓶矿泉水，把手头的工作交给其他人了，就挤出人圈子来和他握手。握了手，何一修喜气洋洋告诉刘达夫说，三点零八分剪彩，现在两点半了，记者们也都到位了，我是胯里夹了一胯的事呢，只能简单地跟师傅你汇报一下了。

刘达夫哈哈哈地笑着说，汇什么报呵？办事处属县委办管，我是来听取你的指示的。

何一修不和师傅斗嘴巴，何一修由衷地感叹，王书记的方案拿得好呵，真的拿出了高水平！地区交通局最后确定的是首期投入四千五百万，王书记设计，上面拨下来的这四千五百万只做引窝蛋，乡镇你自筹好多钱，我就给你配套好多钱，乡镇长们心里骂娘，但还是只能去钻山打孔想办法。修公路的积极性一下子就调动起来了，四千五百万就一下子变成了九千万。乡镇长们也不是省油的灯，他们也学王书记的样，照瓢画葫芦，也和村里搞配套，急得村长们一个个抓耳挠腮。你晓得，现在政策不允许搞摊派。王书记及时给他们壮胆，王书记说了，搞什么摊派呢？讲民主嘛，“一事一议”嘛，“一事一议”不是摊派，村民委员会组织法上规定了的，村民代表会议民主议定的事，就不是摊派。好哪，那就“一事一议”了。这样一搞，九千万就再翻一番，变成了一点八个亿。县里交通局算了一个账，有了这一点八个亿，全县二分之一的行政村就都可以将扁担塞进灶眼里，做柴火烧掉算了。潜在的效益还不止这一些呢，县水泥厂又上马了，“村村通”要用好多水泥？一些有钱人听了讯就到银行去取钱，取了钱就到水泥厂去集资，水泥厂给两分的利息。山林绿化也出现了一个小高潮。以前动员农民栽树，他们不栽，说没有公路横竖运不出去，卖不出钱来栽了树做什么？现在好了，要修公路了，林业局苗圃里的树苗一抢而光，寸把高的杉树苗都卖起两毛钱一个，林业局现在正紧急调苗。王书记当然是喜饱了哟，他说我最反对形式主义，但这个开工典礼不是搞形式主义，等于是开一次全县三级干部誓师会，是一次大宣传，是一次大动员，宣传大好形势，动员乘势而上。

何一修还有许多话要说，可是广播喇叭嗡嗡地响了几下后，李县长就在点名了：青山镇的人到齐了吗？浮云乡的人到齐了吗？各乡镇带队的请马上清理人数！远远的有人在喊何主任，说就要剪彩了呢，你还呆在那里做什么？何一修不能和刘达夫说话了，就对喊他的那个人说，来了来了！他一边走一边用手往桥头指：你看你看，王书记脸上都在放光彩呢！

刘达夫顺何一修手指的方向看去，看见桥头上王书记面对摄像机的镜头，正在接受县里有线电视台记者的现场采访。有一个下面上来的村支书想上镜头，悄悄地往王书记身后挤，记者要赶开他，王书记招招手，反而将他喊得站在一起，说这样还自然些，生活味也足一些。果然，王书记一说话，那个下面上来的村支书就点头，这样一配合，效果就奇好。只是县里有线电视台的设备到底不行，大白天还要举出一个亮闪闪的钨光灯来。钨光灯一照，王书记的脸上当然就云里雾里放光彩了。

刘达夫本来还想和何一修说一说办事处的事情的，何一修没时间，他只好先回家。

刘达夫回到家里，还听得见桥头停车场里传来的鞭炮声。

下午四点钟，开工典礼搞完了，何一修提着一个礼品袋子，敲开了刘达夫家里的防盗门。何一修这小子，真的是心中常有师傅呢。开工典礼备了一份纪念礼品，与会者人手一份，刘达夫没有与会，他也帮刘达夫写了一个名字，也领了一份。刘达夫的老婆刚收了公粮脸上还红扑扑的，收起纪念礼品就去沏茶，沏了茶又削苹果，然后要下楼去买菜，叫刘达夫一定留住何主任，说她要亲自搞一餐饭给何主任吃，说何主任还没吃过我搞的饭呢。刘达夫摆摆手，叫老婆你就不要下楼了，何主任没有那么多时间，我们之间的关系也不是吃饭关系，你搞的饭也不见得比宾馆里的好吃些。果然，何一修说他只能待半个小时，因为常委会马上就要开会，他又要去做记录。刘达夫向老婆使个眼色，老婆很懂味，马上说何主任我少陪了，我要去洗碗，回避到厨房里去了。何一修告诉刘达夫，我夹在开工典礼的空子里向王书记汇报了，说办事处有些事想向书记汇一次报，王书记很痛快地连说了三个行。但专门汇报可能性不大，王书记太忙了，我尽量争取。师傅我看你就做临时汇报的准备吧，手机就不要忘记充电了，我一有机会就通知师傅你的。

各行各业都有自己的行话，“专门汇报”和“临时汇报”就是秘书业的行话。“专门汇报”指领导自己做了安排的那种汇报，到时候领导会把你叫到他的办公室去，让你坐下来慢慢地讲。“临时汇报”就要靠秘书运作了，秘书不帮你这个忙，你两眼一抹黑，知道哪天领导在哪里？知道那天领导心情好不好？领导心情好不好，同样是汇报，那效果会是大不相同的。

刘达夫问，你估计他会同意么？

他应当会同意。何一修说，王书记是个学者型的领导，没有时间看那么多报纸刊物，就要我先读，我把有价值的文章选出来，他再读。我特意选了内参上的一篇文章，这篇文章说北方有个县，培训了一批美女送到领导家里去做保姆，也是归办事处管理。结果县里招商引资大获全胜，但还是搞得一些领导犯了错误，两个美女上岗成了领导夫人，下了岗的领导夫人就告状，告到省里去了，结果引起一场内部讨论，正反两方面的意见都有。我选的文章平时王书记看了就看了，但王书记看了这一篇，却特别和我交换了意见。我当然说我只是觉得新奇，所以就选了。王书记笑一笑，说了一句意味深长的话：你原来是刘达夫的下级吧？主要是管理问题。

这样一句无头无尾前后不搭界的话，要是外行就肯定不懂，但何一修懂，刘达夫也懂。

现在的领导都聪明了，讲话只点到为止。

有些话是不能明说的，只能打哑谜，你要用心去体会。

何一修和刘达夫都体会得出来。

他笑了？还说了你原来是刘达夫的下级？刘达夫一颗心像一台电子计算机，一下子高速运转起来。他对何一修说，王书记真的笑了？王书记还说了你原来是刘达夫的下级？这就说明他其实知道，你是用这篇文章为办事处请示，因为他提到了我和你的关系。他笑，是笑你也晓得官场的套路了。他说你原来是刘达夫的下级，是说你和刘达夫去操作就是的——我这样理解你说对不对？主要是管理问题——主要是管理问题——这一句很关键，说明他不反对北方那个县的搞法，只是要求我们不出漏子，不给他惹麻烦。

何一修说，我理解也是这三层意思。

那就赶紧汇报吧，刘达夫说。

好，我走了，你就在屋里等是的。

刘达夫将何一修送到楼下，看着他走远了，再在楼下音像店里放了一百块钱押金，租了许多本琼瑶作品改编的电视连续剧再上楼。刘达夫知道何一修也不容易，王书记的脚长在王书记身上，他也不是想安排汇报就马上可以安排的，他也只能瞄空子。刘达夫打算这两天哪里也不去了，就坐在家里给老婆做饭，专门等何一修的电话。

以后的日子，刘达夫做完两餐饭，就坐在屋里看琼瑶了。看琼瑶笔下的人物在雨中接吻，又在雨中遇上车祸。听琼瑶笔下的人物在雨中接过吻后说，我好幸福好幸福呵，在雨中遇上车祸后又说，我好悲伤好悲伤呵。看到第三天，刘达夫看出了一点套路。这琼瑶就是这样写书的呵，这一本和那一本，故事基本上都是一个模式，都是至爱的人因为误会分了手，等到搞清楚时，其中一个不是得了绝症就是遇上车祸。而且重逢的时候，天上大都下着小雨，女主人公手里大都拿着一样道具。女主人公必定会心中一震，她心中一震，这件道具就必定要掉在地上，响声于是就引起了男主人公的注意。刘达夫看出了套路就看不下去了，是何一修恰到好处地解救了他。

何一修终于来了电话，叫他马上就到一品山庄来。

寒陵县在清代道光年出过一个人，这个人在朝廷做官做到了正一品。现在要努力发掘旅游文化，有人就在丢有这个人胞衣罐子的地方建了两栋房子几个亭子，那个地方就唤做一品山庄。县里有外面的客人来，总要带客人来一品山庄，重温一遍那个人物的光辉业绩，借以说明寒陵县确实是人杰地灵，到这里来投资你是没有找错地方。刘达夫接了何一修的电话，下楼打个的，就往一品山庄赶。他在车上将这两天精心备好了的腹稿又默记了一遍，尽量地做到简明扼要。因为太专一了，到山庄大门下车时，就忘记了现在还是初级阶段，还不是各取所需，坐的士车暂时还是要出钱的。他下了车就走，司机连说了三遍你还没有给钱呢，他都没有听见。弄得司机很不高兴地下车追上来，他才恍然大悟地连连说，对不起呵，你看你看，真的对不起。

幸好山庄门口没有其他人，只有何一修伸长了脖子在打望，不然就出笑话了。何一修其实没有等好久，却好像等了个天长地久的样子。他抢着为刘达夫出了的士钱，然后急匆匆只说了五个字：快点，凌云阁！

说了这五个字匆匆转身就走。

刘达夫本想解释一下的，也不好说了，他摸摸头发又整整衣服，一路小跑只好跟上何一修。

一品山庄果然是个好去处，真个是曲廊长长，流水潺潺。

王书记果然坐在凌云阁里，正在接待一位港客模样的商人。何一修叫刘达夫先站在外面，他轻手轻脚进去，附在王书记耳边说了几个字，王书记点了头，他才出来叫刘达夫进去。刘达夫进去后，王书记却并不招呼他，只顾和港商说话，笑声很是爽朗。刘达夫本来有些拘束的，见王书记心情很好，那一点拘束也就烟消云散了。他轻手轻脚走过去，站到王书记面前，正要喊书记，王书记却突然对他说，你这个山庄还不错嘛，尤其名字取得好，一品，到了顶了。只是卫生状况还是差了一点，我建议你们到张家界去看一看，看他们山上的厕所是怎么修的。

王书记把刘达夫当成是一品山庄的老板了。

刘达夫好纳闷：王书记真的不认得我？他也来寒陵两年多了呢，几个月前还和我谈过话呵！越想，心里就越悲凉。哪个要你到现在都还只是个副局长呢？连单独向领导他汇报工作的资格都没有，每个单位的副职又都是那么多，县里开副科以上干部会要在剧院里开，他当然不会认得你！刘达夫只好先对那位客商点点头，然后自我介绍说，我叫刘达夫，原来是县招商局副局长，承蒙组织上看重，现在在龙鳞城里搞办事处。王书记一愣，呵了一声，又去和客商说话，他们说的是关于今天会不会下雨的问题。刘达夫等他们一致认为今天不会下雨了，才又喊了一声王书记，说书记您如果有时间，我想将办事处的工作汇报一下。我们已经向何主任汇报了，何主任可能已经向您汇报了，主要是关于劳务输出的事情。

劳务输出？王书记想了一下，好像想起来了。王书记丢了一根烟过来，说，具体事就和小何商量吧，办事处已明确归何一修联系了。

刘达夫接了烟，赶紧给王书记点火。

王书记吸口烟，又和客商谈天气的事了。

那个客商又有了新的看法，说今天还是有可能会下雨。

王书记坚持他原来的观点，认为今天应当不会下雨了。刘达夫只好站着等，等他们又得出结论，一致认为不但今天不会下雨，而且明天也不会下雨，才又喊一声王书记。王书记这才说，这是你的具体工作呵，不要大事小事都找一把手嘛。要敢于创新，还要敢于负责。我说了，办事处已明确归何一修联系了，小何刚才还在这里呢，现在可能在大门口。

刘达夫懂得王书记的意思了，心中大喜，说，书记，您忙吧，我先走了。

王书记很礼貌地说，好走好走，你要和我经常联系经常联系。

背诵了若干遍的腹稿竟没有用得上，刘达夫心里就难免有一点窝囊。但细细一想，也豁然开朗了。在政府机关里做事，有时候分管和联系并没有很严格的意义差别，不过是玩弄语法修辞，就看是哪个分管，哪个联系。人对了，联系可以是分管，有职又有权。人不对，指挥不动下面，分管也就只是起个联系作用了。何一修现在是王书记的红人，他来联系办事处，当然就是分管的意思了。而且，不管联系也好，分管也好，王书记这样安排，刘达夫就很满意。何一修是从招商局调过去的，和自己关系又很铁，这一点王书记已经知道。王书记知道何一修和自己关系很铁还这样安排，这说明王书记很信任自己。

何况王书记还有那句话在先：你原来是刘达夫的下级吧？主要是管理问题。

汇报本来也就只是个形式。

现在的潮流是，形式远比内容要重要。

从一品山庄出来，刘达夫一连几个晚上都喊了何一修，一连几个晚上都在武侯茶楼喝擂茶。

两个人喝好了，再分别喊了有关的人来一起喝。

第一次喊的是财政局的张局长。

刘达夫先提要求，办事处不招几个服务员，真的是无法开展工作了。然后说局长呀，今后你和你的关系户到了龙鳞城里，接待的事我就包下来了。办事处那部车，就是你的专车。我知道你来了没有接待好，你骂我的娘。你要是不认我这个老兄，来了不告诉我，就是看我不起，我也是会生气的。你在龙鳞城里有什么事情要办，通知我一声，我办不好是能力问题，办不办是态度问题。能力问题你要原谅我，态度问题你一样可以骂我的娘。刘达夫表了态后，何一修就传达王书记的意思，办事处是大家的办事处，不讲有钱的出钱有枪的出枪，能够支持的不支持，王书记知道了那是要发火的。何一修这样说，也不完全是扯了鸡毛来当令箭，王书记确实很重视办事处，曾多次在一些会议上要大家都关照办事处。那天在一品山庄，王书记确实是没有时间听刘达夫汇报。那个客商手里有五千万要投资呢，王书记只想他把这五千万都掷在寒陵，不想扫了他的雅兴。后来将客商送走了，王书记还是对何一修说了劳务输出的事，说老刘那么干练的人，这个事你要和他配合好。

具体配合什么？到底怎么样配合？他都没有说，也是无需说的。

什么都讲明白，是不成熟的表现。

所以何一修就敢于对张局长说，王书记同意了的，办事处要招几个服务员。你晓得办事处目前还没有名分，这几个服务员的编制就暂时放在招待所了。招待所的情况你晓得，因为承包了，放编制可以，发工资就不行了。你看你是把这几个编制的人头费拨到招待所呢，还是直接就打到办事处的办公经费里去算了？张局长还是一个副局长，就说我当不了家，钱的事情要我们罗局长说了才上算。不过我认为，现在还不到谈钱放在哪里的问题吧？增加人头要县长表态呢。我就告诉你哪，虽然喊是喊今年我们的财政会上一个新台阶，其实今年我们的收入不怎么样，预算内缺口都还会有蛮大，莫说你这是预算外的了。我只能表个态，我这里没一点问题。反正就是那点钱嘛，这样用困难，那样用还是困难，总之是困难，就用到哪里都是一回事了。我这样说吧，我也是牛胯里的蚊子，罗局长同意了，我也就同意了。

两个人和张局长喝擂茶还喝出一个情况来：罗局长的儿子很争气，这次考取了地区重点中学，过完暑假就要到龙鳞一中读书去了。

这真是一个意外的收获。

刘达夫喜不自禁，回到家里就叫老婆给罗局长的老婆打电话。

老婆当然听刘达夫的。

老婆在电话里对罗局长的老婆说：老弟嫂呀，这就是你的不对了。我们平平考取了地区重点中学，你怎么也不告诉我一声呢？平平真是个好孩子！几时请报师宴呵？你莫要说我小气，报师宴我就不会拿红包了。我屋里那个鬼太老实了哪，被人排挤到龙鳞城里搞什么办事处去了哪，我跟我屋里那个鬼讲一声哪，我们平平就在他们办事处搭餐，就算是我拿的红包哪。

罗局长的老婆正为学校里伙食不好发愁呢，就马上在电话里对刘达夫的老婆说，你这个红包最实惠！我正要向你开口呢，又不好意思说得。

刘达夫的老婆进一步深入：学校里的伙食那是吃得的？平平是我看着长大的呢，小时候打架打我屋里兰妹子不赢，老是跑到我屋里来告状，想起来那情景就和眼门前一样的！哎哟，要不是我屋里兰妹子长得丑，又比你屋里平平大了一岁多，我真想要平平做我的女婿算了！

罗局长的老婆好不感动：我们高攀得起？你到底是我的亲老妹！

有了这个铺垫，罗局长再到武侯茶楼来喝擂茶，对办事处那支持的力度，就比张局长大得多了。

他们三个人并不讲重点中学的事，还是刘达夫先提要求，说办事处不招几个服务员，真的是无法开展工作了。你在龙鳞城里有什么事情要办，只须通知我一声。办不好是能力问题，办不办是态度问题。刘达夫说完了，何一修再对罗局长说，昨天找你没有找得到，正好碰上张局长也在这里喝茶，就先和你的副手张局长大致通了一下气。情况你清楚，王书记同意了的，办事处要招几个服务员。你晓得办事处目前还没有名分，我的意思编制就暂时放在招待所算了。招待所的情况你晓得，因为承包了，放编制可以，发工资就不行了。你看你是把这几个编制的人头费拨到招待所呢，还是直接打到办事处的办公经费里去算了？我的意思是打到办事处的办公经费里比较好，省得招待所看见银子就眼红。

因为有了两个老婆之间的电话，罗局长说起话来就直来直去了。罗局长说，钱打到哪里不重要，钱从哪里来才重要。你们这是为难我呢。他讲了许多困难，说财政局长真不是人当的，这里向我要钱，那里也向我要钱，好像我会印钞票一样。但他没有提要县长才能批，他知道在这个问题上，李县长和王书记已经高度统一，李县长其他事情有可能和王书记顶牛，这个事情肯定不会唱反调。他也是个狡猾的家伙,堤内损失想要堤外补回来,就对何一修说,我可以帮你的忙,但你也要帮我一个忙。红十字会保管着一笔海外募捐来的慈善款,一直没有用。财政局去借,想在中心医院冲抵一点公费医疗的亏损,红十字会却不肯,说是要专款专用。这个时候了,还有什么专款专用?现在是十个坛子只有八个盖,我天天都在挪了东墙补西墙。王书记若是能和红十字会的郭眼镜说一声,把那笔钱交到财政来,我今年的日子就好过一些了。

罗局长的言下之意很明白，何主任你帮我把红十字会的那笔钱弄过来,我就把这笔钱落实了。

何一修当然明白这个意思,就马上说,卫生局李副局长车祸死了,郭眼镜正活动想补这个空缺呢。我去开通他一下就行了,哪能一点小事就闹到王书记那里去呢！他硬要是不识相,我再向王书记汇报,我看他还想不想当副局长。

罗局长见何一修这样一说,就放心了,就说办事处的这个事我看没问题,只是还要和张局长统一一下,看怎么样操作才有利于工作。

刘达夫就赶紧说,张局长表态说他个人没有意见,你罗局长的意见就是他的意见。

罗局长就笑,你的意思是事情办不好,罪过都是我一个人的?

刘达夫也就笑着说,不是你的是哪个的？我原来在招商局也是一个副职,积多年的经验,太晓得一把手的杀伤力了。

财政局两个局长都说通了,看来财政局是没有问题了,刘达夫和何一修就商量,可以找招待所来谈了。

招待所归县委办管,何一修是县委办的副主任,何一修认为刘达夫没有必要对招待所的所长也卑躬屈膝,就预先嘱咐刘达夫说,办不好是能力问题办不办是态度问题的话,师傅你就无需讲了。但真的过场时,刘达夫心情迫切,就忘记了何一修是可以指示招待所所长的,他就还是讲了。

招待所的漆所长很年轻,在漆所长面前,刘达夫自然是老资格了。老资格的刘达夫这么一讲,很年轻的漆所长于是就很感动,说王书记同意了的事,何主任亲自传达,那还有什么问题呢？只是有一个事先要讲明白,服务员都是要发工资的吧?她们不会找我要工资吧?何一修说这你就放心了,办事处才搞两个月呢,招商引资就做出了巨大成绩,一个“村村通”工程,就是四千多万，招了商引了资县里是要发奖金的，办事处很快就会有钱了。

他不说县财政会考虑，怕招待所的漆所长眼红。漆所长一眼红，就有可能提出来钱要和编制一起走，然后再在铁鸡公上拔几根小毛。

劳务输出的事，就这样搞妥当了。

三天以后，寒陵县有线电视台在广告黄金时段打出一条劳务信息广告，说县招待所招收三名女服务员，条件如何，待遇如何，有意者请执有效证件到龙鳞城里神仙巷二一六号报名。眼下搞假招工骗报名费的人太多了，所以这条信息广告的最后还加了几个字：不收报名费。但还是有观众看了这条信息广告后提出质疑，说县招待所招服务员，怎么到龙鳞城里去报名？幸亏有一些自认为了解情况的人告诉这部分观众，说是县招待所在龙鳞城里办了一个三星级的酒楼呢，龙鳞城里钱好厚，龙鳞人有钱，我们要狠狠地赚龙鳞人的钱！

刘达夫打出这个劳务信息广告后，就回龙鳞城里了。

办事处的工作千头万绪，都等着他去归总。

八

娥姐和她的庚先生

我们现在要说娥姐了，因为娥姐很快就要成为办事处的服务员了。

娥姐还没有成为办事处的服务员之前，太阳已经升得老高老高了，她却一如既往，还赖在她的小床上睡懒觉。

不睡懒觉干什么呢？

英雄无用武之地。

娥姐住在寒陵县浮云乡鲤鱼塘村，这里离县城一百二十里，离龙鳞城就更远了。山路又不好走，村里有的老年人，一辈子连乡政府都没有去过。年轻人就不同了，每年年一过完，他们就都像没头苍蝇一样，将几件换洗衣服胡乱塞在一个蛇皮袋子里，背了那个蛇皮袋子进城里去打工，风风火火走四方。胆子大一些的跑深圳，跑海口，胆子小一些的跑龙鳞，跑县城。他们总是用完了盘缠就回来了，娥姐却没有去凑这个热闹。城里的工人都下岗了呢，还有你做的事？做城里人不做的事吧，盖房子，修马路，包工头又狡猾得很，一个比一个没有良心，你做了事，猴年马月也拿不到工钱。乡政府年年喊转移劳动力，但到目前为止，村里出去的年轻人，还没有几个真正在城里站住了脚根的。倒有好几个人，比喻说桂海水的儿子，不知道怎么就在城里犯了事，被政府判了刑。娥姐高中刚毕业的时候，也兴高采烈到深圳去发展过，但发展不起来。花了一百块钱职介费，职介所讲了是送她去学美容的，美容店的老板却扣押了她的身份证，要她接客，做鸡。她不干，跑回来了，身份证都是回来再补办的。

跑回来做什么？就只有睡懒觉了。

家里总共才三亩一分田，老爸一个早工就种完了。

娥姐的老爸虽然是村里最大的官，堂堂正正说一不二的村民小组长，但家里仍然穷。娥姐的闺房里除了一张床，就什么也没有了。床前是一个好大的窗，八块玻璃有四块没有了，蒙的是塑料薄膜。窗帘本来是有的，脏了，娥姐懒得洗，妈妈一张碎嘴巴老是念啰嗦，说她卵事没有自己房里一个窗帘也不洗，这样的女人今后如何嫁得出去？娥姐听了就烦躁，就干脆一把将窗帘扯掉了。扯掉了窗帘，初秋的阳光就透过四块玻璃四块塑料薄膜欢快地溢进来，热烈地照在只穿了短衣短裤的娥姐身上。这个秋天，因为是公元二十世纪的最后一个秋天了，全世界都在因为马上就要进入新世纪了而欣喜若狂，但娥姐的生活却和昨天前天大前天一样，根本就没有什么变化。

睡当然是睡不着了的，娥姐面色潮红，想看一会书。

床头上有一本书，是湖南一个叫王跃文的作家写的，题目叫《国画》，庚先生说这本书如何如何的好看，写时下一些当官的如何腐败，他们如何搞情人，写得入木三分，现在是全国人民都人手一本。娥姐就花了三块钱，在镇上的小书铺里买了一个盗本。娥姐看了几页，发现盗本书错别字连天，看了第一页接下来是第七页，好不容易在后面寻到第二页，第二页又印得模模糊糊看都看不清楚，就丢下来不看了。房顶上有一只长脚蜘蛛忙忙碌碌在结网，娥姐的两只眼睛，就有些迷茫地盯住那只蜘蛛了。

现在乡下人的日子真好过呵，一年只要用两个月时间就可以种好田了，再用一个月时间过好年，剩下的九个月如果不出去找事做，就只有坐在屋里打牌，你赢我的钱我赢你的钱了。派出所认为这种行为是聚众赌博，村里许多人，都有因为“聚众赌博”而被捉到派出所去交罚款的经历。当然，罚不多的两个钱也就出来了，派出所虽然也穷，但他们主要是为了教育农民。娥姐没有到派出所去过，她不是怕派出所那帮人，她是真的不喜欢打牌。烟雾笼罩的一屋子人，一个个都青筋暴暴眼睛睁得牛卵子大，盯紧别个袋子里的钱泛绿光，她认为这种活法俗气得不能再俗气了。

笑得人死的是，牌桌上竟然什么都可以流通。

庚先生就曾经告诉过她这样一个故事：桂海水有一天手气太好了，好得门板都挡不住，上桌就赢。他连和了十几盘牌后，坐在他下首的文三泰老婆身上就洗了马，成了一个彻底的无产者，还欠了他几盘钱。最后散场时，桂海水也没有逼着文三泰老婆说一定今天就要还钱，文三泰老婆却主动跟到了他屋里。桂海水死了老婆后一直打单身，他晓得文三泰老婆有蛮邪，搞得乡政府的大师傅都离了婚，还搞得一个副乡长都被县纪委叫了去，诫免谈话了一次。桂海水就讲，我是一个正派人呵，我不要那点钱要得了么？你就莫跟我来邪的。文三泰老婆说我从不来邪的，我只是公事公办。她公事公办铺上一倒边解衣扣子边说，你一个单身汉还谦虚谨慎做什么呢？你只讲你打不打炮？我是懂得规矩的，什么钱都欠得，只有牌桌上的运气钱是欠不得的。桂海水也是烤久了，先还客气了一阵，后来底下不争气蠢蠢欲动，就觉得再客气就真的是虚伪了，半推半就打了一炮，按市价还回找了文三泰老婆五块钱，让她下午再到牌桌上去扳本。

庚先生是在他们的“老地方”讲起这件事情的。

他们的“老地方”，是村后杜溪河流出来的一个回湾。本来小江东去的杜溪河，流到这里后发神经一般掉头向西，天长日久河崖上就冲刷出了一个绝壁。两个人背靠绝壁坐在河边的草滩上，前面是大片杨树林，后面是那座绝壁，这就比城里夜总会里的小包厢还要隐蔽些了。庚先生和娥姐是高中同学，应该说，庚先生比娥姐还要落魄些。娥姐家里穷，好歹老爸还是村民小组长，大家都奉承他，让他家低价承包了村上的一片桔园，经济上在村里还算是活泛的。庚先生家里却是卵都没有一条，现在都还住的是一个土砖屋。他娘老子哮喘病整天咳嗽没有钱捡药，那才是真的穷。庚先生和娥姐已经“那个”了，“那个”的过程比较简单：先是一个男同学一个女同学同病相怜，有事没事就坐在村后小河边的草滩上感叹命运，感叹都是投胎，为什么有的人投胎投在了城里，最不济事也有个低保，我们就硬只能投胎投在这个鬼地方呢？两个人感叹得多了，坐的次数多了，免不了就要搂搂抱抱。搂抱得几回，青春的烈火还不就点燃了？青春的烈火一点燃，很自然就碰撞出火花，弄出一点虽然手法陈旧，但内容永远新鲜的小故事来。

娥姐搞不懂这是不是爱情，只是感觉那滋味确实好。

于是绝壁下杜溪河边的这一块草滩，就成了他们的“老地方”。

由于没有经验，娥姐刮过一次毛毛。庚先生吓得要死，用他那部烂摩托驮着娥姐到镇上卫生院无痛人流后，整整一个星期都没敢在村里露面。娥姐却不怕，好汉做事好汉当，现在的世界反了面，她晓得她老爸才真的怕她。老爸虽然平时对她鼓眼鼓嘴，其实疼她，疼到心窝子里去了。看见过娥姐的人，都讲娥姐长得像出演《小花》时节的刘晓庆，她老爸就曾经和人家吵过嘴:刘晓庆和我的娥姐比得么?你们仔细看看,刘晓庆的嘴巴其实有一点点歪,难道我娥姐的嘴巴也歪么?老爸疼娥姐,但真的听老婆讲娥姐去了卫生院,还是气得不行。可这个世界上,讲理的人总搞不过不讲理的人,娥姐心一横,反而将他老爸恶骂一顿,问题也就解决了。

娥姐是这样骂她老爸的:马上就要进入二十一世纪了呢,你周围团转看一看,上一次卫生院难道还很稀奇么?你再念啰嗦,小心我不上卫生院了,明年就让你老人家做外公!

娥姐一生气，眉毛就枯起，她的眉毛一枯起，那样子就越发的惹人怜爱。

她老爸让她一顿骂起,果然就鸣金收兵了。到底不甘心,只好夜里趴在婆婆子身上骂婆婆子:你这个猪日的,蠢得比猪就少一条尾巴了。我请了你告诉我这个消息么?眼不见为净,你不多嘴多舌我心里就不得烦躁!老婆在他身下笑:你现在是在做么子呵?我是猪日的,你又是什么呢?她老爸想清楚这其实还是骂了自己,于是就连婆婆子也不骂了。

现在农村里就是这个样子,说得好听点呢,农民的思想解放了,说得不好听一点呢,这个事已经不是一个事了。上村李太年的儿子在县城里当包头,说是信奉独身主义,开车回来过年却总是带两个女人。一个女人说是秘书,另一个女人说是司机,三个人睡一个房间共一张床,那两个女人并不打架,和和气气的两姐妹一样,喊李太年都喊李伯伯。娥姐的老爸曾经悄悄问过李太年的儿子:你这样乱搞不怕犯法?李太年的儿子呵呵笑:婚姻法规定我国实行一夫一妻制呢,我这不是一个夫人一个妻子?就是结婚,也符合婚姻法精神的。再有,下村陈若愚的女儿还是村上的妇女主任呢,一年谈了九个对像,九个男人都带来家里住过的,去年和其中一个结了婚,八个没结婚的如今还经常来她家里走动,一来就和她现任的丈夫一起打牌,大家都有说有笑的,坦然得很。

娥姐思想解放,她老爸也只好思想解放了。

只是可怜了庚先生。

娥姐的老爸奈何不了娥姐,就将仇恨都集中到了庚先生身上。他不管在什么场合看见庚先生,脸上都要绷得铁紧,绷出一个杀牛师傅准备杀牛的恶样子出来,给庚先生脸色看。

这就弄得庚先生每次来找娥姐,都像是做贼一样。

庚先生那一回在“老地方”和娥姐讲了桂海水和文三泰老婆的故事后，原以为这样的黄色故事可以调动娥姐的积极性，又和平常一样抱了娥姐的腰肢，要和娥姐亲吻，娥姐那一回却拒绝了庚先生。她听了庚先生讲的故事后，突然觉得心里要呕吐，全无了和庚先生亲密接触的兴致。她没有和庚先生亲吻，反而踢了庚先生一脚，骂他道：狗日的，你再打牌，我就割了你的吊吊！

庚先生下意识两腿夹紧，说，你晓得的，我只是看一下牌。

娥姐蛮不讲理，命令道：看死呀，看都不准看！

娥姐嘴巴恶，但良心好，还是很看重庚先生的。

娥姐看重庚先生，庚先生就贼一样顺着墙根溜来了。

贼一样的庚先生晓得自己的身份，就没有进屋。他溜到娥姐的闺房窗下，弯起两个手指头，敲她的窗子。

敲死！娥姐翻一个身，骂道。

娥姐不用看，就晓得敲窗户的是哪个。

庚先生并不恼，他快活地喊道：起来起来，太阳都晒屁股了呢！

庚先生没有说错，其时一束颤动着的阳光从窗口伸进手来，就确实罩在娥姐浑圆结实的屁股上。

但娥姐宁愿让阳光来爱抚，就是不理庚先生。

庚先生推开窗子，打算跳进来。

窗户一响，娥姐就怪叫一声，猛地抓过一床毯子，盖住身子。

庚先生坏笑：盖什么盖什么？让我摸都摸过一百回了。

庚先生没有说谎，快两年时间了，一百回只有多的没有少的。娥姐想一想，也认为确实没有什么盖头了，就丢开毯子，伸脚把窗页踢得又关起。窗页回过去，正好打在庚先生准备钻进来的脑壳上。娥姐说，你是想进来讨打么？我妈妈在后园泼菜呢，就要回来了。娥姐懒懒散散地坐起，伸一个懒腰问窗外的庚先生：说吧，到底有什么事？

庚先生当然不会有什么事，见娥姐不高兴，也就只好快快离去了。

庚先生走了，娥姐又睡。

睡不着。

睡不着，只好爬起来看电视。

娥姐本来是不怎么看电视的，电视里广告太多了，一个小而又小的故事情节，经常被广告很残忍地拦腰砍成无数段，砍得那个故事情节支零破碎，看电视就真的很烦躁。可那天睡懒觉，睡得一身骨头都生疼了，爬起来又找不到什么事情来做，娥姐就只好还是看电视了。不想这一看，她就发现了新大陆：县招待所要招收服务员呢，强调要青春，要漂亮，开出的那具体条件，好像就是为娥姐量体裁衣一样！

寒陵县尽出产砣砣妹子，胸大腿短，娥姐实在也没人特别调理过，却长得和刘晓庆一样，只是那身段还要比刘晓庆高出许多，娥姐自己都认为，这是一个伟大的奇迹。

看来广告有时候还是要看的。

娥姐要是不看这个广告，就会失去一个机会。

她一失去机会，我们这部小说里也就没有这么一劳永逸个人物了。

一切都是机缘巧合。

娥姐看了广告，马上就去房里翻床头柜。

娥姐房里的床头柜里，收得有罗海军的一张名片，是罗海军当上相思酒楼的副总经理后显摆，给她写信请她今后来龙鳞，也来照顾相思酒楼的生意，放在信封子里一并寄过来的。乡邮员送来这封信时，娥姐还奇怪了一阵：现在还有哪个写信哟，同学们都是打电话叙说相思。这罗海军当了三年兵，怎么就当出毛病来了？娥姐没有手机，娥姐家里也没有安装电话，但她婶婶在进村的路口上搭了一个席棚子开杂货店，卖香烟卖酱油卖妇女卫生巾，还在席棚子里装了一部公用电话。村里没有富人，婶婶的杂货生意不好，电话生意却好得紧。因为村里在外打工的人多，他们老是往家里打电话，乡下人不像街上人，很少的人才有手机。娥姐平时和同学们联系，也是跑到婶婶店子里去打电话。直到信封里掉出那个名片，娥姐才明白，我能照顾你什么生意呵？我到你那里吃饭你还会怕我不出钱呢，你罗海军其实是要寄那个名片，让我晓得你当上了副总经理，因为名片是电话传不过来的。不过寄来了也好，我知道你混出人模狗样了，你也应当提拔一下老同学了。

娥姐收到罗海军的名片后，跑到村头代销店打了一个电话。真真假假祝贺了一番罗海军，也就搞清楚了相思酒楼和县里招待所是爷崽关系，不过是各搞各的爷崽关系。当时娥姐就嚷：罗海军，你家坟山开拆了呀，做了副总经理了呀，把我招到你的招待所去吧。

罗海军在电话那头谦虚了一下，然后调侃她说，行呀，庚先生同意么？他同意就行。

同学们都知道娥姐和庚先生已经“那个”了，因为娥姐自己并不忌讳。

娥姐还嚷：我一脚把庚先生踢到日本海去，跟了你！

罗海军就在电话里笑：跟了我？庚先生会拿把刀，追进龙鳞城里来的。

娥姐说，你们竞争呀，现在是竞争时代。

玩笑开够了，后来罗海军就讲，有了机会我自然会通知你的，再后来婶婶就过来催促娥姐挂筒了。娥姐在代销店打电话，从来不出钱，婶婶就每次都只准她打三分钟。

娥姐看了那条广告后，再一次跑到婶婶开的代销店里，再一次和罗海军打电话。这一次她说，海哥哥呵，现在是有机会了吧？我刚才看见你们的招工广告了。娥姐和罗海军打电话的时候，刘主任刚刚从寒陵县回到办事处，还没有和罗海军商量招工的事。罗海军也是看了广告才晓得这件事的，具体怎么招，招了做什么，他还不清楚。罗海军晓得自己在这个问题上其实是当不了好大的家的，只好支支吾吾地对娥姐说，办事处是刘主任当家，刘主任下面还有个彭主任，彭主任下面才是我。刘主任刚回来，一个几天都没有睡觉的样子，现在正睡得鼾直扑呢，估计下午才会找我研究工作。我也是刚刚才晓得办事处要招人，老同学真的想来，我岂有不帮忙的道理？

娥姐说，我不管有好多主任，我只认你一个人。

罗海军说，我只要做得到，肯定会去做。

娥姐吓他，我明天就到你那里来。

罗海军赶忙喊姑奶奶。罗海军说，姑奶奶呀，你一来肯定会绿汤，你让我运作一下了再向你汇报好不好？我现在才晓得，凡属牵涉到官场的事，不管好小的事，芝麻绿豆大的事都要讲运作。刘主任比较严肃，我先和彭主任说一说。你的条件那么好，我估计问题不会有蛮大。

罗海军说问题不会有蛮大，娥姐就放了一点心，开始和他扯其他七七八八的事情。扯得婶婶又来干预了，说打电话要钱的呢你不晓得？娥姐这才放下电话，这才天上一个太阳，井里一个月亮，一路流行歌好高兴地唱回家里去。

回到家里，还是倒头便睡懒觉。

庚先生再来找娥姐的时候，娥姐就给庚先生下了一道命令：每天上午一次，下午一次，一天去两趟村头代销店，问有没有龙鳞城里打来的电话。娥姐对庚先生说，有龙鳞城里打来的找我的电话，你要跑得比狗还要快一些，八百里军情急报来告诉我。

迷迷糊糊睡着后，娥姐做了一个梦，梦见自己在龙鳞城里姿江风光带散步。手里挽是挽了一个男朋友，只是醒来后记不清是哪一个了。好像是她的庚先生，又好像不是她的庚先生。

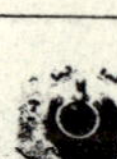

九

刘主任回来了

罗海军等着刘达夫和他商量招工的事,他不知道刘达夫是不会和他商量这件事的。

刘达夫在车上就考虑,这个事就不要扩大影响了。

罗海军虽然印了副总经理的名片了,但在刘达夫的心目里,还是一个临时工。

刘达夫回到办事处已经是中午十二点了,可他先不忙着吃饭,他先到楼下包厢和楼上包房都看了一下。

嘿,形势还不错!

真的不错。

刘达夫发现,相思酒楼的来势还是蛮好的。楼下五个包厢个个客满,刘嫒嫒脚不点地地在传菜,还是很巴结地跑过来告诉他,四号包厢还翻了一次台呢,已经做了一个单了,现在是在做第二个单。楼上的包房住出去了两个,两个都是外地来龙鳞的采购员。大师傅三哥向他邀功:主任呀,我这一向硬是背都累得驼了呢,你看,你看——他翻鼓眼珠子说,我眼睛都绿了。包厢里老是催我上菜,说再不上菜客就要走了!罗总又弄来两个长住客人,两个长住客人都吃不得辣椒,要格外单炒——你不晓得呵,真的催命一样!我徒弟备料手脚够快的了,我还是骂得他哭了三次。

刘达夫说,好,好。

他进办公室时,罗海军手指头在电话键上乱按,正在猛打电话。

他听见罗海军对着电话说,蒋老弟呀,爱卫办的蔡司长带人到我这里吃了两次了，你是一次都还没有来过呢，你讲的话是打狗屁！明天来？晚餐？吃了饭还要唱歌？好，好，我把最好的包厢留给你，卡拉OK就五折收费了。什么？卡拉OK最好不收费？又不是你的钱，你抠什么呵！你下次无论带哪一位表妹来唱歌，私人消费我都不收你的钱！

罗海军头都不抬，打了这一个电话又打下一个电话，罗司长，你说琼池县那帮人要到你们局里来汇报工作，来了吗？来了你就带到我这里来消费呵，不要又忘记了。你还不晓得相思酒楼的位置？就是原来的相思茶楼哪，从神仙巷进来，笔直走。你怕停不了车？嗨，当然有停车的地方。帮我的忙你是没有亏吃的，你以后就不私人消费了？你私人消费我打折，一直折得你满意为止！

见罗海军工作这样投入，刘达夫很高兴。

罗海军向刘达夫汇报工作，重点讲他是怎样将两个外地采购员拉进酒楼里来的。那两个采购员一个是西北人，一个是东北人，本来是住在地区招待所的。龙鳞人做菜生怕不辣，青辣椒还要放红辣椒炒，他们吃不来，要求招待所开小灶。招待所的大师傅拿了他们当个祸害，做得当然就乱七八糟了。罗海军说，我就找了这两个采购员，劝他们住到我们办事处算了。我说我们条件是差一点，但我们可以专门为你做饭，保证没有辣椒。伙食费呢，就开进住宿费里面去，住宿费你说开多少就开多少，只要你报得了。他们一个采购楠竹，一个采购苎麻，都是在龙鳞城里长住的，每年只过年回去一次。刘主任您算一算，这是好大一笔住宿费呵？

罗海军没有说老实话。

那两个采购员不是他拉起来的，是他的蓉姐姐帮他拉来的。

罗海军的翅膀还嫩着呢，现在除了一帮吊儿郎当的司机朋友，在龙鳞城里他基本上还不认得什么人，他一切都仰仗他的蓉姐姐。彭玉蓉就不同了，七老板给她当司机，一部雪铁龙开着到处浪，名片拿出来大小也是一个副主任，又有钱请客，所以龙鳞城里的事情很快就天上的晓得一半，地下的全部知情了。她是真心实意的要帮她的小海，那天在姿江风光带静心茶室里和罗海军说的话，时刻都牢牢记在心里的。那一天她在地区招待所找一个人，很偶然就碰上了收购楠竹的那个采购员。收购楠竹的采购员眼前一亮，主动和南方美女说起话来，彭玉蓉要帮罗海军的忙，就动员他住到办事处来算了。住到办事处来，我就可以天天陪你说话了呢——彭玉蓉很调皮地对收购楠竹的采购员这么说，说的时候当然又是嫣然一笑，还递了一个媚眼。彭玉蓉开出的条件很优惠，收购楠竹的采购员数学水平也不差，他一算账，发票里面再做一点文章的话，不就等于是又增加了一笔个人收入吗？账一算清楚后，他就不但自己来了，第二天还将一个收购苎麻的采购员也带来了。

罗海军不说老实话也是对的，因为彭玉蓉和他有约定，他们之间的姐弟关系不要让刘达夫晓得，她从不当刘达夫的面喊小海，也多次嘱咐罗海军不要当着刘达夫的面喊她蓉姐姐。她对罗海军说，刘达夫不晓得我们关系好，要我帮你说话的时候，我才好理直气壮地帮你说话。

罗海军也不蠢，也知道这样最好。

刘达夫还不晓得，罗海军打的这些电话，也是彭玉蓉教的真传。彭玉蓉对罗海军说，小海呀，新开张的厕所也三日香呢，是人都喜欢吃新鲜。你新官上任要三把火，这新鲜正好可以吃到你表现出能力，稳定基础。你基础稳定了，能力也表现出来了，相思酒楼就是再关门，也只说明这地方确实不宜做酒楼，不关你小海的事，是决策者失误了。

罗海军对他的蓉姐姐佩服得六体投地。

刘达夫的眼睛盯着上头，盯着王书记，不知道办事处还有这样一些很微妙的故事。不知道这些很微妙的故事，刘达夫就表扬罗海军说：看不出呀，你还很有两手嘛，副总经理同志！

刘达夫一高兴，就也和罗海军开玩笑了。

刘达夫高兴，罗海军也就敢于和他开玩笑了，罗海军说，刘主任您是我心中的红太阳呢，我在您光辉的照耀下出壮成长哪，嘿嘿！嘿嘿！

不是出壮成长，是茁壮成长，出字上面还有一个草头呢——刘达夫指正罗海军说。

罗海军读高中时和女同学谈恋爱去了，书就读得很差劲。在部队混了三年，天天不出车也是关在操场上卧倒又爬起，基本上把老师教的那点书又都交给班长排长了。刘达夫情绪好，用手指在茶杯里蘸一点水，在桌子上写出茁壮成长的茁字，办公室的气氛就相当和谐了。罗海军连忙也蘸一点水写一遍，表示这个字他已经记住了。他们正和谐着，楼下厨房里的大师傅三哥又追上来了。三哥围个白围裙，送了一个托盘上楼来。托盘里是一碟扯树辣椒小炒肉，一碗西红柿蛋汤，一碗米饭，再一只半尺长的红烧鲫鱼。三哥将碗呀碟呀的一样一样就在办公室摆好，一边摆一边语重心长地批评刘达夫说，身体也还是革命的本钱哪，刘主任你这样不爱惜自己的身体，真的是要都要不得！

大师傅三哥这么一说，办公室的气氛就更加和谐了。

刘达夫也不说一声谢谢，扯一双筷子就开始扒饭。

刘达夫吃了饭，喝了罗海军添上的茶，用一根牙签剔牙齿。牙齿剔好了，好像才记起彭玉蓉来。他问罗海军道：彭主任这两天来上班没有？

罗海军赶忙说，来了来了，只有今天没来，今天好像是到电业局去了。

其实这两天彭玉蓉只来了个鬼。彭玉蓉每天都要给罗海军打几个电话，说是教导小海可以，说是遥控办事处也可以。罗海军这么说，是在为他的蓉姐姐打掩护。彭玉蓉今天早上倒真是来了一路，在办事处翻到了电业局局长副局长的电话号码后又走了。罗海军问她要电业局的电话做什么，彭玉蓉告诉他：刘达夫现在不得了了呢，交通局过去了一笔钱修公路，功劳算到了他一个人的头上。那个姓何的，是他埋伏在县委办的定时炸弹。国家要搞城乡电价同步，电业局就要展开农村电网改造了，我也要去活动一下，也搞一笔钱回去，我不能就被他比低了。彭玉蓉什么话都跟她的小海讲，她没有考虑到她的小海只是长得帅气，目前还根本听不懂她讲的这些话。

刘达夫打个哈欠，又问：她到电业局去做什么？

罗海军说，那我就不知道了。她是领导，她从不向我汇报的。刘主任您是不是先睡一觉？

刘达夫继续打哈欠：你打个电话给彭主任，叫她下午按时上班。我是困了，我先睡一觉，睡到下午上班你喊醒我，我们也要开一个会了。

刘达夫就真的去睡觉去了。

刘达夫对自己要求很严格，虽然组织上有些事情对不起他，但他还是位卑不敢忘忧国。办事处有包房，而且这些包房多数时间还是空着的，但他从不在包房里睡觉。楼梯转弯处有一个小间，才四个平方，只有一人高一点，李东山做相思茶楼时用来放拖把放扫帚，刘达夫搞相思酒楼请出拖把扫帚来，又在四壁贴了些旧报纸，就当作他办事处一把手的卧室了。彭玉蓉当面恭维刘达夫，背地里笑他土。刘达夫向他那间卧室走去的时候，还回过头来对罗海军说，你就打电话，就打电话。彭主任比我还忙些，打慢了她又会说你怎么这个时候才打呢，说她下午已经有推不脱的安排了。

罗海军于是就打电话，他想开会一定是研究招工的事了。

罗海军正准备和彭玉蓉打电话，桌上的电话先就自己响起来了，罗海军只好先接电话。

又是娥姐打过来的。罗海军知道，娥姐肯定又是讲那个事。因为等下就要研究了，罗海军心里很高兴，罗海军接过电话就油腔滑调说，依呀我的老同学呵，我正在想你呢，你的电话就打过来了。和娥姐开了一会玩笑，罗海军请娥姐放心，他告诉娥姐说，刘主任现在正在睡午觉，下午我们就开会。开会当然就是讲这个事了，办事处的作风很民主呢，什么事都要集体研究的。罗海军讲“集体研究”，其实是有两层意思。一是继续在老同学面前显摆，二是预先埋下个伏脚，万一娥姐来不成，好推卸责任。

娥姐进一步给他加压力，娥姐有点装疯卖傻地说，你不答应？小心明天我就进城来找你。我就说我是你的女朋友，人都早是你的了，可你一进城就把我抛弃了，搞得办事处也开除你！罗海军只好直言相告了，说姑奶奶呵，你最好还带把刀来，只是杀了我也不见得会有血的。相思酒楼是办事处的下设机构呢，办事处是刘主任当家，刘主任下面还有个彭主任，彭主任下面才是我。不过开会的时候，我是会力争的。

罗海军说的也是真话，老同学真的想来，岂有不帮忙的道理？他估计如果真的办事处招服务员，娥姐想来问题不会有蛮大。首先是娥姐条件好，其次呢，他打算先和他的蓉姐姐统一一下思想。这个思想容易统一，刘达夫对彭玉蓉不满，他还不知道彭玉蓉正要和他对着干呢，彭玉蓉早就想拉他做同盟军了，他的蓉姐姐什么事情都会帮他的忙的。和蓉姐姐思想统一了，就是二比一了，在办事处还有什么事情办不好？来办事处这么久，他已经看出来了，刘达夫气势汹汹却并没有什么真功夫，彭玉蓉有时候以柔克刚，有时候刚柔并济，不露山不显水的就把刘达夫玩于股掌之间了。

蓉姐姐真好，又美丽，又有能力。

不是那种花瓶。

罗海军和娥姐真真假假调笑一阵后，又和彭玉蓉打电话。姐呀，我想也请你在姿江风光带喝一回茶，不知姐肯不肯赏光。彭玉蓉在电话那头说，请我喝茶？你肯定有什么事求我了！讲就是嘛，喝什么茶？罗海军马上恭维她，我姐真是神仙呢！但主要是蓉姐姐太关照我了，我不表示一下真不好意思。

彭玉蓉调侃他:要表示在金台请客哪。

金台是龙鳞最高档的酒店,罗海军现在像个男子汉了,他很肯定地说,那只是早晚的事!

十

古渡口

彭玉蓉接到罗海军打过来的电话时，正在古渡口测字。

彭玉蓉刚才和七老板拗了一点气。

当然，不是因为拗了气就去测字。

但是有因果联系。

彭玉蓉来龙鳞城里也有两个多月时间了，并没有回一次寒陵，但对县里发生的大小事情都了如指掌。她每个月向移动公司贡献近千元的电话费，一大半电话都是打给县里各个部门的熟人的。这么多的电话费打出去，当然要起作用，何况她在县委办也有自己的朋友。朋友虽然不像何一修那样在王书记面前走得那么起，但了解一些情况然后向她通报，还是可以办得到的。朋友向她通报了"村村通"工程，通报了县里的大好形势，然后评价说，办事处做出了那么大的成绩，王书记却只晓得一个刘达夫，并不晓得还有一个彭玉蓉，这是很不公平的。彭玉蓉开始还没有认为这不公平，朋友这样一说，她就认为确实很不公平了。朋友还告诉她，县里招商引资的比例奖金据说这回会落实了，何一修在拿方案呢，他当然会积极拿这个方案哟，因为他是刘达夫的铁杆。有人说比例奖金最多定到千分之零点五就行了，他却说搞个项目不容易，主张定到千分之一。四千五百万的千分之一哪，你看他们这一下子会得好多钱？彭玉蓉一下子脑筋还没有转过弯来，说不就是刘达夫吗？怎么他们？朋友就骂她蠢，说他们两个人谁跟谁呵？一个领钱一个发钱，其实是共裤连裆呢。千分之零点五变成千分之一，又没有少了刘达夫本来应得的，刘达夫还不知道这个道理？朋友给彭玉蓉说，你也要搞个项目哪，不然怎么在办事处站得脚住？

朋友这么一说，彭玉蓉心里就不平静了。

彭玉蓉从来就是巾帼不让须眉的，奖金对她来说不很重要，但她还是想在办事处站住脚的。七老板的摊子已经铺开了，事实证明办事处这块牌子还是很有用处的。要想站住脚，就必须做出成绩来给王书记看，彭玉蓉就把自己的目标定在了电业局，定在了农村电网改造这个项目上。她也是一个善于学习的人，知道国家已经下了决心，要让农民都用上平价电，让农民先在用电的问题上和城里人平起平坐。农民用上平价电后，电器产品才有市场，农业机械才销得出去，城里的工人才有事做。一箭几雕的事，国家当然会拿出大量的钱来做。龙鳞地区将有大量的钱在电业局过，电业局的油水自然就会很厚了。下手就要下得早，电业局的局长也姓彭，彭玉蓉就和家门局长对了一回族谱。结果从族谱上对出来，她这个彭和家门局长那个彭，原来三百年前出自一个宗堂，而且恰巧还是一派人。莫看家门局长已经白了头发，其实只比彭玉蓉大得八岁，两个人就喜不自禁地兄妹相称了。家门局长不爱唱歌，爱打麻将，因为要陪老婆做模范丈夫，就从不到外面去打，只在自己家里打。彭玉蓉和他对了族谱后，就一连三天陪了他，在他家里打麻将。第四天，彭玉蓉要七老板开了车还是送她到电业局去，七老板却不肯了。七老板又有点吃醋了，又不肯讲出来，只是讽刺她说，你真的是全心全意干革命了呵？工作就那么重要么？你一个月才拿了政府几块钱工资呵？这几块钱工资，值得那么全心全意地去陪一个头发都白了的老男人么？

彭玉蓉说，家门局长并不老，他的头发是一夜之间急白的。

七老板说，我还不晓得这一点呢，现在晓得了这一点，那就更不准去了。

七老板要彭玉蓉陪了马诗人到郊区农家乐去，去钓鱼。马诗人的电视台台长上面已经基本定好了，七老板现在正抓紧进攻马诗人。七老板说，进攻马诗人就是进攻电视大楼，进攻电视大楼就是进攻可爱的人民币。彭玉蓉同意七老板的观点，答应明天再陪马诗人，因为她昨天已经和家门局长约好了的，现在突然不去了，人家三缺一怎么办呵？彭玉蓉的话已经讲到底了，七老板还是不行，两个人就吵起来了。吵到最后，于是你走你的阳关道，我过我的独木桥，彭玉蓉去了电业局，七老板去了郊区农家乐。

彭玉蓉在家门局长家里打了一上午麻将，家门局长下午要开会，牌局就散了。在街上一个小餐馆胡乱吃了中饭，彭玉蓉就打电话，要七老板开车来接她到农家乐去，说现在可以一起陪马诗人钓鱼了。她没想到，七老板的胆子突然天大，竟然说你不要来了，我们没有你，也一样的玩得很开心。

真的是黑了天了呵，彭玉蓉顿时气得个半死。

要整顿七老板，也是晚上的事，中午也不好到哪里去了，彭玉蓉就提了她那个坤包，怏怏不乐地在梨花大街上从这头走到那头，又从那头走到这头。梨花大街这时候正热闹，各式各样的汽车从各个宾馆里开出来，汇到街上就像洪水季节姿江河里的波涛一样滚滚向前。它们一辆接一辆衔首接尾，你要我让路，我要你让路，汽笛声就响成了一片。十字路口的红灯一亮，这些车就都一个样了，都趴在路上死铁一砣。车一停，就有人打开车窗，伸出脑壳来吐，想把刚才吃进去的东西都吐出来。吐不出，就现出个无限痛苦的样子，唉声叹气，两眼茫茫可怜巴巴地望着人行道上的行人发呆，感叹自己不像他们，他们的胃可以自己当家。人行道上，有挟着公文包走得气宇轩昂的男人，有抱一条小狗走出无限优雅的女人，还有打着莲花落，沿街开展群众性文娱活动的流浪汉。这些流浪汉，好像比那些坐汽车的人活得还要健康，还要滋润些。他们红光满面，总是一进店铺就敲响两块竹板，开口就唱道：这个老板长得乖，金山银山就会来。一般情况下，只要唱上两句，“长得乖”的老板就会从抽屉里抽出一两张毛票，笑呵呵地说，你走，你走。他们知道，你如果拿得慢了些，流浪汉还是会接着唱下去的，不过唱到后面就是“这个老板长得好，你的店子就会倒”了。

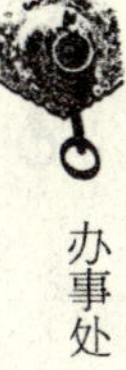

大家都想做“长得乖”的老板，没有人愿意做“长得好”的老板。

彭玉蓉跟着流浪汉走了几家店铺，发现这种群众性文娱活动也并无大味。

不知不觉间，她就走到古渡口了。

据说几千年前诸葛亮曾经在这一带地方七擒过孟获，现在龙鳞城里的古渡口就修得有一尊诸葛亮的塑像。彭玉蓉在那座锈迹斑斑的诸葛亮塑像前徘徊了一阵，她惊讶地发现，龙鳞城里的算命先生都聚到这里来了。他们铺在地上的画了阴阳太极图的白布上，打出的招牌或是“三国妙算”，或是“诸葛八卦”，或是“卧龙真传”，或是“隆中神对”，都和诸葛亮牢牢地挂上了钩。彭玉蓉看得有味，那心情便好了许多。一位白须老者以为她是来算命的，向她招揽生意，她便在这位白须老者的白布前蹲了下来。

这位白须老者铺在地上的白布上写了一副联语：

曾算定马谡要挨刀杀

也说过关公会走麦城

彭玉蓉读白须老者的广告词，读出了一连串快乐的笑声。哈哈，老伯伯，您今年高寿？她仰脸问那位白须老者。白须老者闭目养神，并不搭理她，彭玉蓉还不知趣，又说，伯伯，您当年为什么不劝一劝马谡呢，让他把营盘不扎在山上，他也就不会失街亭了。关公走麦城的起因好像是因为虐待部卒吧，您当时也该向他指出来，他做得好一点，也就不会败走麦城了。

老伯伯脸上一点羞愧也没有，却说，命中注定了的事，只可点及不可点破。你是在道破我的天机呢，我坐过十年牢，我深知天机不可道破的道理。彭玉蓉大吃一惊，知道自己刚才说的话是有点唐突了。白须老者吹嘘他曾算定马谡要挨刀杀，也说过关公会走麦城，其实不过是要混口饭吃，他的这个天机，又有什么不可理解的呢？彭玉蓉正要向白须老者道歉，白须老者摆摆手说，三十年前林彪的标准像一出来，我就看出他脑后长的是反骨。我忍不住，和人谈了我的看法，于是坐了十年牢。知道么？道破天机是要遭天谴的，小姐是贵人，自然懂得这其中的道理。就像小姐你，我一看就知是心比天高的一个人呢，手里抱着一个因缘决不会丢掉，但眼睛还是馋，还馋另一个因缘，我能够劝你何去何从？

彭玉蓉一惊：老伯伯这话从何说起呵？

白须老者闭目养神，再不说话了。

彭玉蓉想一想，就在心里检讨自己刚才不该对老人不恭。各人有各人的天机，你彭玉蓉的乡友联谊会不也是一个天机么？人家道破了你的天机，你又做何感想呢？老伯伯说天机不可道破，说小姐是贵人，那话说得轻，却落得好重呵，真是一刀见血！

看来是碰到智者了。

我确实心比天高，但不过是喜欢小海，他却也知道，说我手里抱着一个因缘，但眼睛还是馋，还馋另一个因缘呢。那真的是另一个因缘么？

彭玉蓉的心里乱糟糟的。

她想测个字,多多少少给白须老者一点补偿。

彭玉蓉弯下身子说,老伯伯,适才确是小女子无礼,大人不见小过。我想测个字,又想不出测哪个字好。

随便说一个字吧。白须老者这才打开眼睛,侃侃说道,天造万物,设计精巧,是一种大智慧。人不过万物中的一物,连自己从何处而来到何处而去都不知道,又怎么弄得懂天造万物的精巧设计?你就不要左想右想到底拿哪个字来测了,你现在闭上眼睛,想象你就是一缕轻烟,你正乘风飞升。你脚下是一个蛮荒世界,道正生一,一正生二,阴阳二气正在渐渐合拢——好了好了,你可以打开眼睛了,你现在想到的是一个人的名字,那第一个字,就是你要测的字了!

好生奇怪,彭玉蓉打开眼睛后,想到的竟是罗海军!

她站起来,感到头有一点晕。

彭玉蓉从坤包里抽出一张五十元的钱,放到白须老者铺在地上的白布上说,老伯伯,既然天机不可道破,我也就不测了。

老人说,其实你已经测了。稳住呵,到手的才是珍贵的,好孩子!

老人喊彭玉蓉好孩子,彭玉蓉感觉心头一热。

就在这时候,她接到了罗海军的电话。

罗海军的声音快活又年轻。

罗海军说了要请她喝茶的话,然后才说,蓉姐姐,刘主任回来了呢,他说下午大家要开个会。哟,蓉姐姐你有点出气不赢,在锻炼身体跑步呵?

彭玉蓉百感交加,积累了好一阵力气才问,下午大家开个会?好大的家?

我,你,还有刘主任呵。

你想吧。下午这个会刘主任不会请你参加的。

为什么?我也是副总呢。

不为什么,你看效果吧。

好,看就看吧。

罗海军的电话挂得很干脆,好像他真的就是副总了。

从古渡口刚走进梨花大街,彭玉蓉就又走进她副主任的角色了。通过多方论证,彭玉蓉知道刘达夫正在策划劳务输出。劳务输出的天机,她通过非正式途径去窥测，也知道得八九不离十了。刘达夫从寒陵回来就开会，可见方案已经成熟了。方案成熟了，他不可能不摊给我看，因为我到底也是副主任，他无法回避我。但是不会摊给小海看的，小海还以为自己真的就是副总了呢，他不知道他其实还是个临时工。当然，刘达夫回避他，也不是看不起他，这样的事情，自然是知道的人越少越好。

正像天机可点及不可道破，彭玉蓉早就给自己定下一个原则了：不评价劳务输出，只要把电业局的彭局长也纳入劳务输出的范畴，我就双手赞成。

这个想法是这几天形成的。

农村电网改造的项目要搞定，光陪家门局长打几盘麻将还是不行的，还要帮他解决一点实际困难。家门局长也是个苦命人，夫人两年前遭遇了车祸，一条腿锯掉了，窝在家里下不了楼，饮食起居都要靠人来打点，搞得家门局长打麻将都只能在家里打。家门局长不是请保姆不起，只因为夫人是文化人，事事都讲究个情趣，那保姆就不好找了。没文化的讲话不投机，有文化的搞来吧，她又只把这里做一个跳板，刚刚和夫人投上机，她熟悉了城里马上就飞了。现在家门局长家里就没有保姆，有时候家门局长不得已要在外面应酬了，回来时还总是要带个盒饭。彭玉蓉是这样想的：劳务输出是办事处劳务输出呢，又不是你刘主任劳务输出。劳务输出的目的是引进资金，我搞农村电网改造的项目不是在引进资金？你输出好多都输出到哪里我不管，我只要把彭局长也纳入劳务输出的范畴就行了。

彭玉蓉一路走，一路在心里预演，怎样和刘达夫斗智斗勇。

罗海军和他的蓉姐姐挂了电话后，一直就在办公室坐着等开会。他不相信刘主任会不喊他开会。服务员是干什么的？是在酒楼里服务的。我管酒楼，服务员也就归我管。开会研究招服务员，有不让我参加的道理么？

没有道理。

后来他就不想这个问题了，想另一个问题：是我在会上提出娥姐的事呢，还是要蓉姐姐提出来呢？假如是我提出来，刘主任会不会给我这个面子呢？

可事实证明他太幼稚了。

彭玉蓉满脸通红踏进办公室后，罗海军急不可耐地跑到楼梯拐角处，喊醒了刘达夫。因为急不可耐，他忽视了一个问题：彭玉蓉见了他，为什么少女一样满脸通红？

想起刚才在古渡口的经历，彭玉蓉见了罗海军本来还有一点不好意思的，罗海军一忽视，她抹去心头的那一点点伤感，也就很快将心理调整过来了。等到刘达夫揉着一双睡眼走进办公室时，彭玉蓉又是一个端庄严谨的女干部形象了。端庄严谨的女干部彭玉蓉向刘达夫致以了问候，笑容可掬地给刘达夫倒了开水，表示了下级对上级应有的周到。刘达夫也很像个上级，点到为止地和彭玉蓉开了两句无伤大雅的玩笑，就也笑容可掬地问她：我们开会了？彭玉蓉点点头，又向已经坐好了的罗海军努努嘴巴，意思是你出去吧，可罗海军装着没看见，竟还在找纸找笔一个打算做记录的样子。彭玉蓉就在心里为他悲哀了。刘达夫却不为罗海军悲哀，他直截了当地对罗海军说，我们开会了，你就回避一下吧。

罗海军当即就嘴巴张开合不拢来。

彭玉蓉打圆场：小罗，刚才大师傅三哥找你有事呢，你下楼去看一看？

罗海军这才将手中的圆珠笔一掷，气冲冲走出办公室。

刘达夫笑道，这小罗，还有一点脾气呢。

彭玉蓉关上门，会议就开始了。

刘达夫抱着他那只硕大无朋的茶杯，先对彭玉蓉表示了感谢：感谢这两个多月来，你对我工作的大力支持。接着作检讨：因为忙，没有多和你交心，一些具体事情呢，我一道手就办了，也不知道你见怪不见怪。然后表心迹：我其实不是揽权的人，我在青山镇工作过，还在招商局工作过，你可以到处问一问，看我是不是揽权的人。再就是表扬彭玉蓉了：县里对我们的工作很肯定呢，我这次回县里汇报就反复对王书记说，工作是做了一些，主要是我的副手得力。一个女同志，要水平有水平，要能力有能力，什么时候都能独当一面，真是不容易。绕了这许多弯子，转了这许多圈子后，刘达夫这才进入正题，说起劳务输出的事。他还以为彭玉蓉不晓得呢，他不知道彭玉蓉只是装作个刚听说，心里早就在考虑如何和他交锋了。

彭玉蓉想要把电业局的彭局长也纳入劳务输出的范畴，就先不讲劳务输出，先只讲农村电网改造。彭玉蓉讲彭局长是如何有魄力，一支笔审批，如何说一不二。她举出了许多例子来：某年，一个什么工程给某县好多万，某年，一个什么名目又给某县好多万。幸亏都是局内人，要是局外人来听，还以为彭玉蓉不是说电业局的彭局长，而是在说一个著名的慈善家呢。

最后彭玉蓉做总结：总之是东方红太阳升，彭局长会是寒陵的大贵人。

刘达夫这才搞清楚，彭玉蓉是想把彭局长也纳入劳务输出的范畴。

搞清了这一点，刘达夫有点伤脑筋。

刘达夫的劳务输出一个萝卜一个坑，都已经计划好了的，并没有计划什么电业局的彭局长。刘达夫也就装做个不懂彭玉蓉意思的样子，只要她表态，他做的这个方案行还是不行。彭玉蓉既不说行，也不说不行。王顾左右而言他，她又一次说彭局长如何有魄力，一支笔审批，如何说一不二。又举出了许多例子：某年，一个什么工程给某县好多万，某年，一个什么名目又给某县好多万。

刘达夫心里在骂彭玉蓉的娘了。

彭玉蓉干脆扯起了闲篇，和刘达夫说起最近治安秩序有些不好，街上有人公然白天就骑了摩托车抢女士的包。公安局昨天抓了一个团伙，都是寒陵县来的打工仔。包工头昧了他们的工钱，他们不寻求法律保护，而是铤而走险。《龙鳞日报》在报道这件事时，消息中本有“据查，犯罪嫌疑人均为寒陵县人”这么几个字的，幸而当班老总恰好是寒陵人，已入了我们的乡友会，就把这几个字划掉了，维护了我们寒陵县的形象。彭玉蓉从这个事又说到她的乡友联谊会，说牵涉到联谊会的好多事情她一个人把握不好，早就想找个时间汇报的，轻而易举就置换了刘达夫预先定好的主题。刘达夫耐着性子听完了她的啰嗦，最后一次还是要请彭玉蓉表个态。

彭玉蓉扯着扯着，又扯到了新近火爆的电视连续剧了。

刘达夫在心里叹一口气，只好投降了。刘达夫说，好，好，就按你的意思！

彭玉蓉这才嫣然一笑说，怎么是按我的意思呢？幸而没有外人，否则人家会以为我这个人不好领导呢。我从来都是紧紧地围绕在你的周围，紧跟着你大踏步前进呵，刘主任你要讲一点良心！

刘主任和彭玉蓉开会的时候，罗海军坐在楼下的包厢里，一根接一根地抽烟，但心里在骂刘达夫的娘。

好呵，你以后看呵，你把我当宝玩，你怕我真的是个宝？

他在想一个问题：要不要和刘达夫挑明了干？

想想不妥，就还是决定大丈夫能屈能伸了。

后来的几天，罗海军的老同学，寒陵县浮云乡鲤鱼塘村的那个娥姐，老是打罗海军的电话。她威胁罗海军说还不给消息，明天她就真的到龙鳞城里来直接找他了。罗海军拿了不得了了，又不能说刘主任会都不要我开，我是王八被挂到壁上，没有一点抓挠，就只好今天推明天，明天又推后天。推到第七天，见刘达夫老在办公室和招待所打电话，一打电话就说张三文化程度如何，身高一米几，李四文化程度如何，身高一米几，就知道再推不下去了。他心一横，就把这件事情和彭玉蓉说了。

他知道，只要蓉姐姐真的支持他，娥姐就进得了。

刘达夫其实玩不过蓉姐姐。

他是在姿江风光带静心茶室和彭玉蓉说娥姐的事的。

他不知道，近来的几天彭玉蓉心情有点不好。

那天七老板无法无天，竟然不接彭玉蓉到农家乐去，还说没有你我们也一样玩得很开心，分明有一点不服管教的意思了。不服管教那还行？彭玉蓉回去就修理他，罚他一个人睡沙发。平日罚他睡沙发，他睡到半夜肯定会死乞白赖又爬到大床上来，那一天竟然在沙发上一睡就睡到了天亮，醒来还说舒服舒服，沙发上睡了真舒服。彭玉蓉就检讨自己：天造万物，设计精巧，是一种大智慧。你测个字想到的都是罗海军三个字，其中的因缘，难道这万物就没有一点感应？七老板也是万物中的一物，他不服管教了，当然也可看作是天造万物中间的一个小设计，是大智慧展示的一个小启示。她好言好语抚慰了七老板，那天就在心里发誓，再不喊罗海军小海了。

罗海军，今后就喊罗海军！

可是罗海军一请她到姿江风光带喝茶，她又忍不住还是来了。

小海怎么就长了一个欧洲人的鼻子呢？那个鼻子真帅呵，线条分明刀削出来的一样。

这回是小海坐在姿江风光带，坐在那个叫静心茶室的雅座里等她了。

那一天下着雨，彭玉蓉是打着一把伞去的。

那一天罗海军显得有一点羞涩，见了彭玉蓉进来赶紧站起，差一点就把一壶茶打泼了。罗海军说，本来上上个月就要请蓉姐姐喝杯茶的，上上个月没有领到工资，上上个月只发了几张借支单。上个月我借支得少一些，发了几张钱，只用得几天，又没有了。这个月发了钱，我就死死留住了，蓉姐姐对我是恩重如山呢——来，蓉姐姐你喝茶，喝茶！

彭玉蓉鼻子酸酸的，彭玉蓉说，小海你真是我弟弟就好了。你请我喝茶，好像有一点什么事？

罗海军听不出她话里的玄音，罗海军说，弟弟还有什么真的假的？我是真把你当成了我的亲姐姐呢。讲起来你会笑我的，在你面前，我一点都不想做男子汉。真的，一点都不想做男子汉。

彭玉蓉的鼻子就更酸了。

窗外下着小雨，江南已进入了梅雨季节。关于江南的梅雨，唐代就有一位著名的诗人曾经做过专门的描叙。他说得很对，他说清明时节雨纷纷，路上行人欲断魂。唐代那位著名的诗人在这种鬼天气里显然有无限愁绪，他想借酒浇愁，所以他又写道，借问酒家何处有，牧童遥指杏花村。当然啰，现在不是清明，但现在的雨和清明的雨，那下法都是一样的。彭玉蓉想，只有路上的行人欲断魂么？坐在茶馆里的人比如我，也一样地心情压抑呢！这梅雨一口气下了两天多了，还在下，好像老天爷下定了决心，要让世界上所有的一切都长出霉来，让人的心里也长出霉来！

就在彭玉蓉心里要长出霉来的时候，罗海军说出了娥姐的事情。罗海军说，蓉姐姐，我还真有一点事想麻烦你呢，我不该显摆。我的一个女同学，听说办事处要招服务员，就缠上我了，以为我当得家。我当得什么家？会都开不上！我也是被她缠得没有办法了，才大起胆子来，才敢跟蓉姐姐说。

女同学？彭玉蓉心里一惊，长得漂不漂亮呵。

漂亮，可惜是人家的。罗海军说。

彭玉蓉不相信罗海军的话，但是不相信又如何呢？天造万物，设计精巧，天机都不可道破，天意就当然是更不可违背的了。彭玉蓉不敢手里抱着一个因缘，眼里还馋另一个因缘。她的眼睛从窗外看过去，江边风光带上的花花树树，都笼罩在连天接地的雨雾之中。龙鳞的梅雨，是外地人无法想象的。一到这个季节，天上下的不是雨点，是雨丝。那雨比头发丝还细，细得若有若无，但无孔不入可以一直下到人的心里。

彭玉蓉的心里，就也在下雨。

但彭玉蓉还是答应了给罗海军帮忙，她无法拒绝他。

十一

庚先生

一辆沾满了灰尘的长途客运汽车，在寒陵县通往龙鳞城的沙石公路上跑了整整一天。主要是路上爆了一次胎，司机将车胎弄好，花费了好长的时间。这辆长途客运汽车跑了一天，喘一口粗气终于在龙鳞汽车站停下来的时候，龙鳞寺里的那颗大铜钟，正好敲响了。那颗大铜钟，方志上记载还是唐代时候，龙鳞百姓为迎谒六祖设坛讲经集资铸造的。算起来，那钟声在龙鳞城里响了有一千多年了，只在“文革”时期停顿过十年。

钟声嗡嗡嗡地在空气中回荡，娥姐心头陡然一动，感觉到有一个因缘，正在向自己慢慢走来。

坐在她旁边的一个妇人，听见钟一响就闭起眼睛，双手合十口里念起阿弥陀佛来，脸上现出很幸福的样子。

娥姐和庚先生，就是搭这班车进龙鳞城的。

车一停，娥姐就看见一群女人喊着叫着围了上来。她们一律都举着一个竹篮子，竹篮子里装着甘蔗、面包、麻糖，还有包装漂亮但一看便知是冒牌假货的台湾情人姜。她们一个个都恨不得自己的手臂有一丈二尺长，好伸进车窗，再直接伸进乘客们的钱袋里。

她们叫嚷着：

块钱一筒的甘蔗呵，不买明天会后悔的！

五毛钱一个的面包，抵得三块钱一个的快餐！

麻糖麻糖好麻糖，买袋回去哄婆娘！

如今哪个还哄婆娘？情人爱吃的是情人姜！

娥姐就感叹:到底是龙鳞城,小商小贩的广告宣传都是地区一级的水平!哪里就像我们乡下呢?乡镇上的马路上也有小贩拦车叫卖,可他们一律是将东西硬塞到乘客的怀里，然后可怜巴巴地求人家：买一点吧，买一点吧。

城里人就是城里人!

不过,再高水平的宣传广告对娥姐来说,都是对牛弹琴。她口袋里只有两百九十五块钱了,这是她进城发展的全部铺底资金。这两百九十五块钱,一分一厘都必须好钢用在刀刃上。

按照娥姐的命令，前天庚先生上午又到村头她婶婶开的代销店去看,看有没有龙鳞城里打来的电话。庚先生依然是装着买烟,娥姐的老爸正好从路上走过到村委会去开会,娥姐的婶婶就调笑庚先生。娥姐的婶婶说,年轻哥哥怎么抽这么便宜的烟呢?娥姐的婶婶指着娥姐的老爸说,罗荣庚,你若敢喊那个人一声岳老子,我就送你一包极品大中华,不要你的钱。庚先生的大名就叫罗荣庚,庚先生当然不敢喊岳老子,娥姐的婶婶就丢了一包最便宜的烟过来,又调笑他道,庚先生你早就不是红花伢子了,已经是开过荤的臭男人了,是不是?我看你走路的姿势就看得出来。调笑了半天,娥姐的婶婶突然双手往屁股一拍,很认真地说,呵哟,龙鳞城里一个叫姓罗的人找谭月娥呢,我差点忘了!拿一块钱来,娥姐有个电话在这里呢,你快去把讯!

谭月娥就是娥姐,娥姐就叫谭月娥。

庚先生给了她一块钱,就屁颠颠跑过来了。

一听电话是龙鳞城里的区号,打电话的人姓罗,庚先生就知道是罗海军打过来的。

娥姐说了的,传龙鳞城里的电话,你要跑得比狗还快一些。庚先生就真的跑得好快。村里有一只狗,平时庚先生带了它玩,和庚先生关系就极好,它见庚先生跑，也就跟着跑。这只狗比较懂礼貌，它没有跑到庚先生前面去。

庚先生这次没有顺墙溜，他刚才看见娥姐的老爸到村委会开会去了,他还怕什么?

娥姐当然还是在睡懒觉。

睡懒觉的娥姐听说是罗海军来的电话,那懒觉当然就不睡了。娥姐赶紧穿衣服。穿好了衣服，也来不及扣扣子，娥姐就那么披头散发的，趿一双拖鞋打开门，一溜烟就跑。

庚先生跟在后面，也跑。

那情景，有点像一名歹徒想强暴一个少女，只是那少女并不喊救命。

罗海军那天在电话那头口气大得很，他大大咧咧地对娥姐说，你只讲你哪天到龙鳞来，我给你们乡长打电话，叫他派车送你来。好像他就是寒陵县的县长，浮云乡的乡长就是他的直接下属，最听他的话了。

他大大咧咧，他口气大，娥姐就知道事情是搞定了。

真的搞定了？娥姐问。

真的搞定了。罗海军说。

真的搞定了，娥姐反而觉得有一点不真实了。她反反复复说，你不会骗人吧？你不会骗人吧？

说到后来罗海军就来了一点毛毛火了，大声大气地说道，我发神经呵，我骗你做什么？你只说你到底来不来？这一次我们一共都只招了三个人，除了你，那两个已经上岗了，等着补缺的人还有呢，现在是三条腿的狗不好找，两条腿的人有的是，你到底来不来，你要不来就算了。

娥姐忙说来来来，又问这服务员都是做一些什么事。

罗海军说，我跟你在电话里是讲不清的，你来了，我面对面还担心和你讲不清楚呢。反正比那种呆端盘子的服务员好，前程远大，有足够的发展空间。

话说到这个份上，再没有什么可说的了。

娥姐就说，好吧，那我明天就动身。她还真的以为罗海军有能耐可以叫乡长派车呢，又说，你就不要让乡长派车送我了，乡干部工资都发不出呢，为我一个人开一趟车跑一趟龙鳞，那浪费太大了。

最后罗海军就嘱咐娥姐说，到龙鳞下了车后打个电话，我就会来接你的。

接下来的一个节目就是和老爸摊牌了。

没想到老爸却不同意。

老爸也看了寒陵县有线台的那个广告，老爸说，这是招工么？胸围臀围都有要求，分明是选美嘛。县招待所招工到龙鳞城里去报到，牛胯里扯到了马胯里，谎都没能扯圆呢，肯定又是骗报名费的！不去，我不准你去！

确实，村里的年轻人想走出大山，上城里人的当上得太多了。城里就有那样的人，他自己都下了岗，却还经常在乡下招工，收了报名费还要收押金。交了报名费交了押金真的给个事干也行呵，但他就是没有事给你干。县城里一家小公司招考文员，娥姐去考了四次了，一次交一百元报名费，四百元报名费都丢到了水里。后来才知道，那家公司的经理就是一个下岗工人，报考的人没有一个人考得起他的文员，他呢，一年招四回文员，一次只要有两百人报名，他就过得日子了。庚先生的遭遇则更惨。有一回，有一个外老板招工招到了村里。庚先生见他有外省劳动厅的文件又有本省劳动厅的文件，招工协议还在县里的公证部门搞了公证，就七借八借借了一千块钱交了押金，当天就兴高采烈跟老板到县城招待所"集中"了。睡了一晚起来，老板不见了，将四十二个和庚先生一样老实的农村后生丢在招待所，连住宿费也没有结算。

现在，庚先生那一千块钱还没有还清人家。

老爸当然拦不住娥姐。

现在是什么时代了？老的都怕小的。

问题是庚先生。

娥姐要进城，急死了庚先生，六尺高的男子汉竟然哭得眼睛通红。娥姐只好主动一点，将他约到了老地方。以前一到老地方，庚先生就像热血沸腾的叫鸡公，做起功课来，恨不得一口就将娥姐生吞下肚里去。这回却成了去势的鸡公了，也做功课，但做起功课来就像小学生应付老师做家庭作业。庚先生眼睛通红，娥姐好伤感，她将庚先生的手放到自己花蕾一样的胸脯上，想安慰他，可那双手也不是魔掌了，竟然动也不会动，而且冰冷的。两个人坐在河边上，看天上有流星跌落天边，看林中有宿鸟徒然惊飞，都哑巴一样没有话说。偏偏这一天的傍晚很是阴沉，远处天边一个要下雨了的样子，近处田里又有一只董鸡婆在痛苦地叫喊。董鸡婆学名长脚鹭鸶，它生一只蛋要生几天几夜才生得出，那叫声当然就很痛苦。阴沉的天再加上董鸡婆痛苦的叫喊声，两个年轻人坐在河边上，就有了一些生离死别的味道了。

分手的时候，娥姐说，你过几天进城来看我吧。

庚先生嗡嗡地说，看个屁。

娥姐说，那……我打好了基础，你再来。

庚先生还是嗡嗡地说，像四铁匠一样？像三毛一样？

娥姐的心陡然一疼。

他们同村的一个人，叫四铁匠，也是恋人进城先打基础。打好基础那个妹砣就不认得四铁匠了，和帮助她立足的城里男人结了婚。四铁匠以后是去了，带着他刮胡须的刀片去的。他在他恋人的脸上划了一个很正楷的十字，然后就到派出所投案，然后就狗一样被关在监狱里了。三毛的故事大同小异，只是报复的对象有些不同。他舍不得伤害他爱过的女人，就把他的接任者割断了一根脚筋。他本来是准备让那个男人做一回太监的，想一想这样做对他爱过的女人损失太大了，他爱过的女人老了以后没有儿女照顾如何了结这一世？所以动手的时候就改变了初衷，给那个男人留下了他度种的那根棒棒。这家伙没有四铁匠那么愚蠢，完成任务后没有去麻烦警察叔叔，公安部门只好把他列为网上逃犯。这个网上逃犯，目前仍然逍遥法外。

娥姐将庚先生揽到怀里，喃喃地说，我和她们不同。

庚先生坐好，坐好了说，其实那两个女人都没有错，我要是她们，我或许也会这样。四铁匠坐牢，那女人整好了容十天半月就去看一次，你说你不理解，我理解。城乡区别太大了，越来越大，不是爱情两个字就抵消得了的。我认真思考过了，我们也读了高中，为什么考不起大学？重点中学在城里，我们最好的老师想方设法调到城里去了，还是城里中学里最差的老师。要是我们学校有个像样的英语老师，我们可能也考得起大学了……不说了，我认命，我们只要一分开就没有好结局的，假如有个好结局也是牺牲你。让你做牺牲，我还爱你干什么呢？……不怪你，我也不说什么最后吻你一次的话了，那都是书上的话，娘娘腔。我会找个和我般配的女人马上结婚的，你不要回来喝喜酒，你若回来喝喜酒，我怕我会伤害你……

庚先生说得娥姐哭了，哭得好伤心。

这一夜娥姐没有睡好，第二天早上她试探着向春叔打了一个电话，讲了庚先生的详细情况后问春叔：您可不可以在丝绸厂帮庚先生找一个事做？

在龙鳞城里，庚先生一家所有的关系就只有一个春叔。春叔当年是龙鳞城里下放的知识青年，在鲤鱼塘村孤苦伶仃过了五年才调回城里，五年都住在庚先生家的偏厦屋里。那时候农民苦，知青更苦，冬天一断粮，春叔就吃庚先生家地窖里喂猪的红薯，所以，庚先生出生时，春叔虽然已经调到龙鳞城里去了，还是回到鲤鱼塘，吃了庚先生的满月酒的。春叔和村里一直有联系，三毛和四铁匠的故事他也都知道，他当然不想庚先生变成三毛变成四铁匠。春叔就说，先来呀，那么多农民都进了城，都没有饿死，就多了庚先生一个人？他向娥姐表态说，先来吧，我的屋是不宽，但加张床还是没有问题的。

娥姐就打算带崽婆一样，带着庚先生进城。

也只能如此。

只是老爸太看不起庚先生了。

今天早上在村头公路边拦汽车，娥姐的老爸本来是给娥姐准备了五百块钱的，正要塞给娥姐的时候，一眼看见庚先生提个蛇皮袋子，拖尾巴蛆一样跟在娥姐后面，那脸色马上就不好看了。村民小组长枯起眉毛问庚先生：你女朋友进城打天下，你男子汉给她准备了好多粮草呵？

庚先生一怔，老老实实回答道，队长叔叔，我……我老爸说卖了圈里的那头架子猪，我老爸已经叫猪贩子去了。我老爸说明天就电汇，后天我到城里邮电局就可以取到钱。娥姐父亲正式的官衔是鲤鱼塘村第二村民小组小组长，可村民们还是沿用人民公社时期的叫法喊队长，庚先生不敢喊岳老子，也就和大家一样就喊队长了，不过他还是在队长后面加了叔叔两个字，以示区别。

队长叔叔鼓他一眼：你这个龟孙，你明天到城里邮电局去取钱？你送女朋友进城，难道还要让你女朋友给你买车票么？你怕不怕丑呵，你这个龟孙？

娥姐站在一边实在听不下去了，厉声大叫一声道，爸爸你！

队长叔叔这才缝上了自己的嘴巴。

队长叔叔缝上了嘴巴却不甘心，他将五张老人头抽回去一张才塞到女儿手里，表示自己还是有意见。

他也不等车开了，白了庚先生一眼便扬长而去。

中东老是不和平，据说汽油又涨价了，于是车票也就只能跟着涨。四张老人头，两个人坐车花去两个五十元。路上庚先生人穷志不短，大少爷一样忍不住口渴，见人家喝矿泉水他也要喝，娥姐叫他买一瓶吧，他一买就买了两瓶，还嘻嘻哈哈地说，我们永远有福同享。两瓶矿泉水四块钱，拿过去五块钱，矿泉水老板找过来的一块钱，又让庚先生弄丢了，于是娥姐袋子里就只有两百九十五块钱了。

想起这些,娥姐叹了一口气。

她又想:好在马上就赚钱了。

庚先生却好像不知道娥姐心里好烦躁。他一路上都歪着身子,大模大样将脑壳靠在娥姐丰满的肩膊上,右手还幸福地握着娥姐的左手,一直在做一个关于爱情关于财富的好梦。梦是从春叔身上开始的。春叔当知识青年时有年冬天病了一场,患疟疾,打摆子,打得人都脱了形,不是庚先生的母亲打点得好,他后来回得城,在龙鳞丝绸厂当得车间主任到?庚先生的梦从现实出发,一进入幻想就浪漫得很了。他梦见病好了的春叔见了他大喜,一带就把他带到厂长面前。厂长是哪个?竟然是他的朋友,同一个村长大的四铁匠。四铁匠不是在坐牢么?怎么当了厂长了?竟然还带上了一个秘书小姐。四铁匠一看见他就乐了,四铁匠吩咐秘书小姐说,这个人是良民,大大的好,你的安排他车间主任的干活!于是庚先生就当车间主任了。七长八短数都数不清的工人排着队向他敬礼,一个个都举起右手,像希特勒的党卫队。织布机都是电脑控制的,不要人管,一匹一匹的丝绸就水一样流出来,流着流着变成一张一张的钞票,那钞票直接就流进了他庚先生的袋子里。他呢,数票子数得手都发麻了,一边数票子心里一边想:岳老子呵,你他妈的还狗眼看人低吗?他梦见他提了六个猪头八瓶老酒十二包点心,气宇轩昂走进队长叔叔家里。一声岳老子喊了,队长叔叔答应得沁甜的,还搬出椅子来请他坐,还直喊岳母娘快些煮鸡蛋。

他在梦里吃鸡蛋,口水流出来差不多有一寸长。车已经停稳了,他还根本就没有要醒过来的意思。

旅客们都一个一个将行李扛在肩上抱在胸前了,准备冲锋陷阵下车。娥姐见庚先生还在流口水,就生了气,一伸手就捉住了庚先生的一只耳朵。

庚先生的耳朵又薄又大,白白嫩嫩的看得见里面的小血管。

你睡你睡,我叫你还睡!

娥姐手上一用劲,身子再一歪,庚先生的脑壳就啪的一声,碰在汽车座椅的靠背上了。脑壳里一脑壳的发财梦,一下子碰得无影无踪。庚先生睁开眼睛,植物人一样宝里宝气发了半分钟呆,那目光才恢复正常。恢复了正常的目光从停车坪望出去,庚先生看见大街上有众多的小汽车正在一江春水向东流,街道上有男人提着公文包气宇轩昂,有女人抱着狮毛狗高贵典雅,他立即就明白了一个事实:龙鳞城到了。

睡,睡,跟你家那个老不死的一样,只知道死睡!

娥姐还在骂。

娥姐骂庚先生,总要把庚先生的妈妈也捎带着一起骂,自有其深刻原因。庚先生的妈妈已经病得瘫在床上,手腕子都只有鸟脚杆粗了,却还不识好歹,硬说娥姐的年纪大了庚先生六个月,做她的媳妇要不得。她老人家考虑问题时十分长远,说什么将来娥姐五十岁绝经不要房事了,庚先生还正当壮年,干柴燃不起烈火,会去打野食犯作风错误的。她说庚先生的老爸就是这号人,否则,她就不会患那么多妇科病了。摊上这样的老糊涂,庚先生能有什么办法呢?所以,每次娥姐骂庚先生时捎带着骂他妈妈,庚先生也只能装着根本没有听见。

庚先生自有对付娥姐的好办法。

我伏在你的肩上,闻见你的奶香了呢。庚先生涎着脸,将嘴巴流里流气贴在娥姐的耳朵上,十分快乐地告诉娥姐一个小秘密。

娥姐就怕庚先生温柔。

庚先生这么一说,娥姐心里受用得很,却故意铁青着脸,提起她的马桶包猛地站起来,装出个要和庚先生分道扬镳的样子。已经是刮过一回毛毛的恋人了,庚先生当然知道娥姐的鬼把戏,所以他根本就不急。他男子汉大丈夫懒洋洋地跟着站起来,先活动一下拳脚,然后一脚踩到椅子上,突然发一声喊,就从行李架上重重叠叠的箱子袋子中抽他的蛇皮袋,还有娥姐的行李箱。哟,慢点,慢点!娥姐无法铁青着脸了,她突然失声大叫。行李箱中装得有她的换洗衣服,衣服中还混得有两瓶沤辣椒,十个盐鸭蛋,一包老榨菜。这样硬抽,瓶子破了鸭蛋烂了榨菜一碾碎,那些衣服还穿得出去?娥姐顾不得生气了,打开庚先生的手,自己站到椅子上去抽那个行李箱。

行李箱抽出来了,娥姐怕庚先生拿了不安全,就扛在自己肩上,然后将庚先生踢一脚:走!

那一脚踢得有些重,但庚先生认为踢得很亲切,所以不生气,笑呵呵地跟在娥姐后面就走了。

一同下车的乘客,哪一对不是男的肩背手提女的一身轻松?只有他们这一对,就像一个年轻母亲带了一个大男孩。

娥姐和庚先生挤出乱糟糟的车站时,看见大街上有一队姑娘,穿着大红色旗袍涂脂抹粉,正在搞商业促销游行。姑娘们一律左手握一束鲜花,右手则举着一个字牌。娥姐和庚先生一个字一个字读下来,就读出了一句话:使用安乐卫生巾,是我们女人明智的选择。

秋天的阳光还很炽热,太阳都已经西下了,大街上的水泥地面却还是那么热气蒸腾。娥姐和庚先生都看见了,姑娘们手里的鲜花都被太阳烤得有些枯萎了,她们一晃动,那花瓣就一片片掉下来,花瓣掉在地上,就马上没有了生气,再被人们的脚一踏,就验证了宋代大诗人陆游写下的那句词:沦落成泥碾着尘,只有香如故。

娥姐和庚先生都很心疼那些花,他们想:那些花瓣在粉身碎骨的时候,会不会呻吟呢?一定是呻吟过了的,只是人们不想听到,于是就听不到了。

从大街上跨过去的时候,他们生怕踩了地上的花瓣,走得小心冀冀的。

走到一个电话亭,娥姐放下她的行李箱,拨通了罗海军的电话。

十二

罗海军犯了一个严重的错误

娥姐给罗海军打电话的时候，罗海军正在接受刘达夫严厉的批评。

罗海军犯了一个严重的错误。

这说明罗海军还很不成熟。

刘达夫批评他，是想他进步得快一些。

事情说起来也很简单：刘达夫平常是很难得在办公室坐一回的，他不是回寒陵汇报工作，就是在外面联系工作。彭玉蓉就更不用说了，更是通天蜈蚣满地飞。当然，要讲差别，还是有差别的。刘达夫一出去就石沉大海，在哪里做什么绝不和罗海军通半点声气。彭玉蓉就不同了，彭玉蓉每天都要和罗海军电话联系若干次。早上说，小海呀，今天我就不来办事处了，我要到什么什么地方去，去办什么什么事。你穿的那件绿格子T恤太老气了，听蓉姐姐的话，今天穿那件红格子的。中午说，小海呀，我感觉那个施丽华的服务员手脚有些不稳，你昨天问我落实哪个服务员收银才好，我的意见是刘媛媛收银比较好，她老实。我现在在什么什么地方办什么什么事，运气还不错，要找的人都找到了。晚上再打一个电话来，小海呀，我现在在什么什么歌厅唱歌呢，好多人，好热闹的，你来不来？你不来就早一点睡觉，现在已经是秋天了，不要盖毯子了，盖我带过去的那条薄被子吧。

两个主任都是不怎么到办公室来的，这样一来，在办事处真正严肃认真上班的，反倒只有一个临时工罗海军了。

罗海军做了副总经理后，当然就更忙了。

他要管酒楼，还要按刘达夫的指示，随时将车开到哪里去送哪个人，或者是接哪个人。

忙是忙，但罗海军很知足。

罗海军很知足，干起工作来就很敬业。

可他没有想到，那一天就是因为太敬业了，一不小心就犯了一个严重的错误，活生生被刘达夫骂了个狗血淋头。

罪魁祸首是手机。

罗海军接电话，早就接出水平来了。手机才响第一声铃，他就将话筒拿到了耳边，并不要等对方说话，一个清脆响亮的“您好”就送过去了。那天来电话的是徐尔君，行署的一个副专员。徐副专员问刘主任在不在，怎么他的手机老不在服务区呢？罗海军晓得刘主任的手机设置了一个很特殊的功能，只要随便调一下，因故不想接的电话就“不在服务区”了。他当然不会透露领导的这个机密，他很得体地说，刘主任出去了，到哪里去了我不晓得，我是小罗，您老人家有什么事，能够跟我讲的，他回来了我一定传达给他，不便给我讲，他回来了我告诉他您来了电话，他会电话给您打过来的。

徐副专员沉吟了一刻，说，也没有什么大事。妈拉个巴子，现在社会还有没有诚信？一部电视机才看了半个月呢，就坏了，坏了，坏得没有一个频道了！还说是免检产品呢，妈拉个巴子！超市说先送到维修站去打开盖子看一看，看就看吧，我还怕你不赔？我现在出行不方便了，你开车来一趟好不好？

罗海军发现徐副专员的火气有蛮大，一想起徐专员是北方人，“妈拉个巴子”或许只是一个口标，也就不在意了。他晓得自己没有资格和徐副专员讨论关于社会诚信的大问题，就干脆利落地只说了一个字：好。

然后以很标准的军人步伐跑下楼，去发动汽车。

罗海军还是小罗，小罗在政治上还不成熟。他想都没想一个问题：堂堂副专员开口向下面县里的一个名不正言不顺就上来了的办事处要车，这情况是正常呢，还是不正常？

当然是不正常。

楼梯口碰上大师傅三哥，大师傅三哥问罗海军去哪里，罗海军就实话实说了，说徐副专员要用车。

小罗政治上还是幼儿班水平，他不挨骂哪个挨骂？

徐副专员住在丽山花园，具体方位是A区九栋四楼左手那一套，罗海军不要翻本子也记得的。办事处有一个本子，哪个领导住在哪里，一翻那个本子就清楚了。罗海军有本事不需要翻那个本子，是因为跟着刘达夫去送过几回煤气。刘达夫的本事就更大了，哪个领导家里的煤气罐里差不多没有煤气了，领导自己不一定晓得，领导的夫人也不一定晓得，但他估计得到。刘达夫是罗海军迄今见过的在个人生活方面最懒的人，平常是能够坐着就绝不站着，能够躺着就绝不坐着，经常是早晨起来干手巾抹一把就算洗了脸，一盒牙膏可以用一年。但给徐副专员送煤气，刘达夫却表现出了吃苦耐劳的创业精神。他腆着个大肚子，每回都要把重甸甸的煤气罐亲自扛上楼。开始时罗海军还不懂事，还和刘达夫争。刘达夫不好自己来点破，还是彭玉蓉给罗海军上了一课后，罗海军才聪明起来的。彭玉蓉给罗海军上课，运用的是启发式教学。彭玉蓉说，刘主任给徐副专员送去的，就是一瓶煤气么？罗海军两眼茫茫，说当然是一瓶煤气了，还问不是煤气又是什么呢？他顺便提出他的看法，说一瓶煤气才几十块钱，我买煤气送煤气还要烧掉两升汽油呢，太不划算了。他建议说，办事处不如年底给领导一人送一个五百块钱的红包还好一些。彭玉蓉见罗海军简直是锈铁一砣启而不发，只好直截了当告诉他：小海呀，我就告诉你哪，煤气罐里装的当然不是煤气，是八十一万寒陵县人民对领导的深厚感情哪。罗海军这才脑筋通电哦了一声，才终于搞明白了。他还搞明白了他一个临时工，确实没有资格去背八十一万寒陵县人民的深厚感情。以后再给徐副专员送煤气，罗海军年纪轻轻就非常自觉地退居二线了。以后的具体操作过程是这样的：罗海军先将煤气罐扛到三楼，然后回到车上去抽他的精品白沙烟，四楼那几步，就让刘达夫腆着大肚子一步一步移上去了。

刘达夫都要亲自去扛煤气罐的领导，要一回车当然是没有话讲的。罗海军是当过兵的人，他开车到丽山花园，帮徐副专员将电视机运到维修站，将徐副专员送回家里再打转身，一共才用了半个钟头。

可是就因为这半个钟头，他被刘达夫恶骂了一顿。

罗海军从丽山花园回来，看见刘达夫已经坐在办公室里了。大师傅三哥正从办公室里退出来，刘达夫显然已经向大师傅三哥问了自己的去向。问就问吧，我又没擅离职守，可刘达夫的脸上和今天的天气预报一个内容：阴，多云。罗海军不解，本来要转达徐副专员对他的问候的，一看这个阵势，就只好不做声了。他像做贼一样踮起脚跟，蹑手蹑脚拿过刘达夫的那只硕大无朋的保温杯，在杯子里续了一点开水，然后就想溜出去。

他刚刚转身，就被刘达夫叫住了。

嘿！刘达夫很严肃地嘿了一声，嘿得他站住了，再很严肃地盯着他，指着对面的椅子吐出一个字：坐！

罗海军预感不妙，用一边屁股坐下，还是感觉那椅子上长着刺。

刘达夫问，你刚才到哪里去了？

我、我刚才给徐副专员送电视机去了。

哪个徐副专员？

罗海军惊讶得差一点跳起来，这一回用了全部屁股，绷紧腰杆才重新坐好，讲出话来更加结结巴巴了。哪、哪个徐副专员？还有几个徐副专员？就是你带我送煤气的那个徐副专员呀，罗海军说。

刘主任点燃一支烟，眼睛眨了几下，很轻蔑地吐出一个烟圈。他将不拿烟的那只手伸过桌面来，一根被香烟熏得金黄的手指就很不客气地指到了罗海军的脸上。刘达夫用恨铁不成钢的口气说，你呀，你们这些年轻人呀，一个个都不读书，不看报，一个一个蠢得和猪差不多了，只少一条尾巴了！《龙鳞日报》不看，龙鳞电视台的本地新闻难道也不看？龙鳞电视台的优秀播音员前几天少了一个了呢，你是眼睛瞎了呢还是耳朵聋了？

刘主任讲龙鳞电视台的优秀播音员少了一个了，这里面有一个典故。

龙鳞城虽然很小，小得到街上上一趟公共厕所都可以碰上熟人，但麻雀虽小，那肝胆还是俱全的。一样的有日报，还有电视台。日报就不说了，龙鳞电视台主要放录像片，自己办的经常性节目只有一个本地新闻。本地新闻十来分钟吧，每天一般播十来条消息。这十来条消息，一般都是这样安排的：第一条是一把手的活动，视察了哪里然后指出什么再强调什么。第二条是二把手的活动，在哪里调研了然后指出什么再强调什么。第三条是三把手的活动，在哪里解决了什么问题然后指出什么再强调什么。第四条是四把手的活动，参加了什么活动然后指出什么再强调什么。这其实没有什么错，领导活动当然就是有价值的新闻，但龙鳞城里一些思想不好觉悟不高的人还是和领导玩幽默，说他们都是电视台的优秀播音员。龙鳞电视台有一次评选优秀播音员请观众投票，收上来的选票上，还真有大胆刁民真的写了领导的名字。这当然不对，连罗海军这样只具有基本觉悟的人都认为这样说这样做不对，但他看龙鳞电视台的时候，一看到本地新闻，也是马上

就起身泡茶,有时候还要上厕所解一次大手。厕所里出来,茶不烫嘴了,优秀播音员也正好都退场了,录像片正式开始。

罗海军脑壳就是少一条筋,徐副专员好久不在电视上出现了,龙鳞全城的人都晓得,只有他一个人还不晓得。

手下人这样不爱学习,当然让刘达夫痛心疾首。

罗海军还蠢里蠢气问刘达夫呢。罗海军小心翼翼问,刘主任呵,徐副专员什么时候退下来的?我们还送不送他的煤气呢?是不是退下来就没有车用了?那我们更要关心他呢。

刘主任的眼睛都快爆出火来了,他认为罗海军提的这些弱智的问题,根本就用不着回答。我们的任务是把办事处的工作搞好,这么乱搞下去,寒陵县的老百姓会放心我们?刘达夫第一次骂人了,刘达夫骂道,你开好你的车就是了,你操那么多心做什么?你晓得么?你那部车耗油,跑一公里要合五毛钱,我是算过的,你开过去又开过来瞎跑,烧的是姿江河里的水呵?我平时为什么坐公共车?我回县里汇报工作为什么搭车去?都是因为票子少、少了一点呵!你晓得县里一共才给了我好、好多经费吗?你这样大手大脚阔、阔少爷一样,搞酒楼我还会放心?真、真的会把死、死人又气活!

刘达夫一激动,讲话就有一点点结巴。

刘达夫确实有资格激动。

他平时确实坐公共车,他回县里汇报确实是搭车,他住的那间小屋只有四个平方,只有一人高一点,过去是用来放清洁工具的。

刘达夫有资格激动,罗海军就只有认真检讨了。

罗海军做出个痛心疾首的样子站得笔直,绝不狡辩一句,让刘达夫结结巴巴地骂了个够,他才四不对六地说,刘主任您这是关心我呵,我已经知道了,我知道我今后要如何开车了。

刘达夫骂够了,余恨不消地还说一句:吸取教训呵,年轻人!

说完,急匆匆走出去。一边走还一边和人通电话,说是就来了就来了。

罗海军就一个人留在办公室吸取教训,吸取教训后还马上采取了措施。他把大师傅三哥叫上楼来,先对了他的肉账,对得大师傅三哥大声叫屈,说你这样算我一个月就算是白干事了,这才放了他一马,换了一种算法,算得他这个月只比上个月少一点收入。对了账,罗海军说,三哥呵,以后刘主任问我去哪里了,你最好一律说不知道。你本来就不知道嘛,我出去又不要向你汇报呢。

大师傅三哥于是知道罗总为什么要对肉账了，他决心今后锁紧嘴巴，不该问的不问，不该说的不说，免得一不小心就祸从口出。

大师傅三哥刚走，桌上的电话就响起来了。

罗海军一下就想起了，娥姐讲的是今天来。

果然，电话是娥姐在汽车站打来的。

哟，来了？怎么这时候才来？

路上汽车烂了，修车，修了好长时间的车。

你现在在哪里？

电话亭，车站对角，一个铁皮子做的电话亭。

那你就站在那里好了，我开车，马上就到。

罗海军放下电话，蹬蹬蹬就往车库跑。

现在的年轻人进步真快，罗海军还只在办事处搞了两个月，就茁壮成长，成长得对场面上的事情宠辱不惊了。刚刚犯了一个错误，刚刚被领导恶骂了一顿，刚刚还站得笔直痛心疾首，却一点情绪也不闹，该怎么做还是怎么做。

而且开车的时候还唱着流行歌。

娥姐站在大街上等罗海军的时候，有一个问题和庚先生产生了分歧。从家里出发的时候，已经和庚先生说好了的，不准他跟到办事处去，叫他一下车他就直接坐公共车到丝绸厂去，她不想让办事处的人都过早知道她已经有男朋友了。娥姐已经将一张老人头装到庚先生的衣袋里，叫他进春叔家门时多多少少也还是要称几斤水果，已经教导了庚先生说，东西不在多少，在于一个礼性。但庚先生却赖着不上公共车，坚持要看着娥姐上了罗海军的车了再走。娥姐知道庚先生心里的小九九，他是要向罗海军宣布呢，娥姐已经是我的女朋友了，兔子不吃窝边草，你们谁也再不要想打她的主意了！

以前产生了分歧，娥姐只要一瞪眼睛，庚先生马上就屁滚尿流，庚先生一屁滚尿流，他们的分歧马上就统一了。这回娥姐的眼睛瞪得比哪一回都大，但分歧还是分歧，庚先生还是不走。

后来罗海军就来了，后来娥姐和罗海军握手了，庚先生也和罗海军握手了。

庚先生和罗海军握手的时候，故意将罗海军的手握得很紧，握得罗海军差一点喊疼。庚先生眼睛有些阴沉地盯着罗海军说，海军，我们是老同学。我就把娥姐交给你了，娥姐在龙鳞城里待一天，我也会在龙鳞城里待一天。我就住在丝绸厂呢，我们会经常见面的。

说完，提了他那个化纤袋子，头也不回地坐公共车走了。

罗海军心里怏怏的，望了庚先生的背影很不是个味道。

汽车起步时，罗海军手把方向盘说，娥姐，庚先生好像有一点情绪？我们在一起读书的时候，他说话总是好和气好和气的呵。他今天和我说话，却好像吃错了药，而且吃的是枪药。

娥姐说，管他呢，他是个神经病，我们走我们的！

十三

筹备会议

刘达夫和娥姐在办公室展开的例行谈话只进行了五分钟，其中真正谈工作的时间只有两分钟，另外三分钟谈的就是和工作根本无关的问题了。刘达夫想不清楚，彭玉蓉争一个劳务输出的名额要给电业局的彭局长可以理解，她也要招商引资，她要争取农村电网改造那个项目。但那个鬼婆娘说她的一碗米要自己煮，蛮不讲理，她那个名额只要浮云乡鲤鱼塘村的那个谭月娥，这就让人百思不得其解了。刘达夫整整花了三分钟时间，想要弄清这个问题，但到最后还是没有弄清楚。他坐在那里抽着烟，反复问娥姐，小谭呵，彭主任很关照你呢，你和彭主任是什么亲戚呵？他这样一问，站在他对面的娥姐就好像是腰身一丈二尺长的和尚了，根本就摸不着自己的头脑了。

娥姐用她眼睛的余光向坐在旁边的罗海军求助。

罗海军不断向娥姐眨眼睛。

娥姐点点头，怕答错了，又摇摇头，还是没有把握，再一次点点头。

刘达夫问不出名堂来，也就不问了。他嘱咐娥姐说，好好工作吧，年轻人。说完摆摆手，意思是你现在可以走了。

娥姐却不知她应当走到哪里去。

罗海军问刘达夫，小谭今天怎样安排？

刘达夫烟屁股一丢，拿出领导的权威说，这样的小事情你还问我？你是做什么的？你还要我去为小谭开铺么？真是的。丢完了烟屁股又很首长地对娥姐说，小谭你辛苦了，你就早点休息吧。

罗海军就安排娥姐的食宿了。

问题是食好安排，宿不好安排。

楼上四间包房，收购楠竹的采购员和收购苎麻的采购员长住两间后，就只有两间了。这两间今天也不空，寒陵来了人，县财政局张局长的老婆每到周末就到龙鳞一中来看小孩，讲好了来了就住办事处，从不失信。那天正是周末，所以那一间也就有人了，另一间则刚好住了一个散客。罗海军本想让娥姐也和自己一样，随便在哪个卡拉OK的沙发上倒一夜算了，但毕竟说不出口，他不想一开始就给老同学留下一个自己无能的印象。罗海军是有困难就找彭玉蓉的，就向彭玉蓉打电话，向她汇报情况，请示解决的办法。

彭玉蓉说，才来第一天就睡沙发，不好吧？又是个女孩子！你看这样行不行？你现在就开车带了她到飞天宾馆来，我们筹委会在香格里拉开会。你到我手里拿了钥匙，再送她到我屋里去。我明天把她送到电业局去，这个问题就算解决了。晚饭就不要在办事处吃了，都到飞天来。飞天最近搞了一个新菜，是你还没有吃过的呢，你正好见识一下。

罗海军就开了车，带了娥姐直奔飞天。

一溜烟便到了飞天。

桑塔纳在飞天宾馆的停车坪停好，罗海军却并不急着要下车。娥姐连催了两次，罗海军说，急什么？该享受的就是要享受。娥姐不知道他要享受什么，就见一个穿着英国燕尾服的年轻男人，很卑谦地弯着腰，从外面拉开了车门。"燕尾服"鞠着九十度的躬，一只手向前伸出来，很温柔地说，先生您请，小姐您请！两个人从车上下来的时候，"燕尾服"还用一只手贴在车门的上方，生怕他们一不小心就碰了头顶。

娥姐就知道了，罗海军说的享受，指的就是这个服务。

罗海军享受了他该享受的服务，叫娥姐在车里等着，自己昂首阔步从旋转门走了进去。一会儿就下来了，手里多了一片钥匙。

罗海军再发动汽车，汽车就走在通向菊山花园的林荫道上了。

娥姐问，这是到哪里去？

罗海军说，到彭主任家里去呵，你今晚就住在她家里了。

娥姐问，彭主任？刘主任刚才说的那个彭主任？

罗海军答，不是她又是哪个？你这个名额还是她争取的呢。

娥姐问，我又不认得她，她为什么要帮我？

罗海军答,我现在和你说不清,你以后慢慢就知道了。

娥姐好顽强,又问,你刚才老向我眨眼睛,我应当是彭主任的亲戚呢,还是不应当是彭主任的亲戚?

罗海军答，就是你刚才在办公室的表现吧，高深莫测，让刘主任搞不清。

我刚才是高深莫测?要让刘主任搞不清?娥姐若有所悟,说,小小办事处,你们人与人关系还很复杂呵。

罗海军答,到处都是一样的。

彭玉蓉的家里好大好大,装修很豪华,娥姐一进客厅就被吓了一跳。她想:客厅怎么能这么大呵,要是请客的话,怕莫摆得下四张圆桌呢,打扫一遍只怕也要半个时辰。刚在客厅里走了几步,紧接着,又被客厅里的一个人造景观吓了一跳。娥姐长这么大,还真的没有见过这样精巧的人造景观呢,她想都没有想到过,这样精巧的人造景观,竟可以设在一个家庭的客厅里。一座长满了绿苔的假山,占据了客厅五分之一的面积。假山山顶上有座庙,庙门口有和尚在扫地。假山半腰上植得有大片文竹,还有微型青松,文竹和青松都是真的,活的,娥姐用手去拈了一下,并不是塑料做的。青松当然不大,可那青松下还有凉亭,凉亭里还有两个额头长得特别高的长寿老人,很认真地在下棋。假山山脚下,就是一湖碧波了,湖边有人钓鱼,还有两个和尚在打水。湖里游的有真的小鱼,一条小溪从假山山顶弯弯曲曲流下来,半道上冲得一个黄铜锻造的水车滴溜溜乱转,水车又撞得水花飞溅。娥姐一走近,那水花就溅到了脸上,感觉特别好。分明是长流水呵,可那湖水却并不溢出来,娥姐就知道那假山里是安装了一个暗道机关的。她伸出脑袋看,想探求一下这暗道机关把水引到哪里去了,可罗海军已经在催着走了。

罗海军不知道把娥姐的行李在哪间屋里丢好了,急匆匆对娥姐说,走,走,吃饭去,吃饭去,不要让人家等我们。

娥姐只好很不甘心地跟了他,出了门下楼来。

一溜烟又到了飞天。

一进飞天,娥姐就感觉很不习惯。

飞天的小姐好像比客人还要多些,门口站两排小姐,电梯进口处站两个小姐,电梯出口处站两个小姐,大堂里,过道上,每一间包厢的门口,还到处站的是小姐。小姐一律穿大红旗袍，娥姐一路走过去，那么多穿大红旗袍的小姐就都向她鞠躬，千篇一律地都对她美妙地唱道：欢迎光临，请多关照。罗海军把她带到了一间写着香格里拉字样的特大包厢里，那一间包厢好大呵，差不多有半个操场那么大。一打开门，就见里间两桌子人嚼着槟榔正在玩牌，腥红色的地毯上丢了一地毯的烟头和槟榔壳壳。一桌人在玩扑克，一桌子在玩麻将，旁边还有人站着看，吵吵嚷嚷的正不可开交。娥姐对罗海军说，走错了吧？不是在开会么？罗海军笑一笑，并不理他，还是带了她往里走。

一个天仙一样美丽的少妇没有玩牌，她手里拿了一叠文件纸在两个牌桌间穿梭，不时俯下身子向这个人说点什么，又向那个人说点什么。罗海军把娥姐带到天仙一样的少妇面前，灿烂地对少妇笑了一下，然后说，娥姐，喊彭主任。

娥姐就说，彭主任您好！

彭玉蓉拉着娥姐的手说，哟，天上掉下个林妹妹，好漂亮的妹砣呵！你先在沙发上坐一下，我们的会就快开完了，开完了就吃饭。又对罗海军说，你腿脚快，你到三楼文印室去一下，把联谊会的章程拿上来，等一下就要正式通过了。

罗海军剥了一颗槟榔丢在嘴里，嚼着下楼去了。

娥姐就老老实实坐在沙发上，看着彭主任他们忙工作。

彭主任走到打扑克的那一桌，向一个肚子好大的男人说，沙老，您看第二章第五条这样表述是不是更好些？凡具有一定社会影响的寒陵县籍人士，和曾经在寒陵县工作和生活过的非寒陵县籍人士，愿意为寒陵县经济发展贡献力量，经本人申请，均可作为乡友加入联谊会。你的原稿是，经本人申请，均可加入联谊会。我考虑了一下，怎么好意思要人家来主动申请呢？现在是我求人家，不是人家求我呵。我看删掉经本人申请几个字，改为愿意为寒陵县经济发展贡献力量，均可作为乡友加入联谊会，这样是不是比较灵活一些？

那个肚子很大的男人听都没有听清，就说行，行，你搞了作数——出牌，老子这回要打你们一个光头！他看样子真的是摸了一手好牌，出手第一张就调的是大王，出手第二张调的又是小王。

彭主任走到打麻将的那一桌，向一个头发很稀疏的男人说，罗局，你不说，我还真的忘了，副会长是要设九个才摆得平。我查了一下，文科长说的那个向老，虽说已经退下来了，但他小儿子在省里，就是专门管项目审批的，对我们很有用处。不给向老安一个副会长，到时候他有可能真的会把联谊会的请柬丢到垃圾桶里去，不来开会的。我看副会长就再加一个？

那个头发很稀疏的男人刚说一声行，突然一把推倒刚刚筑起的城墙，高声大叫道，我和牌了！他上首下首对门三个人都说他搞了名堂，要验证一下。经验证并没有搞名堂，三个人才很不情愿地把自己面前的票子数给他。那个人一边点票子一边问彭主任，你刚才说什么？彭主任只好将刚才说过了的话又说了一遍。

一个打麻将的人一边摸牌一边对彭玉蓉说，热爱党，热爱祖国，热爱社会主义，这些套话还是要写进会员义务这一章里去。

彭玉蓉笑骂道，写了，我念的时候你耳朵打蚊子去了呵？写在会员义务的第一条呢，你睁开你的狗眼再看吧。

那人被骂得嘀嘀大笑。

一个打扑克的人对彭玉蓉说，今后联谊会要多搞活动，至少一周聚一次会。

彭玉蓉在他的肩上拍了一下，说，你就好一周来赢一回钱，是不是？你还不晓得呢，有人建议章程要写上这么一条，赌场杀手不得入会，就是专门针对你这个鬼的！

那人就大叫，我哪里是赌场杀手呵？我天天输。我们局里是六号发工资，七号八号好多人都喊我打牌，喊到九号十号就没有一个人喊我了。为什么，大家都是弄我的钱的，晓得三天后我的钱袋子又布贴布了。我今日才手气好一点点呢，他们就眼红我了，真没有良心。

他的对桌嫌他太啰嗦了，大声喝令道，吵死呵？出牌！

罗海军进来了，将一叠文件交给彭玉蓉，彭玉蓉就将小姐喊进来，吩咐她们说，可以在外间上菜了。

飞天宾馆就是小姐多，一队小姐一人端一个托盘进来，菜很快就上好了。

菜上好了，彭玉蓉拍拍手，很老到地说，诸位，章程出来了，我们是不是边吃饭边讨论，生活工作两不误？一些人就说吃饭吃饭，一些人却说不急不急。娥姐留意了一下，说吃饭吃饭的都是赢了的，说不急不急的都是输了的。输了的当然搞不过赢了的，脚步声就响起来了，一时间大家都数钱，清点战果，对数。输了的都浮夸，说输得太惨了，赢了的就喊冤枉，说并没有赢那么多。钱对不得数，也就不对了，大家洗手的洗手，上厕所的上厕所。厕所不得空，有一个人就在外面喊，你躲在厕所里数钱呵，数了这么久，还昧着良心说输了！

强行推开门，那个人果然躲在厕所里数钱。

大家谦让一番坐次后，围着一个大桌子坐下来，酒杯交错中又一个节目出台了，这个节目是讲笑话，物质文明再加一点精神文明。他们讲笑话的时候，娥姐当然只有听的份，娥姐被罗海军按尊卑顺序安排在最靠门的那个座位上，人们都好像没有发现她一样视而不见，她正好洗耳恭听。才听了几个人的插科打诨，娥姐就在心里感叹，这些人真的都是人尖子呢，说出话来岂止是幽默？

比幽默还要高一个档次，是机智。

不，比机智还要高一个档次，是智慧！

城里人到底是城里人！

众人说笑话的时候，娥姐听出来了，那个肚子很大的男人并不是寒陵人，是琼池县人，那个头发很稀疏的人也不是寒陵人，是博河县人，都是"曾经在寒陵县工作和生活过的非寒陵县籍人士"。肚子很大的琼池人，先是和头发很稀疏的博河人斗嘴，一来二去两个人就较上劲了。他攻击头发很稀疏的博河人，说博河有几大怪。一是杀猪杀屁股，二是晴天穿套鞋，三是媳妇孝不孝顺公公就看孙伢子像不像爷爷，四是待嫁的闺女个个叼烟袋。还说博河人聪明，会做生意，名气大得广州交易会都打出这样的标语：博河人谢绝入内。他这样编排博河人，听的人就都笑得前仰后倒的，娥姐也忍不住，笑得将嘴里的饭菜都喷了出来。

只有那个头发很稀疏的博河人不笑。

等大家笑够了，头发很稀疏的博河人才回击那个肚子很大的男人。他说，沙老是开造谣公司的，我实事求是，我跟大家讲一个我亲自经历了的事情。前年我在琼池县农村蹲点，搞计划生育。我住的那家房东女主人也姓沙，有可能和我们沙老是一个宗堂的，那就真的是一个蠢婆娘哪。那婆娘生了一个崽，爱得不得了，取个名字就叫金宝宝。可这个婆娘不会带崽，还没带三个月，就将金宝宝带死了。那婆娘只好又生，又生了一个崽，取名银宝宝,还是爱得不得了,还是不会带,带了三个月又带死了。生到第三个,旁边人告诉她给崽女取名字不要取得太富贵了,阿狗阿猫的贱一点喊,会要好带些,她就干脆将第三个取名叫狗日的。狗日的还是被她带死了,生到第四个,她想,取富贵名字不好带,取贱一些的名字也不好带,这回取个客观中性的名字,只怕会要好带些的,就实事求是。既然是琼池人嘛,就喊第四个小孩做琼池佬算了。琼池佬也没有带活,这婆娘就四个小孩一回哭。她呼天抢地的哭道:金宝宝哪银宝宝呵,狗日的哪琼池佬呵!

这是合法的痛骂那个肚子很大的琼池人呢,一桌子人望着那个肚子很大的琼池人,又一回笑得前仰后倒。娥姐吸取上回的经验教训,这回拼命忍住,才没有又将嘴里的饭菜喷出来。她以为那个肚子很大的琼池人会生气呢,没想到他也和大家一起笑,笑得很快活。

大家都在喝酒的同时尽显才华。

彭玉蓉坐在主人的位置上,环桌都敬了一杯酒,要求大家支持她的工作,支持寒陵县的发展。在谈笑生风的空隙里,她一双凤眼不时窥过来,看罗海军对娥姐有什么亲密举动没有。罗海军一个劲吃菜,主要吃那个他从没有吃过的菜,并不招呼娥姐,彭玉蓉就想,只怕真的是一般的女同学了。后来觉得自己的举动很幼稚,在心里又嘲笑了自己一回后,就专心致志地招呼客人了。

吃菜吃菜!

满上满上!

这餐饭一直吃到十点多钟才吃完。有几个人吃完了饭还不想回去,还想玩通宵,就淘汰了那些意志已经衰退的人,重新组织了新班子。一时间新班子的人都向自家老婆打电话请假,有的说省里来了领导要汇报工作,有的说在乡下搞检查车坏在路上了。有一个人电话打得最为巧妙,很气愤地说总经理要他一定写完了材料才准下班,我说了今天是我老婆生日也不行,我打算和总经理吵一架就回来。他老婆就吓得不行了,就在电话里劝他说,千万不要和总经理吵,那样会断送前程的。你写,晚一点就晚一点,亲爱的,只要心里有我就行了。这时候七老板也打电话来了,问彭玉蓉家里怎么多出了一套行李。彭玉蓉就对大家说,恕不相陪了,包厢结账已经结到了通宵,考虑到大家都很辛苦,我还预订了一桌夜宵。我就不能陪了,我屋里那个鬼出国考察一向,今天死起回来了。彭玉蓉出门时对那几个继续打牌的人说，祝你们手气都好，都赢钱，输就只输了牌桌子。

在回菊山花园的路上，娥姐突然想起一个事，很认真地对彭玉蓉说，主任，刚才大家都忘记了呵，你那个章程还没有讨论呢。

彭玉蓉笑一笑，不回答，只说小谭呵，你还蛮管事呢。

罗海军也笑一笑，他是笑娥姐有些宝气。

其实，罗海军也只是成长得快。

他想不到，在后来的日子里，娥姐比他成长得还要快一些。

十四

鸡和黄鼠狼的辩证关系

七老板确实出了一趟国。

去了越南。

他是陪马诗人一起去的。

马诗人到电视台走马上任后,把电视台的工作都交给了副台长,自己并不多事,所以电视台基本上还算风平浪静。见面会上,他对电视台的人讲,我也是反对修什么电视大楼的,我们要一个那么大的大楼做什么呢?但上级要调我来,我有什么办法呀?我只能够拖,拖得三十天就是一个月,拖到祁专员这一任到头了,看是不是事情会有一些变化?

大家都冷着眼睛看,只有云云小姐知道马诗人讲的全是假话。

他已经习惯了讲假话。

云云小姐是电视台的真正的优秀播音员,她和马诗人原来就是老搭档。越是穷地方越喜欢折腾,总想方设法通过办会来扩大地方的知名度,生怕世界会遗忘了自己。龙鳞地区就办过许多大会,国际龙文化研讨会,国际巫文化展示会,国际古诗词欣赏会,国际土特产博览会,一办会就是国际性的,会标都要用中英文来对照。外国人喜欢一边旅游一边打工,龙鳞师专就有两个英语教师是持旅游护照的外国人,他们一直是龙鳞地区的特级宝贝。龙鳞地区一办会,组委会就要请他俩坐到主席台上去喝矿泉水,以证明国际性的大会确实是有国际友人来参加的。马诗人也是组委会的特级宝贝,不管办什么会,开幕式后必定有一台文艺节目,这一台文艺节目,必定由一个诗朗诵打开台。这一首朗诵诗,就通常都是由马诗人自告奋勇来完

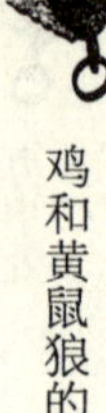

成了。马诗人现在是讲普通话了，但他的普通话还说不标准，夹得有太多的岩山县土腔，一不注意“江”就读成了“钢”。组委会认为在国际性的大会上还是不宜拿出岩山县土腔来，所以马诗人写出来的朗诵诗，就都是由云云小姐来朗诵了。开头几次，云云小姐拿了马诗人写的稿子后还认真做一下准备，成了老搭档后，再拿了马诗人写的稿子，她就舞照样跳，牌照样打，并不需要做准备了。她掌握了马诗人所有的作品一律都是“三段论”，第一段说龙鳞“这是一片神奇的土地”，无非是地大物博人杰地灵。第三段号召龙鳞人民“再创辉煌”，用的那几个排比句，千篇都是一律。他写的所有的朗诵诗不过就是在第二段有针对性的稍微变一变，龙文化便说龙是龙鳞人的象征，巫文化便说巫是龙鳞人的精神，古诗词便说古诗词是龙鳞人的骄傲，土特产便说土特产是龙鳞物产丰富的缩影。每隔三句就“呵”一次，更是三千年一贯制了。云云小姐太熟悉马诗人了，知道马诗人在电视台开会时讲的是假话，他实际上作为电视台的法人代表，正在紧张地和银行磋商，一旦贷出款来，电视大楼就会动工的，还怕你们造反不成？云云小姐倒不怕电视台今后发不出工资，云云小姐最近顺利地通过了省电视台的一次招聘考试，就要飞到省电视台做节目主持人去了。但云云小姐认为做人不能讲假话，马诗人不该当面一套背后又一套。

云云小姐以老搭档的身份，请马诗人喝过一次茶。

茶过三巡，云云小姐说，马诗人哪，马台长哪，我们是好朋友。我走之前，有几句话想对你说，也不知道当说不当说。

不说也罢。马诗人摆摆手，他已经知道云云小姐要说什么了。

云云小姐还是说了。云云小姐说，马诗人哪，马台长哪，你知道佛家有惜福一说么？佛家认为，一个人今生今世的福份，是一个恒数，所以要珍惜，要慢慢享用。这就好比一个灯，灯里就是那点油，你只点一根灯心，可以燃一个通宵，你要点三根灯心，这个灯或许燃到半夜就会熄了的。

马诗人知道云云小姐这话何所指，他就叹一口气说，你不是不知道，我也不容易呵，真的不容易！

他这么坦诚，云云小姐反倒不好说话了。

她知道他确实不容易。

于是也叹口气。

创作室和电视台是一个系统，马诗人喜欢打牌，而且会打牌，这在全系统都是出了名的。他的专业特长是“三吃一”。有人给他编了一个小段子，说明他玩“三吃一”玩到了炉火纯青的程度。这个小段子说，马诗人有一次家里搞小装修，搞装修的朋友便带了几个工人来帮忙，只收工钱和材料费，不赚他一分钱。朋友只掌本，并不做事的，马诗人要安排伙食，也就不出去了，他们就再喊了楼下两个闲人，一间一间屋子移动牌桌子天天打“三吃一”。他们打到装修搞完了一次性结账，马诗人搞装修的朋友白贴了工钱白贴了材料费，还倒找了马诗人五十多块钱，他们的往来账才结算清楚。马诗人有如此的特长，对“三吃一”又是这么的爱好，但他好可怜，半辈子来并没有好好过几回牌瘾。系统原来的一把手也爱打牌，但他们那个年龄层次的领导干部都只会“斗地主”，而且打的是卫生牌，决不赌博。马诗人陪系统原来的一把手“斗地主”，一直陪到他退线。好多次，过年时朋友们聚会，云云小姐打马诗人的电话，马诗人都是可怜巴巴地回电话说，我在贵阳呢，几百上千里呵，怎么来得呢？系统原来的一把手是贵阳人，回家过年，也要皇帝带太监一样带上马诗人陪他“斗地主”。他就不想一想，马诗人也有妻儿，也要过年。云云小姐知道，陪领导打牌真不是人搞的事情。你要察言观色，你要提心吊胆，你要挖空心思让领导赢牌，又不能让领导察觉到你是故意让他，故意输给他的。那根本就不是娱乐呢，百分之百的是受罪，是受刑。马诗人卧薪尝胆受了多年的罪了，受了多年的刑了，到最后却还是只捞了一个创作室主任的位子。职级是上去了，但这个位子没有一点油水，水清得一网打下去，连一个虾子都捞不着，他的心里当然就不平衡了。

马诗人除了会写两句所谓的诗，再还会陪领导打牌，其他就什么本事都没有了，炒股呢，又没有本钱，所以到现在都还没有脱贫致富。龙鳞城里好多人这几年都搬了好几次家了，搬一次家房子通常要大一倍，马诗人这些年可是一次家也没有搬，住的房子还是公房改革时分的那一套，只有七十几个平方。

云云小姐知道她无法说服马诗人，就不说了。

云云小姐对马诗人说，那你就好自为之吧，能够惜福还是要惜福。

马诗人说，你放心，我随做什么事，都会掌握一个合适的度的，而且押上韵。

押上韵，也是近年来流行的一个词，意思是做事做得滴水不漏。

马诗人知道彭玉蓉请他在晶晶宾馆打牌是为了什么，知道七老板接他到郊区农家乐钓鱼是为了什么。要是还蹲在创作室主任那个位置上，他们会请你打了牌了还接你去钓鱼？郊区农家乐鱼塘里喂养的生猛青鱼，拖上来一条就是十几斤，爱得人死，只是价格刚好比农贸市场的贵一倍。七老板那天就钱带少了，农家乐的老板给青鱼过完秤，七老板开了车，只好又到银行去刷了一次卡。那一向，地区纪委又下发了一次文件，严禁公务员上班时间在茶馆打牌。每次下发一次文件，地区纪委总是要派人到茶馆搞三五天明查暗访，表示是来硬的，马诗人只好休息三五天。将云云小姐送到长沙后，马诗人没有什么事干，百无聊赖地上了半天网，见七老板也不再喊他去钓鱼了，就突发奇想，也走出国境去看一看？

马诗人就给七老板打电话：老七呀，你们的嘣螺和龙虾还真的不错呢，那回你在农家乐那么客气，今天我也想请你喝一回漫酒，你给不给我一回面子呵？

顺便说一下，刘达夫的办事处又为寒陵县人民做出了重要贡献。刘达夫这一段时间外引内联，这一边筑巢引凤，那一边借鸡生蛋，把寒陵县的嘣螺和龙虾终于引进到龙鳞城里来了。办事处就是为寒陵老百姓办实事的，在办事处的苦心策划和精心组织下，目前已有十一个寒陵人在龙鳞城里摆了十一个漫酒摊，专业输出寒陵县出产的嘣螺和龙虾，每个漫酒摊每天都有百把块钱的营业额。据办事处了解，准备进龙鳞城摆漫酒摊的寒陵人还有九个人，刘达夫给县里汇报时就算了一个账，才半个月就引进了二十个漫酒摊，一年就应当是四百八十个。五年下来，寒陵人就要占领龙鳞城夜宵消费的半壁河山了，寒陵县的漫酒摊就真的走出去，真的变成一个产业了。所以马诗人说，你们的嘣螺和龙虾还真的不错呢。

马诗人打这个电话的时候，七老板和彭玉蓉正在家里，他们在研究当日的《龙鳞日报》。当日的《龙鳞日报》头版头条又是何一修的文章，这篇文章有三行标题，第一行引题二号正楷：小小嘣螺和龙虾，做出富民大文章。第二行正题特号黑体：寒陵县外引内联积极开发本土资源。第三行副题也是三号正楷：仅此一项，预计今年全县农民人均年收入又可提高四点五个百分点。彭玉蓉只看了标题还没有读文章，就忍不住了骂人了，她大骂何一修不要脸，和刘达夫一起搞诈骗，诈骗对象是八十一万寒陵县人民，诈骗目的是想骗取王书记和李县长的奖赏。她气得大骂道：你的嘣螺是金子做的么？块把钱一斤的东西，运一船来也只有那么多钱呵，做得出富民大文章？有狠就做个品牌出来放到超市里去，摆什么漫酒摊呵，和城里的下岗工人抢饭碗，又抢得出什么名堂！

七老板见彭玉蓉那毫不收敛的样子，就取笑她，说她在外面穿着套装还像个女干部，一回家脱了套装就露出了庐山真面目。

两口子正斗嘴，马诗人的电话打过来了，七老板接了就幽默地说，黄鼠狼讲，他要给鸡来拜个年呢。

搞清楚了是马诗人请喝漫酒，彭玉蓉说，你们两个人哪个是鸡哪个是黄鼠狼，我还真的搞不清楚呢。

七老板歪着脑壳想了半天说，你这回讲了一句聪明话，我们的关系也真的是这样。

那一天晚上，在梨花大街马路边上一个寒陵人摆的漫酒摊上，马诗人和七老板各用一根牙签，握紧了一只又一只小螺砣，用尽了平生力气也挖不出螺砣壳壳里面的那一点点肉来。油水煮过的小螺砣又很滑，稍不留神就滑到地上去了，让你捡都捡不回来。七老板耐性不好，挖一个失败后就用纸巾揩干净手，就不和小嗍螺作斗争了，只坐着抽他的烟。马诗人耐性好，牙签挖不出来，就用牙齿去咬，咬碎了再吐到手掌上，然后瞪大了眼睛找出那一点点肉来，再塞到嘴里去，那吃相当然就有一点不雅了。马诗人一边将嗍螺和壳壳和肉塞到嘴里去，一边就向七老板提出来了，说他想到国外去走一走。

他确实随做什么事，都掌握了一个合适的度。

比如这一次，他就没有提出想到美国去走一走，想到欧洲去走一走，只是说想到国外去走一走，就充分考虑了七老板的承受能力。他对七老板说，其实像我这样的领导干部，又是艺术家，出国的机会有的是。问题是，我不该是一把手！前年一个去新加坡的机会，我让给我们室里老蔡了，他写小说，写了总是我帮他修改，我们关系很好的。去年一个去泰国的机会，我让给我们室里的小竹了，他画画，他去年获“五个一工程”奖的那幅油画就是我辅导的，我是他的老师呵，我能不提携他？今年创作室会有个去韩国的指标，大家说再不准我谦虚谨慎了，可我调电视台了，不好再用这个指标了。七老板抽着烟看马诗人和小螺砣作坚决的斗争，听他不着边际地胡吹海侃，心想这马诗人怎么就像死了我那个表弟呵？七老板的表弟从师专毕业后找不到工作，就天天挽了女朋友的手在街上轧马路，再一个星期找七老板借一回钱。有一次七老板碰上他又在街上轧马路，七老板说，表弟你这样下去怎么办啊，不想表弟还吹牛皮说，我也不知道怎么办。地区组织部要我，说是安排个副科长，地区宣传部也要我，也说是安排个副科长，都抢着要我呢，我只好哪里也不去了，省得他们两家闹出意见来。

马诗人的智商怎么也这样低下？

七老板脸上浮出了笑意来。

和这样的人玩游戏，七老板感觉自己只要用半边脑筋。他感觉电视大楼的那个工程，毫无疑问就是自己的了。

七老板调戏马诗人说，我正要到越南去考察一下呢，你的智商这样高，给我做一回顾问怎么样？越南也在搞改革开放招商引资呢，现在正是我们八十年代中期的那个水平。带得几万块钱人民币去注册一个公司，就是外资大老板了，他们越南的县长就要请你吃饭。七老板这样说，原意是不接马诗人那个招的。他心里想：你要吃我的大户呵，我拒绝你不太礼貌，去越南也是出国呵，我看你去不去！七老板没有想到，他刚刚说完，马诗人就也不和小蝴螺做斗争了，也用纸巾揩了手，很认真地问，几时走？

七老板一愣——这样的人他还是第一次碰到呢。

七老板腐蚀干部也不是第一次了，以前碰到的人想要什么就是心里想得叫，你真的送给他的时候，他犹抱瑟琶半遮面，还是要忸忸怩怩一阵子的。马诗人倒好，不但叫化子不嫌饭馊，而且直率得天真可爱。但吐出去的话是收不回来了的，七老板只好说，明天你就办护照吧。他心里想：算是背了一个小小的时，到越南走一趟，其实就是到广西走一趟，用不了几个钱的。

回去彭玉蓉还没有睡，还在等七老板。听了七老板的汇报，彭玉蓉一边铺床一边说，你请马诗人出国考察，难道不是黄鼠狼给鸡拜年？你又安了什么好心呢？

七老板点着头，一边脱衣服一边说，是呀是呀，这里面是有一个互为因果的辩证关系。

七老板是财经学院一九九一届的高材生，一毕业就不要公职自己树杆子，算得上是一个儒商。儒商七老板那一个晚上没有睡好，一直在设计黄鼠狼该怎么样去给鸡拜年。根据他多年的经验，正如树上一千片树叶绝不相同，一千只鸡有一千个脾性，黄鼠狼给鸡拜年，也就有一千种拜法。如今讲究行政公开，电视大楼肯定是要公开招标的，但七老板不怕。七老板已经是围标高手了，现在空壳建筑公司又那么多，我多花一点钱，多租借几个空壳建筑公司的资质证明来用，打它一个歼灭战，肉就总是只会烂在锅里了。根据目前在龙鳞城里实行的招投标办法，预算最高的公司中不了标，预算最低的那个公司也是中不了标的，因为政府也聪明了，预算最低的那个公司往往是来烂场合，是来扯麻纱建烂尾楼的。中标的，只能是预算最接近标底的那个公司。七老板一次租借几个公司的资质证明共同来围一个标，打就打它一个歼灭战，也是从实践中总结出来的成功经验。几个公司的预算分别造，造它一个高的高得离谱，低的又低得离奇，只把自己公司的预算造得和标底接近，工程还不就是自己的了？问题的关键是要甲方配合，他把标底告诉你，把计分的各个要素告诉你，你这个标才能围出个水平来。这就需要和马诗人合作了。从马诗人的表现看，这家伙是想一回就暴富呢，浅显得简直就像是街上的小混混一样，才看见银子就想拦路抢劫了。对于这种粗人，是用不着太客气的，完全可以用超常规的手段，一招就把他做翻。

想到半夜的时候，七老板超常规手段的具体方案就设计出来了。

第二天天亮后，彭玉蓉搞完个人卫生正在冲厕所，七老板摊在床上突然对她说，你把你们办事处那个叫施丽华的服务员，借我用几天好不好？你们要辞退她，辞退了没有呵？

彭玉蓉将水放得哗啦啦响：借她做什么？怎么个借法？

彭玉蓉对施丽华的印象非常不好。彭玉蓉熟悉相思酒楼的服务员后，发现就这个施丽华暗中从事第二职业，而且胆子天大。她同时做两个小老板的小蜜，一个饭团子逗两条狗，也不怕一旦穿了帮会闹出人命来。那两个小老板一个是银星路做快餐的，一个是赤山街送饮用水的，层次都不高，一旦穿了帮，都是敢玩命的主。两个小老板都已经隐隐约约察觉出一点什么了，都到办事处来过，来了都是一副要找事的样子。彭玉蓉为了稳定，找施丽华谈过一次话了，说我们办事处和一般的酒楼宾馆是不同的，还是要讲究一点影响的，你这样不检点，出了事怎么办？施丽华并不隐瞒，她只是说，哪个愿意一个肉包子逗两条狗呢？好累呵，我男朋友也说，我这样确实是太辛苦了。问题是，你相思酒楼一个月发了我好多银子？那点钱，还买不回一瓶法国香水呢。我的青春也就只有那么几年了,我只要攒得的钱回家开得起一个理发店了,我就一条狗都不逗了。她这样坦然,而且她男朋友也跟她是一条战线的战友,只是觉得她太辛苦而已,彭玉蓉还能说什么话呢?她觉得再做工作就是多余的了。她回家和七老板说起这个事,七老板告诉她一个办法:你把这个情况和刘达夫通个气,两个人统一思想,辞退这个鬼算了,难得提心吊胆打招呼!现在,七老板要借施丽华,彭玉蓉想不起七老板借了她去做得什么用。

七老板说,让她做一回导游小姐,陪了马诗人去越南。

彭玉蓉就晓得了,七老板是要捉了这只鸡,去给马诗人拜年。

彭玉蓉已经将厕所冲干净了,开始描眉毛。彭玉蓉说,要带也带一个好一点的呵,我就想不清你们男人。你们男人都是这样的么?只要看见一张门,走进去就是幸福的家?

她一竹篙打了一船人,连七老板也打了,但儒商七老板还是不和她斗嘴,儒商七老板只是不屑地说,那个马诗人什么层次?他们系统原来的一把手如果不是太爱打牌了,他现在就可能还在做什么行走诗人呢。

彭玉蓉想一想确实也是这样,就批准了七老板的行动方案。

后来的事情就很简单了。

儒商七老板当天早上故意路过神仙巷,说是顺便进相思酒楼看一看,罗海军请他吃早茶,他就吃了一个早茶。吃了早茶后,他把服务员施丽华留在包厢里说了一阵话,就把事情搞定了。服务员施丽华当场喜得跳起来好高,说七老板你不骗我呵,七老板说,我给你付定金行不行?七老板果然就付了定金。服务员施丽华拿了定金后,上午就向罗海军写了一个请假条,说她乡下的祖母病了,很可能这一回会升天,她做孙女的不回去不行,所以“特请假一周,敬请领导批准,比致敬礼”。相思酒楼的副总经理罗海军拿到这个请假条笑了一下,她笑施丽华脸上光光,脑袋里却是一把谷糠,此致敬礼也写成了“比致敬礼”。笑过以后他感到有一点为难:送饮用水的那个小老板,又到办事处来过一次了,彭主任说了过一段开销她算了的,这假还批不批呢?可不可以一道手就让她滚蛋呢?罗海军是大小事情都要向他的蓉姐姐请示商量的,就又给彭玉蓉打了个电话,顺便告诉她七老板来吃了一个早茶,我不让他结账,他讲客气还是硬要结了账。彭玉蓉不讲早茶的事,只说服务员请假的事。彭玉蓉在电话里有点不耐烦地说,这样的小事你也找我呵?嗔怪了罗海军一回，然后就说了一个字:批。

罗海军就批了。

七老板、马诗人、施丽华是三天后登上直开南宁的火车的,从友谊关过境就到了越南。

马诗人从越南回来,还在火车上就大呼上当。

幸亏带了施丽华,才出了一点味。

否则,所谓的出国就白出了。

马诗人讲这些话时,七老板只笑,高深莫测地笑。

马诗人不知道,他已经钻进了七老板精心设计的笼子里了。

十五

张阿姨

前高中语文教师张阿姨相信因缘。

张阿姨认为她这辈子能够碰上彭局长，就是因缘。

彭局长原来脾气好暴躁呵，夫妻间三句话对不上脉，他就动拳头。彭局长原来好懒呵，家里扫把倒地他也不扶一下的，看着水龙头流水他也不关一下。彭局长原来好没有家庭观念呵，他基本上是不落屋的，半夜三更了还在外面疯，一打牌就是通宵。你打电话催他回来，催得多了，他就烦躁，干脆将手机也关掉。张阿姨去年遭遇车祸后，一个脚锯掉了，下不得楼梯了，心想这一辈子就这样完蛋了。可她却没有想到，彭局长多情的方式原来是与众不同呢，他一瞬间就彻头彻尾变成了另外一个人。

彭局长一夜间白了头发，将张阿姨从医院里接回来后，就再也不出去打牌了，再也不出去疯了。

他笨手笨脚地做家务，做完了家务就陪着张阿姨看电视。

张阿姨说，请个保姆吧，彭局长说，我就是你的保姆。

彭局长前三个月没有去上班，后三个月也是要局里有了重要的事，才到局里去点一下卯，而且是快去快回。张阿姨有烫脚的习惯，彭局长就每天晚上都要给张阿姨烫脚。张阿姨的左脚从膝盖以下截去了，彭局长每天打扫完卫生做完三餐饭后，还要烧一壶热水，每天都要给她烫剩下的那只右脚。每天烫脚的时候，是他们夫妻心灵交流的时候。张阿姨的脚长得很秀气，很小巧，彭局长给她烫脚时，总是要握了她那只脚，在手里握好久。很多次，他烫着烫着就滚泪了，老是说怪我，都怪我，我那一天为什么说要你滚出去呢？

因缘，一切都是因缘。

天机人不解。

每一次彭局长流了泪把张阿姨抱到床上去的时候，张阿姨都会瘫在他的怀里想：你原来是大爱不言呵，我要是早知道你是这么的爱我，我过去还老是找你吵什么呢？不过也好，少了一只脚，我终于知道你是多么的爱我了。

其实真的不怪他。

那一天也是两个人吵了几句，为的是个什么原因都记不起来了。真爱的夫妻间吵架，有时候其实并没有原因，只不过觉得对方的爱还少了一点，不满足。或者是疑神疑鬼，怕别人将爱抢了去。那一天，彭局长也和平常一样，也勒了袖子做出个要打人的样子吼，吼得惊天动地：你狗日的猪婆子发躁了么？你不相信我，你就跟老子滚出去！张阿姨不想示弱，就真的滚出去了。她刚刚滚到街上，对面基建工地一个喝醉了酒的司机开了一辆运渣土的烂卡车，舞龙一样迎面舞过来，就将张阿姨的世界改变了，也将彭局长的世界改变了。彭局长从此打牌也只在家里打了，他重新学扫地，重新学折叠被子，重新学着用液化气用电炒锅用微波炉，还学会了在菜市场里和卖菜的的乡下女人一毛钱两毛钱地讨价还价。张阿姨好后悔呵，她后悔不该只要事业不要孩子，弄得注定了彭局长要服侍自己一辈子。总不能让局里的科长们老是跑到家里来汇报工作呵。张阿姨能够坐着轮椅在家里走动后，他们就商量请保姆了。

保姆真的不好请。

第一个保姆手脚有点不干净，家里抽屉里放不得钱。秋天黄瓜便宜得估堆卖了，她买回来总和夏天刚出世的黄瓜是一个价钱。第二个保姆手脚倒干净，却总是要兼第二职业。她总是请假，今天要去医院做B超，不做B超乡里的计划生育专干会找上门来。明天要到古渡口轮船码头去接一个乡亲，那乡亲她不去接，就一定会找不到路，一定会变成流浪汉。后天又说将雨伞忘记在做B超的医院里了，要去拿。张阿姨知道第二个保姆是找借口在外头做钟点工后，也不道破。多发了她一个月的工资，就把她辞退了。又请第三个保姆。第三个保姆手脚干净也不做钟点工，只是把彭局长当成了劳务市场的的总经理。彭局长托人已经把她弟弟安排到保安公司做了保安，已经将她的妹妹安排在公共汽车上打车票，她还想彭局长出面，将他爸爸也安排到中心医院去看大门。彭局长很为难，就直言相告说，中心医院看大门的那个老头，是院长的乡下表兄不好动的。第三个保姆就说，你停医院一天电吧，搞得他们做不成手术，院长还不就听你的了？

这样的蠢女人，张阿姨看见都心里烦躁。

辞退，当天就辞退。

已经一个多月了，彭局长有时候不得已在外面应酬，三扒两搅吃了饭，回家时都要带一个快餐，而且这个快餐必须是清油炒出来的素菜。

因为张阿姨做了龙鳞寺的居士了，吃斋。

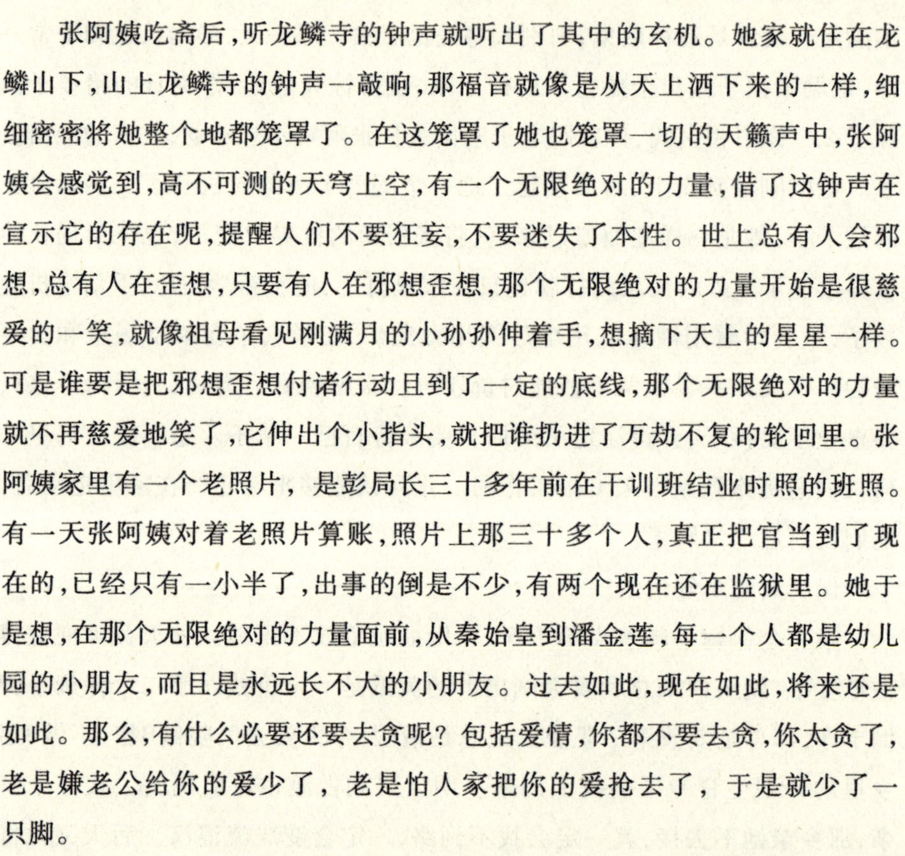

张阿姨吃斋后，听龙鳞寺的钟声就听出了其中的玄机。她家就住在龙鳞山下，山上龙鳞寺的钟声一敲响，那福音就像是从天上洒下来的一样，细细密密将她整个地都笼罩了。在这笼罩了她也笼罩一切的天籁声中，张阿姨会感觉到，高不可测的天穹上空，有一个无限绝对的力量，借了这钟声在宣示它的存在呢，提醒人们不要狂妄，不要迷失了本性。世上总有人会邪想，总有人在歪想，只要有人在邪想歪想，那个无限绝对的力量开始是很慈爱的一笑，就像祖母看见刚满月的小孙孙伸着手，想摘下天上的星星一样。可是谁要是把邪想歪想付诸行动且到了一定的底线，那个无限绝对的力量就不再慈爱地笑了，它伸出个小指头，就把谁扔进了万劫不复的轮回里。张阿姨家里有一个老照片，是彭局长三十多年前在干训班结业时照的班照。有一天张阿姨对着老照片算账，照片上那三十多个人，真正把官当到了现在的，已经只有一小半了，出事的倒是不少，有两个现在还在监狱里。她于是想，在那个无限绝对的力量面前，从秦始皇到潘金莲，每一个人都是幼儿园的小朋友，而且是永远长不大的小朋友。过去如此，现在如此，将来还是如此。那么，有什么必要还要去贪呢？包括爱情，你都不要去贪，你太贪了，老是嫌老公给你的爱少了，老是怕人家把你的爱抢去了，于是就少了一只脚。

张阿姨认龙鳞寺的高僧明显大师做老师，明显大师只要有时间，就会下山来看她。张阿姨喜欢和明显大师谈话，和他讨论因缘报应的辩证关系。他们讨论佛学本来是积极向上的人生哲学，佛学和这个主义那个主义所追求的目的基本相同，只是表述的方式有些不同。讨论大千世界的一切其实都可以兼容，只是大多数人智慧还不深，一时找不到兼容的方法。有的人找到了，但一般都是在遭到报应后才突然觉悟的。讨论得多了，张阿姨就感觉到，自己是一次比一次接近那个无限绝对的力量了。她现在虽然足不出户，但她却感受到，她的人生还从来没有这样充实过。

彭局长某一天又给张阿姨烫脚。彭局长握了张阿姨那只秀脚，和她说起再请保姆的事。成了佛门居士的张阿姨，抚摸着彭局长为她急白了的头发，胸有成竹地说，我今天听钟声，感觉到有一个因缘正在向我走近，我在等这个因缘呢。

彭局长只当她是胡说。

张阿姨不是胡说。

娥姐进龙鳞城从那辆沾满了灰尘的长途汽车上下来时，张阿姨正半坐半卧地躺在阳台上的摇椅上，做着一个奇怪的梦。她梦见她生了一个女儿，但不是在城里生的，是在乡下生的。产房里床前是一个好大的窗，八块玻璃有四块没有了，蒙的是塑料薄膜。没有窗帘，阳光透过四块玻璃四块塑料薄膜溢进来，热烈地照在她的女儿身上。女儿一瞬间就长大了，莫名其妙地就坐上一辆沾满了灰尘的长途汽车。那辆长途汽车一直在走，不知道要走到哪里去，后来就爆胎了。张阿姨是被龙鳞寺的晚钟唤醒的，醒来后就和明显大师通了一个电话，请大师为她圆梦。明显大师在电话里说，梦其实是无需圆的，也不可圆的。红尘滚滚，人都将自己的真实思想关在意识的铁笼里，而且日夜看守着，生怕露出本来面目，所以都习惯了说假话，习惯了做秀。铁笼也有缝，人一睡着真实思想就会逃，逃出去的那一点点潜意识，就是我们的真面目了，可我们还说它是梦，真的是本末倒置！现在物质是越来越发达了，可天人合一的程度也越来越低，梦也就越来越难圆了，幸喜也无需圆。明显大师是我们常说的那种现代和尚，用手机，上互联网，懂得弗洛伊德的精神分析学说，知道社会主义初级阶段的理论，还关心国家大事。他是政协委员，一参加政协会议就总要提几个关于民生问题的提案，入世很深但并不影响他穿袈裟，着芒鞋，挂佛珠，做一个虔诚的佛门弟子。大师的思想太深奥了，前中学语文教师张阿姨对他的话也不能够全部领会，只是感觉到他好像说的又是因缘。刚挂了电话，彭局长就下班了，带着一个盒饭回来了，张阿姨就吃着那个盒饭，和彭局长讨论她刚才做的梦。

彭局长没有时间和她讨论什么梦，彭局长要和她说正经事。

彭局长告诉她，彭玉蓉给我们找了一个保姆。

哪个彭玉蓉？张阿姨问。

彭局长答，就是那个家门妹妹呵，常来家里打麻将的，相思酒楼的彭主任。

噢，是她呵，王熙凤。张阿姨说，说的时候撇了撇嘴。

张阿姨对彭玉蓉不很感冒，她觉得彭玉蓉太能了，就点像《红楼梦》里面的荣府当家人王熙凤。所以，当娥姐作为她家的第四个保姆，被彭玉蓉带进门来时，她并没有对这第四个保姆抱太大的信心。

可是这时候，龙鳞寺的钟声又响起来了。嗡嗡嗡的声音推动空气，推动得空气像海水一样一波一波地荡漾，一直荡漾到互有因缘的人的心里去。

张阿姨心头一动。

娥姐心头也一动。

她们互相都有一种似曾相识的感觉。

只是想不起来，到底在什么地方见过呢？

那一天很晴朗，深秋了的天气突然又回光返照，气温就比较高。娥姐上身穿的是一件不分男女的圆领衫，下身穿的是一条藏青色的牛仔工作裤。她把圆领衫扎在工作裤里面，抽紧了皮带给张阿姨的印象就是朝气蓬勃，浑身都洋溢着田野青春的气息了。罗海军为她提着行李箱，进门时慌手慌脚，将行李箱掉在地上打开了。行李箱打开了，沤辣椒、盐鸭蛋、老榨菜都没有掉出来，却从行李箱里里掉出来了一本又一本书。《边城》、《曾国藩》、《一个陌生女人的来信》，还有其他，都是一些高档次的纯文学作品。前中学语文教师张阿姨也喜欢读小说，而且不读琼瑶不读武侠，她认为琼瑶和武侠都是扫盲班教材，她只读高档次的纯文学作品。她坐着轮椅翻检这些小说时，就认定了这第四个保姆会是自己的知音。娥姐那一天也好生奇怪，知道办事处不过是将她作为一件礼物，不过是将她送给人家做了丫环后，本来是很不高兴的。彭主任左劝右劝，晓之以利动之以情，罗海军也左劝右劝，动之以情晓之以利，她才答应先搞一个月看一看，和庚先生商量了再做下一步的打算。可是一到彭局长家，她立刻就喜欢上张阿姨了。那是一个多么睿智的阿姨呵，你看她倾心谛听龙鳞寺钟声的那个神态，眼光纯洁得如同两口深潭，就像在和什么人默默地交谈。那两口深潭纯洁得呵，纯洁得让人只想跳进去！她虽然坐在轮椅上，可依然是那么美丽，她翻检那些小说时微微皱着眉，手指弯成兰花状，高贵又典雅。

更重要的是，她从张阿姨的语气里听出来了，张阿姨也不喜欢彭主任。

娥姐才跟彭主任打一天交道，就不喜欢彭主任了。

这个女人，不就是王熙凤的现代版么？

她们两个人都想到一起去了。

彭玉蓉却不知道张阿姨和娥姐都不喜欢她，她当着娥姐的面，还在对张阿姨说假话呢。彭玉蓉说，张姐，我们的小谭是高中生呢，已经接到大学录取通知书了，但她喜欢做家政工作，就没有去读了。

张阿姨说，是吗？明显不相信的样子。

娥姐白彭玉蓉一眼，娥姐说，我根本就没去考，我晓得我考也会考不起的。

彭玉蓉脸都不红，又对张阿姨说，张姐，小谭很能干呢，在家里插田割稻，厨房里的事情还门门都来得。

张阿姨说，不对吧，现在乡里的孩子也一样的娇得很呢。

娥姐就说，我在家里就只会睡懒觉。

两个人一唱一和，就像一条战壕里的两个战友，倒把彭玉蓉当成外人了。

彭玉蓉见话不投机，和张阿姨东扯葫芦西扯瓢地闲扯了几句后，就带着罗海军撤退了。彭玉蓉走下楼梯的时候对罗海军说，你这女同学不怎么听调摆呢，一点都不怕我呵。

罗海军说，犟得很，在学校读书时就敢和男同学打架。

楼梯里很幽静，很阴暗，不见一个人。彭玉蓉那天穿的是高跟鞋，下楼梯走得小心翼翼，罗海军就去扶她。罗海军的手，贴在她的腰肢上，她感觉到好舒服。她已经搞清楚了，罗海军和小谭确实是一般的同学关系，本来压抑在心头的情愫，便有了一些蠢蠢欲动的态势。心头鹿跳，不由得多看了罗海军几眼，那眼光里有一些热烈。罗海军当然不知道彭玉蓉心里翻江倒海，他只是尽心尽力服侍好领导。见罗海军并不懂风情，彭玉蓉不由得又叹了一口气。听见彭玉蓉叹气，罗海军以为自己做错了什么，手一松就问道，蓉姐姐，你不舒服？

彭玉蓉险些跌倒，站稳了才说，小海呀，你要快些成家呢。

罗海军觉得她这句话无头无尾。

彭玉蓉也觉得自己这句话无头无尾。

两人再不说话，默默走下楼来。

楼下阳光很好，阳光下彭玉蓉又是一个主任的形象了。

你这车子也要经常洗一洗呵，这么脏！彭玉蓉无话找话，找出来的话却是批评罗海军。

罗海军说是。温顺得像一个好孩子。

娥姐傍着张阿姨的轮椅站在阳台上，和彭主任和罗海军挥了挥手，看见汽车开走了，才把轮椅推到了客厅里。彭玉蓉走后，娥姐直截了当地对张阿姨说，阿姨，我先把话说在前头，我可能做不了多长时间就要走的。她说这句话时，嘴巴翘起，样子很不高兴。张阿姨慈母一样笑眯眯地看着她，说我才碰到一个这样的保姆呢，一进门就说要走，也不怕主家不高兴。人家都是山盟海誓要革命到底呢，就是有想法，也是藏在心里的。张阿姨问娥姐为什么做不长，娥姐就说了，说她怎样从电视上看到招服务员的广告，说她怎样和罗海军打电话，说昨晚就睡在彭主任家里，说彭主任又是怎样交代她的。彭主任交代她的时候，有一句话说得很没有水平。彭主任说，你的服务对象就是我们的上帝，上帝是没有错的。今后晋级加薪，办事处惟一的依据就是服务对象的满意程度。彭主任这样交代的时候，娥姐抵了她一句，假如我的服务对象要调戏我，要我和他上床，我也要让他满意吗？彭主任没有正面回答娥姐的话，彭主任只是又将办事处的考核标准再重复了一次，强调说今后晋级加薪，惟一的依据就是服务对象的满意程度。娥姐没有和张阿姨说考核标准，她也不知道这个考核标准，娥姐低着头，用手指梳理着她黑瀑布一样的披肩头发，一个好让人怜爱的样子。她只是说，我还以为我真的是参加了革命工作呢，原来我是一件礼物，彭主任把我送给您做了丫环了。娥姐问张阿姨，彭叔叔一定做着官，很大很大的官，是么？

张阿姨笑了，是苦笑。

张阿姨并不知道娥姐说的那个故事，彭局长只是对她说，彭主任给我们找了一个保姆。原来这第四个保姆和那三个保姆根本不是一回事呢，是免费的。难怪彭主任说，她找的保姆将是素质最高的，根本不可能有市场保姆的那些坏毛病。那一个上午，张阿姨听娥姐说了一个现代故事后，张阿姨的心情就很不平静了。她想打个电话把彭局长叫回来，问一问他，你怎么也去参与这样一个荒诞不经的现代故事呢？车祸是上天对我们的一次警示

呵，上天要我们好好相爱，上天要我们好好做人，难道你还不明白吗？她想了想，还是没有打电话，她不想当着保姆的面拷问彭局长的灵魂，她想还是慢慢来，她有足够的时间来指点彭局长，决不让他也去做一只迷路的羔羊。她真的喜欢上这第四个保姆了，这是一块未经雕琢的玉石呵，什么都不懂，灵魂却是那么的纯净。张阿姨想，我一定要留住这个小丫头。她盯着娥姐看，总觉得是在哪里见过的，后来就想起来了，是在梦中见过的。产房里的窗八块玻璃有四块没有了，蒙的是塑料薄膜。没有窗帘，阳光透过四块玻璃四块塑料薄膜溢进来，热烈地照在女儿身上，那个女儿不就是她么？张阿姨突然就问，小谭，你是坐汽车进龙鳞来的么？

娥姐抬起头说，一辆灰扑扑的汽车。

张阿姨又问，路上还顺利？

娥姐如实答，爆了一次胎。

张阿姨心头一动，再不说话了。她将轮椅挪了一下，挪到离茶几近了伸手拿起电话，拨了一个号码就说，大师，我请你圆的那个梦，现在我自己圆了。

明显大师在电话那头说，阿弥陀佛！

娥姐听不懂张阿姨说的话，娥姐见张阿姨打电话，也就想打电话。她也不问一问张阿姨，拿起话筒就拨号，好像是在自己家里一样。娥姐对着电话就说，你是丝绸厂家属区的那个电话亭么？请你到春叔家里去喊一个人，喊一个叫庚先生的来接电话，好么？

娥姐一直惦记着她的庚先生，她不知道那个冤家情况怎么样了。

十六

庚先生冒充下岗工人

庚先生下狠心买了一个手机。

当然是旧手机。

他是在移动公司的前坪里买的，只花了一百二十块钱。

庚先生知道娥姐就住在龙鳞寺的下面，住在电业局彭局长家里做保姆后，就多次向娥姐提出申请，他要来看一回娥姐。娥姐当然不许，娥姐说，你一个那样的熊样子，你是要来出我的丑么？娥姐还给他规定了，你不但不能来，还不许打电话来，我会隔三差五就给你打个电话的，你接就是了。

娥姐的话就是最高指示，庚先生只能理解的执行，不理解的也执行。

但是执行起来有难度。

春叔早已不是车间主任了，丝绸厂也早已改造成了一个乱糟糟的农贸市场。庚先生无事在农贸市场走来走去，发现肉摊子下面的地上有好多大号螺丝。问肉老板搞这些螺丝有什么用，肉老板说，这里原来是缫丝车间，大号螺丝是用来固定缫丝机的。车间改做市场了，哪个有那么多力气来锯掉它？反正也不碍事。鱼老板用来存放活鱼的水池，上面还写着“操作规程”，说是“蚕茧浸入时，水温不得低于摄氏五十度”。高于摄氏五十度的水存放得活鱼？看来鱼老板也是就汤下面，乱七八糟就将丝绸厂原来的蚕茧浸泡池废物利用了。丝绸厂改制据说已经大获成功，实现了软着陆。现在丝绸厂的全部收入，就是农贸市场的摊位租金。春叔每个月不劳而获，可以分到两百块钱。春叔不劳而获每个月分到两百块钱还不满足，他有一辆人力车，他在那辆人力车上装了一个皮革坐垫。他每天就抽着劣质纸烟，踩着这辆装了坐垫的人力车在街上违规拉客。龙鳞要建设省级文明卫生城市，要提升城市形象，新批出租车都不再批夏利车了，只批捷达车了，人力车早已经严令取缔。但春叔作为一名曾经的劳动模范，就是不配合政府。庚先生有一天陪着春叔出车，就亲眼看到春叔胆大包天。春叔踩着政府早已严令取缔了的人力车拉客，还要闯红灯。警察抓住了他，要没收他的人力车。春叔说一声好，痛痛快快就把人力车交到了警察手里。警察推着人力车，要送到城管队去集中销毁，一回头却发现春叔一直跟着他在走。

警察问，你还跟着我做什么？

春叔说，我跟着你去吃饭呵，人不吃饭是不行的。你把我的饭碗销毁了，今天你在哪里吃饭我就在哪里吃饭。明天这样，后天也这样。

警察就忍不住笑了，警察问，那你要跟我跟到什么时候呢？

春叔答，估计也不要跟好久。昨天我看电视，看见祁专员又在电视上面讲话了，他号召我们下岗工人体谅政府，克服暂时的困难。他说我们强大的社会保障系统正在建立的过程中，他说我们的再就业工程就要全面铺开了，我想我跟你吃饭，也不会跟好久的。

警察看春叔一把胡子，叹口气，将人力车往他怀里一推说，算了算了，晓得你们是为改革开放忍辱负重的人呵，你是大爷！你凭良心讲，我们警察平时抓过你们吗？你还要闯红灯，这就搞得我也不能不作为了。你老人家就做好事吧，心里有气找祁专员反映去呵，难为我们站马路的算什么本事？

庚先生当时就竖起大拇指，表扬那个警察是一个好警察。

好警察掏出烟来抽，还分别装了春叔和庚先生各一根。

龙鳞地区强大的社会保障系统还正在建立之中，再就业工程暂时也没有铺开到春叔身上来，春叔家里的电话就老是因为欠费而被停机。停机的次数多了，时间长了，有一天春叔要找一根绳子绑一个什么东西，一时找不到，干脆就一把将电话线扯过来，让闲得无聊的电话线在另一个岗位上发挥作用了。春叔家里很窄小，春叔在很窄小的房子里给了庚先生一个被窝，再在饭厅里摆个破沙发，让他晚上铺开白天又折起，庚先生没有感到什么不方便。春叔家门上的锁早就该换了，春叔说还可以用，他不换，庚先生每次用钥匙开门都要这样扭了再那样扭，扭出一身老汗来，庚先生也没有感到有什么不方便。但春叔家里电话不通，庚先生就感到很不方便了。

庚先生想经常听见娥姐的声音。

春叔住临街的一楼，出门就是一个电话亭，但守电话亭的那个婆娘看不起乡下人。好几次娥姐打了电话来要她喊人，她都说那个姓庚的不在呢，懒得喊庚先生接电话。她也有道理，打电话才收钱，喊电话是不好收钱的，那个什么庚先生就不会照顾一下我的生意，也在我这里打几个电话么？她不知道，庚先生根本就不可能给娥姐打电话，因为娥姐没有赋予他这个权利。

庚先生想娥姐想得快发疯了，于是就下狠心要买个手机。

新手机是买不起的，他老爸说话不算数，并没有将架子猪卖掉，并没有给他汇钱来，他就老是在电信公司的前坪里转。

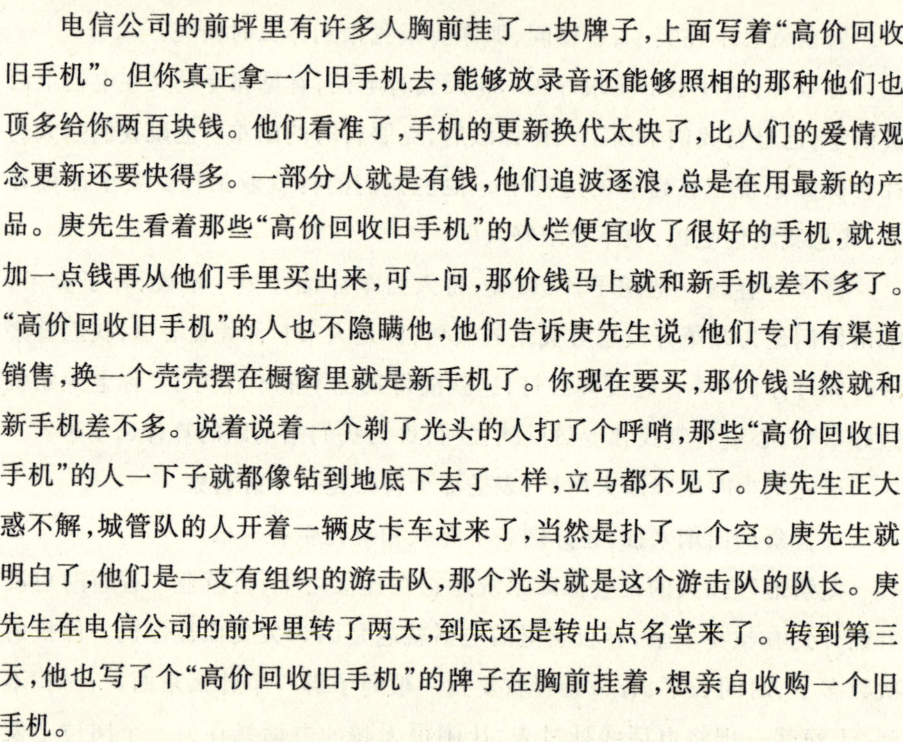

电信公司的前坪里有许多人胸前挂了一块牌子，上面写着“高价回收旧手机”。但你真正拿一个旧手机去，能够放录音还能够照相的那种他们也顶多给你两百块钱。他们看准了，手机的更新换代太快了，比人们的爱情观念更新还要快得多。一部分人就是有钱，他们追波逐浪，总是在用最新的产品。庚先生看着那些“高价回收旧手机”的人烂便宜收了很好的手机，就想加一点钱再从他们手里买出来，可一问，那价钱马上就和新手机差不多了。“高价回收旧手机”的人也不隐瞒他，他们告诉庚先生说，他们专门有渠道销售，换一个壳壳摆在橱窗里就是新手机了。你现在要买，那价钱当然就和新手机差不多。说着说着一个剃了光头的人打了个呼哨，那些“高价回收旧手机”的人一下子就都像钻到地底下去了一样，立马都不见了。庚先生正大惑不解，城管队的人开着一辆皮卡车过来了，当然是扑了一个空。庚先生就明白了，他们是一支有组织的游击队，那个光头就是这个游击队的队长。庚先生在电信公司的前坪里转了两天，到底还是转出点名堂来了。转到第三天，他也写了个“高价回收旧手机”的牌子在胸前挂着，想亲自收购一个旧手机。

他刚刚站好，光头就走了过来。

哪里拱出来的大爷呵？也懂一点规矩不懂呵？光头走过来，拍着他的肩膀问道。

庚先生说，我想买一个旧手机。

光头说，我看见你在这里转了两天了，晓得你也不是想要扰乱我们市场的。我就告诉你呵，这一块归我管，你要是在别的地盘这样不懂规矩，早就被打断一只脚了。搞这一行也是要办手续的呢，晓得么？

庚先生问，怎么办？在哪里办？

光头说，交人会费呵，交给我呵。

庚先生向他求情说，我想买一个旧手机，自已用，我买了就走人。

光头看见庚先生脚上的皮鞋都裂了口子了，不是那种榨得出油水的人，就将庚先生挂在胸前的牌子一把扯掉，踩在地上说，刚进城打工的农民兄弟吧？我也才进城不久，我们是阶级兄弟。我这里有个手机，照顾你了，你拿了就赶快走，我是怕你挨打呢。

光头从衣袋里拿出个手机来，三星的，还有七成新。庚先生连忙掏钱。光头说，天下打工仔是一家，我是一百块钱收来的，就收你一百块钱了。庚先生知道好歹，千恩万谢硬要光头多收二十元，算是请他抽一包烟。

城管队的人又来了，光头接过票子一下子又钻进地里不见了。

庚先生办了个卡，马上和娥姐打电话。

娥姐问，你哪里来的钱买手机？没有到公共车上去做钳工吧？

庚先生说，娥姐你小看我了，我会去当扒手？我现在是驾驶员了呢，春叔带了我踩人力车。

娥姐扑哧一笑，我也不是做小保姆，我是为客户主持家政。

两个人说笑了一阵，庚先生说，娥姐，我想你。

娥姐骂道，好好踩你的人力车吧，不像个男子汉！

说完了就挂了机。

庚先生没有和娥姐说假话，他确实是当上驾驶员了。

驾驶员庚先生被娥姐骂了，心里很高兴。

庚先生开始踩人力车之前，还做过好几份工作，但都不如意。最开始他在一个搞三通一平的建筑工地做小工，才做了半个月，工地上就罢了工。工人们都去地区信访办，揭发建筑老板半年了还只发生活费，不发工资。政府坚决支持农民工的正义行动，派了劳动监察队的人来，还派了报社电视台的记者来，但建筑老板一点都不慌。等到报纸和电视报道出来后，搞得龙鳞城里沸沸扬扬时，老板就向法院状告甲方，说甲方违反合同，资金老不到位。甲方也不急，在法庭当庭拿出账目来。这个工程是市政工程，我们该预垫的都预垫了，市政的投入到现在还看不见一分钱，我们怎么能按合同资金到位？市政的理由就更充分了：我们又生钱不出，政府该拨下来的钱没有拨下来，我们天天都在跑财政呢。后来报社和电视台的记者就都不到工地来了，大家也知道了，政府也是受害者。有一个福建老板答应到龙鳞来建厂，条件是龙鳞要筑巢引凤。我购土地先付一半钱表现诚意，你要把路、电、水都搞通。你的路、电、水不通，我购了你的土地做什么用？政府就筑巢引凤了，哪晓得筑到半路上出了故障，被人家合法地套进了笼子里。那个福建老板是在搞资金运作，他半道上又把那块地加一点价卖给一个广东老板了，剩下的一半钱当然该由广东老板来出。广东老板也不是不出钱，他只是认为三通一平的钱要重新商量。他说，我是来办养殖场的，养殖场不需要那么好的路，不需要那么高档的路灯，你们提升城市形象，总不能也要我来投资吧？直接的压力在建筑老板，建筑老板没有办法了，工人罢工其实也是劳资双方的一次成功合作，目的是逼政府快一点拿出办法来了难。

难怪工人去信访办揭发建筑老板，建筑老板还亲自给工人们送盒饭。

政府不准建筑老板拖欠农民工工资，政府盲目招商，上了当又只能拖欠建筑老板的钱。

建筑老板发不出工资，民工闹事。

民工闹事，政府又要了难。

一个怪圈。

这样的工，当然是没有什么做头了，庚先生只混了几天饭吃，建筑老板叫他麻纱扯清楚了再来领工资。

庚先生打的第二份工，就颇有一些传奇色彩了。

那一天庚先生午睡醒来后出门溜达溜达，一走就走到汽车站去了。他看见车站门口一群人围成一个圈，很是热闹，便挤进去看。原来是两个外地人在此打场子，说是要教大家几招功夫。领头的自称罗师傅，长得精瘦精瘦。场子里有招贴介绍他是湘西某个武馆的教头，还是国家二级拳师呢，又是香港什么协会的理事，获得过武术界的一些什么什么奖。另一个人围着罗师傅转，铁塔一样的身坯，但对罗师傅很恭敬的样子，显然是打下手的。罗师傅四十岁左右，穿一身很飘逸的武功服，给人的印象自然是精明强干。罗师傅拿一叠信封，说是搞免费抽奖。他拍着那叠信封说，这一叠信封里呵，有的是空的，有的里面装有一张纸条，纸条上写得有各种神功。五雷掌呵，障眼法呵，铁牛水呵，抽到了哪种就学哪种，我不收费。抽到空信封怎么办——罗师傅说，那就只怪我罗师傅时间太紧张，我们只好后会有期了。罗师傅强调，神功不神秘，实际上是人们目前还不能解释的一种科学，所以任何人都一点就通，十四分钟内包教包会。为什么不收钱呢？罗师傅说，我们武馆的馆长对老子有意见，要我下岗搞广告宣传，又不把一分钱广告费。罗师傅说，大家学会了神功后如果觉得功夫不假，就为武馆做一点义务宣传吧，介绍你那地方的人到我们武馆来学习，我才有工资领。

许多人纷纷向罗师傅要信封，庚先生也要了一个信封。庚先生的运气比较好，信封里纸条上写的是“五雷掌”。好多人的信封里是空的，罗师傅喊了大约三十来个运气好的人跟他走，带到了附近一栋民房的一间地下室。地下室不小，很昏暗，大白天还吊着两只惨淡的灯泡。一面墙上写着一个很大的“武”字，一面墙上写着一个很大的“忍”字。中间一张八仙桌，桌面铺着红布，摆着一个写有“祖师之位”的木牌，木牌前供着三炷香。沿墙壁是四排很窄很窄的长木凳，罗师傅招呼大家坐好，开始自我介绍。他说我这人背时，一个事都搞不好。北京武术学院晓得不？中美建交后尼克松总统访华，全国一百二十所大学请他题写校名，他只题得这一所。罗某不才，原来是这所大学的教授。当教授当得好好的，广东一个朋友开赌场，硬要我去当保镖，我就去了。其实月薪也不高，只有一万六千元。但钱算什么？朋友义气嘛，他是看得起我。可我不晓得这个朋友还走私，好哪，朋友坐牢去了，我穿一条短裤子跑出来，跑到湘西。罗师傅滔滔不绝，后来就讲他脾气不好，一回又一回仅仅为得一点芝麻小事就白刀子进红刀子出，搞坏了好几个人，听得庚先生骨头直发冷。自我介绍终于搞完了，罗师傅还不忙教武功，他说口说无凭，我不露一手给大家看看，你们怎么相信我？罗师傅挽挽袖子紧紧腰带，绕场一圈后挑中了一个最强壮的青年。他请强壮青年照着他鼻子打一拳，说尽你的力气打，不要舍不得下力气。强壮青年畏畏缩缩，连连说不敢不敢。罗师傅笑一笑，说你不打是对的，若打，我的鼻子没事，你的手就不作用了。罗师傅指着地下室薄薄的门对那青年说，看你长得这样劲板板的，你一拳打得我这张门烂吗？强壮青年说，打烂了我不得赔。罗师傅说打烂了他发奖金。他当场拿出一百元，摆在桌子上请大家公证。强壮青年起身了，吐一点口水在手心，再握起两个海碗大的拳头，真的就去打那门。他刚刚走近准备动拳，猛听得隔他有十来米之遥的罗师傅一声断喝，刹时发功一双手向他推去，强壮青年应声就倒在门口了。

真的好神奇！

大家纷纷起身看那强壮青年，看他全身发抖口吐白沫。人们大惊，罗师傅却说不要紧，我点的是他的睡穴，对他全身都无任何损伤，他睡那么几分钟就好了。罗师傅走过去扶得强壮青年靠墙躺好，脱掉强壮青年左脚的鞋袜在脚心某个穴位上点了点，再朝那个穴位发一次功，强壮青年立时不发抖也不吐白沫了，很快便鼾声如雷，睡出一个很幸福的样子来。

许多人真诚地鼓起掌来，都催罗师傅快一点教功夫。罗师傅却还要再露一手给大家看看。这一回露的是“障眼法”。罗师傅说，你们在座的各位口袋里有多少钱，我是清清楚楚。我只要一发功，你们的钱都会飞到我这里来，你们信不信？罗师傅打开他面前那张桌子的抽屉，将抽屉拍得啪啪响。他请大家数清自己的钱，表演结束后，大家再从抽屉里拿回自己的钱。这样一说，大家就明显地紧张了，一个个都按紧自己的袋子，生怕自己的钱会不翼而飞。罗师傅好像窥视到了大家的心理，他叫大家不要紧张，他说你们可以把口袋里的钱拿出来，放到你面前的地板上，口袋里只留块把两块钱来试他的神功。有两个人很积极，赶紧将钱掏出来，放到地板上，又催旁边犹豫的人，说不要耽搁了大家的时间。于是大家一个个都掏出钱来，都放到脚前的地板上。庚先生不相信罗师傅有这样的神功，也把钱掏出来放到地板上，口袋里只留一块钱。

罗师傅脱掉上衣开始发功了。他胸脯拍得啪啪响，一推掌一跺脚嗨嗨两声，几个动作下来，肌肉鼓起全身像爬满了凶悍的小动物，看得出确实是练过的。他一张脸憋得通红，额上暴出了汗珠子，整个人好像马上会爆炸。大家全神贯注等待奇迹出现，但奇迹总不出现。罗师傅发了好久的功，突然却停了下来向大家作个揖，然后问大家：我的表演精彩不精彩？有人答：精彩！罗师傅叹口气：你们只晓得精彩，你们不晓得我这么做有好辛苦，要付出好大的代价。不讲别的，这间地下室房租每月就是六百元。我这样辛苦，付出这样高的代价免费教你们武功，也不知道你们诚心不诚心。我现在要检查一下，看大家是不是诚心。他像是很随便地踱到一个人面前，问那个人：师傅这样辛苦，你是否也应当买包把烟犒劳一下呢？这个人说应该，很痛快地拿出十块钱。罗师傅说，你是诚心的，不要你的钱。罗师傅踱到另一个人面前，弯腰捡起他面前地板上的三十元钱，问他愿意出多少钱给师傅做烟钱。这个人一下子紧张了，有点结巴地说，我还不蛮相信，想先看一看，如果不是免费就不学算了。罗师傅将他的钱往书桌上一扔，说，你这个人不诚心，吝啬，你的钱我全要了。有了这两个人做榜样，所有的人都表示愿意买包烟给师傅抽了。罗师傅这回真的收钱了，一律收五元。

庚先生不想冤里冤枉出五块钱，想溜，趁罗师傅没有收到面前起身就走。可那个强壮青年靠门睡着，他打不开门。他想挪开强壮青年，罗师傅赶过来大声制止，说那青年动不得，动了就会残废，残废了他不负责。偏偏这时候强壮青年醒了，罗师傅告诉他动了就会残废，他便叫：老子坐了七年牢，好不容易熬出来，就要结婚了，你要搞得我残废？他很凶狠地盯着庚先生，庚先生只好回头坐下也出五块钱。罗师傅收了钱又夸夸其谈，好像把要教神功的事忘记了。强壮青年坐起后，人们一个一个开始溜，罗师傅不在意，仿佛没看见。溜得屋里只剩下庚先生和那个强壮青年时，罗师傅才生气。罗师傅对庚先生说，你看你看，我就要免费教神功了，他们却不讲诚信，一个个都走了。

好像他才是真的受了骗。

庚先生早看出了其中的名堂，就故意说，他们不诚信，我诚信。罗师傅您教我“五雷掌”吧，我学。

罗师傅笑一笑，和庚先生打商量。罗师傅说，什么“五雷掌”，狗屁！学呢，你就不要学了，我一看就晓得你是个聪明人，这个把戏看一遍就会了。我看你也是一个闲人，帮我几天忙怎么样？罗师傅指着强壮青年说，他是本地人，再搞下去就会穿帮了。你来搞他的下一任吧，我给你一百块钱一天。你要是同意，下一场就跟我上。具体如何配合我，你刚才已经看到了。

反正也没事做，庚先生想都没想就同意了。

庚先生做下一任强壮青年做了六天，赚了六百块钱。

他用这六百块钱买了一辆人力车，春叔就带他踩人力车了。

所以他对娥姐说，我现在是驾驶员了。

驾驶员庚先生亲见警察都理解下岗工人，出车在街上碰上警察就说自己也是下岗工人，没有人会去验明他的正身，他很快就混入了下岗工人的群体。街上下岗工人多，工人阶级又最讲团结，他于是背靠大树好乘凉。庚先生起先沽名钓誉还不好意思，后来发现，不这么讲还确实不行。有一次，他在火车站接到一个客。那男人看上去也像个老板，却抠得很，两块钱还要讨价还价。庚先生就不理他了，低下头兀自抽烟。那个人说，一看就知你是一个下岗工人，牛皮什么呢？庚先生跳起来，一把抓住那个人的衣领说，老子就是下岗工人，老子现在是靠踩三轮挣口饭吃了，但老子现在休息行不行？那个人还要吵，旁边几个踩人力车的就围了上来，一起指责那个人。背后还有人塞了那个人一拳又大家都不承认，把那个人搞得灰溜溜的。事后他给亲爱的同志们每人装了一根烟，摇着头说，我们乡下人不服你们城里人确实不行，我们乡下人确实搞你们不赢。以前我们乡下人没有米吃，你们城里人吃国家粮。以后我们乡下人也有米吃了，你们城里人就不吃米了，吃美国玉米越南红薯。以前我们乡下人只喂猪不吃肉，你们城里人发肉票。以后我们乡下人也有肉吃了，你们城里人又不吃肉了，忆苦思甜吃我们喂猪的野菜。我们寒陵县就搞了一个办事处，专门把山上的蕨菜葛根扯下来，摆在你们的超市里喊天价。城里的下岗工人还说是弱势群体呢，我们乡下人进城，还要冒充你们弱势群体。

同志们都说庚先生很有趣，都喜欢这个庚先生。

但庚先生心里并不快乐。

因为娥姐不许他去看她。

十七

碰碰和碰上了四铁匠

打麻将和牌的方式多种多样，其中有一种和牌的方法叫碰碰和。人家打出来一张牌，你恰巧手里已经摸了两个同样的牌，你喊一声碰了，就凑成了一手牌。运气好连碰四次，就和牌了，而且还是一个大门子。

这里说的碰碰和，不是麻将桌上的碰碰和。

庚先生就被人碰了一次。

那一天庚先生驮了一个客，客说他要到开发区去，庚先生就将他送到了开发区。开发区开而不发，野草疯长。路是修得很好，但人却没有几个。有几栋房子只修了一半就停下来了，生了锈的钢筋直指苍穹，好像在呼天抢地。庚先生想搭回头客，不想打空转身。他瞪着一双警惕的眼睛，看看周边并没有警察，也不见戴红袖标的城管队员，就踩着人力车很慢很慢地走。他见一个人就问，只要两块钱呢，您搭车么？只要两块钱呢，要不要我送您？

没有人搭庚先生的人力车，庚先生就将车傍一个很漂亮的垃圾箱停下来了。开发区的垃圾箱都很高档，开发区鲜有人气，很漂亮很高档的垃圾箱就很干净，庚先生喜欢骑在车上不下车，就靠着垃圾箱休息。有两个人一高一矮，矮子手里提了两个瓶子，本来在人行道上走得好好的，庚先生紧挨着垃圾箱刚把人力车停好，就见那两个人却突然走下来，只听到咣当一声，那矮子提在手里的瓶子就掉在地上了。

庚先生看到一地的碎玻璃，阳光照在碎玻璃上，碎玻璃就银光闪闪。

有水在碎玻璃中间流淌，那水隐隐的有一点酒味。

这不关庚先生的鸟事，庚先生摸出一根烟来咬到嘴上，打火机还没有掏出来，就见那个矮子叉着手，冷冷地盯着自己了。庚先生觉得好生奇怪，矮子就说话了。矮子指着地上的碎玻璃说，兄弟呀，你看这事如何搞呢？

高子站在旁边，只是冷冷地看。

庚先生一点都不明白将要发生什么事情，他懵懵懂懂地对矮子说，如何搞？兄弟你是在问我么？

矮子说，是你撞了我，我不问你问哪个？

庚先生这才知道，自己今天是遇上麻烦了。

庚先生四下看看，近处没有踩人力车的同志们，远处有一个踩人力车的同志驮了一个客，但他是向相反的方向走的，越走越远。看来，自己的问题只能自己来解决了。

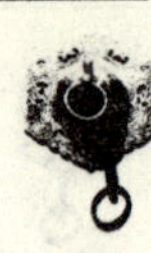

庚先生就赶紧装矮子的烟。

装了矮子的烟，又装高子的烟。

矮子不接他的烟，高子也不接他的烟，还是只问他这个事如何搞。

这时就围上来几个闲人了，龙鳞人不但讲客气，还爱凑热闹。下水道里发现一只死老鼠，也常常有人蹲下来看半天，现在有人马上就要吵架了，那还不赶紧围过来免费观看？庚先生开始还说自己没有撞，但他说不过那个矮子。那个矮子有证据，说他的手拐子都被人力车撞青了。他勒起衣袖子来给人看，手拐子上果然就有一个青印。众人就批评庚先生了，说撞了就撞了么，怎么能不认账呢？以后注意一点就是了。幸好没有撞好重，只打泼了两瓶酒，这已经是不幸之中的大幸了。

庚先生没有话说了，接下来就是赔偿的问题了。

矮子说，我也是背时到头了。这酒好难得到手呵，岳老子生日，我托了好多人，才搞到两瓶。没想到你这个人不长眼睛，这么宽的路，偏偏就撞了我。

有人问矮子是什么酒呵，矮子说，茅台酒。

看客中一个老头子听说是茅台酒，就蹲下身用手指蘸了一点点，送到嘴里尝了尝。他尝过了站起来，巴咂着嘴唇说，茅台酒？我怎么觉得有点像掺了酒精的冷开水呢？

老头子的话刚说完，本来冷冷站着的那个高子一步便蹿了过来，手一伸便握住了老头的手。高子手里用劲，口里却亲热地说，老伯呵，好久不见了，小侄真是想念你呵！

老头子一双手骨头都要被他握碎了，疼得嗷嗷叫。

众人这才知道，是碰上搞碰碰和的满哥了。

龙鳞土话，满哥就是小哥哥，取贬义。

除了讲客气，爱热闹，龙鳞人还有一个优点是绝不惹事生非。他们当然不想和满哥打交道，于是哄的一声，就都散开了。

这样一来，路边上除了两个满哥，就只剩下庚先生和那个老头子了。

高子满哥笑眯眯地问老头子，喝了一世的酒，怎么就茅台酒也尝不出了呢？

老头子就说，哎哟哎约！茅台酒，茅台酒！

高子手一松，老头子就甩着手，飞也似地跑了。

假如那两个满哥只想诈骗庚先生两瓶一般酒的钱，庚先生那一日或许也就认了。他知道这个世界上警察厉害，但有时候满哥比警察更厉害。警察厉害，警察还服政府管，满哥上不服天管下不服地管，所以他们就更厉害了。庚先生那一日生意算好，送了十三趟客，一趟两块，中午吃快餐吃了三块钱，袋子里还有二十三块钱。假如那两个满哥只要两瓶一般酒的钱，庚先生就会将袋子掏空，也花钱买一个平安算了。问题是那两个满哥也是明白人，花费了这么大的精力只诈骗两瓶一般酒的钱，那还有什么意思呢？所以他们就一口咬定，被庚先生打泼的就是茅台，百分之百的茅台。那一段龙鳞城里茅台酒很紧俏，卖到了四百二十元一瓶，一共就是八百四十元了。他们拿出了发票来，托人情花的钱没有发票，就自认倒霉，不要庚先生负责了。两个满哥信誓旦旦地对庚先生说，你到处打听一下，我们兄弟决不是不讲道理的人，从来都不横绊的。

庚先生身上没有这么多钱。庚先生说，我身上只有一个手机。

矮子把手机拿过去看了看，说旧的，不要。

庚先生说，再就只有这个人力车了。

高子一脚踢在人力车的轮胎上说，老子不是驾驶员，你就是送把老子，老子也不在屋里！

庚先生说，那就麻烦二位跟我回家？踩人力车的穷是穷，家里几百块钱还是有的。庚先生想好了，路上喊几个踩人力车的同志们，狠狠地捶这两个满哥一顿，让他们晓得，还是咱们工人有力量。

两个满哥不上庚先生的当，两个满哥拦在人力车前商量下一步。

矮子说，给块长打个电话？

高子说，要得，你打。

矮子就打电话了。矮子吞了一口口水，对着电话喊，喂，块长！肥肉呢，我是肥肉。我和精肉在开发区捉了一条两脚蛇，揭开了鳞甲，里面却没有血。你问附近有没有火？没有火，一杆火都没有。好，你来，我们就在上一次剐三角架的老地方。

庚先生听矮子打电话，如听天书。不过他大体上弄明白了，矮子可能叫肥肉，高子可能叫精肉。他们向他们的领导报告他们诈骗了一个人，两脚蛇可能就是代表踩人力车的，但这个踩人力车的身上没有油水，所以是“揭开了鳞甲里面却没有血”。火可能就是枪，可能就是指警察。他们的领导问附近有没有警察，他们说附近没有警察，他们的领导就要亲自下基层来解决部属们在工作中碰到的具体问题了。庚先生只是不懂，三角架代表什么？三角架又怎么剐呢？块长又是一个好大的官呵？他想，这块长块长叫起来怪别扭的呵，为什么硬要叫块长呢？

在城里混生活，真的是活到老还要学到老呢。

庚先生也想打个电话喊两个踩人力车的同志们来，肥肉及时发现了他的阴谋，一把就没收了他的电话。庚先生和肥肉争执了起来，正在拉拉扯扯的时候，一辆摩托车驮了两个大汉，哧的一声就停在了旁边。后座上坐的大汉长一脸兜腮胡子，胸怀敞着，里面尽是黑毛。兜腮胡子从摩托车上跳下来，一把就扯住庚先生的胸襟，嘴里嚷道，你这条两脚蛇，三大纪律八项注意你知不知道？损坏群众的东西是要赔偿的，你知道么？

庚先生还从来没有被人这样一把就扯住过胸襟呢，这个猛子，真个是初生的牛崽不晓得怕虎，怒火就从脚板皮直冲脑毛顶了。他平时表现得有一些窝囊懦弱，但窝囊懦弱的人，一旦被激发了，那就是不得了的事情。当时的情况就是这样，庚先生想都没有想，左手下猛力从肚脐一撩上来了，只听见哧的一声，那衣服就齐刷刷地撕开了。兜腮胡子猝不及防，一个踉跄没有站稳，庚先生右手就出拳了。这一拳因为集中了一个窝囊懦弱者的所有愤怒，蔸腮胡子的那个鼻子，马上就开出了灿烂的血花。站在一边的肥肉和精肉大吃一惊，他们在地面上混的时间也不算短了，还从来没有遇到过这样不怕死的人呢。两个人就一声怪叫，一左一右扑了上来。他们更没有想到的是，那条“两脚蛇”嗖的一声，又从人力车的座垫下抽出了一把刀来！

来吧，兄弟们——庚先生说，我这条命反正也不怎么样值钱！

一把西瓜刀，一尺多长，在深秋的阳光下寒光闪闪。

庚先生这是第二次遇上碰碰和了，第一次吃了一点小亏，他就偷了春叔家的一把刀，暗藏在座垫下面了。

兜腮胡子抹一把脸，看着手掌上的血，说了一声，上！他反手从后腰抽出一条短棍，领着肥肉和精肉就分三路攻上来了。刚才还坐在摩托车上的那个人，现在也下来了，扎脚勒手准备先当评委，必要时也上场施展一下拳脚。庚先生悲哀地喊道，娥姐呵，我怕是再难见到你了，我今天只能英勇就义了！

男人的尊严不允许庚先生退缩，庚先生豁出去了。他选中了肥肉一身好膘，挺刀就直奔肥肉的肚子。可就在刀子正要和肥肉的肚子接触时，戏剧性的场面出现了。兜腮胡子像运动场上的裁判员一样突然喊一声停，肥肉精肉就都停止了动作，庚先生也只好停止了动作。兜腮胡子两眼盯着庚先生，突然发问，你是不是姓罗？你刚才喊的是娥姐？

庚先生说，你们还上不上？不上了老子要揽客去了！

兜腮胡子突然大笑，他又在鼻子上抹了一把，将手掌上的血在人力车的坐垫上慢慢擦干净，然后一拳打在庚先生的肩膀上说，是你呀，庚先生！

兜腮胡子这回是说的寒陵县浮云乡的土话，他一说土话，庚先生也就认出来了，竟然是四铁匠！

真的没有想到，今天遇上了四铁匠！

四铁匠一把扯住庚先生，一分钟内连续提出四个问题：娥姐还没有丢掉你？你来了怎么不找我？我妈妈还是那样天天在家里骂我么？村头代销店的那个老婆娘，怎么就硬不传我的电话呢？

四铁匠提的这四个问题，第一个问题把庚先生气了个半死：你被你的恋人抛弃了，就要我的娥姐也抛弃我？第二个问题用不着回答：我晓得你出来了？都只以为你还在笼子里浪费国家粮食呢。第三个问题很简单：你妈妈不骂你骂哪个？不但你妈妈天天在家里骂你，而且你爸爸也天天在家里骂你呢。第四个问题就问都不要问了：代销店娥姐的婶婶为你传了第一个电话后，你爸爸妈妈不但拒绝接电话，还拒绝付给娥姐的婶婶传话费一块钱，娥姐的婶婶还会为你传电话？四铁匠还要问第五个第六个第七个问题，庚先生一概不回答，庚先生只说，四铁匠，鼻子没有问题吧？

四铁匠再抹一把鼻子，又抹出一手血。四铁匠说，你娘的个脚，你下手也太狠了一点，你不晓得我是沙鼻子不经打？

庚先生很认真地说，我当时怎么晓得是你呵？你们四对一，也不是什么英雄好汉——你娘的，不要老是在坐垫上揩你的猪血了行不行？客还要坐的呢！

四铁匠一定要和庚先生喝一杯酒，庚先生推脱不掉，只好顺了他的意。几分钟后，庚先生就抱着四铁匠的腰，三个人骑一辆摩托车，飞驰在龙鳞城里的大街上了。他的那辆人力车，就由肥肉和精肉两个满哥推着，远远地跟在后面。活到老要学到老，庚先生也有好多问题要向四铁匠请教。他抱着四铁匠的腰，坐在摩托车上向四铁匠请教了许多问题。他弄清楚了：四铁匠判是判了三年，但只坐得一年半就出来了。一九九八年龙鳞涨大水，形势太危急了，于是，一部分表现好的犯人也被组织起来参加了抗洪斗争。四铁匠和武警战士一起泡在水里堵溃眼，三天三夜没上岸，还冒死从激流中救起了一名武警北方新兵。因为立了功，抗洪一结束，监狱就为他减刑，把他释放了。幸亏在笼子里结识了几个朋友，在笼子里结识的朋友是最讲义气的，四铁匠出来后和他们混了一段，就当上了块长。原来，龙鳞城里的混混们把城区分成了若干块，每一块的大哥，就叫块长。庚先生向四铁匠指出来，说你死不悔改会再进笼子的。四铁匠说不会，因为他的恋人曼曼姐早已经幡然觉悟了，他一出笼子，她就和他在一起生活，而且是海枯石烂再不会变心了。曼曼姐开了一个发廊，他已经和总头儿说好了，只等总头儿评选出了新的块长，他就辞职不干了，和曼曼姐学理发。四铁匠嘱咐庚先生，等下你见了曼曼姐，不要提以前的事。我和她现在只有爱情，原来走过的弯路，我们是一笔抹掉了。

现在，摩托车就是驮了庚先生到发廊里去。

四铁匠说，你今天好险呵，不是碰了我，你八个庚先生都会被打扁的。

庚先生说，你今天好险呵，我准备第二刀就捅你的肚子。

四铁匠说，你还是不要带着刀子上班，我担心你出事。

庚先生说，我今天要没有带刀子，还不就被你诈骗了两瓶茅台酒？

开摩托车的兄弟看来又是个武侠小说迷，他总结说，好兄弟不打不相识，所有的武侠小说都是这样的一个老套路。

摩托车只在大街上走了一截路，很快就穿行在小巷里了。小巷和大街是两个世界。小巷里的房子破破烂烂，小巷里的道路也坑坑洼洼，摩托车在小巷里跑，就跑出了骏马奔腾的感觉。庚先生发现，住在小巷里的人都觉悟极低，他们把垃圾很随便地就堆在某个角落里，并不考虑龙鳞城正在申报省级卫生城市。堆有垃圾的地方往往都有红漆刷的字：严禁乱倒垃圾，违者罚款！而红漆刷的字下面总有粉笔写的字：请问我们的垃圾倒到哪里去？庚先生觉得写粉笔字的人太没有水平了，垃圾倒到哪里去这还要问呵，不就倒到垃圾箱里去吗？他左看右看，却没有看见垃圾箱，于是就想清楚了，双方讲的原来都有道理。正胡思乱想，摩托车停下来了，四铁匠跳下来挽起庚先生：请，请！又高声大嗓地喊，曼曼姐，家乡人民派代表来看望你了！

骑摩托车的兄弟说，我走了，你们慢慢聊。

曼曼姐的发廊小得再加一个人就打不得转身了，幸好没有一个顾客。曼曼姐正仰在理发椅上打盹，眼睛一打开就拍脚拍手地惊呼：是庚先生你这个鬼呵，你从哪里拱出来的？

庚先生打量曼曼姐，曼曼姐左边脸上还隐隐约约有一个十字形的刀痕。但如果不过细看，已经很难看出来了。是帮助曼曼姐发展的那个城里男人始乱终弃，后来又一脚踹了她，她不得不回到四铁匠身边？是四铁匠一横一竖划了温柔两刀后就去坐牢，男子汉的大恨大爱最终还是感动了她，她于是主动踹了那个城里男人，要唱响一曲爱情赞歌？庚先生尽管心中有许多疑问，但知道这是不可以问的，何况四铁匠路上还向他打过了预防针。庚先生只是感觉到他们生活得很幸福，一个男人和一个女人的幸福是收藏不住的，有心人总是一眼就看得出来的。男人的幸福是恭顺，女人的幸福是骄横，四铁匠在曼曼姐面前就很恭顺，曼曼姐在四铁匠面前就很骄横。曼曼姐和庚先生天南地北扯闲篇的时候，四铁匠就像一个主家婆了。他给藕煤炉子换了煤，又到外面提来了水，还起小跑买来了菜。淘了米下锅，切好菜掌勺，他又突然发现没有盐了。四铁匠哎呀一声，再飞跑着去买盐，跑得比狗还要快些。曼曼姐搞清了娥姐也进了城，记下了庚先生的电话又记下娥姐的电话，实在再没有闲话说了，才突然沉下脸来问四铁匠，我还忘记了问你呢，你辞职辞了没有呵？

四铁匠那么高一个汉子，而且一脸的兜腮胡子，在曼曼姐面前却温顺得像一只小猫。四铁匠朝庚先生眨眨眼睛，讨好地笑着说，辞了辞了，只是还有些交接手续，过几天就要跟曼曼师傅学理发了。

曼曼姐说，还让你交接三天，三天后就不准出门了，听见了么？

四铁匠说，在下听见了。

四铁匠从来就没有打过铁，因为从小爱打架，而且铁匠师傅一样从不服硬，人们才叫他四铁匠。从不服硬的四铁匠偏偏服软，四铁匠服软的时候，庚先生心里也软软的，他也想起了娥姐。

娥姐，我真不知道你是我的情人还是我的姐姐呢。

庚先生心里喊道。

吃饭喝酒的时候，四铁匠还是劝庚先生，劝他不要带着那把西瓜刀去上班。曼曼姐也加进来劝，庚先生只顾双手对付一只鸡翅膀，还是不表态。曼曼姐趁他低头吐骨头对着四铁匠的耳朵说，不要劝了，我有娥姐的电话，我叫娥姐没收他的西瓜刀。

你们咬什么耳朵呢？庚先生抬起头问。

吃菜吃菜！曼曼姐舒展玉指为四铁匠拈掉粘在头发上的一根草屑，笑吟吟地说。庚先生再看她左脸上的隐约刀痕，突然觉得那是他们经过了磨难的真挚爱情的纪念徽章。

十八

刀子问题

一连两天,庚先生都打不起精神。

庚先生感觉两块上眼皮就像两个千斤闸,老是要往下面掉。他想把眼睛闭一闭,可是一闭上,娥姐的影子就在眼前浮动了。娥姐睡在床上,床前是一个好大的窗,八块玻璃有四块没有了,蒙的是塑料薄膜。阳光溢进来,热烈地照在只穿了短衣短裤的娥姐身上,娥姐的身体就在阳光下泛光泛亮,丰满得诱人。娥姐坐在小河边的草地上,拈一根丝茅草卷一个筒筒,放在嘴里吹,就吹出了《我们走在大路上》,吹出了《莫斯科郊外的晚上》,吹得星星都掉到了河水里,吹得月亮也在河水里走动。庚先生经常想娥姐,这样的情况,在家里时也是经常发生的,但没有这样严重过,因为那时候问题比较好解决。在家里一打不起精神,庚先生就眼睛盯着队长叔叔。只要队长叔叔一出屋,他就顺着墙脚溜,溜去敲娥姐的窗子。娥姐心肠软,一连敲得三次窗子,她就会口里骂还是那样骂,但脚步还是移到小河边上"老地方"去了。小河边上的那个"老地方",真是他们的伊甸园呵!那里的星星是那么的灿烂,那里的月光是那么的温柔。娥姐每次裸露了美丽的胴体后,都会幸福得轻轻颤抖。她总是先要依偎在庚先生滚烫的怀里说,坏家伙,你可要一辈子对我好呵!每次都要庚先生点了头后,娥姐才准许庚先生开展下一步的动作。

我们那个叫鲤鱼塘的村子,这一段下雨了吗?下了雨,小河又涨水了吗?那一片悬崖下的草地,被雨水淹没了又被太阳晒干了吗?

城里没有"老地方"!

城里没有我们的“老地方”，但是四铁匠和曼曼姐有“老地方”。庚先生在四铁匠和曼曼姐的小发廊里做了一回客之后，就一连两天都打不起精神了。他想和娥姐打一个电话，但是又不敢。娥姐给他规定了的，不许他打电话。娥姐说，张阿姨家里的电话你老是打，有时候还要请张阿姨来喊我接电话，我受不了。再说，我知道你要说什么屁话会说什么屁话，我接电话时张阿姨就在旁边，你的屁话总让我无地自容。娥姐确实还是隔三差五就给庚先生打一个电话的，但她不裸露身体是不说情话的，打电话就总是硬梆梆两句，对庚先生除了训斥，就是教导了。男人的一半是女人，真的，男人的一半是女人。娥姐突然从庚先生的视野里消失了，消失这么久了，庚先生不想她，那才奇怪呢。

但是今天出现了奇迹。

娥姐打来了电话。

今天早上，春叔一家都出门去了，各做各的事去了。春叔去踩人力车，春婶去擦皮鞋。春叔出门时说，庚先生你眼睛里有血丝呢，钱是赚不完的，你是不是今天也休息一天？庚先生点点头，其时庚先生懒洋洋倒在沙发上，正在想娥姐。肚子有一点叫了，还是得起床。起床的时候，娥姐来电话了。娥姐的声音当然是严厉的，不容置疑的。娥姐喂了一声就说，砍脑壳的，你到电业局来，九点钟我在大门口等你。

就这么简洁。

命令都是很简洁的。

庚先生等于是接到了圣旨。

他顿时觉得肚子就不饿了，浑身都轻飘飘的，人都要飞起来了。

看看手机上的时间，还有一个多小时尽可以梳妆打扮，庚先生就打开了春叔的衣柜，想看看春叔有什么好一点的行头。春叔的行头不怎么样，曾经的车间主任现在基本上和庚先生没有城乡差别，都保持在同一个水平线上。庚先生在春叔的衣柜里翻来翻去，只看中了春叔的一根领带。庚先生在头发上沾了一些冷水，寻了春婶的梳子来梳头发，梳了好久，才将头发梳得勉勉强强不像是一个囚犯的头发了。庚先生穿的是一身乡镇企业生产的廉价西装，早两日和肥肉精肉还有四铁匠“不打不相识”，廉价西装上粘上了泥巴，还有一个污点可以怀疑是四铁匠肮脏的鼻血。庚先生还没有去干洗店洗西装的习惯，他只是找来了春婶擦皮鞋的备用抹布，把抹布沾了水在身上狠命地擦。皮鞋就没有办法了,旧是旧了一点,都卷边了,但擦一点皮鞋油,还是可以马马虎虎凑合着穿的。庚先生做完这一切,再打上春叔的领带,哈,镜子里那个小生,还是不怎么讨嫌的么——庚先生自己对自己这么说。收拾熨帖了,庚先生直奔街对面的摩托车修理店。龙鳞城里的摩托车修理店都兼营摩托车出租,租金也便宜。只不过出租的摩托车跑起来很可能除了喇叭不响全身都响,因为是那种拆下来的零配件拼凑起来的摩托车。庚先生骑摩托车是一把好手,在家里时就经常骑了自己的烂摩托,驮了娥姐四到八处乱兜风,还驮了娥姐上过卫生院。他驮了娥姐时最喜欢突然刹车。突然刹车的时候,驮在后面的娥姐因为惯性就会向前一倾。她向前一倾,两个软软的奶子就顶在他的背上了,下腹也贴在他的屁股上,那感觉特别的好。

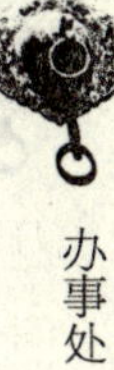

这样的感觉好久没有了。

该死的城市!

别人的城市!

今天要好好享受一下了,庚先生骑了摩托车,飞也似朝龙鳞山脚下奔去。

他好像看见娥姐站在路的尽头,在朝他喊:快点,快点!

十字路口有警察想拦住他的摩托车,因为拼装起来的摩托车是不许上路的。庚先生不管这么多,他油门一加笔直冲,临近警察略一偏龙头就绕过去了。警察在后面大喊站住,庚先生一直冲了五公里,冲到电业局门口才站住。

晨曦中,娥姐一脸怒气,已经站在大门口等他了。

娥姐接到曼曼姐的电话感到很突然。

曼曼姐怎么突然就从地下冒出来了?她怎么就知道我主家的电话呢?知道是庚先生在曼曼姐的发廊里做了一回客,是庚先生告诉她电话的,娥姐就在心里骂庚先生了:你一张嘴巴乱说,晓得么?彭局长最忌讳家里的电话号码让不相干的人知道呢。那一天,寒陵县浮云乡鲤鱼塘村两个不安分的女人,在电话里聊了很久很久。娥姐于是知道了,这个世界上又多了一个凄切动人的爱情故事。故事的男主角是四铁匠,女主角就是和她打电话的曼曼姐。说到最动情的时候,曼曼姐哭了,为自己的好高骛远,为自己的背信弃义，为自己做过的种种对不起四铁匠的事情。曼曼姐后来是哭着向娥姐阐述她的故事的，曼曼姐说，她在医院里听说四铁匠放下刀片并不跑，就去自首，就去坐牢，她才知道，四铁匠是多么的爱她，她是做了多么蠢多么蠢的一件事情呵。她放弃了人世间最宝贵的东西，追求的，却是一桶垃圾。她从此和那个曾经帮助她立业的城里男人再也和谐不起来了。终于有一天，她对那个城里男人说，她要去探监。城里男人想了想说，你去吧，但是你当初怎么进城的，现在你还是怎么从我这里出去。曼曼姐在电话里哭着说，娥姐呀，你在听我说么？你不会嘲笑我么？我知道我很蠢。

娥姐也哭了，娥姐说，曼曼姐你不蠢，我们小时候在一起做游戏的时候，我就发现你比我聪明。小时候我们跳房子，没有人跳得过你，踢毽子，也没有人踢得过你。娥姐在说这些话的时候，声音咽咽的，两个人的泪水，就在电话线的两头分别地流了。

曼曼姐说，我探了一年监，每个月两次，一共二十四次。二十四次我都没有说一句话，四铁匠也没有说一句话，我哭了二十四次。后来我不哭了，因为四铁匠说话了。四铁匠终于说，我出来了就找你，我得到了这句话，我就不哭了，我想我是感动了上天。我开了一个发廊等四铁匠，后来就涨大水了，后来四铁匠就回来了。娥姐呀，说出来不怕你笑话。四铁匠回来后，开始三天，我们在床上睡了三天没有起来，我搂着他，把手臂都搂疼了！

两个人心情平静了以后，就交流各自调教男人的经验。两个并没有结婚的女人，竟然就一致认为，好男人其实是好女人调教出来的。曼曼姐还认为，尤其是我们这样的乡下女人，城里不会有好男人等着我们。我们只能把真心爱自己的男人，调教成好男人。娥姐同意这样的观点，曼曼姐就把此次电话的真正意图告诉她了：你庚先生出车带着一把刀呢，你要不准他带刀！

娥姐呵了一声，娥姐对曼曼姐说，我这就去撕了他的皮！

咚咚咚，娥姐放下电话脚步踩得很响地去厨房洗碗，又洗得水池一片响。她越来越不像这个家庭的保姆了，倒有一点像这个家庭的淘气女儿。

娥姐打电话的时候，张阿姨坐了她的轮椅，很慈爱很安详静静地坐在客厅的落地大窗下。早晨阳光很好，一束一束阳光纷纷扬扬，都想通过落地大窗挤进来。窗帘两边分开了，张阿姨坐在阳光当中，窗帘像拉开的大幕，她就像一尊大慈大悲的菩萨了。很慈爱很安详像一尊菩萨的张阿姨看娥姐打电话，一颗心已经超越了红尘，思考的也是红尘以上的事情。因缘巧合呵,因缘巧合。人和人之间是有因缘的,真的,是有因缘的。张阿姨相信她碰上彭局长是因缘,没有一条腿了彭局长天天才来给她烫脚是因缘,彭玉蓉派来了娥姐又是因缘。知道了娥姐是彭玉蓉送给她家的礼品后,张阿姨那一天晚上就拒绝彭局长为她烫脚了。人怎么可以被当做礼品呢?佛说众生平等,每一棵小草都有生命,你践踏它的时候,它一定也是感觉到了疼,只是它叫不出来。张阿姨对彭局长说,我们现在当着局长,我们要惜福。佛是一缕又一缕阳光,阳光要穿过一层又一层阴云才能普照到人们的心里。张阿姨就是要拨开彭局长心里的一层又一层阴云,让佛的阳光照到他心里。彭局长也感觉到了,这个家庭里,随处都可感觉到明显大师的存在。彭局长不知道应当为此而高兴,还是应当为此而忧虑。他只是想,少年不知爱滋味,因为我的糊涂,挚爱我的爱人已经少了一条腿了,为什么不可以一切都顺着她呢?彭局长说,是的,众生平等,我明天就要彭玉蓉来,我要她将娥姐带回办事处去。我们现在当着局长,我们要惜福。可真正和彭玉蓉通过电话后,张阿姨又改变了主意。彭玉蓉会把娥姐带回办事处吗?彭玉蓉会把娥姐送到另外一个人家去的,谁知道那又是个什么样的人家呢?彭局长再一次为张阿姨烫脚的时候,张阿姨就说,你不要去麻烦彭玉蓉了,也不要让娥姐知道了,我们给办事处付一笔钱,我们等于自己给娥姐发工资。

彭局长说,这是一个最好的解决办法。

娥姐,一个那么沌洁的女孩子。她要是我的女儿,那该多好呵——张阿姨有时候这么想。

娥姐和张阿姨,就好像真的是母女俩了。

张阿姨家里其实没有好多事做,娥姐等于是自己给自己做饭,再顺带着让张阿姨搭一个餐。娥姐的空闲时间就很多。娥姐一空闲下来,张阿姨就让她讲自己的事。于是张阿姨就知道了,娥姐还有一条拖尾巴蛆。这条拖尾巴蛆叫罗荣庚,这条拖尾巴蛆有一点宝里宝气,人们就称他庚先生。拖尾巴蛆的母亲病在床上,拖尾巴蛆在鲤鱼塘还是个外乡人。张阿姨还知道了,拖尾巴蛆现在在踩人力车,娥姐和拖尾巴蛆已经是生米煮成了熟饭,煮饭的过程,与当年自己和彭局长煮饭的过程基本相同。娥姐唠唠叨叨说这些的时候,张阿姨很慈爱很安详静静地听,听完了就向娥姐讲明显大师讲给她听的那些东西,讲机缘巧合,讲前世因缘,讲同船的过渡人互相并不认识,但要无数个偶然加在一起,才能同船过渡。其中夹杂着物质不灭,夹杂着弗洛伊德，林林总总。张阿姨是明显大师的弟子，她阐述佛理的时候，也总是用现代科学的一些最新成就来加以佐证。一切都在发展，生命的形式也肯定有层次。蚂蚁看不见人，人对它们来说来无踪去无影，小孩子一泡尿淹掉了蚂蚁窝，蚂蚁们只能理解这是神对它们的惩罚。宇宙无限大，怎么就硬说没有比我们进化得更快的生命了呢？神也是相对的呵，我们的神或许已经连形体都不要了呢，只要一个意念就天马行空，以我们可笑的智慧，我们看它们不到，但它们看得见我们，就像我们看得见蚂蚁一样！所以佛家有一句偈语是"不界二世"，不管在有人的地方还是在没人的地方，都要诚实，都要记住只有一个世界，这个世界上有你看不见的眼睛！娥姐秉性聪慧，听得多了，就基本上听得懂张阿姨说的道理了。娥姐感觉到了前中学语文教师深奥的思想和博爱的胸怀，娥姐开始和庚先生打电话还避开张阿姨，理解了"不界二世"后，也就觉得没有这个必要了。

现在，娥姐说我这就去撕了他的皮后放下电话，咚咚咚跑进厨房洗碗去了，洗得碗碟乱响，张阿姨就知道了，她又在为那条拖尾巴蛆生气了。

张阿姨喊，娥姐，两个碗你要洗好久呵？

完全是母亲对女儿的那种语气。

娥姐答，你管我洗好久呢，又不要你洗！

也完全是女儿对母亲的那种语气。

娥姐从厨房里出来的时候泪流满面，娥姐向张阿姨细说了曼曼姐的故事，还说了庚先生带着刀出车。张阿姨坐了她的轮椅，坐在一束一束纷纷扬扬的阳光中，很慈爱很安详像一尊菩萨，静静听娥姐诉说。张阿姨双手合十，说，阿弥陀佛！放下屠刀就可立地成佛，四铁匠超度了曼曼姐，曼曼姐又超度了四铁匠，这个世界上从此又多两个好人了。张阿姨说，娥姐呵，强弓易折呢，你把早晨吃剩的饭菜放在微波炉里，我等下自己热着吃，你现在就去超度你的拖尾巴蛆去吧，你一定要没收了他那把刀！

娥姐站在电业局的大门口，难怪就面带怒容了。

庚先生不知道娥姐为什么生气，庚先生把摩托车停在娥姐的面前，小心翼翼地说，娥姐，我来了。

娥姐不说话，剜了庚先生一眼，气冲冲往前走。

庚先生涎着脸，嘿嘿嘿地笑着，扶了那部摩托车跟了她走。

走到了婺江边上，庚先生说，娥姐，你生气了？

娥姐不做声。

庚先生说，娥姐，你要打我就打我吧。

娥姐说，好手不打贱骨头。

庚先生说，贱骨头想你打呢，娥姐。

娥姐就站住了，狠狠地踢了庚先生一脚。娥姐骂道，你狠呵，你能呵，你出车还带着一把刀子呢！

骂罢，娥姐一屁股坐在堤边上。

庚先生这才知道娥姐为什么喊他来，又为什么发怒了。四铁匠你这个特务！——庚先生心里也在骂。庚先生心里骂罢四铁匠就去哄娥姐。娥姐，我怎么敢带刀出车呢？我怎么会带刀出车呢？你知道我连鸡也不敢杀的呢，我怎么敢带刀？我怎么会带刀？你莫听四铁匠那家伙乱讲！我一点事都没有，我是在路上捡了一把西瓜刀，而春叔家里呢，正缺一把西瓜刀，于是就——

娥姐重新站起来，再一脚踢在庚先生身上：是捡了一把刀么？是缺一把刀么？你是这样爱我的呵，捡一把刀，缺一把刀！

娥姐一张好看的脸，因为气愤而变形了。

庚先生知道再狡辩纯属多余，庚先生就小声说，娥姐，相信我。我再不会带刀出车了，你总要允许犯过错误的同志改正错误呵？

娥姐点点头，这才默默地坐在摩托车的后座上。

庚先生跨上车，扭过头来问，去哪里？

娥姐答，随便。

庚先生就知道了，娥姐要和他去兜风。

摩托车载着一对热恋中的男女向郊外驶去。

风，嗖嗖的在耳边响。

树，一排排往后退。

郊外的道路崎岖不平，娥姐又和在家里一样，蛇一样搂紧了她的庚先生，抱着庚先生坚实、年轻的腰肢。她将脸贴在庚先生的背上，不断地在庚先生的背上摩擦。她听到了他的心跳，庚先生的心跳坚韧而有力，但总是有一点惊恐不安。他是那么刚强，又是那么懦弱。坚强，是他的本质，懦弱，是因为他对自己还没有信心。这是一个多么可怜的人呵，有时候娥姐一想起庚先生就一阵心疼。他生怕失去我,他不知道,一个好女人自愿和一个男人“那个”后,这个女人就不会为自己做女人了,她就会一心一意要为那个男人做女人。这个世界好大好大,我们什么都没有,我只有你,你也只有我。带着刀子出车,想一想都可怕。刀子不见血,带着它有什么用?刀子一见血,警车监狱就来了,就一切都完了。我们出不起事,我们不堪一击,娥姐想起来都怕。因为怕,娥姐的眼泪就不由自主地流下来了,流在庚先生坚实、年轻的背上。娥姐伏在庚先生的肩膀上,恨不得将全身都贴到他身上去。娥姐柔柔地说,庚呵,你要答应我,我们都在城里好好生活,好么?我们会有工作的,我们会有房子的。我们会像瓦西里说的那样,牛奶会有的,面包也会有的。

这是老电影《列宁在一九一八》里面的著名台词,庚先生第一次把娥姐骗出闺房,就是驮着她去乡镇上看这个老电影。那个晚上,庚先生原不指望能将娥姐诱骗成功的,可是后来成功了,想起来都是一个奇迹!庚先生心里也一动,眼泪都快流出来了,庚先生幽幽答道,只要你不丢我。

又说蠢话,又说蠢话了!娥姐张开口,一口就咬在庚先生的肩膀上。

庚先生疼得怪叫一声,摩托车就像一个喝醉酒了的醉汉一样,猛地向路边上窜去。路边上正走着一个人,那个人好灵泛,见摩托车窜过来,腾空而起就跳进了田里。庚先生转过了龙头,摩托车冲到前面去了,那个人从田里跳上来,对着他们的背影追了一阵,追不上,破口大骂。

娥姐回过头哈哈大笑。

庚先生也回过头哈哈大笑。

奔驰在广阔的田野上,吹着清凉的和风,有心爱的姑娘抱着腰,是一件多么美妙的事情呵,但我们的庚先生却是幸福之中还有痛苦。他太年轻了,青春的热血温度太高,因为有心爱的姑娘抱着腰,热血就沸腾了。热血一沸腾,关在裤裆里的那头小野兽就不安分起来,就很快长大,而且蠢蠢欲动了。庚先生有一些受不了了,不由得呻吟了一声。娥姐坐在后面问:怎么了?肚子又疼了?她知道庚先生有胃疼的毛病。庚先生坏笑着,单手掌握着摩托车的龙头,腾出一只手来抓住娥姐的手,将她的手盖在那里——娥姐一惊,伏在庚先生身上又流泪了。

娥姐说,庚呵,我们回吧。

庚先生郁闷地问,回?回哪里?

是呵，我们能够回哪里？在别人的城市里，哪里有我们的家呢？

娥姐咬咬牙说，庚呵，我身上带得有钱，我们也到旅馆里去开一回房间！

十九

在张主任家里检查工作

刘达夫通过劳务输出，又获得了重要信息。

真的。

和娥姐一起招来的服务员一共是三个，其中一个叫文玉均，安排在计委张主任家里。这个文玉均很聪明，进入状态也就比较快。刚刚工作半个月，她就跑到办事处来了，汇报了一个好线索。

那一天，刘达夫好不容易轻闲一点，就在办公室看报纸。正看着报纸，文玉均剥着瓜子，一路剥到办事处来了。来办事处她直接上楼，笔直就走到了刘达夫的办公室。文玉均到了办公室却不进去，就那么倚在门口，也不说话，只是懒洋洋地看着刘达夫剥瓜子。刘达夫一抬头，看见是文玉均，就不高兴了。这一批招的几个服务员中间，刘达夫最不喜欢的是那个喊娥姐娥姐的谭月娥，因为谭月娥是彭玉蓉的人。其次不喜欢的，就是这个文玉均了。文玉均哪里像个做保姆的呵？简直就是个做生意的。她经常从张主任家里往办事处打电话，一打电话就说，刘主任，我这里有一个信息，你只说，给我好多奖金？开始刘主任还敷衍她，后来发现，她根本就不懂什么是信息，说的尽是一些不相干的事情。张主任是计委主任，所有的建设项目都要在他那里归口，到龙鳞地区来投资的客商，第一站总是在他那里报到，看他那里有没有划算的项目。这样重要的岗位上，放了这样的一个二百五在那里，刘达夫有些不放心，正在考虑是不是要将她换一个地方。考虑还没有成熟，不想她竟跑到办事处来了，而且来了还倚在门口剥瓜子，站也没有个站相。刘达夫不高兴，就故意给她脸色看。刘达夫说，小文呀，怎么工作时间到处乱跑？有事就进来，没事就回去，站在门口像个什么样子呵？

文玉均噗的一声，将一嘴瓜子壳壳吐在走廊上，这才扭着腰肢进了办公室。她一屁股坐在沙发上，也不看刘达夫就说，刘主任呀，我这回是真的了，真的有一个重要信息呢。

说吧。刘达夫还是看他的报纸，他对这个文玉均不抱太大的指望。

文玉均先不说她的重要信息，却发表评论说，县里招商引资的奖励办法操作性不强。

怎么说操作性不强呢？刘达夫说，说的时候瞪了文玉均一眼，对文玉均就更没有好看法了。寒陵县为了加大招商引资的力度，造成好的氛围，最近出台了一个文件，明确了招商引资的奖励办法，只是到底是千分之零点五还是千分之一还没有定下来。文件上虽然标明只"发至全县正科级单位和独立副科级单位"，刘达夫收到后，考虑到办事处情况特殊，就还是复印了几份，给有关人员一人都发了一份。文玉均当然是有关人员，当然也就发了一份。这个小文，看来是认真学习了的，只是学习的目的比较现实，否则就不会专门跑到办事处来，说奖励办法操作性不强了。操作性强不强，那也是该你指点江山的事么？我刘达夫都没有资格指点江山呢，何一修才可以略为指点一下。刘达夫不和文玉均说这些，刘达夫放下报纸对她说，小文呀，你是怕做了官没有轿子坐，引进了项目怕拿不到奖金是不是？你也真是的，政府难道还会给你开玩笑？我现在给你提个意见，你可不可以将瓜子壳壳吐在茶几上的烟灰缸里？

文玉均这才笑了一下，很听话地将瓜子壳壳吐在茶几上的烟灰缸里。吐了又剥，一边剥一边说，刘主任，有一个海南来的老板要在龙鳞地区建一个厂。

刘达夫说，你简单点讲。

文玉均唠唠叨叨地说，想到哪里就说到哪里，说得一点章法也没有，根本就不像一个高中生。不过她还是把事情基本上说清楚了，刘达夫归纳了一下，大致是这样一个情节：昨天晚上，张主任两口子又吵架了。张主任的老婆文会计骂张主任，说他半夜才回来，肯定又是卖余粮去了。张主任年轻时，时代还不开放，曾经因为作风上的事受过组织上的处分，他老婆不该揭他的短。张主任被揭了短又羞又恼，仗着喝了酒，就装疯卖傻，不轻不重地赏了他老婆一个耳光。这个耳光没有打得好，打得屋里狼烟四起，两口子严肃认真地大吵了一场。不过后来又和好了,张主任他们两口子常常是这样,好了吵,吵了又好。和好了以后,张主任在房间里百般温存给老婆道不是,求得老婆原谅了,才向老婆坦白交代,说昨晚做什么做什么去了,并没有也再不敢卖余粮了。文玉均装做在客厅里抹茶几,抹沙发,就将他们两口子在房间里说的话,都听了个清清楚楚。张主任是为了工作,陪一个海南客商到歌厅唱歌去了。那客商要在龙鳞建一个厂,张主任是为了工作回来得晚了一些的。

建个什么厂?刘主任问。

好像是建一个生产牙膏的厂吧。文玉均有口无心地答刘达夫,仍然剥她的瓜子。

已经选好了地方吗?

好像还没有——噗,这一粒瓜子好苦哟!文玉均吃出一粒苦瓜子来,噗的一声就吐在刘主任刚刚擦过的地板上。

那好吧,刘主任皱着眉头指示道,你就回去吃瓜子吧,要把工作做好。这样吧,你看张主任哪一天在家,就马上给我打个电话。我到张主任家去检查你的工作,会一会张主任。要抓紧,这个项目搞成了,功劳是你的。

文玉均答应了,懒洋洋站起来,走到门口又说,县里那个招商引资奖励办法操作性不强,不要搞到最后,我就只是好多有关人员中间的一个了呵。

刘达夫很不高兴地说,你放心,你只要做了官,你就会有轿子坐的!

几天后的一个早晨,刚刚吃过早饭,文玉均就打电话来了,说张主任昨晚上喝醉了,现在还在睡,看样子今天上午是不会出去的了。刘达夫当时正要出去参加一个什么会,就不出去了,就会议纪念品都不要了,马上叫罗海军赶紧去开车,说有要事马上要去办。

车子开到一家药店门口,刘达夫叫罗海军将车停了,下车进药店买了一盒醒酒药出来。

罗海军问刘达夫,主任,你又不喝酒,你买醒酒药做什么?

刘达夫说,等下你就晓得了。

车子慢慢开,刘达夫就在车上说起了关于张主任的一些轶事。他首先声明说,都是听来的,饭局上听来的,作不得数的。然后讲:张主任这一辈子就坏在酒上,醒酒药是买给他的。如果不好酒,他早就是梆硬的正厅了,哪里还会窝在一个地区计委主任的位子上，而且动弹不得呢？最典型的是三年前，那时候他在另外一个地区的一个重要的岗位上干得正顺手，组织上马上就要派他到龙鳞地区来当一把手了，却因为一瓶酒，把正厅喝成了正处。喝酒能把正厅喝成正处？罗海军愿听其详，刘达夫就娓娓道来。原来，三年前那个地区搞农民运动会，开幕时张主任做主持人，主持剪彩仪式时喝得高了一点点。明明最后一个议程是“现在请某某领导剪彩”，他喝了酒一喊，就喊成了“现在请某某领导下台剪彩”。最有味的是，某某领导坐着不动，他还不晓得是自己错了，错得一塌糊涂，还怕是某某领导没有听到呢，就又高喊了一次“现在请某某领导下台剪彩”。某某领导绷着一副铁青的脸，还是坐着不动，眼看剪彩仪式就玩不下去了。搭帮会务组有一个晓事的人救了场。那个人和坐着不动的某某领导耳语一番然后说，我们要树新风，不能什么都是领导剪彩。那个运动会就改成了优秀运动员剪的彩。刘达夫讲完了张主任醉酒的故事后说，小罗你想，一个这样的人，组织上还会派他到龙鳞来做一把手么？龙鳞是来了，是作为交流干部来的，只做了个计委主任。刘达夫说了又感叹，不过瘦死的骆驼还是比马大，他这个处级干部，和其他处级干部还是不同的，因为他省里有关系。

罗海军不解：主任呵，我想不清张主任错在哪里。你说的那个领导想必是坐在主席台上吧？不下台怎么剪彩呢？

领导下得台呵？刘达夫说，下了台什么都没有了，现在的人都讲禁忌，领导也是人，就不讲禁忌了？

罗海军于是明白了：剪彩就剪彩是了，为什么硬要说下台剪彩呢？罗海军想起，他那一天被刘达夫骂了个狗血淋头，实质上的原因就是因为徐副专员下了台。徐副专员不下台，刘达夫亲自给他背煤气，徐副专员下了台，罗海军再给他出车，当然就是浪费汽油了。想清了这个问题，罗海军就很有体会地说，确实，当了领导就不能下台。

说话间，张主任住的小区就到了。

刘达夫和罗海军一前一后进屋的时候，张主任的酒已经醒得差不多了，正四脚八叉地仰在沙发上，打着酒嗝，牛牯子喝水一样，喝文玉均给他泡的一杯浓茶。刘主任一进屋就和文玉均演双簧，他做出个不得了的样子说，你看你看，张主任张主任，你昨晚上怎么又喝醉了？你睡到床上了百事不探了，急坏了我们小文呵，小文刚才向我打电话，讲话都是一个哭腔呢。

文玉均背过身子去,偷偷地笑。

刘达夫却像真的一样,掏出那盒醒酒药递给文玉均:小文,这是你打电话要我买的醒酒药,赶快照上面的说明泡了,端起来给张主任喝。

文玉均就去厨房里泡醒酒药。

文玉均到厨房里去泡醒酒药去了,张主任坐在沙发上好生感动。想起自己这一生仕途不顺,婚姻上呢,娶的又是一个不明事理的蠢婆娘,只晓得看守所长看犯人一样看守丈夫,全不知道丈夫的心里是多么苦闷。就说昨天吧,老子喝醉酒了,人家把老子送回来,你帮着来料理料理,老子心里也好过一些呵。你倒好,缩着鼻子只看了一眼就喊保姆,喊了保姆一声就睡自己的觉去了。早晨老子醒来,还以为你也会关心一下老子,今天不会去上班呢,你上班去了,让老子一个人瘫在床上,未必就请不得半天假么?搭帮还有个保姆。老子是你的丈夫还是保姆的丈夫呵?因为是外地人,张主任交流到龙鳞城里没有一个亲戚,心里有话上不能对领导说,下不能对部属说,想着想着就有点百感交集的味道了。人在百感交集的时候是没有什么多话说的,所以张主任只是握了刘达夫的手说,你们这个小文呀,真的不错真的不错!

小文是不错,张主任说小文不错的时候,小文已经泡好醒酒药,端过来放到张主任手上了。张主任望望刘达夫,说我的酒已经醒了,这药就不要喝了罢?

刘达夫不说话,看看文玉均。

文玉均瞪着眼睛说,喝!

张主任就像听话的孩子一样,一口气咕哝咕哝就喝下去了。

文玉均又丢过来一个手巾,让张主任揩嘴巴。

刘达夫注意到了这个细节,一下子就改变了对文玉均的看法,认为文玉均是一个人才了。做保姆才做一个多月,就做出了这么个水平,这就很了不起。刘达夫拍着张主任的手背说,张主任呀,我今天来呢,主要是来检查一下小文的工作。早就要来的了,小文不打电话要醒酒药,我也是安排了这两天就要来的。我们的小文有什么做得不够的地方,你就说。她的工作没有做好,就是我的工作没有做好。

张主任说,你太客气了太客气了。

后来,刘达夫和张主任扯着扯着,就扯到了那个海南老板要在龙鳞地区建一个牙膏厂的事情了。张主任是一个实在人，关于那个海南老板要在龙鳞地区建厂的事，他一是一，二是二，该讲的不该讲的都告诉了刘达夫。

具体情况是这样的：那个海南来的老板最会钻政策的空子，全国各地到处跑，每隔三年就建一个厂。他已经在浙江、四川、江西建了三个厂了，现在正四处考察，要建第四个厂。为什么每隔三年就建一个厂呢？刘达夫先还搞不清这里面的窍门，张主任详细一讲，他就搞清楚了。原来，贫困地区吸引外来资金，靠的就是优惠政策，你只有优惠了还优惠再优惠，优惠得比哪个都更优惠些，才吸引得外来资金到得位。海南老板吃透了地方长官的这个心理，专门选在贫困地区建厂。贫困地区的土地本来就不值钱，再一优惠，海南老板买一块土地往往就只要花一壶酒钱了。莫说还可以要当地政府帮着说话，在当地银行贷出一笔钱来。建厂前他先还要和地方上签一个协议，试生产三年，试生产期间税收也要优惠。怎么个优惠法？国税是中央政府收，地方政府当不得家，地税是地方政府说了算，那就把地税免了吧。他的产品是网上销售的，全国连锁，这样一路操作下去，实际上就基本上不要交地税了。第一个厂试生产三年要交地税了，他就开第二个厂的发票，第二个厂试生产三年又要交地税了，他就开第三个厂的发票，现在第三个厂试生产了两年明年又要交地税了，他所以要赶紧建第四个厂。张主任在讲那个海南老板的故事时，对那个海南老板佩服得不是五体投地而是六体投地。他对刘达夫说，你想想，第二个厂一建好，他第一个厂就撤，原来烂便宜买的土地现在地价上来了，再转向搞房地产开发，搂草打兔子又猛赚一笔。第三个厂一建好，第二个厂又撤，也转向房地产开发，还是搂草打兔子。而且他的投资一点六个亿是一个虚数，喊得吓死人，实际投入的那一点点现钱，也还要在当地贷款的。现在银行利息不高，土地升值又快，如此操作下去，两边都要赚钱。

张主任讲完了发感概说，我估计海南老板再玩几十年，会把这个把戏玩到西藏去的。他的车间是可以拆下来再组装的那种，喊走就走了，只可惜西藏目前还不通火车。

张主任是一个实在人，一是一，二是二，该讲的不该讲的都告诉刘达夫后，就劝刘达夫说，不是我不支持你们寒陵县发展，正是我支持你们寒陵县发展，我看这个项目你们就不要费力去争取了，哪个县愿上当，就让哪个县上当去。什么投资一点六个亿呵，什么按产值地方税收可达两千万呵，只有

我心里清白！猪尿泡，猪尿泡一个，咬穿了，就是一泡稀糟的尿水呢。

刘达夫不在意猪尿泡。是不是猪尿泡，咬不咬这个猪尿泡，咬穿了是不是一泡尿水，那是王书记李县长的事。在什么山上唱什么歌，刘达夫关心的是办事处招商引资今年的任务。今年的任务完不完得成，完成得怎么样，彭玉蓉不会考虑，罗海军不会考虑，他刘达夫却不能不考虑。莫说招了商引了资，他个人还可以得一笔奖金。即使是个猪尿泡，也要玩两个三年后才穿孔呢。两个三年后，老子早退线了。所以刘达夫最后对张主任说，我还是把这个信息向县里汇报一下，争不争取是他们的事，汇不汇报是我的事。

张主任说，那也好，你有信息不汇报也是不作为。

张主任的酒是醒了，但人还是有一点晃悠。刘达夫和罗海军要告辞了，他站起来送客人，那步子就像是踩在棉花堆上一样。刘达夫叫他不要送了，张主任就叫文玉均代表他送一送。

文玉均代表张主任将刘达夫和罗海军送到楼下，送得罗海军汽车都发动了，文玉均还在对刘达夫说话。文玉均还是说那个事：刘主任，你和张主任谈话的时候，我又把你那个招商引资奖励办法学习了一遍。我还是那样认为，你那个招商引资奖励办法，确实操作性不强。你看第七条，视贡献大小奖励有关人员，这有关人员是指哪一个？贡献大小又如何分出来？还有第二十一条，奖金数额按一定比例，这个一定比例是个什么比例？不得到时候搞个喜鹊搭窝搭得哭，老鸦子住现屋吧？

看来，这小文还真的是钻研过一番的。

这就让刘达夫有点哭笑不得了。刘达夫坐在汽车里面很耐心地对文玉均说，不是我的招商引资奖励办法，是寒陵县政府的招商引资奖励办法。我们寒陵招商引资的口号是只要来寒陵，一切好商量，你的这个线索要是真的起了作用，你就是有关人员，排在第一的有关人员。至于奖励的问题呢，现在什么事都是摸着石头过河嘛，我想到时候也是一切好商量的。

文玉均还争：不会搞出好多好多有关人员吧？

刘达夫没好气地说，就你一个，行了吧？

文玉均吃了定心丸，不讲了，她电影明星一样摇摇手：拜拜！

罗海军也学了她的样，电影明星一样摇摇手：拜拜！

二十

刘主任摔了一只杯子

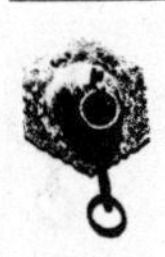

刘达夫和彭玉蓉搞出意见来了。

刘主任摔了一只杯子。

这就叫罗海军夹在中间很为难。

刘达夫到张主任家里检查工作后，回到办事处马上和何一修通了一个电话，说了海南老板四处考察，要建一个牙膏厂的事。当然没有讲是个猪尿泡，是不是一个猪尿泡那不关他的事，他只要完成县里给他规定的招商引资任务就行了。当然，能够恰当拿一点奖金，也是好事，但绝不是为了奖金，主要是为了工作。因为晓得是猪尿泡又没有讲，他就很谨慎，要何一修代他向王书记李县长汇个报，县里要好好将那个海南老板考察一番，拿出个意见来，他再按照书记和县长的指示来办。万事稳为先，他觉得这样摸着石头过河比较好，万一将来出了问题，也没有人怪得他上。

何一修是年轻人，开拓精神就比刘达夫强多了。何一修在电话那头说，师傅呀，你是越来越四平八稳了，汇什么鬼报呵，有这个必要么？这分明是不需要汇报的事情么。师傅你又不是不晓得，内地贫困地区招商，哪里是招商呵，从一开始就是抢商，抢到篮子里就是菜！你说投资是一点六个亿？天哪，我们寒陵县盘古开天到如今，还没有钓到过这么大的鱼呢！只要你说得动海南老板，要他把那个鬼厂子建到寒陵来，我保证王书记会表扬得你一塌糊涂的！

刘达夫说，还是先汇报一下的好。

何一修想一想，就以为他师傅是想先在书记县长这里挂个号，免得将来彭玉蓉来抢功劳。何一修当然不会将他的想法讲穿，就在电话那头说，也是，汇报一下也好。必要时请书记县长出面，他们至少就不会感到突然了。

何一修是越来越会讲话了。

何一修没有讲错，王书记果然很重视这个信息。

王书记亲自和地区计委的张主任通了电话，派车接张主任到寒陵游览了一品山庄，又特意将电话打到了刘达夫的手机上，对他作了三点指示。第一点是一定要拿住，第二点是一定要拿住，第三点还是一定要拿住。

刘达夫是第一次接王书记的电话，心里难免有一点激动。拿住，拿住，我一定拿住！刘达夫说。

刘达夫按照王书记的指示，这几天在张主任的安排下，抓紧时间和那个海南老板频频接触。海南老板也姓刘，刘老板这个人确实是个做事的人。刘达夫第一次和刘老板见面，印象就很好。刘达夫要请刘老板到飞天宾馆去吃饭，刘老板坚决拒绝。刘老板说，我看见那些搞铺张的人，就不和他们谈生意。和那样的人合作，一万担钱都会被他们吃光的，还讲什么企业发展？刘老板确实是个低调的人，那么大的老板，用的是男秘书，自己开车，开的还是一部雪铁龙，和彭玉蓉家里的那部车一个档次。刘达夫见他并不是客气，真的是比尔·盖茨不事铺张的那种风范，就依了他，就在相思酒楼搞了几个特色菜，请了张主任来作陪，一起吃了好几餐饭。刘老板对寒陵县招商引资的那句口号很欣赏。只要来寒陵，一切好商量，他说提得出这样口号的领导，用不着见面，就晓得是一位有思想有水平的好领导。他自己也很有理论水平，谈话中时不时就暴出一点新思维。在谈到寒陵县的工资水平时，刘达夫介绍说我们的工资水平是最低的，他就讲到了他对“剩余价值”这个词的新理解。刘老板说，对“剩余价值”这个词，我们也要与时俱进。你的劳动有剩余价值，我的资本是我以前劳动积累凝固起来的一种形式，当然也包括了我的劳动的剩余价值在里面。所以，让资本赚钱是有道理的，不要怕投资商赚了钱，共同富裕嘛。说到社会主义，刘老板现身说法。刘老板说，我现在是有几个亿，但我一天也只能吃三餐饭呵，晚上也只能睡一张床呵。我的财富说到底还不是社会财富大家的财富？所以说，我个人认为私营经济干脆也是社会主义经济。

大家都说，那是那是。

谈了几个来回后，双方的意向都明确了，刘老板就提出来，可以和县政府正式来谈了。

和县政府谈，刘达夫就要先汇报，按王书记的意思安排好具体的细节。

刘达夫于是一连几天都忙了个焦头烂额。

他和何一修打电话，打得手机都暴了。

何一修在那边，也一连几天都忙了个焦头烂额。

海南的刘老板终于让寒陵县派来的车接走了，刘达夫这才关在那间楼梯转角处的小屋里，睡了一个落心觉。一觉起来后阳光普照，想起办事处不断做出新成绩，刘达夫那自我感觉就特别的好。他志得意满，就想要过问一下乡友联谊会的事情了。

刘达夫有一天在七星桥碰到了七老板，握了手一打讲才知道，七老板的公司早就搬到龙鳞城里来了，名义上的办公地点就设在七星桥的一个门面房里。刘达夫和七老板握手时说，这个小彭这个小彭，哈哈哈，还瞒私生崽一样瞒了我呢。她晓得我穷，生怕我来找你七老板借钱！哈哈哈！刘达夫打着哈哈参观了七老板的公司。七老板的公司楼上两间楼下两间，四间屋分别挂了总经理室、办公室、工程技术部、预算部、人事部、财会部等等等等八块牌子。刘达夫问七老板，做一块牌子要几块钱？七老板没提防，以为办事处也要做牌子，就如实相告。没想到刘达夫是和他开玩笑，刘达夫说，做一块牌子才要这么几块钱呵，你还是舍不得花钱。我要是你，我就再做几块，把政协、人大、工会妇联还有组织部统战部人民武装部的牌子都挂上，你就显得是一级政府了。七老板晓得刘达夫是在挖苦他，但也不恼，很谦虚地说现在还没有这个必要，我还处于创业阶段呢。七老板处于创业阶段的公司除了他，再没有第二个人了，四间房子四把锁，只有他的总经理室像是开过几次门的样子。但总经理室也灰尘好厚，连个饮水机都没有。刘达夫在总经理室坐了一下，口渴了想喝茶，发现墙角落立有一个好大好大的冰箱。刘达夫伸手去拉冰箱的门，以为里面有矿泉水，不想却没有拉得开。仔细一看，原来是一个带了锁的冰箱。刘达夫还没见过带锁的冰箱呢，问七老板，七老板就糊弄刘达夫说，有一些建筑档案像水泥耐压实验样品，是甲乙双方都过目签字了的，我要放在恒温下保存，一直保存到承建的建筑物过了保质期才丢掉，提防甲方不想付款了就提出质量问题打官司。说了一些闲话，刘达夫恭维七老板妻星好，那彭玉蓉又漂亮又能干，想必事业上也是你的一个好帮手。刘达夫这样说，是有想法的。进龙鳞后他忙不赢，彭玉蓉也忙不赢，他和彭玉蓉好久都不打一次照面，彭玉蓉每天都在外面乱跑，跑一些什么名堂呵，不是拿了工资在帮七老板搞业务吧？刘达夫想套出七老板一点口风，七老板却不上他的当，反而骂彭玉蓉不顾家，只晓得搞工作，帮不上他一点忙。

七老板那里套不出口风，刘达夫就想检查一下彭玉蓉的工作。

海南的刘老板让寒陵县派来的人接走以后，刘达夫就先喊了罗海军，叫他汇报一下办事处这一段的所有工作。罗海军先还只当是汇报相思酒楼的事呢，就将经营状况和大师傅以及服务员的思想动态都说了。罗海军特别强调说，在您刘主任的正确领导和大力支持下，相思酒楼辞退施丽华后，引起了大师傅和服务员思想上极大的震动。他们意识到干好干坏不是一个样了，认真地找差距自查自纠，顾客就反映饭菜的口味好了些。我叫服务员一帮一结成对子开展技术练兵，里手的带不里手的，她们的整体服务水平也提高了一大截。

通过这一段时间的磨练，罗海军现在和刘达夫扯起谎来，也不要先起稿子了，而且脸不发红心不跳。

罗海军讲这些话的时候，刘达夫眯了眼睛一边打盹一边听，听着听着就睁开眼睛了。刘达夫睁开眼睛对罗海军说，重点讲乡友联谊会，联谊会是我们招商引资的平台呢。罗海军就很谨慎地说，乡友联谊会的情况我搞不清，那是彭主任抓的工作，她搞事又不会向我汇报的。

刘达夫就直逼罗海军的眼睛了，刘达夫说，我听说乡友联谊会的筹备工作搞完了，谁当会长谁谁谁当副会长都定下来通知到人了，只等着开成立大会暨首次聚餐会了，是不是这样？我记得筹备会议的发票还是你在我手里报销的呢，你真的是只吃饭百事不管的人么？

罗海军避开刘达夫的眼光，望着墙上那幅写有“自主创新，敢为人先”八个字的条幅，好像在研究书法大师的书法。他当然不是只吃饭百事不管的人，他是什么事都主动和彭玉蓉讲，彭玉蓉做事一般情况下也不瞒着他，他和他的蓉姐姐，已经在办事处形成了一个统一战线。但彭玉蓉和他说过的，她的事不要随什么都说给刘达夫听。比如说，彭玉蓉就没有准备让刘达夫当会长，她的意思是让王书记放到县里招商局的那个堂老弟来当会长。乡友联谊会是招商引资的平台和网络，招商局来掌握，理论上是非常合适的。这一步棋走好了，讨好了王书记的堂老弟，就等于是讨好了王书记。架空了刘达夫，还让刘达夫没有话说，也不敢有话说，一箭可以射双雕。罗海军知道这些事，又不能说，现在刘达夫步步紧逼，罗海军就只好可怜巴巴地盯着墙壁说，刘主任呀，我真的搞不清呢，我每天忙相思酒楼就忙不赢了。两个长住的采购员，走了那个收购苎麻的，这营业收入又不能垮，这楼上损失还要在楼下补上来呢。刘主任您看这样行不行？我现在打个电话，叫彭主任过来一趟，您直接问一问她？

刘达夫点燃一根烟，狠狠地吸了一口，慢悠悠地说，小罗呀，你是在揣摸书法么？就不要揣摸了，我这一辈子写不出这样的字来，你这一辈子也写不出这样的字来。我是会找彭主任要她汇报的，这里毕竟还是我当家么。我先找你，要你汇报，我想你应当懂得我的意思，我的意思就不要我讲穿了。有些事情，讲穿了就没有意思了，你说是不是呢？

罗海军大吃一惊，心里想：刘达夫怎么了？今天怎么讲出这样的话来了？刘达夫和彭主任不热乎，罗海军早就心中有数。他小心翼翼地行走在两个人中间，但感情上倾向于彭主任，这是不用说的了的。听刘达夫这话，好像他是在追究我罗海军的阶级立场呢——罗海军也不宝，马上装出个低眉顺眼的样子说，刘主任，我当然是靠拢组织，我一直在靠拢组织。我们办事处的组织是哪个？就是您哪，刘主任！这一点我还是清楚的。不是你看得起我，我一个开车的，轮得上有副总经理当？我当然想靠拢组织，我当然靠拢组织。

一边说，一边起身给刘达夫添水。

添了水又寻出抹布，抹刘达夫的办公桌。

罗海军添水抹办公桌的时候，眼睛偷偷看刘达夫。

刘达夫不喝水，他站起来双手背在背后，看罗海军抹办公桌。看了一会，就在办公室开始转圈了。他转了几个圈子后，就突然站住了。刘达夫站住了就问罗海军，我讲的那个王大师，彭玉蓉她安排了吗？

罗海军战战兢兢。

刘达夫问得这样具体，罗海军无法回避了。罗海军只好说，我不很清楚，好像、好像是没有安排吧？

其实罗海军很清楚，不是好像没有安排，而是根本没有安排。

因为彭玉蓉坚决不安排。

罗海军知道王大师，是彭玉蓉讲给他听的，王大师是龙鳞城里的一个传奇。这家伙原是寒陵县深山老林里的一个民办教师，人才一直被埋没着。几多年前他一个崽好像是因为争山林，被他们村里的一个人打成了残废。王大师认为村支书是幕后真凶，但县法院不这样认为。县法院不这样认为，王大师就越级进龙鳞城来上访了，一上访就是许多年，后来就干脆在龙鳞城里落脚生根了。王大师是在上访的过程中发现商机的。作为一个老上访户，他起先告诉新来的上访群众哪个领导住哪里，哪个领导坐的车牌照号码是多少，还纯粹是做好人好事。后来就想清白了：治安队收治安费以治安养治安，公路局收养路费以公路养公路，我为什么不能收信息费以上访养上访呢？于是王大师就做了一块牌子抱在怀里：上访信息咨询服务。那年头上访告状的乡下人多，刚刚进城上访告状的人，哪一个不是两眼一抹黑？他们连哪个领导管哪一线都搞不清，只能出块把两块钱给他们的老前辈王大师，请他指点迷津。王大师就这样起家了，只要你出了钱，他就告诉你这件事要找哪个领导，他的办公室在哪里。你要是想拦哪一位领导的车告御状呢，他就告诉你这位领导坐的是什么车，一般都是什么时候从什么地方经过。这样一来，王大师不但以上访养住了上访，还开始有钱捎回家里去了。他给他的残疾儿子砌起了楼房，还为儿子娶了个寡妇做老婆。把家里安顿好以后，王大师就不上访了，在龙鳞城里开起了公司，专门收集了信息再经营信息。比如说，你的车子如果被交警扣起了，你去找他，他翻一翻资料再打几个电话就可以告诉你，这个交警是哪一年进公安的，他家里都有一些什么人，本人有一些什么爱好，又和一些什么人玩得好。交警队里他最听谁的话又最不听谁的话。你想把车子取出来，可以通过谁谁谁去说情，切记不要找谁谁谁去说情，那是他的死对头。再比如说，你的小孩如果高考成绩不理想，和某所大学的录取分数挨上了边却并没有把握录取，你如果去找王大师，王大师翻一翻资料再打几个电话又可以会告诉你，这所大学某一个副校长是龙鳞地区哪个县的人，他有个亲戚在地区什么单位现在有个什么困难。你想个办法帮他这个亲属解决了那个困难，再让他的亲戚带了你去找他，你的小孩保管会录取。王大师不但有一个信息库，还有一个信息网。在提拔的问题上遇到了阻力的人找他，他一般就都要到第二天才答复。他对顾客是很负责任的，阻力来自何方，关键是在哪里，他要真的搞清了才答复，决不糊弄你。据说他和他信息网上的人也是市场经济，他信息网上的人也不会糊弄他。龙鳞城里的人都知道,王大师的业务范畴非常宽广,任何人只要遇到了难题,基本上都可以找他。他的收入就非常可观了,不但买了房子,还开上了私家车,成为了龙鳞城里先富起来的那一批人中间的一个。收买国有企业残值的业务,王大师是近两年才涉足的。因为信息基础好,网络又大,据说他一出山就促成了好几个外来客商在龙鳞地区落户,帮助龙鳞地区引进了不少外资。罗海军知道刘达夫重视王大师,希望王大师能为寒陵县的招商引资工作做出新贡献,已经把上次招来的服务员中间一个叫夏小丽的,安排在王大师家里做保姆了。王大师发达以后,将糟糠安置了做单身贵族,也确实需要一个保姆照顾生活。夏小丽是罗海军送过去的,罗海军送夏小丽去王大师家时,见到过王大师。罗海军一见王大师就惊讶:难怪这家伙聪明,他头上基本上没有头发,真正的聪明透顶!聪明透顶的王大师奇瘦,过秤称不会超过八十斤,一件西装穿在他身上,就像是挂在一个衣架子上,而且脸无血色。如果不考虑他的衣着,怎么看都像是被大水冲到街上来的铁杆灾民。

王大师架子大,罗海军为他送了夏小丽去,他却茶都没有让罗海军喝一杯。

罗海军对王大师的印象就很不好。

彭玉蓉对王大师的印象就更不好了。彭玉蓉落实龙鳞城里到底有多少寒陵乡友,到王大师的公司里去过一次。王大师拿了彭玉蓉的名片看都不看,只顾为一位老板模样的人摸骨相。彭玉蓉向他汇报乡友联谊会的事,他却说,叫你们刘主任亲自来!彭玉蓉当时就气走了,从此只要刘达夫一讲王大师,彭玉蓉就枯起眉毛。刘达夫让夏小丽到王大师家里去做保姆,彭玉蓉管不了,刘达夫要把王大师请进乡友联谊会,还要安排他做常务副会长,彭玉蓉就拼死反抗了。刘达夫提议王大师当常务副会长,彭玉蓉认为这是刘达夫的一个阴谋。王大师主持日常工作,还不等于就是他刘达夫主持日常工作?王大师一介平民,刘达夫却给他安排了一个保姆,合理不合理就不说了,这至少说明他和刘达夫的关系很铁很铁。按照彭玉蓉的规划,乡友联谊会所有的副会长都是配像的,联谊会由秘书长主持日常工作。秘书长是哪个?当然会是她自己,县里不会再派一个人来的。乡友联谊会是招商引资的平台,县里招商局已经是王书记的堂老弟当家了,再和王书记的堂老弟一配合,刘达夫就奈何不了她了。到那时候她就不是孤军奋战了,她的背后是王书记的堂老弟，王书记堂老弟的背后是王书记。彭玉蓉当然不会把她的心里话现在就说给刘达夫听，她不是那样的二百五，她只是和刘达夫辩：像王大师这样的人，分明是社会主义的垃圾嘛，莫搞坏我们乡友联谊会的名声了。什么乌龟王八蛋都拉进乡友联谊会里来，那我们乡友联谊会的档次还不一下子就从天上掉到了地下？乡友联谊会要在政府和民间起到桥梁作用，副会长又要在办事处和乡友们中间起桥梁作用，姓王的那么大个架子，会给我起桥梁作用？刘达夫给彭玉蓉做工作，说发展才是硬道理，说招商才是硬道理，王大师现在开着私家车，那档次又低到哪里去了呢？彭玉蓉就不做声了，但还是顶着不办，根本就不请王大师参加乡友联谊会。

彭玉蓉这个人有一个特点，不同意的事她一脚踩了不移，却并不和人持久地争论。刘达夫给她做工作时，她又用这个老办法来对付刘达夫。前一向乡友联谊会开筹备会时，罗海军其实提醒过彭玉蓉的。罗海军说，刘达夫要把那个装神弄鬼的家伙拉进来，和我都说了一百次了，要我转达他的意思。我是转达了的呵，我看不如就给刘达夫一个面子算了。副会长加一个就加一个，也不要办事处发工资，你何苦硬要挡着呢？没想到就因为说了这样一句话，彭玉蓉就瞪了他一眼，问他道，刘达夫给了你好多好处？彭玉蓉那眼光就像两把刀子，当时瞪得他心里直发毛。现在刘达夫问他，他当然只能说是“好像、好像没有安排了”。

刘达夫点点头，好的，好的！

刘达夫转圈子的脚步有些愤怒了，他对罗海军说，你现在打电话，叫彭玉蓉马上来一趟！

罗海军注意到，刘达夫没有说叫彭主任马上来一趟，他说的是“叫彭玉蓉马上来一趟”。

罗海军就打电话。

罗海军打电话的时候，刘达夫坐在椅子上呼呼地出粗气。

打了电话，罗海军就说要去楼下和大师傅商量个什么事，也不等刘达夫回复就溜了。他怕彭玉蓉一来办公室就电闪雷鸣，他夹在中间，那是最不好做人的。但他溜也没有溜好远，溜到隔壁就折了进去。隔壁住的是那个收购楠竹的外地采购员，采购员前不久新置了一台手提电脑，穿着一身睡衣其时正在手脚僵硬地学五笔打字。罗海军一进去，采购员就大叫，来来来，楠竹的竹字我先打人字后打一竖再打人字，怎么就硬是蹦不出来？罗海军就关了门，坐到他旁边告诉他。我记得王码五笔是将竹字归入独体字那一类的，要先在T键上报一个户口，再打T键再打G键，看看，很容易呵，这竹字还不是一蹦就蹦出来了么？采购员才新学打字，不但打不出竹字，还打不出涨价因素的素字，打不出资金回笼的笼字。采购员装了罗海军一根烟，要求罗海军就坐在旁边不要走了，指导他打完短信再指导他上网使用依妹尔，他急着要把短信发回他远在东北的总公司去。罗海军溜进来的目的就是要在这里听壁脚呢，他部队复员前参加军地两用人才培训班学过电脑的，就正好将学过的东西再复习一次了。

罗海军告诉采购员打了素字又打笼字，但一双耳朵是竖起的。

咚咚咚，走廊上响起了高跟鞋击打地面的声音。

罗海军晓得是彭玉蓉来了，那一双耳朵就竖得越发的高了。

素字和笼字打出来了，正准备上互联网发依妹尔时，隔壁传来乓的一声。罗海军心里就一紧：坏了，刘主任摔杯子了！

收购楠竹的采购员正全神贯注学着在网上如何依妹尔，要把楠竹涨了价的信息汇报到他们总公司去，就没有注意到隔壁摔了一个杯子。

罗海军当然不会去劝架。

后来彭玉蓉十分气愤地告诉他，刘达夫竟然在我面前摔杯子！罗海军就瞪大了眼睛，装个不相信的样子对他的蓉姐姐说，真的吗？真的吗？他敢呵？刘主任不像是一个摔杯子的人呵！

二十一

夫唱妇随

刘达夫要罗海军打电话的时候，彭玉蓉正陪了马诗人在喝茶。

刘达夫没有想错，彭玉蓉每天乱跑子跑，这一向确实是在帮七老板搞业务。

七老板的业务在龙鳞城里全面铺开了。

纺织局、演管站、武术学校，还有一个国有股份占了大头的合资公司，都被他打进去了。

七老板的业务在龙鳞城里全面铺开了，彭玉蓉只好把乡友联谊会的事暂时放一放了。

当然，目前最重要的还是电视台马诗人的那个单。

尽管电视台的那一帮记者拼命反对，但正像一句龙鳞俗话所讲的那样：卵子犟不过大腿，电视大楼还是马上就要招标了。七老板这回有事做了，他租的租，借的借，一下子就搞了十来个空壳建筑公司的资质，放开了膀子准备围好这个标。有一个建筑公司先不想把资质租给他，想自己也来投标，但后来一想，七老板搞这个事还没有失过手呢，一般的人是横竖搞他不过的，不如租给他，多少也可得几个钱算了。七老板研究制定围标方案时，马诗人还是配合得蛮好的，已经定下来的评分要素他吞吞吐吐也讲了一些，但到最后要他说出最关键的标底时，马诗人就卖关子了，总说不急不急。急什么呢，我们要慎重，纪委的眼睛瞪得好大呢，说早了对你对我都不好。马诗人是不急，但七老板急。搞不清标底，那标书就不好做，那么多标书，要做得一个都不相同才显得并不是围标，就不是一天两天就做得好的了。马诗人不急不急的意思七老板晓得,七老板许诺过马诗人,说只要你的工程我拿到手,你马诗人的住房问题马上会解决。马诗人把七老板这话听到心里去了,现在是不见兔子不撒鹰了呢。昨天马诗人坐在七老板的车上经过龙鳞广场,看到窗外那一片新开发的商住区时,就有意无意地向七老板提起过,说他看中了某个小区的一套房子,复式楼,面积不是很大主要是朝向好。又说可惜家里鸟钱也没有一个,只能够看一看饱饱眼福。还说,这里的房子好俏呢,再过几天只怕就买不到了。七老板知道马诗人是个什么意思,七老板装个没有在意,和马诗人扯了一阵世锦赛后,又说起了中东局势。

七老板和他打马虎眼。

晚上回到家,七老板才和彭玉蓉说起复式楼。七老板一讲,彭玉蓉就说,马诗人这是在对你进行启发式教学呢,你是木脑壳一个,难道就不知道?

七老板哈哈一笑,我当然知道。这马诗人也太性急了呢,他不晓得,我七老板做生意是从来不打预付款的。

说七老板精明,这也是一个方面。七老板做生意,真的是从来不打预付款的。想一想他也有他的道理:我们是合作关系呢,我租借围标已经在风险投资了,理论上并没有百分之百的把握。首先就给你买一套复式楼,一旦围标失败,你会把房产证再改成我的名字?你的住房问题是要解决的,但是应当在中标之后,而不是在中标之前。彭玉蓉担心马诗人不见兔子不撒鹰,他现在占着主动,怕七老板磨他不赢,不如给马诗人搞银行按揭,先给他出一点。这样操作,万一失败了,损失也小好多。七老板哈哈一笑说,我会搞那个乡巴佬不赢?我有一个秘密武器呢,到时候拿出来,他就再不会搞什么启发式教学了。

彭玉蓉问有一个什么秘密武器,七老板不讲,只说我要睡了,对不起,夫人,今天我智取武术学校,一个人对付他们五个校长,累呵,现在硬是累得做功课的力气都没有了。

彭玉蓉推他一掌,说,哪个要你做功课?你自作多情吧你。

扯黑灯,两个人就睡了。

今天早晨,两个人一夜没故事正不甘心起床,正准备补课,马诗人的电话就打过来了。七老板一看是马诗人的号码,就松开了彭玉蓉,腾出一只手来在被窝里把电话递给她说，这家伙只怕又要搞启发式教学了呢。你接电话，就说我昨天没回家，电话丢在屋里了。

彭玉蓉就偎在七老板怀里，大腿压了七老板的大腿接电话。七老板将耳朵竖起，翻个身搂紧了彭玉蓉仔细听电话。

彭玉蓉照七老板教的说了，还问马诗人昨天是不是和七老板在一起，说自古才子多风流，叫马诗人不要带坏了七老板。马诗人没有心思和彭玉蓉开玩笑，马诗人在电话里说，这个七老板，真的是卵弹琴！现在是生崽的不急抱腰的在急呢，他回来了要他给我打个电话呵，今天我们最好见一面。

彭玉蓉说，什么事这样急呵，能不能和我说？

马诗人支吾了一阵，显得有些为难，最后还是说，他要回来了，你就说我在找他，要他打电话给我。

彭玉蓉说，好的，好的。

挂了电话，两个人都没心思再补课了，分析马诗人为什么这样着急。

七老板道，这小子其实是个没见过世面的，这就注定了他做人做事都沉不住气。他这样急着找我，说明招标的事已经定妥了，他手里已经捏了金宝宝，在催我兑现呢。因为他也晓得，人算不如天算，评标的又不只是他一个，我们的笼子就是做得再好，也不可能有百分之百的把握。一旦失了误，他手里捏的金宝宝就一文不值了。他想把牛吊到他的桩上呢，要我们先兑现。我们现在兑什么鬼现？莫说八字还没有一撇，就是八字写了一撇又写了一捺了，要兑现也只能一点一点兑。中了标兑一点，付一笔工程款兑一点，质检时兑一点，决算时再兑一点，牛要永远吊在我们的桩上，他才会听我们的调摆。他现在急，我们就不急，急出他的屎来，我再和他见面。

七老板那天有三个业务要去谈，其中一个业务单位在远郊，来去都要半天，所以上午下午晚上都排得满满的。七老板就安排彭玉蓉这几天对付马诗人，陪他喝茶，陪他钓鱼，陪他唱歌，陪他吃饭。他嘱咐彭玉蓉多带点钱出去，马诗人爱搞什么就陪他搞什么，只是不准陪他睡觉。

彭玉蓉捶了七老板一捶子，娇滴滴地说，我高产呢，我就卖不得一回余粮？

七老板马上翻身上马，说，我要搞得公粮你都交不清！

再一次风雷激荡。

彭玉蓉还是交清了公粮，交清了公粮后她问，马诗人再搞启发式教学，我怎么回答呀？

七老板说，他说什么你都讲要得要得，只是后面要带个尾巴，说七老板这几天找不到人，找到了就要七老板来办。

商定了七老板这几天用另外一个手机，让马诗人找不到，又商定了上午不理他，下午再给他打一个电话，陪他喝杯茶，安慰一下。七老板问彭玉蓉完不完成得任务，彭玉蓉说，我是嫁鸡成鸡。

七老板纠正她，说这不叫嫁鸡成鸡，这叫夫唱妇随。

下午，马诗人坐在姿江风光带的静心茶室里，显得有些烦躁不安。

一壶铁观音摆在桌子上，袅袅婷婷地散发出清香。

彭玉蓉陪着他，先说股票，再说排球，然后说龙鳞城里昨天发生的一起车祸，就是不说七老板什么时候会回家。彭玉蓉牛胯里马胯里乱扯，这就让马诗人很烦躁。马诗人迷茫的目光从窗户越过去，看江上的船，看天上的云，心里在骂七老板的娘，但还是装作个在认真听的样子。

彭玉蓉说，又出了一向太阳了，这个鬼天，也要下场把雨才好呢。

马诗人敷衍道，下就下吧。

彭玉蓉说，这铁观音再泡就不出味了，喊小姐换过茶叶吧。

马诗人说，换就换吧。

彭玉蓉说，喝了茶我们也去水上半日游？

马诗人说，那有什么游的？

姿江进入了秋汛期，正处于一年四季中最撩拨人的时候。水面变得辽阔起来了，但又不像春汛期那么万马奔腾，那么浊浪滔天。春汛期的姿江让人心惊胆颤，现在它是一江碧水。那一江碧水，在秋天阳光的照耀下，就那么静静地流静静地流，流出来的当然就是许多美丽，许多浪漫了。姿江曾经是龙鳞地区的运输动脉，可这几年公路运输发达了，轮船公司许多轮船被闲置，有人就烂便宜收购了轮船公司一条轮船，然后将船打扮得花枝招展，上面摆了一些扑克麻将，在江面上搞水上半日游了。龙鳞人爱赶新鲜，好多人都去半日游了，马诗人没有去，就是因为心情不好。认真严肃地说，别看马诗人名片丢出来金光闪耀，那心情却是从来没好过的。当行走诗人的时候没有好过，做了创作室主任了还是没有好过。想一想吧，将心比心，一个混迹在上流社会圈子里却连住房问题都没有解决的人，那心情怎么会好得起来呢？

好不起来的。

马诗人这一次下定决心要解决住房问题，要不，费了那么多力气，调到电视台去得罪整整一个台的人，又有什么意义呢？一个工程造就几个富人，原来还只是公开的秘密，现在就已经是基本的社会常识了。为官一任是要造福一方，但造福一方的同时如果不搞次把两次基建，这个官也真的没有什么当头。马诗人也不打算在电视台搞一世，在电视台开拓一下，完成领导交办的任务后，领导会给他挪个地方继续干革命的。他认为，电视大楼这么大的工程，他只想顺便解决一下住房问题，对比那些一贪就是几百上千万的贪官来说，实在算得上是很廉洁的干部了。而且，标底定好了，七老板来建是这个价，八老板来建也是这个价，对电视台来说也没有什么损失。已经去了省里电视台的云云小姐菩萨心肠，她老是从省城打电话过来，说诸葛亮一生惟谨慎，好几次敲马诗人的警钟要他惜福。马诗人只不好对她说了，你是没有生过崽的人，不晓得肚子疼是怎样个疼法呢。我要是也能像你一样，嫁一个大款又嫁一个大款，离一次婚就得一笔财产，我不但自己惜福，我还要资助两个贫困大学生。再说，诸葛亮又谨慎什么呢？他最后还是失了街亭。我马诗人的谨慎超过了诸葛亮的谨慎，我甚至对七老板的为人都进行过历史的考察。

马诗人搞清楚了，七老板生意好，大家都愿意和他做生意，就是因为七老板讲职业道德。有事实为证：好几年以前，七老板刚刚在寒陵县树起公司，就碰上了寒陵县检察院在建筑行业开展反贪行动。那时候，法制还不很建全，下面检察院办案远没有现在这么规范。他们只要嗅到一点小线索，就敢把行了贿的包头们集中起来办学习班。那时候还可以在企业借调人员来帮助工作，借调人员有时候会胡来，他们一胡来，学员们毕业就会快一些。在企业借调来帮助办案的那些人员，都是一些什么好家伙？这些家伙只等检察院的人一转身，就心领神会地折磨学员们。留置室的电器开关都是装在外面的，他们热天将空调调得制热，冬天又将空调调到制冷。热天蒸你一夜冬天冻你一夜，早晨再向你作检讨，说真的对不起呵，请你原谅，昨日没注意将开关撳反了。有时候，打人的事也是可以发生的。那些家伙打人都很有水平，可以叫你当时疼得要死却又验不出伤来。虽然打了人的家伙会挨检察员批评，会被马上退走，但疼还是疼在学员们身上呵，所以学习班一般只要办一个星期,大家就都坦白交代了,都顺利毕业了。检察院按图索骥,寒陵县那回一批贪官纷纷落马。那一批学员中,只有一个人没有毕业,这个人就是七老板。七老板是任人怎样搞都撬口不开,学习班的法定期限一过,再留置就是违法了,还是只好放了他。放了他,办他这个案子的检察员还得请他吃饭,说希望他理解,说打你的那个家伙已经拘留处罚了,我照顾不周,我也挨了纪委的警告处分,我们也有我们的难处呵, 我们扯平了。

许多毕了业的包工头出来后再包不到工程了, 七老板坚决不毕业,名声就大振了,博得个朋友满天下,业务也就滚滚而来。

和七老板合作搞事,稳当。

但马诗人又不解:稳当的七老板为什么这样不性急呢?

马诗人确实已经捏了金宝宝在手里。他也不蠢,他晓得有时候人算不如天算,笼子就是做得再好,也有失误的可能。一旦失了误,金宝宝就一文不值了。金宝宝只能使用一次,万一七老板失手了,另一个本来是来碰运气的家伙瞎猫捉老鼠中了标,你又没给他帮忙,你总不能要他给你买复式楼吧?这样的机率当然很小,但我的机会也只有一次呵。再去联系其他八老板九老板也不现实了,因为七老板围标的态势已经形成,就是有两个敢来凑热闹的人,也都是只是来碰碰运气的。

游在江心的那艘彩船又靠岸了,一批人兴味索然地下船,又一批人兴味盎然地上船,彭玉蓉再一次问马诗人,我们也去半日游?

马诗人却问彭玉蓉,七老板明天会不会回来?

彭玉蓉就再说一遍:他昨天晚上没有回来,手机也丢在屋里。我今天上午打了好多电话,问了他好多朋友才搞清,他是下乡收一笔旧账去了。那个单位账上来了钱,不去收又会没有了,所以走得急。彭玉蓉还装出很气愤的样子说,这个砍脑壳的,到现在还没给老子打个电话来呢,回来了看老子怎样收拾他!喝了一阵茶又说,我们七老板是最讲规矩的人,你还信他不过?再喝一阵茶又说, 尽管你客气, 你的意思我还是懂了, 七老板回来我就要他办。

喝着喝着,罗海军的电话打过来了。

尽管是刘达夫要找她谈话,她不喜欢刘达夫,彭玉蓉接电话时还是像获得了大赦的犯人一样高兴。她对着电话说了就来就来后,再对马诗人说,马台长马领导呵,真的不好意思了,顶头上司要找我谈话,我不去饭钵子会过河的。

马诗人很不高兴地说，你去你去。

彭玉蓉将两百块钱拍在桌子上，那就麻烦你结账？

这壶茶不会超过五十元，彭玉蓉想看看马诗人如何表现。

马诗人说，我结一样的，你拿什么钱？

话是这么说，但他既没有要彭玉蓉收起钱，也没有指出并不需要这么多钱。

彭玉蓉还是以她的一贯战法来对付刘达夫，刘达夫这么说那么说，她不变应万变，既不妥协也不多说话。她说来说去还是那么几句现话：王大师确实是社会主义的垃圾，不要我搞联谊会就算了，要我搞，我就不得什么乌龟王八蛋都拉进乡友联谊会里来哪！副会长要在办事处和乡友们中间起桥梁作用呢，要王大师去做桥梁，每一个桥墩就都会马上垮掉的。彭玉蓉就像一张老牛皮，刘达夫撕她不烂又煮她不熟，一时控制不住情绪，就抓起桌上的杯子，乓的一声摔到地上了。

有的人哪——刘达夫摔了杯子恨恨地说，师傅刚刚引进门，就一点也不晓得上下了！

看着刘达夫摔杯子，彭玉蓉开始还很愤怒，稍微一想后，那脸上就平静得如一泓秋水了。摔吧，她心里想，你气得从窗口跳下去才好呢。她这话，嘴上当然不会说出来，她嘴上说出来的是，何苦呢我的刘主任？其实都是为了工作呵，我又没得一点私心。针对刘达夫"师傅刚刚引进门就不晓得上下了"那句话，彭玉蓉又说，刘主任你把我调到办事处来，我感激你，但我不是个多事的人呵，李东山到处在臭你呢，说你如何如何，我到一个地方就为你辟谣，到一个地方就为你辟谣，说李东山是一个疯子，是精神病院里跑出来的，我还对你不起么？

关于李东山的话，彭玉蓉是临时瞎编出来的。她之所以瞎编，那目的很明确：打蛇打七寸，你刘达夫又不是没有把柄抓在我手里。

刘达夫果然就没有那么嚣张了。

刘达夫手一挥：好好好，我和你现在说不清，但是会有时间说得清的，会有地方说得清的。办事处属县委办管，这个事情呢我讲的不作数，你讲的也不作数，让县委办来处理算了！

刘达夫后面这句话，倒让彭玉蓉不得不重视。

让县委办来处理，还不就是让何一修来处理么？只要是地球人都晓得，那个何一修和你共裤连裆，你把他做核武器亮出来，看来是真的要和老娘摊牌了。你不这样吓唬老娘，老娘或许明天一觉醒来就改变主意了，你这样吓唬老娘，老娘那就是王八吞秤砣，一回就铁了心了！

彭玉蓉说，好吧，那就让县委办来处理吧。

说完她故意昂着头，咚咚咚一路高跟鞋敲下楼去了。

昂是昂着头，其实那心里还是有一点紧张。

回到家里，七老板已经搞熟了饭菜在等她吃饭。吃饭的时候，七老板问彭玉蓉，马诗人都说了一些什么话？

彭玉蓉不回答，却戚戚地说，我想崽了，我想回去一趟。

七老板一愣，看看彭玉蓉真的花容带露，就说，是呵，我们出来也好几个月了吧？小家伙也不晓得不长高了一点没有。有时候我也想，这人生是为了个什么呵，为名忙为利忙，倒把亲情放置在一边——不说了不说了，我这向脱不开身，你去吧，你回去看一看，也是该回去看一看了。

彭玉蓉说，不晓得刘达夫会不会准假。

七老板讲，请什么鬼假？去就是的，你也是副主任，你就不能回去汇报工作？我也看出来了，你们反正是要挑明的，只是迟早的问题。

彭玉蓉说，老子不怕他！

这一夜彭玉蓉睡得很不好，好几次说梦话。七老板只当她是想崽想得太厉害了，也不在意。

彭玉蓉几天后就真的就回寒陵去了。

彭玉蓉在去寒陵的路上想：刘达夫你上一次搞了一个寒陵行动，你以为我就不晓得也搞个寒陵行动？

二十二

又一个寒陵行动

彭玉蓉的寒陵行动早就在谋划之中。

刘达夫敢摔杯子，她决定提前行动。

这事还得从乡友联谊会说起。

乡友联谊会真是个好东西，特别是《通讯录》，它真的就像是《智取威虎山》里面的那个联络图，哪个拿了这个联络图，哪个就是座山雕，哪个就能号令各个山头。

现在这个联络图在彭玉蓉手里。

乡友联谊会还在筹备之中，还没有正式开锣呢，它招商引资的神奇效应，就初步地表现出来了。彭玉蓉和乡友们周旋，早一向在地区接待处和一个乡友喝着喝着酒，就获得了一个重要的信息：寒陵县枫叶乡有一个逃亡地主回来了，他想叶落归根，说是打算投资一千万，要建一个无污染养牛场。这个逃亡地主没有继承人，所以赚钱不赚钱不要紧，他的目的是要找到他的恩人，和恩人一起在摔胞衣罐子的地方养老休闲。这个逃亡地主，是四十多年快五十年前土改时从杀人场上跑脱的，执行枪决的民兵中队长被他腐蚀了，临刑的前夜放跑了他。四十多年快五十年后，这个逃亡地主摇身一变，变成了港商，本来是准备到枫叶乡办无污染养牛场的，在地区档案馆一查档案，查出来民兵中队长一九五二年作为阶级异己分子被投入了监狱，一九五五年又病死在监狱里了。香港老头痛哭一场后，就寒陵县也不去了，准备再在龙鳞城里游玩几天，就打道回府了。说起香港老头的故事，在地区接待处工作的那位乡友感叹道，枫叶乡当年放跑香港老头的那个民兵中队长可惜死了,否则的话,那个无污染养牛场不就是他的总经理了?

有道是说者无意,听者有心,彭玉蓉记住了这个典故,喝完酒马上就给县里招商局王书记的堂老弟王中书打电话,告诉他这个典故。

彭玉蓉没有告诉刘达夫。

告诉刘达夫,刘达夫给何一修一通电话,这个功劳她就没有份了。

彭玉蓉和王中书原先也是一般的朋友,不过是在招待所做包厢领班时,也给王书记的堂老弟处理过私人消费。友谊没有继续发展,是因为彭玉蓉后来讨厌他了。王中书不讲痞话,人也很热情,对哪个都一开口就是“你这个家伙”,显得很亲热,但心里有一点点色。他跳舞的时候,喜欢顺便就搞点小动作。如果光是在胸前奶子上擦一擦,那问题还不大,他不该有一次舞厅突然停电时,“一不小心”,就将手爪子伸到了彭玉蓉的裤裆里。对女人的起码尊重都没有,彭玉蓉当然就不理他了,惹不起,难道还躲不起么?可是到办事处后,彭玉蓉却和王中书联系越来越多了。办事处的一些事,本应当向刘达夫当面汇报的,她却不怕麻烦,总是找了王中书打电话来汇报。

办事处本来就是抓招商的,体制上也是归招商局分管,县委办不过是联系。彭玉蓉认为她有事找招商局,才是正本清源。

慢慢的,两个人又很热乎了。

她要靠王中书和王书记接上头。

现在这个典故又是个由头。

王中书当然懂得彭玉蓉的意思,他也正要在招商引资的岗位上做出成绩呢,做出了成绩,副转正就会要快一些,人家的闲话也会要少一些。王中书要做出成绩来,就和彭玉蓉配合得很好。王中书在电话里说,你这个家伙一个电话,我就又要跑断腿了。他马上就和彭玉蓉谈方案:民兵中队长死了,民兵中队长总还是有后人的吧?我马上把民兵中队长的后人找出来,带了他的后人去见香港老头。见了香港老头,他的后人爷爷伯伯一顿乱喊,香港老头还不又要大哭一场?香港老头一哭,我们再做一做工作,这个无污染养牛场不就搞成了?你看呢?你这个家伙!

王中书会开车,工作效率就特别高,他放下电话就下乡,第二天又打来了电话。王中书告诉彭玉蓉说,你这个家伙,我把民兵中队长的儿子找到了呢,现在住在浮云乡。民兵中队长已经有一个孙子了,村支书说外出打工去了,而且没有去蛮远,就在龙鳞城里打工,你也去找一找。王中书还查出来了，香港老头的案子，是一个冤案。香港老头当年还是地主子弟，而且思想进步。土改只镇压恶霸地主，他父亲都不是恶霸地主，是开明地主，他就更轮不上了。他是因为老婆惹出来的祸。哪个要他的老婆长得那么漂亮呢？北方过来的土改工作队长见不得漂亮的南方女人，进村没几天，土改工作队长就软硬兼施，把他老婆做翻了。北方侉子做出味了，还想多做几次，就硬说香港老头参加了反动会道门组织，要搬掉他这个第三者。民兵中队长是一个仁义人，脚踩了手摸了的几个邻舍，还不知道这其中奥秘？知道其中奥秘的民兵中队长就开不了枪了，就猛着胆子先天夜里松了他的绳索，再呼呼大睡，故意让他跑脱了。

彭玉蓉听王中书的电话，听得毛骨悚然。但她只毛骨悚然了半分钟，就马上从波涛汹涌的历史长河中，回到现实生活中来了。

现实生活是她不能老是给刘达夫打工，现实生活是刘达夫已经当着她的面，摔了一个杯子了。现实生活是刘达夫掌握了劳务输出，她如果连联谊会也掌握不好，那就别想在办事处混下去了。她不想老是给刘达夫打工，她还想在办事处混下去，她就必须跳过刘达夫，直接和王书记接上头。刘达夫如果不摔杯子，她或许还不急着摊牌，刘达夫已经摔了杯子了，她就不得不和他摊牌了。

彭玉蓉对王中书说，那我回来一趟，和你到那个什么浮云乡去一趟，怎么样？我们办事处还正要向王书记专题汇报，汇报联谊会的筹备情况，你帮我安排一下，好不好，大老板？

王中书已经知道，彭玉蓉会请他担任联谊会长的，彭玉蓉已经就这事和他联系过了。联谊会的会长没有什么品级，但那个平台和网络还是很有用的，至少可以交到好多有用的朋友，他当然乐意。作为一个回报，他答应帮彭玉蓉安排向王书记专题汇报。做这件事，他比何一修更有把握，他安排汇报，不过是一句话的事。但他还是有一些不放心，就问彭玉蓉，香港老头不会溜号吧？他说你这个家伙，你要保证他在龙鳞城里多住一些时间，你把那边的工作做好，我才能把这边的工作做好呢。

彭玉蓉说，OK！你放心。

彭玉蓉果然很快就把这些工作都做好了。

彭玉蓉通过在地区接待处工作的那个乡友，很快和香港老头见了一回面，喝了一回茶。那个乡友把彭玉蓉介绍给香港老头，说这就是寒陵县彭主任，专做乡友工作的，彭玉蓉就代表寒陵县政府告诉香港老头说，知道您的事情后，我们马上查了，您的事情是一个冤案。土改只镇压恶霸地主，您父亲都不是恶霸地主是开明地主，您就更轮不上了。北方侉子那么做，显然是违犯了土改政策。然后为香港老头抱不平，给香港老头出主意：我建议您写一个材料，大陆现在改革开放好久了，政府是有错必纠呢。

香港老头说，纠不纠现在不重要了，我也没有那么多时间，我太太老是在催我呢，我就要回去了。

彭玉蓉急了，彭玉蓉就说，我听说民兵中队长后来定为了阶级异己分子，你不纠，他又怎么纠呢？您好不容易回来一趟，到了龙鳞却不回一趟寒陵，您就不想看一看民兵中队长的后人么？

一讲起民兵中队长，一讲起民兵中队长的后人，香港老头又老泪纵横。香港老头说，我拜托你们地区外事办的人找了，他们说民兵中队长一进监狱，他一家人就搬走了，不知道搬到什么地方去了。

彭玉蓉心里骂，都是一些吃了饭不想做事的人，都在糊弄香港老头！彭玉蓉也糊弄香港老头，彭玉蓉并不说王书记的堂老弟已经找到民兵中队长的后人了，彭玉蓉只说，地区水面大，确实难找，县里水面小，肯定好找。谁让我是专为乡友办事的呢？我这就回寒陵，去找民兵中队长的后人。我看您暂时就不要想回去的事了。我找不到，你再回去也不迟呵。

彭玉蓉说得合情合理，而且是侠义心肠。

香港老头马上拿出一千元港币，要酬谢彭玉蓉。

彭玉蓉坚决不要香港老头的港币，香港老头很感动地说，亲不亲故乡人，还是社会主义好呵！大陆不像我们那里，我们那里真的是只讲一个钱字！

彭玉蓉把这些情况和王中书讲了，王中书夸奖“你这个家伙”比阿庆嫂还阿庆嫂。比阿庆嫂还阿庆嫂的彭玉蓉是在向七老板请了假，说自己想崽了，想回去看崽了以后几天内做完的这些事情的，真的是做得滴水不漏。彭玉蓉滴水不漏，她不让眉须还瞒着七老板，省得七老板又说她拿了政府才几个钱，这么全身心地投入工作不合算。

生活是一种艺术。

工作也是一种艺术。

彭玉蓉是懂得艺术的人。

彭玉蓉本来是想要罗海军开了车送她回寒陵的，刘达夫是一把手，要为办事处省汽油钱，她不是一把手，没有必要为办事处省汽油钱。但她又不想让刘达夫知道，便要罗海军瞒了刘达夫，只说是将车放到修理厂去了，人呢，就扯个谎，说娘老子病了，请几天假。

这就让罗海军左难右难了。

罗海军一连两天没有睡好觉，差一点就像电业局那个彭局长一样急白了头发。临出发那天，罗海军麻起胆子和彭玉蓉打了一个电话。他忸忸怩怩地说，蓉姐姐呀，我实在是不敢呢。这么大个车在寒陵县城里跑一路，街上哪个人会不看见？你又不可能贴个告示，要看见了的人都给我们保密。今后只要有一个人向刘达夫提起，说哪天哪天你回来了呵，都看见了你的车呵，我的饭钵子怕就要过河了。罗海军真诚地说，要是蓉姐姐你不只是个副主任，我的日子就好过得多了。

彭玉蓉脱口而出，你就晓得我会当一世副主任？

罗海军不回答这个问题，罗海军只说请蓉姐姐理解我的难处，还嘴巴抹了糖一样向彭玉蓉摇尾巴。罗海军说，蓉姐姐呀，我晓得你是最心疼我的。

罗海军这么一说，彭玉蓉心里就柔柔的了，她透过手机好像看见了罗海军刻刀一样刻出来的鼻子，那个鼻子只要是女人看见了，心里都会是柔柔的。想一想罗海军说的也有道理，怎么就只想那个刻刀刻出来的鼻子陪伴自己几天呢？这不是向刘达夫报告知道自己的寒陵行动么？难怪男人们总是说，女人家头发长见识短，总是顾了这头忘记那头。

幸亏罗海军胆子小，还真是罗海军提醒了自己呢。

彭玉蓉是租了一个的士车回去的。

彭玉蓉从来就不坐臭气熏天的大客车。

不是时间不时间的问题，是身份问题。

寒陵县城还是那个样子，离开的时候是盛夏，回来的时候是初冬，离开的时候树木葱茏，回来的时候枯叶飘零，街上就更没有生气了。寒陵是大山区，气温总是比龙鳞城里低几度，这时候龙鳞人还穿着秋衣呢，寒陵人却有人把冬装都穿出来了。因为天气有些冷，人不宜在外面久呆，街上的漫酒摊子就少了好多。寥寥无几的几个漫酒摊子上，就着嗍螺和龙虾喝漫酒的闲人也寥寥无几。那些摆漫酒摊子的人,一个个都缩头缩脑,坐在矮凳上看彭玉蓉坐的的士车疾驰而过,认出的士车挂的是龙鳞城里的车牌,有人就惊讶竟然会有人从龙鳞城里打的来寒陵。他们想:从龙鳞城里打的来寒陵,那要付好多的士费呀?彭玉蓉看他们惊讶的表情,看得心里非常得意,有一种纵马踏春蹄生香的感觉。但她还是很清醒,罗海军提醒了彭玉蓉,彭玉蓉就没有在街上下车,她指着她们家住的那栋楼,叫的士司机一直将车开到她家楼下去。她家住在一个深巷子里,巷子口太窄,车很难挤进去。的士司机望着她家的窗口说,只有几步路了,我挤进去再倒出来要小半天呢,请你就照顾我,下车走几步吧。

彭玉蓉不下车。

彭玉蓉一边数钱,一边调侃的士司机说,我是去会初恋情人呢,他老婆还不晓得是不是真的出差去了,看见我的人当然是越少越好。

的士司机半信半疑,想想时下有钱的少妇们,现在也只有这么一个事情做了,就拿出了吃奶的力气来,方向盘左一打右一打,前进一点点又倒退一点点,才把车子开进了巷子里,开到了她家的楼下。

彭玉蓉的家已经提前建成了和谐社会,这个和谐社会的中心是她五岁的宝贝儿子兵兵。几年前还不怎么和谐,几年前是两家轮流带。四个老人都认为只有自己才是最优秀的幼师最优秀的保育员,亲家亲家母都是狗屁不懂。他们为了兵兵的带养权明争暗斗,都只想把兵兵留在身边教出一个少年神童,都动员亲家公邀了亲家母去旅游,去上老年大学,去打太极拳。好长一段时间,岳母娘经常向女婿告状,说你妈妈又提早三天把兵兵接走了,婆婆也经常向媳妇喊冤,说你妈妈算的是阴历,今年阴历闰一个月,你妈妈霸兵兵多霸了一个月。七老板被他们弄得烦躁起来了,就一顿脾气发起,说你们再明争暗斗,我们就请个保姆自己带了算了,兵兵让你们看都没有看见的。七老板发了脾气,四个老人才坐下来友好协商,他们各自都作了许多自我批评,最后达成了协议:五个人一起生活,两边轮流住,一年换一回。彭玉蓉坐的士车还在路上走时,七老板就向和谐社会通了电话,兵兵已经向学前班请了假。所以彭玉蓉轻移莲步一从的士车上下来,和谐社会的所有成员就齐崭崭站在阳台上,个个都面带着笑容在迎接她了。

彭玉蓉朝阳台上扬扬手:嗨!

兵兵向妈妈下达命令:目标楼上,跑步前进!

彭玉蓉跑上楼，先抱起兵兵一顿狂吻，再进屋拿出她带回来的礼物。公公是一个烟包，带的就是一条极品香烟，老爸是个酒桶，带的就是两瓶极品好酒。婆婆老来俏，做了祖母了还敢袒胸露背上街扭秧歌，干脆给她带了一套刚刚在龙鳞城里流行的太太装，让她将老来俏进行到底。妈妈就随便一点了，用不着客气，她心脏不好脾脏也不好，彭玉蓉就在龙鳞城里用自己的公费医疗证打卡，在医院里买了一大堆药，不花一分钱又表达了女儿的挂念。她晓得烟包和酒桶吝啬，转身就会去找巷子口烟酒店的老板做生意，用极品香烟换一大堆简装软白沙回来，用极品好酒换几大塑料桶散装白酒回来，所以她拿出烟和酒的时候，就故意将包装扯烂了，有意让烟包和酒桶的生意都做不成。

她扯包装的时候，四个优秀幼师优秀保育员都心疼得要命。

烟包和酒桶要去拦，没有拦得住。

彭玉蓉很气愤地说，你们还在旧社会呢，你们真的是不晓得社会是如何前进的，人家是如何生活的！

烟包和酒桶在心里反驳，未必人家也几百里路都打的？

但嘴上是不会说的，彭玉蓉用的是她自己的钱。

彭玉蓉抱起兵兵又说，龙鳞城里的钱，真的比寒陵厚好多呢，兵兵呀，妈妈这步棋走对了，你爸爸要发大财了。她没有说要将兵兵接到龙鳞城里去读书的话。龙鳞师范附属小学的教学质量确实是好，但现在顾不上那个事了。妈妈的生活出现了一个崭新的天地，现在是与人奋斗，其乐无穷了。

彭玉蓉在房间里要和兵兵亲热，四个优秀幼师优秀保育员站着和女儿媳妇说了些闲话，就知趣地退到客厅里，商量兵兵的教育问题，研究兵兵的饮食结构还需要进一步调整的问题去了。

检查了兵兵的作业，欣赏了他在学前班获得的大红花，让兵兵玩去了，彭玉蓉把自己关在房间里，和王中书打电话。电话才拨通，彭玉蓉还没有讲话，王中书就先入为主了。你这个家伙——王书记的堂老弟王中书说，我在办公室望了街上一辆龙鳞牌号的的士车开起来，喇叭直喂，我就想只怕是你大主任到了。你在龙鳞挖金子呀？几百里路也敢打的士车，挖了金子要带动我们也后富起来呢。

两个人在电话里调笑了一阵，彭玉蓉故意将声音放得嗲声嗲气一些，说，挖金子，我挖你的鬼脑壳！办事处才两个人，司机不算，司机是临时工。

你王局长布置任务把我们当成机器人了，又是劳务输出又是招商引资，一个乡友联谊会就把我搞得头晕脑涨了。我们办事处的工作就抓得紧哪，女人要当男人用，男人要当牲口用。我告诉你算了，龙鳞城里的舞厅那才高档哪，全不是寒陵这个鬼样子，但我一回都没有进去过。

王中书说，好可怜哟你这个家伙，那我今天就请你跳舞算了，明天再去浮云乡？

彭玉蓉更加嗲声嗲气了，说，招待所那个鬼舞厅我就不得去哪，音响太不好了，起码是碧海情天。彭玉蓉想起招待所那个鬼舞厅心里就作呕，王中书就是在招待所的那个舞厅里，把手爪子放到她裤裆里去的。可是为了工作，她还是得陪这个家伙跳舞。

王中书当然不记得那回事了，王中书说，听你的，那就是碧海情天了。

彭玉蓉说，碧海蓝天就碧海情天。

刚刚七点半钟，王中书就开了招商局的那部车，舞龙灯一样舞进巷子口，停在了彭玉蓉家的楼下面了。

王中书对着楼上喊，彭玉蓉呀你这个家伙，快点下来快点下来！

彭玉蓉在楼上答，你也要等我换身衣服呵。

王中书头发梳得溜光，皮鞋擦得雪亮，红光满面炯炯有神。他也是四十来岁的人了，却还小伙子一样，只穿一件白衬衣，外罩一件皮夹克。

人一走运，气色就当然好。

王中书交流到招商局当副局长后，局长发现局里有许多科长，一下子就不懂得官场游戏的基本规则了。一些本来应当只向局长汇报的事情，就有科长忘记了程序，直接就到他那里去汇报去了。几个副局长一人管一摊子，有的副局长份内的工作也先和他商量，要他首肯了才敢办，好像自己并不是和他平起平坐。司机没文化，文革初中的底子，讲话直来直去。人家问他，局里一台车怎么就成了王副局长的专车了？王副局长要车你随喊随到，局长大人要车，你反倒不是这里坏了就是那里坏了。王副局长扶正了，是不是会提拔你当办公室副主任呵？司机也不隐瞒，司机说，风水轮流转，明年到你家。一个人都只搞得几年的，局长大人他那么高的水平，他应当想得通。再说，事在人为呢，我也是读了中学的人呢，又不是没有文化。司机难道就提拔不得？司机提拔了挂一个办公室副主任的名义，在我们县里也不是没有先例呵。

这个年代，一切都明朗化了。

王中书有驾照，司机就跑到街上多配了一把车钥匙，干脆让王中书腰子上也挂上一片。

他晓得，有时候领导去有些地方不想带司机。

这样一来，那部车基本上就姓王了。

局长大人开始一段还生了几天闷气，后来老婆一劝，就劝清白了。他清白以后就百事都不探了，干脆人情做到底，给县委打了个报告，说要加强招商局党组织的建设。他的理由很充分，说他又是局长又是书记，两手抓不过来，结果搞得两手都硬不起来。现在提倡党政分家，他建议县委从现有的副局长中考虑一个人抓党务。他在报告中写道，若此建议得当，我建议王中书同志担当此任。理由是王中书同志是交流来的干部，和招商局所有的人都没有历史纠葛，比较好平衡各方面的关系。

县委常委会讨论这个建议时，王书记认为“此议不妥”。他说，许多局都是这么抓的，人家两手抓两手都硬，你招商局怎么就两手都硬不起来呢？他说，不要因为是我的堂老弟就主动让贤嘛，这样搞不好，很不好。但有的常委持不同意见，认为这和堂老弟不堂老弟的没有任何关系。招商工作是越来越重要了，招商局实际上从三级局升为一级局了，是要考虑加强领导这个事情了。王书记是最讲民主的，按照少数服从多数的原则，他就顺了大部分常委的意思，认可了招商局党政分家。但他还是坚决不同意提拔他的堂老弟为书记，宁愿书记那个位子先空着，也只同意在王中书的副局长后面再加一个副书记，只加担子不升官。

招商局的同志们就开玩笑了，说王中书同志虽然还是副科级，但他加了一个副书记以后，就是副科级的平方了，而副科级的平方，当然就比正科级还要硬一些。正科级局长大人从此爱上了保龄球，爱上了门球乒乓球康乐球，后来又爱上了地球。他打保龄球门球乒乓球康乐球打得红光满面后，就不玩小球了，玩最大的球，在地球上飞过来飞过去了。他上个月飞新加坡，下个月飞泰国，再下个月飞欧洲，比龙鳞城里的那个马诗人豪放得多了。不出去的时候，他就呆在家里，种花养草写古典诗词，积极参加老年诗社的自娱自乐活动。局里开会，他就请假，说是得了神经官能症，医生讲了一定要静养。现在工资都打在卡上了，领工资都用不着到局里来。他根本就两手都不抓了,奇怪的是,王书记视而不见,并不批评他两手都不抓。

王书记不批评他两手都不抓,是因为王中书同志两手都抓得很好。招商局强化党的领导后,大事小事都是由党组来决定,没有党组书记,党组副书记只好勇挑重担了。

王中书成了招商局事实上的局长,正在向理论上的局长过渡。

正在过渡的王中书不怎么注意影响,大呼小叫要彭玉蓉快点下楼,还将汽车喇叭按得惊天动地,这就令彭玉蓉有一点不愉快了。幸好四个优秀幼师优秀保育员四拖一,带着兵兵到青少年宫练书法去了,否则的话,烟包公公和老来俏婆婆还要代替七老板吃一回醋,以为媳妇是去会相好的呢。彭玉蓉对王中书说要换衣服,其实没有换什么衣服,只是换了一根皮带,她将腰上的皮带换成了肚子一鼓气就解不开了的那种。换好了皮带,彭玉蓉提着坤包蹬蹬蹬跑下楼,又给王中书造成了一个迫不及待的印象。她跑下楼一头扑进车里,一双眼睛看着王中书,就清澈得如同两只深潭了。

看了我搞么子?王中书故意问。

看不得么?你又不是含羞草。彭玉蓉答,故意把声音再放柔媚一点。

好,好,你看,尽量看,我不收费!王中书将车倒出巷子口,一脚踩在油门上,车子就直奔碧海情天了。

碧海情天也和武侯茶楼一样,都是寒陵县城里上流社会出入的场所。不同的是前者比较现代,后者比较古典,前者适合开放式青年,后者适合传统型人士。两个人相跟着走进来,早有懂事的大堂经理认出王中书来了。大堂经理慌忙站起来,他亲自引路,将两人带到一个贵宾包厢里坐下来。唤侍者上过了茶又摆上小碟,大堂经理才躬身出门,出门时还说,谢谢王局长光临,今晚您一定要给一个面子,算是我们老板请客。

王中书大大咧咧地说,行,今天我就不买单了,给你们老板一个面子——你这个家伙!

不买单就是给人面子,彭玉蓉进一步感受到了王中书的杀伤力。

大堂经理出去时,反手把门带上了,彭玉蓉想起王中书的手爪子,心里就有一点发虚,有一点不自在。她偷偷看王中书,见王中书一脸正气,一双手规规矩矩抱在胸前,并没有要乱动一下的意思,那心里才平静下来。两个人乱七八糟扯起来,扯办事处,扯联谊会,扯香港老头,扯民兵中队长,扯明天到浮云乡去是怎么安排的，基本上扯的都是工作。

工作扯得差不多了，外面的灯光骤然一亮，萨斯管就响起来了。

王中书问，跳一曲？

彭玉蓉就说，跳一曲。

两个人就走出包厢下到舞池里，两只蝴蝶就一起飞了。

二十三

大姨妈来了

庚先生对他村后的那条小河怀有深厚的感情，他就是在那条小河的草滩上获得了娥姐的。他在龙鳞城里踩人力车，夜里睡在丝绸厂春叔家的沙发上，有时候做梦，还梦见那条小河。但他的老爸，那个留守在寒陵县浮云乡鲤鱼塘村的四老倌就不同了，四老倌对这条小河深恶痛绝。

四老倌的菜园紧靠着小河，小河一涨水，河岸就崩塌，河岸每崩塌一回，他的菜园就要缩小一次。这个情况，其实整个村民小组的人都是知道的。当年落实土地承包责任制时，张三李四王五赵六都不要这个菜园，娥姐的父亲就拍板了：四老倌，那个菜园就在你屋后，落实土地承包责任制有一个原则是就近耕作，那个菜园当然就是你四老倌的了。娥姐的父亲是组长，是组里的最高领导，他的话，就是最后决议。四老倌当时也是反抗过一阵的，他涨红了脸结结巴巴地说，你、你们不要欺负我是外来户呵，我没有菜园喂不成猪，会煤、煤油都没有钱打回来的。我宁愿少要一块土，也、也不要河岸上那个菜园。但在鲤鱼塘村，他说的话一般都是难得有人听见的。他是外来户，外来户就是这样，说话没有三亲六戚打嗬声就没有人支持，他不能改变这个基本事实。娥姐的父亲作了最后的决议后，也不霸道，叫大家都发表意见，民主来决定。但张三李四王五赵六一个一个都打着哈欠说，没事了吧？散会了吧？娥姐的父亲就说没事了，散会了，大家于是就一个个都回家睡自己的觉去了。

所以，当庚先生后来搞了娥姐，搞得娥姐到卫生院刮了一回毛毛，四老倌心里就有一种快感，好像儿子是代替他报复了娥姐的父亲。娥姐要到龙鳞城里去发展，四老倌就坚决支持庚先生也去，还说卖了架子猪做路费也支持他去。他就是要做给娥姐的父亲看：你不是看不起外来户么？你不是把人家都不要的菜园甩给了我么？你不是不同意娥姐嫁给庚先生么？外来户的崽，就是要搞你组长的女，搞定了！庚先生的妈妈是个蠢猪婆，不知道男人心里窝着一把火。蠢猪婆瘫在床上，多次说娥姐比庚先生还大了半岁，不同意娥姐做她的媳妇。她一发表自己的意见，四老倌就每次都只给她说五个字：你晓得个屁！

要不是看她病得可怜，四老倌真想掴她一个耳光。

四老倌后来多次找了娥姐的父亲吵，说组里要重新调整承包的土地。

娥姐的父亲每次都是一句话封死他：国家的政策是三十年不变。

三十年不变，四老倌就只好尽量在河岸边垒石头了。他在河岸上垒了一排石头，河里涨水的时候，石头就能抵挡一下河水的冲刷，菜园缩小的速度就会放慢一些。

一个阳光灿烂的日子，风很温和，水也很温和。四老倌将裤脚挽在膝盖以上，又在小河边上垒他的石头。前一向下了一场大雨，将他垒起的石头淋垮了，听天气预报过几天还会有大雨，一下大雨河里就又会涨水，四老倌只好老婆的药都先不煎了，先到河边上来垒石头。他拿出全身的力气，咬牙切齿正妄想搬动一块他根本就搬不动的大石头时，娥姐的父亲来了。因为对娥姐的父亲没有好感，四老倌明明看见，却装作个没看见，还是咬牙切齿搬那块他根本就搬不动的大石头。娥姐的父亲先是笑眯眯地站了看，看了一会儿就一脚踩在大石头上了。娥姐的父亲说，四老倌，你这个蠢脚猪，你搬得动这块石头么？你那点猫力气有多大，我还不晓得么？我不是看你不起，再倒过去二十年，你也搬不动这块石头！

四老倌头也不抬地说，你才是脚猪子呢，老子的事不要你管！

娥姐的父亲还是笑：四老倌呀四老倌，你还搬什么鬼石头呢？你再也不要搬石头了呢。

四老倌这才抬起头：怎么？要重新调整承包的土地了？

娥姐的父亲说，三十年不变。

四老倌恨恨地看了他一眼，就再也懒得和他说多话了。

娥姐的父亲也懒得和他说多话，娥姐的父亲直截了当地对他说，乡政府打了电话来，要你到乡政府去一趟。

四老倌一惊，那脸色就变了：我的农业税都交清了呵，上缴也交清了呵。

娥姐的父亲说,一提乡政府,你怎么就吓得这样的呢？这回是好事,你的运气来了呢。娥姐的父亲破天荒装了四老倌一根烟,又帮他点燃。娥姐的父亲说,你是一九五二年迁移到鲤鱼塘来的吧？我还有印象,我那时候也有五六岁了。我记得那是一个雪天,你妈妈抱了你讨米,讨到你继父老倌屋里,你继父老倌正好死了婆娘,就把你们母子一回收留了。你继父老倌是一个好人呵——娥姐的父亲两眼望天,他看到的那一块天空正好是历史的天空。娥姐的父亲在历史的天空上看到了昨日的云烟,就十分动情地继续说,你继父真是好人呵！他说他和你那个坐牢的父亲是结拜弟兄,其实村里人都晓得,他认都不认得你父亲。他是佩服你父亲良心好,不滥杀冤魂！我记得我父亲后来都对我说过,你父亲眼睛里掺不得沙子,真的是一条好汉！

娥姐的父亲一席话,说得四老倌云里雾里。娥姐的父亲十分动情,四老倌却一点也不动情。四老倌想:过去的事情都过去了,受过的苦难都受过了,河里的水,还能再流到山上去么？政府再怎么平反,也是平不到我头上来的。农业税都交清了,上缴也交清了,我还到乡政府去做什么呢？四老倌要垒石头,四老倌不想去乡政府,娥姐的父亲就只好告诉他,枫叶乡的那个逃亡地主回来了,乡政府要招商引资。现在村支书已经在乡政府大门口等你呢，县里还下来了两个大干部，只等你一个了，等你配合乡政府做一点工作。

四老倌不知道什么是逃亡地主,也搞不清招商引资是做什么,更不知道他这样一个人,能够配合乡政府做什么工作。娥姐的父亲就引诱他,说招商引资是有奖金的,而且那奖金还不少。四老倌不期望奖金,他这一辈子都没有得过奖金,只出过罚金。搞集体时完不成生猪上交任务出罚金,现在是完不成冬修水利的土方任务也出罚金。四老倌是一个现实主义者,现实主义者四老倌就在那个阳光灿烂的日子里和娥姐的父亲谈判了。四老倌说,奖金我就不要了,我没有那样的命,我只要误工费。如果乡政府能够给我一个工匠的工钱,我就去乡政府做事,乡政府要我做什么我就做什么。

娥姐的父亲当时就被四老倌气得翻白眼，心想我的娥姐真是瞎了眼了,竟然和这样人家出身的庚先生谈什么鬼朋友！他心里想:娥姐呀,你再不回头你就是上刀山下火海了！

娥姐的父亲心里想的话不能说出来，还是只能给乡政府打电话。乡政府接电话的人听娥姐的父亲一说，先笑了个该死，才说你就先代付了吧，多给一点，三十块钱一天，先让他来，快些来，县里来的人今天还要回县里去呢。

娥姐的父亲很气愤地数出二十块钱，四老倌蘸一点河水洗了洗手，接了装在内衣口袋里，用手拍了拍，拍牢实了，再扣上外面衣服的扣子。四老倌直起腰时还理直气壮地对娥姐的父亲说，你袋里还有烟么？再搞一根来老子抽！

四老倌不晓得，娥姐的父亲贪污了他十块钱。

真的是赚钱不费力。

四老倌那天赚的二十块钱，对比他喂猪来说，真的是太不费力了。他没有钱买饲料，还是沿用几千年的老办法，把菜园里出产的菜砍烂了喂猪，潲桶提烂了，一年才喂得几头猪。这样个喂法成本就比较高，除去成本，他一头猪也只赚得两三个二十块钱。

那天那二十块钱就赚得轻松哪，因为要赶快，娥姐的父亲叫来了一部手扶拖拉机。手扶拖拉机把四老倌送到乡政府，四老倌连路都不要走。

村支书真的是在乡政府的大门口打望呢，脖子都已经望长了。从手扶拖拉机上跳下来，村支书就把四老倌带到了乡政府的会议室。乡长先跟四老倌握手，后才跟村支书握手。乡长把他介绍给县里下来的两个大干部，县里下来的两个大干部也是先跟他握手，后才和村支书握手。

乡长握了手，就说走吧走吧，去食堂。

乡政府的食堂，装修得宾馆一样了呢，四老倌好久没有到乡政府去过了，这一次才发现。等大师傅上菜的时候，乡长向县里下来的大干部汇报，说去年以来大力开展廉政建设后，乡政府就再也没有到镇上酒楼里去欠过账了，一年下来节约经费好多好多万。四老倌就想：为什么要到镇上的酒楼里去吃呢？这里和酒楼有什么不同？跑来跑去的还难得费力呢。县里下来的干部却认为这是一个了不起的事情，那个头发油黑皮鞋油黑的男干部就说，我会把这个情况向王书记通一下气的，你这个家伙，你们也写个经验材料交我带回去，争取树你们一个典型。漂亮得天仙一样的女干部马上奉承头发油黑皮鞋油黑的男干部说，乡长呵，你是遇到了真菩萨呢，王局长通天呢，王局长一说典型，你们就是典型了。四老倌不知道典型是个什么东西，也不知道那个头发油黑皮鞋油黑的男干部通个什么天，但体会得出典型是一个很重要的东西，乡长很想得到。因为头发油黑皮鞋油黑的男干部许诺了树一个典型后，乡长就脸上笑得像一朵花一样了，连连向头发油黑皮鞋油黑的男干部说，就靠您了就靠您了。头发油黑皮鞋油黑的男干部要抽烟，乡长连忙弯下腰来给他点火。

吃饭的时候，头发油黑皮鞋油黑的男干部说了一个笑话，漂亮得天仙一样的女干部也说了一个笑话，四老倌觉得一点也不好笑，但他们自己却笑得饭都喷出来了。那个头发油黑皮鞋油黑的男干部好酒量呵，乡长，村支书，还有那个漂亮得天仙一样的女干部三个人对他一个，他横扫千军如卷席，喝到最后还是面不改色心不跳。他们互相谦让，这个给那个夹菜，那个给这个夹菜，但是没有一个人给四老倌夹菜。四老倌先还心里有一点不高兴，但后来一看，村支书和他的待遇也一样，也没有人夹菜，心里也就平衡了。

四老倌想问一问乡长，要我来配合什么工作呵？是不是吃完了饭就搞，搞完了就让我回去垒石头？因为席间找不到说话的机会，也就没有问。

四老倌不喝酒，吃饱了就坐到会议室去了，抽烟。

尽量抽茶几上的烟，芙蓉王。

四老倌抽到第五根烟的时候，漂亮得天仙一样的女干部进来了。四老倌慌忙站起，漂亮得天仙一样的女干部让他坐下去，给他倒了一杯茶，就和他扯起了家常话。漂亮得天仙一样的女干部问，你老人家几个崽？平时在家里都做些什么？你们这地方空气真好呵，鲤鱼塘鲤鱼塘你们村里是不是出产鲤鱼？四老倌一一作答，他讲话有一点啰嗦，讲着讲着就讲到了河边上老是崩塌的菜园。他问漂亮得天仙一样的女干部，国家的政策是不是真的三十年不变？四老倌讲娥姐的父亲看不起他的儿子庚先生，不准娥姐和庚先生谈恋爱。漂亮得天仙一样的女干部对菜园问题不是很关心，但对现代爱情故事却表现出了浓厚的兴趣。四老倌和漂亮得天仙一样的女干部细说原由，于是漂亮得天仙一样的女干部就搞清楚了，娥姐叫谭月娥，就是罗海军的女同学，就是她安排在电业局家门局长家里的那个小保姆。发现了这一点，漂亮得天仙一样的女干部高兴得差不多跳起来了，她对着食堂那头小女孩一样喊，乡长乡长，王局长王局长，地球真的是一个村庄！你们看世界好小呵，快来快来，出故事了出故事了！

看她那个样子，四老倌心里想：怎么凡是漂亮一些的女人，就总是疯里疯气呢？比如说娥姐。

尽管娥姐疯里疯气正中四老倌下怀。

乡长局长还有村支书，一个人口里含一根牙签也踱进了会议室。漂亮得天仙一样的女干部就指着四老倌对他们说，大叔原来是我们办事处的家属呢。

呵？那好那好。大家都这么说。

大家再坐下来细说原由，于是四老倌就搞清楚了，娥姐在龙鳞城里找到了一个好工作，这位漂亮得天仙一样的女干部，就是她的领导彭主任。彭主任没有说错，娥姐是庚先生的未婚妻，四老倌就是娥姐的公公了，四老倌不是办事处的家属又是什么呢？彭主任拉着四老倌的手说，大叔，你好福气呢，你媳妇好漂亮，好聪明！彭主任问四老倌儿子在城里做什么，四老倌实话实说，说跟了春叔在踩人力车，彭主任就皱起了眉头。彭主任说，怎么在踩人力车呢？那可是政府禁止的呵。

听说踩人力车是政府禁止的，四老倌就急了。四老倌知道只要是和政府对抗，古往今来都是没有好下场的。

四老倌问彭主任，政府为什么要禁人力车？彭主任和他说不清，彭主任就拍着他的手说，大叔，你把我们的工作配合好了，我保证为小罗安排一个好工作！

彭主任说，小罗是我们小谭的爱人呢，我也有责任给他安排一个工作。

乡长说，那是。

局长也说，那是。

村支书马上对四老倌说，你还不快点谢谢人家？

四老倌这才发现，今天的运气实在是太好了！

四老倌谢谢了局长，谢谢了乡长，谢谢了彭主任，彭主任才详详细细地和他说起，是要他配合一个什么工作。

原来，父亲当年的牢是白坐了，死也是白死了，父亲并不是阶级异己分子，他放跑的那个人不是地主，而是一个港商！港商怎么会要枪毙呢？当然是政府一时搞错了。港商见人大三级，到哪里都是要领导陪了吃饭的，不可能被枪毙。政府现在知道是搞错了，现在把港商接回来了，港商现在就住在龙鳞城里。港商准备了一个大包封,原来是想把给民兵中队长的,民兵中队长不在了,港商想见一见我四老倌,肯定是想将红包把给我四老倌。

就这么简单一个事情。

四老倌马上就想:这哪里是我配合乡政府的工作呢?干脆就是乡政府在配合我的工作呵。

难怪,难怪娥姐的父亲说,你还要搬什么鬼石头?

确实不要搬石头了。

港商四老倌是见过的,一般都是大肚子。六七十的婆婆老倌了,还敢穿那种大红大绿的花衣服。鲤鱼塘下边是草鱼塘,草鱼塘今年春上就回了一个港商祭祖。那港商花钱在村里修了一条路,还见人就发红包。四老倌为了多得一个红包,春上扶着病老婆也去了,于是得了两个红包。香港那地方,只怕是家家都有印钞机呢,现在港商只见我一个人,还是知恩图报,那红包还不是天大的一个?

何况彭主任还说要给我庚先生安排工作!

四老倌本来还想说说父亲,说说那个民兵中队长的,想到红包,想到工作,也就没有兴趣说多话了。那些陈芝麻烂谷子还提它做什么呢?那个死鬼老子见都没见过,他将老子生下来,从来没有管过老子,老子对他能有多深的感情?重要的是红包,重要的是工作。难怪早晨出门时喜鹊对着我叫,原来是时来运转了呢。男子发财一早晨,想都没有想过的好处,一下子就都来了。

死鬼父亲,你就安息吧,明年清明老子会给你烧一点纸。

你管都没管过老子,老子得一点好处也是应当的。

四老倌答应了配合乡政府的工作,同意了乡长的安排。乡长是这样安排的:局长把港商接到县里来,乡长就把四老倌带到县里去。四老倌答应之后就憧憬美好的未来了,他憧憬的美好未来非常现实,也非常简单:得了红包,就把房子修一下,庚先生有了工作,也配得上娥姐了。有了这两个过硬的条件,干脆婚一结,娥姐的父亲还不气个半死?河边上的菜园从此也就是娥姐的菜园了,我看你组长还会不会坚持三十年不变?

哼,让你还看不起外来户吧!

彭玉蓉的寒陵行动大获全胜。

从浮云乡回到县城，王中书又安排彭玉蓉晋见了王书记。

现在的领导呀，真的难当。外面有人传说王书记是怎么怎么地摆架子，说是和他在一起比和中央首长在一起还要紧张，彭玉蓉只和王书记打了一回交道，这个谣言在她心目里就不攻自破了。在从浮云乡回县城的路上，王中书只和王书记打了一个电话，说，老兄哥，有一个美女叫彭玉蓉，要向你汇报一下办事处的工作，王书记就叫他让彭玉蓉同志接电话了。王书记在电话里热情洋溢地说，小彭呀，你又不是不认得我，你在招待所工作时，我们不是经常见面的么？要找我就找我嘛，还要设一个中转站做什么呢？你这是不相信我了！王书记这样亲民，彭玉蓉就好激动，彭玉蓉说，领导您日理万机，我还要来打扰您，我真的有些不好意思。王书记在电话里说，怎么说是打扰呢，都是为了工作嘛。我现在正好有一点空闲，就请你到我的办公室来吧，我也早就想了解一下办事处的工作了。不容易呀小彭，我知道你们不容易！

车子就笔直开到县委办公室的楼下。

彭玉蓉一下车，看见何一修早就在秘书值班室恭候了。路过值班室的时候，彭玉蓉以为何一修会问她刘达夫怎么没来，会没有好脸色给她看呢，不想何一修笑容可掬，除了很平常的客套话外，根本就再没有说一句多余的话了。何一修将彭玉蓉送进王书记的办公室，轻轻地带上门就走了，说王中书等在下面值班室，要和他去吹牛皮。王书记的办公室并不大，一套简易沙发，一个折叠小床，再就是简单的办公桌和办公椅。外面有人说王书记纸醉金迷，看来也是恶毒攻击。彭玉蓉在王书记简单的办公室里汇报了办事处的工作，汇报的重点放在乡友联谊会。说到乡友联谊会是招商引资的平台和网络，应当作为县招商局的一个联动单位，因为只有和县招商局联动，才能更好地发挥它的效益，王书记很赞成这个观点。彭玉蓉还当面向王书记告了王中书一状，说王中书同志现在是在招商局负主责，她只能请王中书同志出面担任乡友联谊会的会长，这样乡友联谊会就真的是招商引资的平台和网络了，和招商局联动才能落到实处。但王中书同志不知道出于什么原因，不是很愿意，老是在推脱，他好像根本就看不起我们的乡友联谊会呀！王书记听到这里，就用手指敲着桌子说，这个王中书呀这个王中书，正是年富力强嘛，就生怕多担当一点工作！王书记答应由他来做王中书同志的工作，说王中书同志想偷懒，那他就不要占着招商局这个茅坑了。

汇报进行得非常顺利，彭玉蓉对今后工作的一些想法，包括乡友联谊会的经费应当在办事处单列，由会长掌握，由秘书长统筹安排，王书记都一一肯定了。到后来王书记就表扬彭玉蓉了，说小彭呀，你的汇报大一二三四，小一二三四，有情况有分析，还有对未来的估计，这个材料如果不是请人写的，说明你完全可以独当一面呢。彭玉蓉就嘟着嘴巴说，王书记你看我不起了，我也是电大毕业的呢。彭玉蓉嘟起嘴巴，王书记就走过来拍拍她的肩膀，说还是要多接触领导吧？不接触领导，领导如何发现你，如何知道你也是大学生呢？

不过再没有下一步的动作了。

王书记真是个好领导，有一点彭玉蓉很感动。她向王书记汇报的时候，桌子上的电话响了好几次，王书记每次都是抓起电话就说，我正有事，你等一下再打来。这就说明，王书记对这次汇报非常重视，对我也是高看一眼。要说的话都说了，彭玉蓉知道王书记很忙，就不多打扰了，就起身请王书记做一点指示。王书记脱口而出，还是那八个字，自主创新，敢为人先。想了想又加四个字：负重奋进。

彭玉蓉当下掏出笔记本，把王书记加上去的四个字记下来了。

王书记从墙上的壁柜里拿出两条烟，亲自用报纸包好了交给彭玉蓉，要她带给刘达夫同志。王书记说，请你转告他，县委对他的工作是很肯定的。我也抽不出时间去看一看他，这两条烟，聊表我对他的深深敬意。

彭玉蓉只好接过来。

一天就这样过完了，王中书把彭玉蓉送到巷子口的时候，正是初冬一天中最辉煌的时候。夕阳西下，晚霞烧天，落日的余晖飘逸在空气中，寒陵县城连空气都镀上了一层金黄的色彩。街树在路边闪烁，汽车在路上闪烁，连放学回家的小学生，他们的书包也在他们的身上闪烁。王中书还想和彭玉蓉共进晚餐，再到碧海情天去跳一回舞，彭玉蓉委婉推脱了。一呢，想搞的事情都搞熨帖了，过几天招商局去龙鳞将香港老头接来，王书记出面亲自接待，彭玉蓉只是配角了，彭玉蓉想趁此机会，和家人好好聚一聚。二呢，从浮云乡回县城的路上，她差一点就上了王中书的当，他怕王中书又喝酒，又管不住自己的手爪子。

从浮云乡回县城的路上，王中书就推说是喝醉了酒，在车上一双手老是不安分。后来干脆将车停在一个僻静处，将座椅放倒了，说考虑安全问题,要先睡一觉,睡一觉才能开车。睡就睡吧,又不老老实实睡,睡着睡着,他就滚到彭玉蓉坐的这边座位上来了。滚过来抱了彭玉蓉的脸就啃。彭玉蓉叫又叫不得,喊又喊不得,让他在脸上胡乱啃了两把,胸部也被他解开了一粒衣扣子。彭玉蓉万般无奈,只好紧紧护了皮带,轻轻地告诉王中书说,你的时候没有选得好呢,我的大姨妈来了。

大姨妈直译出来就是月经。现在的成年男女都懂得这句外语,王中书当然也懂。

彭玉蓉的大姨妈来了,王中书的手爪子当然就不好再乱摸了。王中书坐起来,拍拍自己的脑袋,说我怎么就喝醉了呢?该死该死!笑一笑,那酒就醒了,就可以继续开车了。有了这个小插曲,彭玉蓉就有一点怕他了。再和他吃晚餐,还到碧海情天去跳舞,谁知道他还会搞出什么名堂来?

王中书还是没有长进,还是那个做派,彭玉蓉当然就不去了。

但彭玉蓉还是很妩媚地和王中书笑了笑,才上楼。

上楼的时候,她的心情很好。

在陪着王书记接待香港老头的日子里,彭玉蓉的心情一直好。

二十四

爱情美丽

彭玉蓉在寒陵心情好，刘达夫在龙鳞城里心情却不怎么好。

放在王大师家里做保姆的那个夏小丽，这一向就尽是给他添麻烦，弄得他烦恼死了。

夏小丽是王大师主动要去的。

王大师认为他已经是龙鳞城里的名人了，名人是没有级别的，刘达夫既然有这么个安排，他也是受之无愧。他是办事处的常客，那一天他到办事处来联系一个有关招商引资的事情，就和刘达夫打着哈哈说，要派你就派一个好一点的呵，我可是讲究质量不追求数量的人。刘达夫盯着他的灯泡脑壳调侃他说，你讲究质量是太容易了，因为世界上长得最丑的人站到你面前，只要和你一比，就都是美得不得了的美人了。

刘达夫这话基本正确。

王大师的形象确实不怎么样。

王大师头上估计一共才有几十根宝贵的头发，这几十根宝贵的头发都长在边边上，他让理发师绞尽了脑汁，也只能造成一个地方靠拢中央的势态，头上总之还是一片光亮晴空万里。加上又奇瘦，如果脱去他身上的高档西装，他简直就可以站到医学院的讲台上去，很直观地给医科大学生做骨骼标本来使用。因为有这两个显著的特点明摆着，王大师就不好反驳刘达夫的调侃，但王大师还是有他自己的理论。王大师给刘达夫说了一个阿凡提的故事。王大师说，巴依老爷曾经给阿凡提出过一个难题。巴依老爷问阿凡提，一边是良心，一边是财富，现在只准拿一样，阿凡提你拿哪一样？阿凡提毫不犹豫地回答说,我一定会拿走财富。巴依老爷指责阿凡提也是一个假圣人,说我就比你圣洁,我会选择良心。阿凡提说,这有什么奇怪的呢?人总是缺少什么就渴望得到什么。

王大师缺少美丽,王大师当然渴望美丽。

王大师在刘达夫的办公室里坐了好久,他将几个保姆贴在履历表上的照片反复对比了好久,最后才确定了还是夏小丽比较适合他。夏小丽长得很苗条,轻盈得就像一只小燕子。夏小丽来办事处报到后,刘达夫就要罗海军开了车,将夏小丽直接送到王大师家里去了。

可是还没有半个月,夏小丽就跑到办事处来了。

夏小丽跑到办事处来,反反复复只是提一个要求:办事处还要继续关心我,给我换一个地方。

这样的要求办事处当然一时不好满足,刘达夫就先给她做深入细致的思想政治工作。刘达夫用他抑扬顿挫的声音说,这个这个——到哪里都是为领导服务呢,我也是在为领导服务呵,整个办事处都是为领导服务的嘛。这个这个——假如大家都像你一样,才搞三天就想换一个地方,那我们的工作还能够开展下去吗?小夏呀,家乡现在还很贫困,办事处放你在哪里,你就要像一颗螺丝钉一样,这个这个——牢牢地拧在那个地方才对呢。再说,你要求办事处给你换一个地方,你也总得有一个理由吧?

夏小丽却说理由不出。

刘达夫做思想政治工作时喜欢用语气词,但他用语气词不按语文教材上规定的那样用。语文教材上规定使用语气词要低调,比如北京人说“玩儿”,“儿”字就只需舌头卷一下,并不需要读出来。刘达夫反其道而行之,特别强调这个语气词。刘达夫做思想政治工作时使用语气词用高调,听起来无形中就有了一些震撼力。顺便还提及一下,刘达夫有高级政工师职称。还是在县里工作的时候,招商局的会计报会计师职称,统计报统计师职称,刘达夫顺便就报了一个政工师职称。结果是会计统计的职称都没有通得过,他的政工师职称却通过了。夏小丽本来就很腼腆,在具有高级政工师职称的刘达夫面前,很腼腆的夏小丽除了手掐了衣边子,不断扭动她那林黛玉一样削瘦好看的肩膀外,就更加一句话都说不出来了。夏小丽说不出换地方的理由,只是一双本来可以慑人心魄的大眼睛,突然就云遮雾盖湿漉漉的。

她是有苦难言。

夏小丽胆子小，怕找得领导。但不找又不行，第一次来找刘达夫，就在楼下先找了罗海军，央求了罗海军陪着上楼来找。罗海军只陪了她一次，她就和罗海军是好朋友了。主要是罗海军很喜欢夏小丽，他觉得夏小丽那个忧郁的样子，好让人心疼。一个帅哥，一个靓女，很快就互相欣赏了，都感觉到对方就是自己原来丢失的那一半。罗海军反正晚上住在办事处没有事做，以后的半个月，他就老是给夏小丽打电话，后来他们就相互间发送短信息了，越发越火热。青春男女互发短信息，有时候是要讲一点疯话的。夏小丽从没有和罗海军说过不想在王大师家里干了的事，因为夏小丽知道，罗海军也跟自己一样，在办事处也只是一只黑耳朵，当不得家的。龙鳞土话中的黑耳朵一词，正好是领导这个词的反义。罗海军心里就有点责怪夏小丽，你发来的短信息说，哥哥是一棵大树，小妹就背靠大树好乘凉了，怎么真正有了事，却谙都不跟我谙一声呢？所以夏小丽第二次来找刘达夫时，罗海军想搞清楚夏小丽到底是什么事。他给夏小丽倒了茶，又给刘达夫添了水后，就不走了，就坐在办公室装做看杂志了。坐在旁边装作看杂志的小罗都发现了，刘主任要夏小丽讲出她的理由时，夏小丽那双大眼睛先是云遮雾盖，后来那里面就暗藏着一条小溪流了。他估计刘达夫再逼迫下去，不要几分钟，那条小溪流就很有可能会泉水叮当。

罗海军心里就有些疼，他现在才知道，自己原来还是一个很具有侠义心肠的男子汉呢。因为夏小丽有点像林黛玉，罗海军最近就在看《红楼梦》。他晓得了天下美丽的女孩子都是水做的骨肉，而呵护美丽呢，是一个男子汉义不容辞的神圣责任。只是限于身份，他一直都还没有得到呵护美丽的机会，他想这种机会总会有的。罗海军隐隐约约感觉到，夏小丽请求办事处给她换个地方的原因，是一个女孩子羞于讲出口的原因。

果然，刘达夫逼急了，夏小丽才脚一跺，愤愤地说：我、我讲不出原因，你、你们去问王大师！

夏小丽说了这句话，再不说话了。

刘达夫会去问王大师？

刘达夫才不会去问王大师呢，像他这样的老麻雀，夏小丽就是不开口，他也晓得是什么原因。他心里感叹，还是我们寒陵县大山里的妹砣纯洁呵，荷花还只是出污泥而不染，而我们寒陵县大山里的妹砣，埋在污泥里面也是不染的！但因为职务上的原因，他这话又不能够说出来。他只是敷衍夏小丽说，慢慢习惯慢慢习惯，习惯了就好了习惯了就好了！

夏小丽怎么能习惯呢？

夏小丽不能习惯，还是老来办事处找刘达夫，刘达夫就很烦。

刘达夫就想方设法躲夏小丽。

夏小丽电话约刘达夫，刘达夫明明在办公室，却说在外面。明明马上就要回办事处去了，却说一下子不得回。夏小丽问明天可不可以来找他，刘达夫就说，明天一整天也在外面跑。

刘达夫并不是不关心夏小丽。

那一天王大师又来办事处办一件什么事，刘达夫就很策略地点了点王大师的穴位。刘达夫说，老王呀，你要不给我添麻烦才好呢，你女儿好像比夏小丽还小了几岁呢，你要把小夏当女儿看待才好。

王大师当然听得懂他这话的意思。

王大师当时好像是红了一下脸，但只红了几秒钟，很快那脸上就恢复了深沉，恢复了名人应当具有的那种深沉。王大师说，老刘你这是什么意思什么意思？我怎么就不把小夏当女儿看待了？前天省城一个房地产开发商请我去看风水，我还在省城买了一套时装要送给小夏呢。你晓得，我这个人心粗，我从来给我女儿都没买过衣服。

愚蠢的人经常不懂装懂，聪明的人有时候懂装不懂，王大师当然是聪明的人，王大师当时就是懂装不懂。王大师懂装不懂，刘达夫拿了他也没有办法。你总不能把这件事挑明吧？王大师说他手里有好几个招商引资的线索，说他有的线索都已经理出一个眉目了，刘达夫一下子还不好将夏小丽撤出来。但刘达夫不轻不重将王大师敲了一下后，还是收到了很好的效果。夏小丽一连十多天没有到办事处来，让刘达夫过了十多天轻松日子。但也就是十多天后，夏小丽又到办事处来了。这一次来，夏小丽走路脚步咚咚的响，再不是那个可怜巴巴的样子了。夏小丽笔直走进办公室，很自信地在沙发上坐下，眼睛望定了刘达夫，表现出少有的坚毅。夏小丽说，刘主任你今天硬要给我一个答复。

刘达夫哪里能给夏小丽一个答复呢？

他真的有他的难处。

刘达夫只好又发挥他高级政工师的专业特长，再给夏小丽做一次政治思想工作了。刘达夫说，小夏呀，你实在是一个聪明妹子呵，为什么就这样讲不清场呢？我还是那口话，我们代表的是八十一万寒陵县人民，你晓不晓得客户就是上帝？我们要提高我们自己的素质，在这个基础上，再想办法去和客户沟通。

沟通？你去沟通吧，我沟不通！

夏小丽说，说的时候脑壳还倔强地一偏。

夏小丽这回来找刘达夫，好像腰杆子硬了好多，她不但走路脚步咚咚的响了，而且眼睛也不泉水响叮当了。夏小丽当面顶撞刘达夫说，代表八十一万人民也好，代表八十二万人民也好，这个素质我都是无法提高的。刘达夫问怎么就提不高？夏小丽勇敢地说，除非办事处到街上去请一个做鸡的小姐，才能满足王大师的特殊要求！

勇敢的夏小丽总算把话说穿了。

夏小丽把话说穿了，刘达夫纵然是高级政工师，也只能王顾左右而言他了。刘达夫这个这个的将夏小丽打发走后，突然想起一个问题：最近几次夏小丽来找我，总是我刚进办公室她就来了，时间正好是从王大师家里到办公室坐的士需要的时间，这其中有问题！

肯定有人向她报告我的行踪！

这其中确实是有问题。

问题出在罗海军身上。

夏小丽第一次找了刘达夫后，罗海军和夏小丽的短信往来就越来越频繁了，内容也由空洞变得比较务实。

罗海军怪夏小丽，你有事不跟我说，我好伤心呢。夏小丽回短信息：我是你什么人呵？你会为我伤心么？罗海军说，哥哥想妹泪花流。夏小丽回短信息说：错了，我记得电影《小花》里面的歌词是妹妹找哥泪花流。话说到这个份上，两个人就是你有情来我有意，而且把那层纸也捅破了。他们互发短信息的频率就越来越快，尤其是晚上两个人都睡在床上的时候。

夏小丽根本就不怕王大师，她的房门总是关得死死的，好在她的房间里也有厕所。因为读者诸君可以想到的原因，王大师很有耐心，她和王大师的主仆关系就很滑稽，好像有一点颠倒。早上王大师来捶她的门，说小丽小丽，我下好了面条呢，你还不起来吃面条？夏小丽却说，我脑壳疼，我要睡到中午才起来。这当然不像是一个小保姆说的话,但很有耐心的王大师偏偏能够原谅她,一点也不和她计较。这一边夏小丽是睡到中午才起来的,那一边罗海军也是睡到中午才起来的,他们睡在床上并不闲着,手忙脚乱地互发短信息诉说相思。相思酒楼的大师傅三哥隔着房门向副总经理请示工作,问罗海军厨房里煤气没有了,你也不安排一下,今天还搞不搞饭呵?副总经理罗海军给三哥下的指示是:吵死呵!我正有事呢,搞不搞饭你看着办是的!

罗海军有什么事?罗海军在给夏小丽发短信息。

幸好短信息便宜,电信局只收一毛钱一条。

两个人好像都想成为电信局的大客户,都在努力为电信局增加收入。终于有一天,罗海军给夏小丽发了一条短信息,说小丽呵,今晚八点,我在姿江风光带等你。你要不来,我就跳进江里去!

罗海军给夏小丽发了这条短信息后,心里忐忑不安,她不知道夏小丽会不会拒绝他。如果拒绝了他,他也真的只好跳进江里去算了。他没有想到,夏小丽发过来的短信息是:军呵,你真是个呆子呀,你早就应当写这条短信息了!

夏小丽把罗海军的名字,省略得只有一个军字了。

按照爱情定理,青年男女间称呼的长短,正好和感情的深浅成反比。

夏小丽是在中午把罗海军三个字省略得只有一个军字的,于是那个下午,相思酒楼的大师傅三哥和所有的服务员都感觉到了,副总经理罗海军那一个下午在楼下巡视的时候,显得格外的和蔼可亲,而且宽宏大量。罗海军平日在刘达夫面前是一只黑耳朵,在彭玉蓉面前也是一只黑耳朵,而且是漆黑漆黑的黑耳朵,但在大师傅三哥和所有服务员面前,却是实实在在的领导,他的耳朵不黑了,大家就都是他的黑耳朵了。平时大师傅将碎骨头丢弃了没有煲汤利用,服务员在客人面前叽叽喳喳表现得没有素质,他只要发现了,那也还是要骂人的。可那一个下午他就没有骂人。那个叫刘媛媛的小服务员因为是寒陵县人,刘达夫早几个月鼓励过她要她以主人翁自居,她后来就老是向罗海军打小报告。那一天下午她又向罗海军打了一个小报告,说另一个服务员打烂了一只盆,而且是一只价格不菲的大汤盆。那个打烂了汤盆的服务员已经做好了扣工资的思想准备了,罗海军却指示说,打烂了就打烂了,你们不要让刘主任晓得了。大师傅三哥从厕所里出来,没有洗手就去和面,正好碰见了罗海军。三哥吓得不得了,心想这个月又要扣掉好多钱了,不想罗海军只拍了拍他的肩膀说,三哥呵,下次请你注意。

看,还用了一个请字。

大家还发现,罗海军老是掏出他的手机显示时间,好像中央有一个重大的外事活动在等着他去参加,他必须绝对掌握好时间才不至于耽误国家大事。

龙鳞城一进冬天就电力紧张,因为姿江水枯了,上游水电站开机不足。深秋了,老年人协会的那些婆婆姥姥怕着凉,晚上来游风光带的人也就不是很多了。市政部门为了省电,那一排又一排造型别致的路灯间几排才打开一小排,风光带上就比较幽暗。再加上玉兰树和天竺竹的天然遮掩,风光带上就很适合热恋中的年轻人开展活动了。更莫说还有人带了雨布来,嫌风光带还是太吵了,他们会双双对对的在磨光地板上假模假样地散几脚步后,就推说走不动了,走到姿江边上去,找一个根本就没有灯光的地方打开雨布,坐下去开展比较特殊的活动。那一夜罗海军和夏小丽在风光带开没开展活动,他们开展了什么活动,全世界没有一个人看见,我们不好妄加揣测。但有一点是肯定的,他们依依不舍,耳鬓厮磨一直到夜色很深很深了,联防队员们开始在江边上巡逻了,才不得已分的手。他们是真诚地相爱,他们的活动即使开展得山呼海啸,也是心与心碰撞出来的。仁慈的上帝就是站在云天上看见了,我们相信也只会露出欣慰的微笑。

爱情美丽!

后来刘达夫就感觉出有问题了,他和夏小丽捉迷藏,夏小丽神仙一样,可以一把就抓住他的尾巴。情况往往是这样,刘达夫刚刚回办事处,刚刚在办公室落座,夏小丽就像一只小燕子,很快就飞来了。小燕子夏小丽一飞就飞到他面前,很优雅地在他面前一坐,然后说,刘主任,我希望办事处给我换一个地方。或者说,刘主任,你今天硬要给我一个答复。

刘达夫目前还无法给她换一个地方,刘达夫只能尽量少回办事处。

但是还不行。

夏小丽在王大师家里做保姆,就应验了近朱者赤的那个成语,好像也和王大师学了一手,也会搞"科学预测"了。她能够准确地预测到,刘达夫什么时候会在什么地方办一件什么事情。她总是不请自来,在很不恰当的时

候出现在刘达夫面前。这就让刘达夫有点难堪了。刘达夫这一段时间很忙很忙,光是忙那个海南老板的事,就忙得脚不点地了。那个每隔三年就建一个牙膏厂的海南老板,已经对寒陵县开出的优惠条件比较满意了,表示最近就到寒陵县去落实项目。

剩下的只有一个问题了:电价。

海南老板希望试生产期间电价优惠百分之四十，但电业部门属条条管,莫说刘达夫指挥不了电业部门,王书记也指挥不了。刘达夫和何一修一商量,请示王书记后还是想出了一个好办法。海南老板还是按正常电价向电业部门交电费,寒陵县财政再向海南老板暗中补偿那个百分之四十。第一年在土地价格中暗中补偿。第二年海南老板向银行贷款,寒陵县财政贴一点息。第三年厂子规模出来了,就可以利用支持企业技术改造的名目,直接拨款暗中补贴了。这些事情都是瞒上又要瞒下的,说起来容易,操作起来却很难很难。双方签署的协议,有些是可以放到阳光下大义凛然的,有些是不可以放到阳光下只能心领神会的,光那措辞,就不能掉以轻心。莫说还要谈判,谈判谈累了还要请海南老板唱一唱歌,陪了他在龙鳞城里茶馆咖啡店轻松轻松。有一天谈累了,刘达夫和海南老板还有计委的那个张主任在云中仙咖啡馆陪着海南老板喝咖啡,夏小丽竟也找去了。夏小丽是越来越勇敢了。在那么一个上流社会出入的地方,她依然是脚步踩得咚咚响。找到他们坐的包厢后,夏小丽一敲门坐进来,一双好看的大眼睛就逼视了刘达夫。夏小丽还是那句话:刘主任,我请求办事处给我换一个地方。刘达夫难堪极了,他纵然是高级政工师,在这样的场合下,也是不好开展政治思想工作的。如果让海南老板嗅出了王大师的故事,那还不是笑话一个?刘达夫只能对夏小丽说,我明天抽一个时间专门找你谈,我叫罗海军专门来处理你的事。

幸喜夏小丽还是顾全了大局,没有纠缠。

夏小丽不会纠缠,夏小丽反正也没有事做,她和王大师的主仆关系越来越颠倒了,她有的是时间。

有时间的夏小丽和没有时间的刘达夫玩游戏,刘达夫当然受不了。

刘达夫也和我们现在的有些干部一样,信奉无为。本来嘛,时间能够解决一切问题,世界上的事情不可能都有结果,大多数事情都是拖死的。人只能尽最重要的那件事去做,次重要和不重要的事就拖,铁棒都能够磨成针,只要有耐心，会拖，拖到一定的时候，铁棒就磨成针了，那个事情也就不了了之了。刘达夫本来想把夏小丽的事让彭玉蓉去处理的。彭玉蓉会周旋，彭玉蓉不喜欢王大师，正好和王大师讲几句重话，敲一敲那个家伙。但彭玉蓉从寒陵打了电话来，说她要休年休假，半个月不会来办事处上班。

这个鬼婆娘，怎么能回去了才打电话要休年休假呢？

看样子你是越来越不把我放在眼里了呵。

刘达夫想。

刘达夫生了三分钟闷气，只好蜀中无大将派廖化做先锋了。夏小丽这样吊尾线不是个办法，刘达夫就撒手一推，把夏小丽的事推给罗海军了。

罗海军你也是副总经理嘛，你对夏小丽又是那样关心。

其实刘达夫早就在怀疑罗海军了：看你一见夏小丽就骨头都软了的样子，那个给夏小丽通风报信的人，不是你又会是哪个？

刘达夫和罗海军谈这件事情的时候，罗海军果然说，我到王大师家里去一下，我先了解一下情况。

二十五

王大师受到了不明身份者的威胁

罗海军才不去了解什么情况呢。

情况他比谁都清楚。

夏小丽早就告诉他了。

王大师那个不正经老东西，那个脑壳上只有几十根头发的丑东西，竟然老牛想吃嫩草，癞哈蟆想吃天鹅肉！

而且酸，酸得可以让人掉牙。

从夏小丽进屋的第一天起，王大师就不急不忙在打夏小丽的主意。他认为，他是在子弹还没有全都打光的情况下，终于赶上了一个什么都开放的好时代了，所以有必要珍惜自己青春的尾巴。一支枪天天打一个老地方，那有什么意思？他混出个人样子后，就花一点钱把糟糠安置了，然后挟着一支老枪到处游猎，打一枪换一个地方，不断地取得新胜利。寒陵县解放思想也真是解放到顶了，到龙鳞城里来搞劳务输出，刘达夫将夏小丽送到他家里来了，他还有不要的道理么？要了，当然就不能无为。只是这夏小丽，实在没有什么了不起的地方呵，却把自己看得好像是一个公主，这一点倒让王大师有点吃惊。

公主夏小丽，一进屋就给了王大师一个难看。

罗海军刚走，王大师就和夏小丽握手，握了足足两分钟，还舍不得松手。夏小丽那只春笋一样宛若无骨的小手，背上还有一排漂亮小酒窝，这样的手握在他那只鹰爪子一样骨节暴出来了的手里，当然很舒服。他舒服，夏小丽却不舒服，夏小丽还没有这样被男人不怀好意地握过手呢，夏小丽的脸就红了。夏小丽皱着眉头说,王伯伯,你的手尽是骨头呢,把我的手握疼了。夏小丽刚才还喊的是王大师,现在喊王伯伯了,夏小丽是想用辈份来做鸿沟,在两个人中间筑起一道屏障,先抵挡一下。这样的小聪明,如今的妹砣们都有。王大师平时在发廊里做按摩,有时候心情好,忍不住反过手来也给小姐做做按摩,有的小姐这时候也是喊伯伯,也是想用辈份来做鸿沟。王大师清楚,大部分小姐都是只走一个过程,你一把小费拿出来,你说你不会让老板知道她拿了小费,她马上就不喊伯伯了,说先生你真大方。王大师因为有发廊里做按摩的经验,所以夏小丽红着脸喊他王伯伯时,王大师就没有当回事。王大师内容深刻地笑着说,我也不要你煮饭,我的西装都是在干洗店洗,我这个人生活上是很不讲究的,到我这里来,你是掉进了福窝里了。夏小丽略一用力,就将手抽了回来,夏小丽说,王伯伯,那你还要请保姆做什么?王大师不正面回答,王大师讪笑着捋了捋他仅有的几十根头发说,这个这个——你先休息你先休息。

那一天夏小丽晚上睡觉,就把门关得死死的。

王大师有耐心,王大师没有去骚扰。

王大师认为,刚刚从大山里出来的妹砣,还没有见过什么世面,所以思想还有些不解放,这得有一个过程。让她们见一见世面,大部分就都可以解放思想了。俗话说物以类聚人以群分,在王大师进进出出的那个圈子里,只要舍得掩伯伯变哥哥的故事,就有好几个情节近似的版本。人家能够做到事情,我就做不到么?王大师决心要创作一个新版本,比他那个圈子里已经存在的几个老版本都内容翔实,回味悠长。王大师要让他羡慕的那些人,反过来再羡慕他。

王大师比那种一味蛮干的毛头小伙子高明。

他高明,夏小丽和他的主仆关系当然就有一点颠倒了。

如果只是主仆关系颠倒,王大师早晨反过来给夏小丽下面条,夏小丽还可以忍受。王大师在省城为她带了时装来,她不要也就是了,她说是妈妈嘱咐了的,在外面绝对不要任何人的任何东西。王大师不怀好意,夏小丽还敢住在他家里,说明夏小丽根本就不怕王大师。夏小丽估计,王大师的体重最多也就是八十来斤,他基本上没有什么肌肉,力气顶多相当于她家里十岁弟弟的力气。她在家里时和弟弟打架,弟弟从来就不是她的对手。王大师如果敢动蛮的,夏小丽相信自己只需一边手一边脚,就可以在两分钟之内

把王大师击翻，再踏上一只脚，让他永世不得翻身。既然这样，王大师愿意颠倒主仆关系，那就让他去颠倒吧，夏小丽正好看电视，正好上网聊天。

看电视看累了，上网聊天聊烦了，夏小丽就下楼走一走，和小区里的其他小保姆说一说张家的长，李家的短。

夏小丽有时候就坐在小区绿地里的木椅上，想办事处那个叫罗海军的司机，想他那刀削出来一样的好看的鼻子，翻看手机上他发过来的短信息。小区绿地里种了一些花草，天气好的时候，有蝴蝶在花草间飞来飞去。夏小丽看那些蝴蝶的时候，老是幻想自己和罗海军都变成了蝴蝶，她好像就看见了那两只蝴蝶在慢慢地飞，要飞到姿江边上去看江水。

夏小丽不着急，她是出来打工的，没有事做不要紧，只要有工资领就行了。夏小丽也不担心自己的安全，夏小丽不能忍受的是，王大师太酸了，经常酸掉她的大牙。某一天夏小丽起来，王大师已经去他的公司搞他的“科学预测”去了。夏小丽端起王大师下的那碗面条倒到厕所里去，却发现碗下面压着一张纸条，纸条上写的是几句诗歌：

呵，我年轻的女郎，
我不辜负你的殷勤，
你也不要辜负我的思量，
我为我心爱的人儿，
燃到了这般模样。

夏小丽也是高中生，知道这是郭沫若《女神》中间的一段，《女神》是上过高中语文课本的。年轻时代的郭沫若是一个情种，已经不年轻的王大师现在也要做一个情种了，他曾经做过民办教师，顺手牵羊就把郭沫若的诗歌给糟蹋了。夏小丽当即就呕吐不止。夏小丽伏在厕所里的马桶上，差一点将肠子都吐了出来，吐了以后又大哭了一场。

哭过了，她觉得她再也不想读到这样的诗歌了。

就是从那天起，她开始到办事处去找刘达夫的，找刘达夫要求给她换一个地方。

夏小丽没有想到，她和罗海军的关系会发展得那么迅速。这两只蝴蝶拍着翅膀，很神速地就飞到一起了，不但飞到江边去看了江水，还飞到心灵的大海上去看了日出。人家要好长时间才走完的爱情历程,他们在姿江风光带一个晚上就完成了。靠在罗海军那么壮实的臂膀里,想象罗海军一拳头就能把王大师打出去三丈六尺远,夏小丽还怕什么呢?所以,到后来再找刘达夫时,夏小丽脚步就踩得咚咚的响了。后来的情形是,只要刘达夫一回到办事处,罗海军就给她发短信息,她一读罢罗海军发过来的短信息,就打个的士去找刘达夫,一次都不会扑空。看刘达夫这个这个又说不出个所以然的窘态,夏小丽甚至觉得这个事情很好玩。

夏小丽对罗海军说,军呵,谢谢你这么帮我。

罗海军生气了,罗海军说,不许你这么说。我没有帮你,你是我的,我是在帮我自己呢。

两个人在江边风光带说这个事情时,说着说着就抱在一起了。

他们把恋人间该做的事情都做了。

有些事情还提前了。

罗海军认为这个世界上,最坏的人就是王大师了。

比本·拉登还坏。

比萨达姆还坏。

王大师无聊之极。

王大师无耻之极。

对于这种既无聊又无耻的人,是用不着去了解什么情况,也用不着去做什么工作。要解决这个特殊问题,罗海军自有他特殊的手段。罗海军制定了一个行动方案,想找一个副手来帮助他操作,他想到了庚先生。

庚先生这个混蛋,还生怕我罗海军会勾引他的娥姐呢,他踩着他那辆破人力车若路过相思酒楼,总要进来鬼头鬼脑地看一看。说是看老同学,罗海军其实知道他是什么意思。罗海军想:你知道天外有天吗?你是情人眼里出西施呵,你以为全世界的男人都会围着你的娥姐转,我就让你彻底放心吧,因为我有了夏小丽,我要让你看看我的夏小丽。

罗海军想,我要你彻底地放心。

刘达夫把夏小丽的事情交给罗海军后, 罗海军马上就打庚先生的电话,请他到相思酒楼来一趟,说有要事相商。庚先生接到罗海军的电话的时候,正踩了人力车送一个客在大街上走,庚先生懒洋洋地回电话说,你吃错了药么？大经理风华正茂，有什么要事找我这样的人相商？我昨天和娥姐玩了一天呢，我租了一部摩托车，驮着娥姐在街上转了一天，我们玩得很痛快。罗海军又好气又好笑，心想你驮着娥姐玩了一天关我什么屁事？你们就是违反了计划生育，也不关我的鸟事。你讲给我听，无非是告诉我，你和娥姐的关系牢不可破，提防我还在痴心妄想，这实在是杞人忧天了。你才吃错了药呢！罗海军懒得和他说那么多，罗海军只说，你他妈的来不来？我的女朋友遇到点麻烦了，喊你来帮个忙，你还拿架子，我是看得你起才喊你呢，你不来就算了，还老同学呢！

听说罗海军有了女朋友了，庚先生心里一喜，他赶紧要那个客下车，贴了几块钱让那个客人去坐的士，就将人力车踩到相思酒楼来了。

罗海军找了个包厢，两个人关在包厢里，罗海军向庚先生细说根由。

庚先生听后大骂王大师无耻。骂完了主动说，海军你是干部，你不好出面，这件事你就站在二线。我反正是流打鬼，我站一线。我找几个流打鬼朋友一起来做，你看我怎样把那条老狗修理得服服帖帖！只是有一个条件，你不要把我们做的事告诉娥姐了，她现在对我的要求是越来越严格了。

罗海军说，你相信我不会打你娥姐的主意了吧？

庚先生嘿嘿笑，笑得有点不好意思。

连续三天，王大师是走到哪里都碰到鬼。

第一天王大师到恒古山庄去送生活费，被人把汽车给划了。

王大师在恒古山庄买了一个小房子，和糟糠达成协议后，就将糟糠安置在小房子里，每个月按时给糟糠送生活费。恒古山庄名字听来好雅的，其实原来是个汽车修理厂。汽车修理厂破产后演变成了一个市场，车间隔成小间就是服装城，许多下岗工人在这里出售几块钱一件的便宜衣服。原来的操场上，现在每天都摆满了箩筐扁担乌龟王八，几个县的农民都在这里出售他们的土产品。五花八门的人都在这里谋生计，一天二十四小时这里都是人挤人，治安问题一直是公安部门很头疼的问题。市场上面建的房子，噪音特大，严格说是不适合居住的，龙鳞人却敢称之为山庄，足见龙鳞人比较胆大。这里的人是不让车的，王大师开了车在人空子里慢慢地挤，喇叭都按烂了，才挤到了他糟糠住的那栋楼的楼下。好不容易停好车，王大师挟了他的包正要上楼时，却见几个闲人围了他的车在笑。

笑什么？你们笑什么？王大师问众人。

众人还笑，一个浑身长着肥肉的人指着他的车说，老板，你这车是怎么回事呵？

王大师顺着“肥肉”的手指看去，天哪，他前不久才做过一遍漆的车，被人用碎玻璃在车上歪歪斜斜划了三个大字：老乌龟。

王大师当时就跳起脚来了，他一跳脚，那几个闲人就笑得更厉害了。王大师喊来了在大市场巡逻的联防队员，联防队员盯着他仅存的几十根头发看了半天，才说你的车在人空子中间挤，人家写几个字太方便了，你要我们怎么去查？再说，这也不关我们的事。联防队员不讲这个问题，却讲另一个问题。联防队员训斥他道，看你头发梳得溜光，也是认得几个字的人呵，怎么就不认得大门口竖的牌子呢？场内拥挤，严禁车辆停放，违者罚款五元。我们看见你这辆车好几回了，今天对不起，是你把我们喊过来的。兄弟们心软，这个月罚款任务又没有完得成，你得帮一帮我们。

王大师说他是龙鳞名人，某位副专员昨天还陪他吃了晚饭。

联防队员说，那你就叫副专员过来代你交罚款。

王大师气咻咻将五块钱掷到地下，逗得那一帮闲人又一阵大笑。

那个浑身长着肥肉的人笑得最厉害。

笑，你喝了笑婆婆的尿么？王大师怀疑就是“肥肉”搞的鬼，就是这几个闲人搞的鬼。你们自己没有本事富起来，就对凡是开了私家车的人都仇视，典型的仇富心理，典型的对社会不满。王大师心里一烦躁，就对着肥肉起了一句高腔。不想那“肥肉”和那帮闲人正要找岔子呢，你来我去几句话，“肥肉”一跳就跳过来了，一把就抓住了王大师的领带，扎脚勒手地就要动武。

“肥肉”动武前还回过头来，还对联防队员们说，干部你们证明呵，是这个老家伙先骂我的！

联防队员赶快把两个人扯开，顺便批评王大师不该口出脏言。

王大师是灰溜溜地上楼的。

王大师很心疼地把车子开到汽车美容店补漆，那一天回家后，就当然没有心情再去抄袭郭沫若的《女神》了。第一天发生的不愉快，他认为不过是一帮社会渣子仇视社会，并不是针对他这个具体人的，他还没有感觉出事态的严重性。但第二天，他就感觉出事态的严重性了，而且还感觉出好像和夏小丽有那么一点点、一点点关系。

第二天他在他的公司里搞“科学预测”，走路去的。车子在美容店里补漆，一时半刻还搞不好。王大师的“科学预测”在龙鳞城里很有些名气，他就每天只看八个人，多一个不看，找他还得排队预约。那一天一大早，王大师进他的工作室坐下，徒弟就进来了。徒弟告诉他今天也是八个人，又将预约单拿过来给他看。这八个人中，有两个人请他“科学预测”小孩应当报考哪所大学，有两个人请他“科学预测”离婚好还是不离婚好，有两个人请他“科学预测”厂子应当哪一天开业，有一个人是请他为新开的店子取一个店名，有一个人只在预约单上写了一句话：我想知道有个人还活得多久。王大师的“科学预测”，说穿了其实很简单，不过是周易八卦乱排一气后，利用平常人的诸多弱点，运用一些心理学知识和语言上的技巧，说一些放之四海而皆准的绝对真理，前来花冤枉钱的人们一般都会心服口服。比如王大师一开口就说人家“父在母先亡”，所有的人就都会认为他是活神仙。父亲仍健在，慈母已经走了，是“父在，母先亡”。慈母还活得好好的，严父已升天了，那就是“你父亲死在你母亲的前面”了。父母都健在，那也没问题，王大师的“科学预测”最神的就是可以预测还没有发生的事，今后你就看，绝对不会错的，肯定是“父在母先亡”。如果哪个人硬要打破沙罐问到底，王大师就会说，天机不到时候不可泄露，他会约个什么时候请你再来，让你再花一次冤枉钱。当今社会，人们在爱情婚姻问题上的困惑比较多。王大师就总结出了一个规律，一般来说人们现在的配偶都不会是初恋情人了。女人来问他，他说有一个男人的身影老是在你眼前晃，影响了你对你现在丈夫的感情。男人来问他，他说有一个女人的身影老是在你眼前晃，影响了你对你现在妻子的感情。女人男人扪心自问，都会认为王大师确实了不起，一句话就打中了自己的要害。据王大师说，“科学预测”也是泄露天机，是很伤精、气、神的，他每天只看八个人，多一个不看，是因为还想多活几年。现在的社会就是怪，服装店五十元一件卖不出去的衣服，店主在后面加一个零，马上就卖出去了，王大师一天只看八个人，人们就排着队来预约。

王大师三下五除二将前七个人打发走后，最后是一个留着兜腮胡子的汉子。“兜腮胡子”走进他的工作室，坐下来就报了一个人的生庚年月，那年、月、日和时辰，恰恰和王大师的生庚年月是同一个时间。王大师也不在意，这个世界上同年同月同日同时出生的人多去了，没有什么值得大惊小怪的。“兜腮胡子”说，他要预测的那个人是他的仇人，他想起那个人就不舒服。如果那个人还要活很久,他就要把那个人做了算了。

“兜腮胡子”说话的时候冷冰冰的,眉宇间带有隐隐的杀气。

王大师心想这个人有可能是黑道上的,说话的时候就分外小心。

王大师周易八卦乱排一气,排出那个人气数已尽,如果没有突然出现的因缘巧合,顶多活过今年冬天。“兜腮胡子”付了费,很满意地走了,王大师松了一口气。王大师吩咐了徒弟一些事情,就夹着他的包回家了。不想走到小区,走到自己住的那栋楼脚下,王大师又碰见了“兜腮胡子”在东张西望。“兜腮胡子”看见王大师,很恭敬地装了王大师一根烟。王大师问“兜腮胡子”在这里做什么,“兜腮胡子”说,我有一个妹妹在这个小区做保姆,主家好像就住在这几栋房子,我来找,却找不到。

王大师没有义务帮“兜腮胡子”找什么妹妹,丢下“兜腮胡子”很快上了楼,但想起来总觉得有些不对劲。

他仇人的生庚年月怎么刚好和我吻合呢?

王大师感觉好像有人在威胁他。

第三天发生的事情就更气人了。

王大师到开发区去会一个客,路上碰上了一个碰碰和。幸亏警察来得快,那两个满哥远远看见警察来了,骑上摩托车就跑,诈骗没有成功。他们跑的时候,王大师听见一个人喊另一个人,被喊的那个人叫什么“精肉”。王大师十分不解,龙鳞城里搞碰碰和的满哥,都是一些没有什么能耐的小混混,他们小打小闹,一般只诈骗社会下层。因为西装革履的人一报案,警察往往比较重视,他们也不想过多地和警察打交道。王大师西装革履,精肉们吃了老虎胆,他们是瞎了眼么?

这不正常!

二十六

青春聚会

王大师那一夜没有睡好。

连续三天走到哪里都碰到鬼,王大师当然睡不好。

王大师那一夜睡在床上,仔细回忆曾经得罪过哪一路诸侯,还是想不明白。王大师先富起来后乐施好善,其实是做过好多好事的。前几年龙鳞发大水,龙鳞电视台的屏幕上就多次出现过他的瘦弱的身影。他连续几次给堤上抗洪的武警官兵送盒饭,一送就是一车。一位上校当时拉着他的手说,我们是军民鱼水情。王大师也说,鱼水情,鱼水情!王大师的公司租赁在江南小区,每到年关,王大师都会以公司的名义,给小区内的五保户送米送肉,当然,送之前要约好电视台,送一回上一回电视,否则就不划算。小区里有一个贫困学生,现在都还是一开学公司就为他交学费,《龙鳞日报》曾经报道过这件事。王大师和黑道没有什么交往,他从事的事业,也不需要与黑道交往。王大师三想四想七想八想,突然想起:这事是不是和夏小丽有一些关系?那个“兜腮胡子”找到小区来了,说他有一个妹妹在这个小区做保姆,主家好像就住在这几栋房子,不会就是问夏小丽吧?“兜腮胡子”预测的事也好离奇,你看他好有味,他要预测他的仇人还活得好久,而他的那个仇人,正好和我的生庚年月是同一个时辰!

威胁,会不会是威胁?

想起“兜腮胡子”冷冰冰的声调,和他眉宇间隐隐的杀气,王大师就感到紧张。

王大师决定揭开这个谜。

早晨起来，王大师最后一次颠倒主仆关系，下好面条后又捶夏小丽的房门。这一回太阳从西边出来了，夏小丽态度很好，竟然隔着门说，王伯伯我不好意思，明天我会早点起来，面条还是我下，你是主人我才是保姆呢。很快，就听见里面放水冲厕所的声音了，夏小丽在里面咚咚咚咚踩得地面乱响。房门打开，夏小丽如一轮太阳艳丽升起，光焰照人地在灶台边一站，五分钟还不到就用电炒锅煎好了两个鸡蛋。夏小丽用筷子时十指尖尖握成个兰花手，将鸡蛋夹到王大师的碗里又嫣然一笑。夏小丽说，王伯伯呵，你要加强营养呢，我们刘主任说了，你是龙鳞城里的名人，是人民宝贵的财富。

然后大大方方坐下来吃面。

夏小丽一反常态，王大师又感到这不正常。王大师将一只鸡蛋拨到夏小丽的碗里，试试探探地问，小夏，你有几姐妹呀？

夏小丽答，还有一个哥哥。

王大师心里一惊：哥哥在哪里发财呀？

夏小丽说，说出来不怕伯伯笑话。哥哥不争气，和不三不四的人混，白刀子进红刀子出的，在笼子里蹲了两年了，刚刚放出来，我不知道他在哪里。我听妈妈说，他这一向正满世界找我呢。

王大师一根筷子就掉到了桌上。

王大师捡起筷子对夏小丽说，这样的哥哥你就不要联系呵。

夏小丽说，没事我当然不会联系。

没事不联系，有事那就会联系了呵？王大师赶紧一口喝完面汤，匆匆提起他的包就出门了。

夏小丽今天的表现真的好，王大师出门的时候，她抢着给王大师开门。王大师下楼了，她还问王大师，伯伯你喜欢吃什么？今天我煮中饭。

王大师说不必了，中午我在公司吃饭。

王大师下楼时听见夏小丽在唱歌，唱的是“我们走在大路上，胸怀壮志面对朝阳”。

罗海军和大师傅三哥在厨房里盘底。

大师傅三哥说这个月只用了九桶油，罗海军的账面上却是十桶油。两个人争来争去，大师傅三哥赌咒发愿，罗海军则是义正严辞。正争不清场时，罗海军别在腰上的手机响了。

罗海军拿起手机一看号码，马上就说，九桶就九桶吧，让你做一次贪污犯，老子不跟你争了。

大师傅三哥说，我晓得，又是那个夏小丽来的电话。大师傅三哥恭维罗海军说，海哥哥呵，夏小丽俨像了林黛玉，你他妈的是独占花魁呢。

罗海军说，你莫乱讲，乱讲就还是十桶油。

大师傅三哥马上就不乱讲了。

大师傅三哥不需乱讲，罗海军和夏小丽的爱情故事，相思酒楼的人早就都知道了。相思酒楼的人暂时还不知道的是，罗海军这几天正在指挥一场重大的战役。他运筹帷幄决胜千里所表现出来的杰出才华，如果让他当年的部队首长知道了，会后悔不该让他复员。他不复员的话，有可能若干年后，会出现一名优秀的指挥员。这几天他真的站在二线，以夏小丽为卧底，指挥站在一线的庚先生，指挥庚先生的朋友四铁匠，还有什么叫做肥肉精肉的一帮混混，给王大师那条老狗制造了不少麻烦。罗海军给庚先生规定的原则是：让老狗感觉到威胁，但又无法报案。现在，夏小丽又打电话来了，夏小丽在电话里说，王大师出门了，估计他今天不会去“科学预测”，会来办事处找刘主任一诉衷肠。

夏小丽是一个优秀的卧底。果然，一刻钟后，一部的士车停在相思酒楼，王大师顶着他仅有的几十根宝贵的头发，看见罗海军象征性地点了一下头，就急匆匆上楼去了。

罗海军跟着上楼。

大师傅三哥从厨房里追出来：海哥哥，你账面上猪肉一百二十三斤，我账面上只有一百一十九斤呢。

罗海军手一挥：一百一十九就一百一十九，没有看见我搞不赢？

大师傅三哥吐一下舌头，脸上蜜笑。

罗海军对账对得马虎，他这个月就又有小收入了。

刘达夫已经在办公室工作多时了。彭玉蓉那婆娘喊一声休年休假，就住在寒陵卵事都不探了，现在大事小事就都要刘达夫亲自到位。和海南老板的谈判进入了实质性阶段，酒楼的账目又有一点混乱，这几天刘达夫真的忙不赢。刘达夫将手机上的报时铃调整了一下，六点就报时，就“达达达的，的的的达”地吹出起床号了。他睡在楼梯转弯处的那个小屋里，一听到手机吹军号，就起床胡乱洗把脸，就到办公室来工作，真有一点日理万机的味道，早餐都是楼下服务员送上来吃的。王大师进去的时候，刘达夫正一边吃面条，一边和远在寒陵县里的何一修打电话。他没有工夫和王大师打招呼，就只点了一下头。喂，喂，三条措施保证优惠海南老板百分之四十的电价，王书记同意没有？电话那头说同意了，刘达夫又问和海南老板正式谈判，是县里派人来在龙鳞谈，还是将海南老板请到寒陵去谈，办事处还要做一些什么工作。

刘达夫一边打电话一边吃面条，吃得办公桌上星星点点，罗海军进去，正好为他收拾办公桌打扫战场。

罗海军收拾了办公桌，将刘达夫用过的碗筷送下楼又上来了，上楼坐在刘主任对面，拿出酒楼的账来仔细地对，两只耳朵张开了，听王大师都给刘达夫说了一些什么。王大师这一回没有吹牛皮，没有吹他可以为办事处招多少商引多少资，王大师这一次讲的是一个很实际的问题。王大师一下子变得很谦虚了，他说他不够级别，说夏小丽放在他家里做保姆，对办事处来说是浪费了。

刘达夫开始没有听懂他的意思，刘达夫高高在上，还不知道罗海军和夏小丽的故事，当然就不知道这两天发生的故事。刘达夫一如既往调侃王大师说，你不是说夏小丽很适合你么？怎么？是肾脏功能不行还是有严重的前列腺疾病？罗海军不爱听这样的话，刘主任这样调侃王大师时，他将手里的一本账本翻得啪啪啪乱响。

王大师这回说刘主任上回说过的话了，王大师说，刘主任你莫开玩笑，我女儿还比夏小丽大得多呢，我又不是吃草长大的。罗海军爱听这样的话，王大师这么说时，他翻账本就翻得一点声音都没有了。看来王大师是想清楚了，不敢要夏小丽做保姆了，王大师说，感谢办事处对我的关心，我其实还没有对寒陵县做出一点贡献呢，办事处就给我安排一个保姆，我是受之有愧。我只有一个人，家里本来是不开伙的，我看你们还是把宝贵的资源用在最需要的地方去吧。

刘达夫装着很认真地问王大师，小夏她服务态度不好？

王大师说，不呀，小夏她服务态度很好。

刘主任又问，主持家政的能力不行？

王大师答，能力行，两分钟鸡蛋就煎好了，两面焦黄。

刘达夫就猜想是一个什么原因了，他猜想一定是夏小丽坚贞不屈，王大师奈不何，不想浪费精力了。但世界上的事情就是这样：有的事情可以说，不可以做，有的事情可以做，不可以说。夏小丽的事情，就是可以做不可以说的事情。王大师做不好，就更不可以说了，大家都心里有数就行了。刘主任看王大师不像是开玩笑，也不像是有情绪，刘达夫就说，我是考虑了你的呵，是你自己施礼讲客气的呵，你以后不要说你没有享受待遇呵。

王大师说，你以后有合适的再给我安排一个。

刘达夫心里想：老子只还会给你安排个鬼！你一口的泡子，这一个线索那一个线索，落实起来却一个都落不实。现在看起来彭玉蓉是对的，你并没有什么真本事。你就装神弄鬼搞你的"科学预测"去吧，今后办事处你能够少来就尽量少来。但刘达夫只是在心里这样想，口里是不会这样说的。他口里说出来的是：好呵好呵，有合适的我再给你派一个。

王大师还要去搞他的"科学预测"，办完这件事就走了。

王大师走后，刘达夫很有感触地说，很多事情就是这样，拖一拖，自然会有个结果。

罗海军接腔说，是呀，我还没有去了解情况呢，问题就解决了。

刘达夫说，解决了就好，解决了就好。

罗海军想起一个事，说，王大师还在我们酒楼签了好多单呢。

刘达夫斩钉截铁地说，不打折扣了，叫他用现金结账！

夏小丽的问题就这么解决了，她将到一个新的工作岗位上去工作。新的工作岗位在行署大院里，主家是一个很和睦很文明很有教养的领导家庭。夏小丽很满意，罗海军也很放心。为了向兄弟们表达真诚的感谢，罗海军和夏小丽在相思酒楼设宴，招待娥姐、庚先生、四铁匠和曼曼姐。罗海军本来还要让四铁匠通知肥肉和精肉的，四铁匠说，我金盆洗手，已经辞去了块长职务，正式开始和曼曼姐学理发了，和肥肉精肉那个社会友好分手了。四铁匠建议，肥肉和精肉各送一条烟比较好，在相思酒楼请他们吃饭不很合适。

罗海军想想是有道理，就没有通知肥肉和精肉了。

宴会是在晚上六点开始的，罗海军和夏小丽站在酒楼大门口迎接客人，罗海军西装领带，夏小丽长裾飘飘。娥姐是坐庚先生的人力车来的，一下车娥姐就问罗海军,你们两个人怎么都没有戴大红花呢?罗海军一时没有反应过来,问,戴什么大红花?娥姐说,你们戴上大红花,就是新郎新娘了。庚先生就坏笑,说一万年太久只争朝夕,什么新郎新娘哟,我估计人家已经是老夫老妻了。夏小丽当时就红了脸,跑到包厢里躲起来了。四铁匠和曼曼姐坐一辆摩托车来到时,她再不肯和罗海军一起站在大门口了,改在包厢里和四铁匠与曼曼姐握手。曼曼姐一见夏小丽就抱紧了她,连说天上掉下个林妹妹,说罗海军艳福不浅。四铁匠不说话,象征性地和夏小丽握了握手后,就坐下来表演特技。他不知道是从哪里学来的本事,一粒一粒拈了摆在圆桌上的花生米,伸直了手臂反手往嘴里丢,粒粒都可以命中。

四铁匠的特技表演,将夏小丽看了个目瞪口呆,将前来上菜的服务员也看了个目瞪口呆。

菜很快就上齐了,因为是罗海军私费请客,大师傅三哥就拍马屁。罗海军丢了一百块钱在收银台,说是“随便搞几个菜”,大师傅三哥却搞出来了六个冷盆,六个荤菜,四个素菜,其中两个荤菜还是火锅。还提出两瓶酒鬼酒来,说是白天客人喝剩的。夏小丽说她不喝酒,大师傅三哥又从库房里搬出了酸奶和果汁,也说是白天客人喝剩的。罗海军看来也不是什么廉洁干部,那酒鬼酒包装都没有撕开呢,怎么会是白天客人喝剩的?酸奶和果汁也一样。可他就当做是白天客人喝剩的了,一杯杯倒好了,扯一扯领带举杯发表他的祝酒辞。

罗海军说,女士们,先生们,感谢大家光临我们的酒会。还有几位朋友因故不能前来参加我们的酒会,委托我代表他们向大家致以亲切的问候。本·拉登不小心点着了美国的一座楼房,美国人正找他的麻烦呢,他不好露面,请了假。金善玉竞选世界小姐正在关键时刻,她也来不了。李嘉诚本来机票都定好了的,香港机场今日大雾,飞机不能起飞,李先生打了个电话来,深表歉意。克林顿和希拉里没有办好签证,过不了海关,这一次也就来不了了。为因故不能前来的朋友们,为在座的朋友们身体健康,我建议大家举起杯来,干杯!

干杯!干杯!

六只玻璃杯碰得一片响。

庚先生一口将酒喝干,说,他们不来算了。

四铁匠那酒是倒进嘴里的,他说,今后他们请我,我也找个借口不去。

好像那些世界顶尖级的人,真的和他们都是朋友。

曼曼姐竟然不知道本·拉登,很认真地问罗海军本拉登是谁,怎么不小心点着了美国的一座楼房?罗海军正要解释,四铁匠抢着哄她说,本·拉登就是我们鲤鱼塘村张木匠的二崽呀,跑到美国去了,改了个名字叫本·拉登。

曼曼姐信也不是,不信也不是,一双漂亮的眼睛瞪得好大。

哄堂大笑,夏小丽笑出眼泪来了。

喝酒喝酒!

吃菜吃菜!

他们海阔天空地神聊,没有一个人提起王大师一句话。

这个晚上很平常,龙鳞城依然是暮色沉沉。因为电力紧张,大街上的路灯隔老远才开一盏。有流浪汉这么晚了还在沿街看风景,有踩着人力车的人还在努力寻找肯花两块钱坐车的人,有小偷躲在阴暗的角落里,盯着人家的钱包两眼发光。花红酒绿的场所,霓虹灯却还是那么灿烂,男人女人相依相拥,男人打着酒嗝,女人喋喋不休。可是在相思酒楼,几个乡下青年混迹在人家的城市里,却很认真地过着他们自己的生活。他们是这个城市的边缘人,他们想进入这个城市,但这个城市目前还在拒绝他们。他们有耐心,他们中有的人也曾躲在阴暗的角落里,盯着人家的钱包两眼发过光,但他们并不希望自己永远这样。他们也向往爱情,珍惜友情,向往一份真实的平安的生活。他们其实都很有才华,只是暂时没有机会发挥而已。

酒过三巡,罗海军就有点口无遮掩了,站起来拉起夏小丽,邀了夏小丽一个一个来敬酒。敬到庚先生面前,庚先生说,我祝新婚夫妇今天晚上身体快乐,我祝你们的床铺健康,不会崩塌。庚先生这样一说,夏小丽就坐下来再不敢起身了。罗海军反击庚先生说,你以为我们也和你一样?婚都没结就总是往“老地方”跑?他说“老地方”的时候,那眼睛就盯了娥姐,意味深长地坏笑。

娥姐装作没听见,心里却恼了。她在心里想:庚先生你好能呢,你还有什么事没有和人家说呵?心里一恼,就在桌子下狠狠地踢了庚先生一脚,踢得庚先生突然大叫一声。四铁匠吓一跳,问庚先生你叫什么?庚先生回头看一下娥姐,知道是自己嘴巴过去惹下的祸,却对四铁匠说,我想叫,进城来我第一次这么高兴,我叫我是在抒发感情。

夏小丽挨着娥姐坐，只有夏小丽看见娥姐踢了庚先生一脚。夏小丽笑，娥姐也跟着笑。

这是一次青春的聚会，他们的青春并不因为苦涩而失却光芒。他们认为，纵然是苦涩的青春，但只要有爱情陪伴，也同样可大放异彩。后来他们就打开包厢里的音响，迫不及待地唱歌了。唱《妹妹找哥泪花流》，唱《路边的野花你不要采》，唱《三大纪律八项注意》，唱《莫斯科郊外的晚上》，唱《打靶归来》，各人都把自己会唱的歌唱了一个遍。四铁匠不会唱歌，就自告奋勇表演口技，学了狗叫又学牛叫，后来又表演拿大顶。他双手倒立袒露出他黑色多毛的肚皮，沿着四面墙走了一遍，博得了大家热烈的掌声。

二十七

文玉均的故事

按照王书记的指示，何一修来龙鳞城里接那个隔三年就办一个厂的海南老板去寒陵具体谈判，顺便检查一下办事处的工作，在相思酒楼住了一夜。早晨起来，刘达夫进包房，请何一修楼上楼下都看一看情况，再听一听汇报。何一修伸个懒腰，跌在沙发上坐下来说，看个屁！汇报材料我回去三分钟就写好了，你要不相信，我现在就说给你听。

刘达夫说，我晓得你有这样的本事，但还是看一下的好。

刘达夫生怕何一修遗漏了他的成绩。

何一修眼睛看着天花板，口里就念道：办事处落实三项基本原则和两个重要思想，突出了一个招字，狠抓了一个引字，为县域经济的发展做出了可喜的成绩。具体来说，就是落实了几组数字。何一修油腔滑调幽默一阵，这才告诉刘达夫一个讯息：彭玉蓉那婆娘也搞了个项目带回县里去了呢，师傅你还说她休年休假了，你这回被她瞒得一点风声都不知道呢！

何一修把他所知道的关于香港老头的事说了一遍，说得比较委婉，比较轻描淡写。因为何一修想清楚了，他现在已经不好站到彭玉蓉的对立面去了，和彭玉蓉的关系从现在起要慢慢调整。因为彭玉蓉后面有王局长，王局长后面有王书记，他还站在彭玉蓉的对立面，不是自己去找死么？

刘达夫还真不晓得香港老头的事呢，刘达夫开口就骂，茶杯在桌子上顿得茶水直溅：这个婊子婆！还看她不出呀，瞒得密不透风，这不是公开跟我叫板了么？当初求老子调她来办事处时，一张嘴巴是怎么说的呵！刘达夫怪何一修：香港老头的事，你难道是今天才知道？你应当早一点就给我打电话才是。

何一修就做和事佬。何一修很策略地说,办事处还不晓得搞得好久呢,你让她搞去。搞不成是她的责任,搞成了是办事处的功劳,办事处总之还是师傅你负责嘛。

何一修在官场上混得越来越老道了。

不过何一修讲的也是真的。

何一修告诉刘达夫,中央有领导已经在一个很小很小的范围内吹风了,说到处都搞开发区,一些乡镇也划出一片土地来搞开发区,开发区搞滥了,土地资源在白白浪费,中央正在全面调研,马上会做一些调整。二呢,省里一个考察组前不久到了寒陵,王书记的地委委员基本上确定得差不多了。王书记肯定是要调到地区来工作的,不是副专员就是副书记。到时候他就站得高了,考虑问题就要把握全局一盘棋了,思维的角度也就不同了。他还会希望下面县里都在地区建办事处?都钻山打洞抢锅里的肉?对地区来说,还是那些肉。所以师傅你这种搞法不对,我们只能是做一天和尚念一天经,不要期望真的做出什么大成绩来。何一修批评刘达夫说,你怎么还睡在楼梯转弯处那个小屋里呢?你住了这个包房会死人?车是人坐的,你为哪个节省汽油呵?王书记不会因为你节省汽油表扬你,彭玉蓉也不会因为你节省汽油就不搞你的鬼,师傅你何苦呢?何一修只不好直截了当地对刘达夫说,你搞彭玉蓉不过,人家现在只怕坐了王局长的车在寒陵城里兜风呢,人家已经抱上了大腿了。

他还有一个消息没有告诉刘达夫:王书记已经找他谈了,说要发挥他的特长,小何你还是专心向文秘发展,今后办事处就不要你分心联络了。

这就是说,王书记要启用招商局那条线来控制办事处了。

可刘达夫还蒙在鼓里。

刘达夫本来早晨心情还蛮好的。"村村通"工程刚刚为县里立了功,海南老板这里又搞熨帖了。夏小丽的事平稳过渡,相思酒楼清理账目也没清理出什么大问题。他正想松一口气呢,不想何一修几句话,又把他的心情弄得一塌糊涂。彭玉蓉倒没有什么可怕的,一个臭婆娘,跳起脚来屙尿也屙不了三尺高,倒是何一修推到今天才通报香港老头的事,说明自己确实在滚滚向前地走下坡路了。何一修不可能今天才知道香港老头的事,他今天才透出来一点点信息,分明是在走平衡路线,不是以前那个何一修了。但刘达夫也不怪何一修。人家年轻，还要上进，他也要看王书记的眼色行事，他还想王书记把他带进龙鳞城里，他不可能为了贴师傅而把自己赔进去。

刘达夫那一瞬间就想清楚了，一切天注定，万事不由人。彭玉蓉要搞，就让她来搞吧，这个鬼办事处，既然也搞不得好久了，我明天起就不节省汽油了，我从明天起就住到这个包房里来！

何一修走后，刘达夫就真的搬到包房里来住了，楼梯转弯处的那个小房子，就让给了罗海军。搬进包房后，刘达夫给家里打了个电话，要老婆先到龙鳞城里来住几天，住得厌倦了，我们就到深圳海南去旅游去，说再不走一走，我们就会老得走不动了。给家里打了电话后，刘达夫将罗海军喊到办公室来，说香港老头的事你未必就一点都不晓得？好，你不晓得就不晓得，我只怕是应当退居二线了，今后办事处的事，你和彭主任商量了搞了就是的。刘达夫明显是在说气头话，刘达夫说，我也有年休假呢，你给彭主任打个电话，说我也休年休假了，要她快点回来。

罗海军唯唯诺诺，表态说日久见人心，刘主任你就看我的行动吧。

刘达夫做出个要撂挑子的样子出来，可罗海军知道，他这样年龄层次的干部思维轨道已经是既定的了，就是对组织上有意见，也是不会撂挑子的。

计委张主任家里出问题了。

而且是大问题。

计委张主任的夫人姓文，在文化局当会计，比张主任年龄稍微大一点，长相也有一点显老。文会计这几天有一个重大发现，他们家里的那个小保姆，早晨一起来就将自己关在厕所里呕天呕地。小保姆平时零食只剥瓜子，每天剥出来一大堆瓜子壳壳。她剥瓜子很有水平，瓜子从嘴巴这边进去，壳壳从嘴巴那边出来，嘴巴里好像装得有一条专剥瓜子的流水工作线。但这几天小保姆不剥瓜子了，房间里却藏有许多酸杨梅、酸刀豆、酸萝卜。文会计和张主任感情不好，张主任年轻的时候卖过余粮，伤害了文会计的感情，从那时候起，两个人就经常是吵了和，和了再吵。如果不是有一个孩子，怕给孩子造成伤害。他们很可能早就离了婚了。文玉均来的时候，文会计本不想要的。小孩放在省城外婆家上中学，家里就两个大人，应酬得下来基本上可以不开伙，会有好多事做呵？可张主任说，你除了上班就是打牌，这个屋只是你的旅社。你看写字台上的灰尘可以练书法，我醉死在街上也没有人收尸，我看就不要客气了，人家送来了保姆，就要了算了。文会计挡不住，文玉均就进屋了。文会计一见文玉均，马上就生出一份担心。那鬼妹砣两只眼睛有一点对，两眼间的间距明显的比常人小一些，看人就很媚了，相书上说这是妲己相。妲己是狐狸精，纣王的江山就是妲己毁掉的，文会计就给张主任敲警钟了。你还记得你年轻时吃的亏么？要不是吃了那个亏，你早已是厅级干部了呢，这个保姆最好还是退了。张主任马上就生气了，张主任说，文会计你这是什么意思呵？讲好了不翻老账的，你这不又是在翻老账么？两个人还没讲几句话又吵了起来，吵得家里天昏地暗日月无光。文会计是去年进入更年期的，也不知道怎么搞的，还没有五十岁就绝经了。进入更年期后，文会计连和张主任吵架的兴趣都没有了，吵了那一次就懒得跟张主任再吵了。

她只是瞪大了一双警惕的眼睛，不准张主任和小保姆嘻嘻哈哈。

她不晓得，这样的事情，就是派一个警卫连来，也是守不住的。

文玉均根本没费什么力气，就把张主任做翻了。

具体的过程文会计当然不可能知道，但结果是瞒不住人的，文玉均好像也没有打算要瞒文会计。文会计那一天发现了文玉均呕天呕地，抄检她的房间，发现她的房间里还有许多酸杨梅、酸刀豆、酸萝卜。文会计那一天就没有去上班。待张主任提着他的包出门后，文会计将文玉均喊到客厅里坐下，一张苦瓜脸绷得铁紧的。小文呀，你给我老实交代，你这几天是不是身体有一些不舒服？文玉均踏一双拖鞋，喊了半天才从房间里出来。出来后歪歪斜斜往沙发一倒，一双对了眼望了天花板一眨一眨，一点也不紧张。她手里还拿了一包酸杨梅，示威似地当着文会计的面，就一粒一粒地往嘴里丢。文会计忍住心头的怒火，还是细声细气地说，小文呀，你要是身体真的不舒服呢，就早些讲，早些讲还有办法想，讲晚了就没有办法想了。文会计讲了三担六箩筐，讲女性要自尊自爱，讲不自尊自爱到底还是自己吃亏，文玉均还是望了天花板，总之不做声。

一直到一包酸杨梅吃完了，文玉均这才说，这个事你就不要问我了，你问你们张主任就是的！

说完，趿起拖鞋，踏踏踏踏进了自己的房间。

文会计当下就气得眼泪一滚。

滚,你给我滚！文会计追到房门口破口大骂。

文玉均啪的一声把房门关上,不屈不挠送出来一句话:你怕还是旧社会呵？我是一个受害者呢,就是滚,也要有一个说法！

文玉均阴毒得很,她当然不会滚,她的计划还只刚刚开了个头呢。

后来的几天里，张主任的家里当然就变成战场了，上演的是现代武打戏。

文会计不冷静,河东狮吼抓烂了张主任的脸,还将刚买了不久的豪华电视机都打烂了。文会计打电视机的时候,张主任双手捋着头发无可奈何坐在沙发上,听凭文会计歇斯底里,那模样是可怜极了。文玉均则是这出现代武打戏的惟一观众,她趿了一双拖鞋倚在房门口看,严守中立的立场,竟然还有闲心吃她的酸杨梅。文会计砸烂电视机冲出门去了,反手关门时扔下一句话,说姓张的你不错呀,又搞大一个肚子了,我这就到地委去汇报你的丰功伟绩。

这一枪打中了张主任的要害。

张主任就怕她这一着。

文会计一出门,张主任双膝一软,就在文玉均面前跪下了。小文呀——张主任抱着文玉均的双腿说,现在只有你救得我了。我找个人陪你去无痛人流,你先回家休息一段,我保证日后给你安排一个好工作。

文玉均将张主任扶起,眼泪一下子就流出来了。文玉均说,张主任呀,你现在要我走了,我记得你搂着我时不是这样讲的呢！

张主任撕扯自己的头发,又捶自己的脑壳:怪我,都怪我。我管得住计委系统几百干部,管不住自己的老二。

张主任富于自我批评精神,其实这完全没有必要。他和文玉均的这个风流案,到底哪个是主动,哪个是被动,是没有人能够说得清场的。文玉均一进这个门心里就感慨:好大的房子呵,我要是这个房子里的女主人就好了。张主任一看见文玉均心里也感慨:好漂亮的妹砣呵,文会计从来就没有这样漂亮过！一个是要锅补,一个是要补锅,张主任两口子的感情又不好,发生一点什么故事也就实在不足为奇。只是张主任有一个事没有处理好。他一趴到文玉均身上,搂了那一堆温香软玉就胡言乱语,就什么弥天大愿都许得出来。文玉均说我们一生一世不分离,他就说不分离。文玉均说你要和你老婆离婚,他就说肯定离婚。文玉均问,驮了崽怎么办？张主任急不可耐勇往直前,想都不想就气壮山河地许下愿心说,驮上了就驮上了,生下来就是的!

所以现在文玉均不肯去无痛人流。

文玉均要张主任讲话作数。女人的青春只有一次,文玉均不能这样不值价。

文玉均不肯去无痛人流,张主任拿了她也没有办法。文会计说到做到,真的就到地委找了管计委这一线的副书记,痛说了苦难家史。副书记安抚了文会计,把她冷静下来送走后,就一个电话喊来了张主任。副书记拍着桌子骂张主任,骂完了说,组织上还给你一次机会,你要自己处理好这件事情,我给你一个时间。副书记说,现在人民群众对我们干部要求很高呢,你自己如果处理不好这件事情,组织上就只好出面了。组织上一出面,那影响就太大了,太不好了,你晓得对你会是一个什么结果。

张主任软塌塌地回到家里后,想来想去,只好去请刘达夫出面,请他来做文玉均的工作,动员文玉均去做无痛人流。

张主任开一部车,横穿了整个开发区,搞地下工作一样把刘达夫拉到了郊外,停在了一座很偏静的山脚下。关掉发动机,张主任摸出一个红包,把红包推到刘达夫面前就声泪俱下。张主任说,老刘呀,兄弟我是碰到一个坎子上了,这回只怕是过不了这个坎了。

刘达夫大吃一惊:检察院找你的麻烦了么?

张主任摇摇头:都是你们那个小保姆呵,当然,怪还是主要怪我,怪我自己不争气。

张主任痛心疾首,向刘达夫细说根由。张主任细说根由,说到文玉均是如何多次引诱他时,刘达夫恨不得一脚就把他踹下车去。你这个家伙还要引诱?刘达夫说,闻见一点腥气就扑上去了,老夫聊发少年狂。刘达夫指着他的鼻子说,你不错呵,上面好像还没有下发文件,还没有规定领导干部可以一妻一妾呵。你倒好,在生活问题上,你就提前奔小康了。又感叹,拍着自己的大肚子感叹说,你们有本事的人搞大别人的肚子,我们没本事的人,只会搞大自己的肚子。

刘达夫讽刺张主任,说得张主任无地自容。

张主任心里说,我是被你们害了呢,这样的糖衣炮弹打出来,还有几个人不举手投降的?但他只是在心里这样想一想,说是不敢说出来的。张主任只能说,文玉均现在已经不听我的话了,我只能寄希望于你老人家了。她是你你老人家的人,你的话,想必她还能听得进去。

出了这么大的事,刘达夫心里也紧张。他也怕出事,王书记说了"主要是管理",出了事就是他管理上不行,他也交不得差。刘达夫还担心一个问题:文玉均的父母现在是还不晓得,要是她的父母晓得了,这一出戏就会唱得更热闹了,所以要尽快了结。刘达夫说,小文是我派起去的不错,但我是派给你做保姆的呵,你怎么把她的工作性质搞错了呢?是我当时没有给你讲清楚么,我的张主任?

张主任更加作不得声了。

张主任很幽怨地看了刘达夫一眼,声音小得像蚊子嗡嗡。他说,千错万错,都是我的错,好不好?但现在你得帮我,帮我过这个坎。你现在要做她的工作,有可能还要做她家里的工作,花钱是少不了的。我呢,我先筹措了这一点,我不会让你费了力还贴钱的。说罢,张主任很小心很谨慎地将红包挪到刘达夫身旁,示意刘达夫收下。

刘达夫说,文会计知道么?动用的是私房钱吧?

张主任烦了,说,什么时候了,你还调我的口味!

刘达夫就不调张主任的口味了,就拿起那个红包,一张张数票子。数清了,却叹一口气,依然装进红包仍然放到张主任的衣袋里。刘达夫说,你给我来这一套,我好反感!我们多年兄弟了,还用得着这一套么?钱可能是要用一点的,要用的时候你来付,我不经手。问题是我也烦躁呵,你有难处,我也有难处呢,我们办事处的那个彭玉蓉,就快把我逼到绝路上去了。

张主任一惊:你和她也出了问题?她老公七老板我认得,那可是一个不好惹的人呵。

刘达夫哭笑不得,刘达夫说你怕人人都像你?我讲的是另一个问题。这回是刘达夫细说根由了。彭玉蓉搞的那个无公害养牛场,要占用几百亩土地。一次批这么大数量的土地,寒陵县计委是没有权限的,过去操作的办法是化整为零,地区计委睁一只眼闭一只眼,瞒过了省里也就行了。刘达夫不想让彭玉蓉搞成器,张主任一打开眼睛,不准寒陵县化整为零,这个项目就会卡壳。彭玉蓉你不就是凭了这个项目,在王书记面前媚来媚去的吗?我让你媚不成!那一天何一修说了香港老头的事后,刘达夫就想到了可以到地区计委来动动手脚的,毕竟狼子野心太明显了,在张主任面前开不了口。现在不同了，张主任乱了方寸了，有求于我了，就说了。

刘达夫和彭玉蓉有矛盾，张主任原来也略知一二，但没有想到有那么严重。那个婆娘，张主任也是在社交场合见过两面的。长是长得还可以，但你跳舞时想搂她一下，搂紧了她就给你颜色看，一点点便宜也占不到，也真的是太狂了一点。刘达夫细说根由，说得张主任有同感，张主任就附和刘达夫说，是刘主任你把她调来的呵，她怎么翻脸就不认人了呢？他就暂时忘记了他正在过一条坎，还不知道过得去过不去。张主任为刘达夫义愤填膺了，要为刘达夫双肋插刀。张主任当下就表态，中央有领导已经在一个很小很小的范围内吹风了，开发区问题要调整政策，土地资源是不可再生的资源。资源代价和产出效益要成正比，过去那种打着投资名义搞圈地运动的搞法肯定是不行了。他表态说，只要我还搞计委主任，就再不准化整为零欺下瞒上了。问题是我还不晓得过不过得这个坎呢。话说到这个份上，两个人就结成统一战线了，刘达夫就建议还是把车开到城里去，找一个茶馆坐下来，细细地谈。

不就是搞大了一个肚子么？用不着这样紧张。刘达夫安慰张主任说，如今这样的事情太多了，又不靠了哪一个。只要没有影响社会治安，就是个人的家庭内部事务。刘达夫说，我看主要是找出一个你、你老婆、还有文玉均三方面都可以接受的方案出来。打断骨头筋还在，你和你老婆总还有共同利益，关键是要稳住小文。当年中美建交，台湾问题无法谈。基辛格博士一句话，台湾海峡两边的中国人都认为只有一个中国，还不是就解决了？

张主任千恩万谢，马上启动汽车。

他们再穿过开发区，穿过空空荡荡的龙鳞广场时，看见广场的左角上一帮人正在搞测量。刘达夫问，听说这里四个角上要建四个楼，立项了呵？张主任说，只有那边角上电视大楼立项了，就要招标了。

二十八

野猪肉

彭玉蓉去寒陵后,马诗人更烦躁了。

大楼就要投标了,他手里握的金元宝却还是兑不了现。

七老板的电话是打不通的,无数次打通彭玉蓉的电话,彭玉蓉无数次都说,我在寒陵呢,我休年休假。马诗人不相信彭玉蓉在寒陵,彭玉蓉就用她家里的座机给马诗人打了一个电话,来电显示是寒陵的区号,马诗人也就再没有什么话好说了。彭玉蓉说,七老板一回龙鳞就会来找你的,马诗人就懒得出去了,窝在家里等七老板。

不出去在家里做什么呢?

只好上网聊天。

那一天,他和重庆山城一个网名叫“你猜猜”的新网友聊天。“你猜猜”自报芳龄四十八岁,离异独居,正在寻找“夕阳下的最后一朵玫瑰花”。两个人真真假假,聊得还算开心。网上聊天,聊的就是幽默和机智,相互都下套子,希望对方钻进来原形毕露。马诗人却不要“你猜猜”下套子,他忍不住就告诉“你猜猜”了,自己是一个诗人,是世界华人诗人联谊会总干事、香港抒情诗人驻内地联络处主任、中国乡土诗人联合会副总干事、中国农村青年诗歌爱好者协会副秘书长、省里大众诗社荣誉社长、省里某某报副刊特约诗歌编辑、龙鳞一中神风文学社顾问、岩山县青山镇中学客座高级讲师。前不久还是龙鳞地区艺术创作室的主任，因为组织上要派一个懂艺术的人去加强电视台，提高电视台节目的品位，所以现在是龙鳞电视台台长了，正儿八经的副处级。刚刚介绍完，“你猜猜”就说我头晕，我要下线了。马诗人还要聊，“你猜猜”就说，我们互相交流新段子吧。马诗人说好，“你猜猜”就发过来一个段子：

市长带了公安局长、人事局长、粮食局长还有一个诗人乘车下乡检查工作，一老牛卧在道上就是不让路。公安局长下车，威胁老牛要枪毙它，老牛不动。人事局长下车，威胁老牛要开除它，老牛不动。粮食局长下车，威胁老牛要停它的口粮，老牛仍然不动。市长要诗人再去做做工作，诗人下车，附牛耳轻轻数语，老牛扬蹄而逃。车开动了，市长表扬诗人有工作能力，问诗人对老牛说了什么，诗人答：我通知老牛，你再不让路，市长就要任命你做诗人了！

马诗人起先还觉得这个段子蛮有意思，过细一想就愤怒了。好个“你猜猜”，你他妈的看不起老子，是在讽刺老子呢，你的意思是说老子这些头衔一个个都狗屁不值！马诗人就想也回一个段子报一箭之仇。马诗人虽然是个艺术家，但他不擅长编段子。不过这不要紧，手机短信息业务开通后，朋友们同事们之间互发短信息已经是时尚，人人都成了民间文学家。哪个要黄段子荤段子，打开手机信息箱就是了，那里面储存得有的是。马诗人打开手机，揿到“信息箱”菜单，将还没有删掉的段子都找出来，寻来寻去选中了一条。他手忙脚乱，五笔字敲到屏幕上，鼠标一点“发送”按钮，就发送过去了：

八岁的女孩应该讲故事哄她睡觉，十八岁的少女你要编故事骗她和你睡觉，二十八岁的姑娘你就不用讲故事了，她会自动和你睡觉，三十八岁的少妇呢，她会讲故事骗你和她睡觉，遇上四十八岁的女人你又要编故事了，编一个故事证明你今天真的有事，确实没有时间陪她睡觉。

“你猜猜”飞快地打过来两个字：无耻！

也不打个招呼,啪的一声就下线了。

马诗人哈哈大笑,笑声震得家里天棚上的灰尘也掉了下来,那一刻他好畅快呵,将七老板不露面的烦恼忘记得干干净净。他心里想:妈拉个巴子“你猜猜”,一个半老徐娘却看不起老子,老子要你晓得,你已经是一个我要编故事,证明今天有事无法和你睡觉的女人了,狂狂狂,你还狂个什么呢?

正在高兴的时候,电话响了。

马诗人开始还以为是老婆查岗,那心就一沉。老婆一直认为他是无业游民,过去创作室没有事做,现在电视台又不用上班,无业游民一个当然应当承当起家里的家务劳动。老婆这时候打电话来,肯定是要问他,堆在洗衣机里面的衣服洗了没有?马诗人不要她问,打开电话就讨好老婆说,衣服都洗了呢,洗了衣服再上的网呢。不想说了半天,手机里传过来的却是七老板的声音。七老板笑了个半死,七老板说,哈哈哈哈,蛮听话的好孩子嘛。

马诗人心头一恼,接着又是一喜。

七老板笑过了问,马台长呀,真的在家里洗衣服么?在哪里潇洒呀?

马诗人说,潇洒个屁,有人在玩我的宝,在和我捉迷藏呢。

七老板说,马台长呀,哪个敢玩你的宝,哪个会和你捉迷藏?你就不要告诉我老婆呵,我也是男人,我也有个相好呢。我这一向邀了我的相好,到你们岩山县去了。你们岩山县那一片原始次森林真好玩,我们带了个帐篷,也搞了一回浪漫的。彭玉蓉爱查岗,我干脆将电话忘在家里了,省得她查岗。

马诗人信也不是,不信也不是,就问,你现在在哪里?

七老板说,路过宝地,正好在你楼下。

马诗人将头伸出窗外看,看见果真有一辆雪铁龙,就停在窗户下面。马诗人想,今天的中饭又有着落了,却还是说,你上来还是我下来?

七老板说,我上来,我给你带来了一腿野猪肉。

马诗人说,那我们就煮野猪肉吃吧。

七老板就上楼了。

七老板在楼上走的时候,马诗人寻了个扫把在客厅里划了几个圈。马诗人热爱扑克,马诗人的老婆热爱的是麻将,她昨晚邀了几个小姐妹在家里大战通宵,马诗人一早就上网,还没有来得及清理战场。马诗人划了几个圈后,七老板就进屋了。七老板进得屋来,将一个报纸包了的包包丢在地板上,问马诗人楼下快餐馆的电话记不记得。马诗人报出一个号码来,七老板就打楼下快餐店的电话。一会儿,快餐店小老板就进来了。七老板指着地板上报纸包了的包包对小老板说,把这个拿下去,你搞熟了还配两个菜,再给我们送上来。酒呢,就尽你最好的拿来,我们马诗人斗酒就会诗百篇。

那是那是,小老板说。小老板打开包包眼睛又一亮:哟,岩山野猪肉呵!

岩山县的野猪肉是很有名的地方特产,城里市场上原来还有卖的,现在要保护生态环境,公安局把农民的猎枪都收缴了,城里就难得看得到了,所以价格就和乌龟王八差不多。小老板拿了包包就走,马诗人却说,两个人吃得这许多?

将包包拿进厨房,砍了一小块递到小老板手上。

七老板心里就笑:剩下的那块大的,晓得晚餐时会出现在哪位领导家里的餐桌上呢?

小老板脸上也意味深长地笑着,他意味深长地笑着下楼后,七老板和马诗人两个人就喝着茶吸着烟,有一句没一句地东扯葫芦西扯瓢了。七老板其实并没有到岩山县去,彭玉蓉回来了,那块野猪肉是彭玉蓉从寒陵县带回来的。虽然七老板并没有到岩山县去,但这一点也不影响他说他岩山狩猎的惊险故事。据他说,猪三狗四月月兔,野猪婆三个月就下一窝崽,自从公安局把农民的猎枪都收缴后,岩山县山里的野猪那硬是起了堆。起了堆的野猪在法律的保护下,现在它们的生活水平也提高了。它们不呆在山上吃什么竹根树叶了,它们成群结队地下山,在农民的红薯地里收获红薯,在农民的包谷地里收获包谷。农民没有猎枪也不敢上山打野猪了,打野猪犯法,他们就在红薯地里包谷地里挖陷阱,捉到了野猪说是正当防卫。但七老板说,这一头野猪不是挖陷阱捉的,乡政府接待我特许我狩猎,我不亲自上山亲自开枪那还有面子么?七老板杜撰了他狩猎的经过,最后下结论:打老虎只要一身胆,打野猪那硬是要准备一副板的呵,你们岩山人喊棺材是板,是么?你马诗人是体会不到的,枪一响,那中了弹的野猪吼叫着舞着獠牙,逢山过山逢水过水迎面向你冲过来找你拼命,那才真的好刺激好刺激!所以打野猪时,一定要伴一棵大树开枪。提防野猪冲过来,你就跳到树上去,在树上看着它断气。

他好像真的去打了野猪一样。

马诗人是在岩山县大山里长大的,却并没有打过野猪。正是小时候看到一位邻居打中了野猪但最后还是和野猪同归于尽后，马诗人才下定决心，这辈子要不打野猪只吃野猪肉。马诗人没有打过野猪，也不想听七老板说野猪，七老板说打野猪的时候，他在想一个问题：捏在手里的金宝宝，一定要卖出去！

他晓得七老板不会只说野猪，他总要说到标底上去的。

果然，七老板说着说着野猪，就说到标底上来了。

七老板说，我那相好一玩起来就不想走了，我说，你不走我就走了，我还跟马诗人有重要的事呢，哪能老是陪你玩？这不，我一回来第一个找的就是你，你看你看——七老板从他的黑色牛皮包里拿出一迭材料来，从中又捡出两份：这回一共十个公司投标，有八个公司是我们的，但我们成功的把握就不是百分之八十了，因为我们合作，我们成功的把握应当是百分之九十九。

马诗人说，那是那是。

七老板将手里的材料摊开：只要真诚合作，就可以是百分之百。现在就看你了，六个公司佯攻，两个公司实力超过了标书要求，真上的就是这两个公司了。规定预算最接近标底的公司中标，我们这两个真上的公司就一个预算比标底多一点点，一个预算比标底少一点点，你看怎么样？要填一个什么样的数字呢？这个数字你知道，你来填。七老板将一支笔递给马诗人，说，我们这样一操作，那大楼就怎么都是我们中标了。

马诗人还是说，那是那是。

马诗人那是那是，却并不去接七老板递过来的笔。

七老板就不高兴了。

七老板自己点上一支烟，又给马诗人点上。

七老板说，马台长哪，你还有什么顾虑和要求，你就直说，我这人喜欢直来直去。

马诗人说，我有什么顾虑和要求？我们都是为了龙鳞地区的经济发展。马诗人说他没有什么顾虑和要求，却和七老板说了一个典故。他说有一个人最会讲话了，朋友们相会，一个朋友骑马来，他说，你好威风呵。一个朋友坐轿来，他说，你好富贵呵。一个朋友坐船来，他说，你好雅致呵。一个朋友走路来，他说，你好悠闲呵。一个朋友爬着来的，他也有说法，他说，你好稳当呵。马诗人讲完了这个典故，装出个漫不经心的样子说，我呢，我只怕就是那个爬着来的朋友了呢，哈哈哈哈，我觉得做事最要紧的是稳当。

七老板就黑了脸，七老板说，我晓得你的意思了。

接下来是沉默，两个人都沉默。

七老板从心底里看不起马诗人。不说别的吧，就说烟灰缸。马诗人实在也是一个吸烟的人，客厅里却连个烟灰缸也没有，茶几上摆了一个易拉罐，就用一个易拉罐代替烟灰缸。七老板烂船烂划了，他故意不把烟蒂丢进易拉罐里，故意将烟蒂就丢在地板上，还用脚去磨灭。马诗人皱起眉头，正要提请七老板还是要把烟蒂丢进易拉罐里，七老板说话了。七老板将拿出来的资料收回他黑色的牛皮包里去，一边收一边慢悠悠地说，看来我们是没有缘份了，但买卖不成仁义在。有个事我还是要告诉你，免得你吃亏。那回去越南，你怎么就把小施搞火了呢？不是我做工作，你台长的乌纱帽只怕早就过河了。

马诗人问，哪个小施呵？我怎么把她搞火了呵？

他真的是不记得了。

七老板又点上一根烟，这回不给马诗人点了。

七老板吐出一个其大无比的烟圈，撮起嘴巴轻轻吹一口气，那烟圈就烟消云散了。七老板斜靠在沙发上，脚尖尖在地板上一下一下打着拍子，脑袋也一点一点的，活脱脱一个流氓相。活脱脱一个流氓相的七老板逼视着马诗人，吐字清楚地对马诗人说，那你现在就记一下看，我给你提示：越南，中越友好宾馆，施、丽、华。

马诗人想起来了。

就是在那个友好宾馆，一座两层的贴着瓷砖的小楼里，马诗人并没有下什么工夫，就把施丽华搞到手了，以后又再而连三。你七老板请客，特别带了施丽华做导游，难道不就是这个意思？不就是要给我发这点福利么？这又有什么稀奇的呢？你也晓得去越南其实你也没有用几个钱。现在你说越南，说中越友好宾馆，说施丽华，你是什么个意思？

马诗人不吃这一套。

马诗人说，施丽华怎么了？施丽华是个骚婆娘，是她自己爬到我床上来的。

七老板冷冷地说，但她说你是强奸！

七老板从他的牛皮包里翻出一个信封，信封上写的是龙鳞地区纪律检查委员会收。你自己看吧，七老板说，七老板把信封丢到马诗人面前。

控告信。我叫施丽华，女，现年二十三岁，职业：相思酒楼服务员，兼职导游。某年某月某日，我应太平洋建筑公司的聘请，陪同龙鳞电视台马台长去越南考察，万万没有想到，在越南一家宾馆，马台长把我糟蹋了——马诗人从信封里抽出一张纸，展开刚读了开头一段，那一双眼睛就瞪得比牛卵子还要大了。接下来，那封信当然就是强烈要求上级查处，为民女伸冤了。施丽华在控告信里说，她从小就长在红旗下，生活本来是充满阳光的。被马台长糟蹋后，她男朋友不要她了，弄得神经崩溃，只好辞职了。施丽华要求地区纪委要真正代表广大人民群众的利益。否则的话，她要到省里去上访，到北京去喊冤。

圈套！圈套！

诬陷！诬陷！

马诗人将控告信掷在地上，一巴掌拍在茶几上，激动地喊。他喊道，我就不相信，凭了这一页破纸，你们整得倒我！

七老板一点也不激动。这个流氓，关键时刻露出了他的本来面目，竟然从沙发上捡起一本杂志，准备读杂志了。七老板听人家说，马诗人喜欢把刊有他大作的杂志放到沙发上，而且折到那一页。家里来了客，随便翻一翻就翻到了他的大作，他就好很谦虚地自我推销一番。七老板在翻开杂志前，很友好地提醒马诗人。七老板慢悠悠地说，马台长呀，茶几是你自己的呢，我看就不要拍了吧。

马诗人恨恨地抬起头来问七老板，杀人不过头点地，你就直说吧，你打算要把我怎么搞？

七老板笑一笑，不看杂志了，为马诗人纠正一个语法上的错误。七老板说，什么我要怎么搞呢？明明是你和施丽华的事嘛，没我一点事，你的人称代词用错了，还诗人艺术家呢。我和你是朋友，我不想你跌跤子，我才和你说——看看，这是什么？七老板又从他的黑色牛皮包里拿出来一个信封，这回从信封里拿出来的不是控告信了，是一个安全套。一出信封就散发出一股十分难闻的气味。七老板说，施丽华把你的产品都留下来了，你还讲施丽华整不倒你！七老板说，从越南一回来我就在做施丽华的工作，没有惊动你马诗人，是想你马诗人刚刚调到电视台，不想分散你的精力。最终还是钱解决问题呀，七老板说，我是前几天才做通施丽华的工作的。你晓得我买施丽华这个套套花了多少钱？七老板举起一个手指头：一万元！

七老板一句话就说了两个谎。

第一，他不是前几天才做通施丽华的工作的，他是在越南就买通了施丽华的。七老板做这样下作的事不是第一次，而且还在继续做。他公司的总经理室里有一个带锁的冰箱，放的就是这样一些肮脏的东西，连彭玉蓉都不知道。他只要想捉哪个的麻佬，那个人就逃不出他的手心。第二，施丽华这样的野鸡，值得一万元？七老板第一次给了她两千元，后来建立了长期业务关系，就是批发价了，一回才一千元。马诗人这个背时鬼，是他将公司搬进龙鳞城后捉的第一个麻佬，他捉得很轻松。

马诗人这回像被岩山县农民困在陷阱里的野猪了，脑袋上流出了汗来。七老板及时开导他，七老板说，我们做工程也不容易。哪个工程不是屋都住烂了，工程款还被甲方拖着？我们的合作要到工程款结清了才结束，所以你应当得的也只能一点一点兑现。亲弟兄明算账，互相都要有个制约机制，牛吊在哪一个人的桩上都不行。七老板又许愿说，只要我们真诚合作，我保证你不仅仅是一个复式楼。我也不说要你相信我的人格，你同样可以制约我。按进度拨工程款，要你审查，要你签字，哪一次都要经过你。你制约我，比我制约你还要厉害——正说着，有人敲门了，七老板去开门，楼下快餐店的小老板带了他的徒弟，将野猪肉送上来了。

食盒一打开，一股浓烈的肉香味就弥漫开来。一大盆野猪肉，还有几个下饭菜，就在茶几上摆开了。野猪在山里吃不到一点点人工饲料，所以那肉煮熟了都还是一丝一丝的，汤和牛奶一样又白又浓，看一眼都勾人食欲。酒是龙鳞大曲，快餐店只有这种酒。快餐店的小老板带了他的徒弟摆上筷子就走了，七老板觉得要讲的话都讲到了，就找了两个酒杯将酒筛好，招呼马诗人动筷子。七老板对马诗人说，野味贩子说连续吃得三年野猪肉，癌症病人都可以出院做新郎。你还不动筷子，我一个人就吃完了！

马诗人恨恨地看了七老板一眼，叹一口气，还是拿起了筷子。

来来来，喝酒！七老板反客为主。

马诗人就恨恨地喝闷酒。

他有点像掉进了陷阱里的野猪。

二十九

续文玉均的故事

刘达夫一个电话，就把文玉均叫到办事处来了。

文会计已经来办事处吵过一次了，她这么一吵，张主任家里发生的新闻事件，就在相思酒楼传播开了。刘达夫专门召集大家开了一个小会，要求大家不要乱讲，哪个乱讲扣哪个的奖金，但还是封不住大家的嘴巴。大师傅三哥兴高采烈和人说这个新闻时，被罗海军看到了，罗海军狠狠地将他训了一顿，威胁他再乱讲就告诉刘主任，这股歪风才被刹住。

只是这个新闻在龙鳞城里早就不胫而走了，连娥姐都打了个电话来问罗海军，说电业局院子里讲计委张主任家里怎么了怎么了，是不是真的？刘主任嘱咐了不要扩大影响，罗海军就用一句玩笑话回复娥姐说，不是蒸的，是煮的！

罗海军刚放下娥姐的电话，又接到了庚先生的电话。庚先生说，我听见坐人力车的两个客打讲，讲起寒陵县一个保姆怎么怎么了，说是将女主人赶走了，自己做了女主人。我没有听得清，到底是哪一个呵？罗海军听了火一冲，这些人的想象力也太丰富了，就对庚先生吼道，你踩你的破人力车吧，要你操什么空心？

罗海军这几日很烦躁。

彭玉蓉回来了，她和刘达夫的矛盾挑明了，他夹在他们中间真的不好做人。

文玉均是十点多钟来办事处的。

相思酒楼虽然只是号称酒楼，但罗海军从严治理，那规矩还是学了大宾馆的规矩来运作。罗海军要求只要有人进酒楼，所有的服务员都必须弯一下腰，朗声高唱“欢迎光临”，只要有人出去，也要弯一下腰，说一句“欢迎下次光临”。人手忙得过来的时候，还让一个服务员佩了一个写了“欢迎光临”四个字的红绶带，站在门口充当迎宾。那一天充当迎宾的是刘嫒嫒，刘嫒嫒学会讲普通话了，进来一个人她就用普通话喊“欢迎光临”。可是看清楚进来的是文玉均，她喊了“欢迎”两个字后，就不喊“光临”了，还朝走廊里两个服务员挤眉弄眼用眼神说话，意思是大家都来看呵，那个不要脸的家伙来了。文玉均本来是想和大家打一个招呼的，一看这架势，马上就也不和众人打招呼了，还故意头一昂，挺起胸膛来笔直往楼上走。文玉均进了办公室，服务员们在楼下交头接耳叽叽喳喳。有两个最好奇的还蹑手蹑脚跟上来，站在走廊里想听壁脚。她们被罗海军发现了，罗海军将她们一顿骂起，她们才嬉皮笑脸地下楼来。

刘达夫将文玉均叫来，事先是做了一番准备的。他首先铁青着一个脸，给文玉均讲上面的精神。刘达夫说，上面最近又一次提出来要安定团结，你这样搞，是安定团结吗？人家一个好好的家庭，你一进去就孙悟空大闹天宫，现在整个龙鳞城都在讲这件事呢，讲得风起来，你看影响多不好！问题是，只影响你一个人也就算了，你和一般的保姆身份不同哟，你知不知道？刘达夫说这些话时痛心疾首，他痛心疾首地说，我也不讲你是第三者，第三者是要负法律责任的，我只讲你今后还要嫁人的呢，文玉均呀文玉均！一听说第三者要负法律责任，文玉均果然就被刘达夫唬住了，心里好多话就讲不出来了。她一双对子眼被刘达夫教育得少了许多媚态，看上去两眼间的距离就和常人差不多了。刘达夫足足讲了十分钟，她规规矩矩坐得笔直，一句都没有狡辩。刘达夫看她态度还可以，口气就缓和了一些。刘达夫给她倒了一杯茶，又语重心长地说，不过话又讲回来，年轻人嘛，犯错误是难免的，哪个都有年轻的时候。现在呢，一切都不讲了，只讲如何掐灭这件事。讲吧，小文，你不要把我当成领导，你只当我是你的哥兄，你自己是如何想的，你讲给我听。

刘达夫这么一讲，文玉均的眼泪就滚出来了。

文玉均呜呜咽咽地说，刘主任，你要为我做主，我不能这样就白白地被他糟蹋了。

文玉均这样一说，刘达夫心里就有底了。不就是要个说法吗？刘达夫心里想：不就是要一点青春损失费吗？张主任老牛吃嫩草，也是应当让他破一点财的。刘达夫在纸巾盒里抽出一张纸巾，递给文玉均让她揩眼泪，鼓励她把要求说出来。

文玉均说不出要求。

文玉均的要求其实很简单。人生的目的是什么？不就是不愁吃不愁穿，有一份稳定富裕的生活么？莫说城里的小干部找不到，就是找到了，小干部一无所有，等到他蚊子积血买得起房子再结婚，也要等到猴年马月。张主任有房子有车子，有权还有钱，年纪大是大了一点，但跟了他可以一步到位，结婚证一打就是官太太了。张主任他两口子确实没有感情，马克思都讲过，没有感情的婚姻是不道德的。文玉均就认为，不道德的婚姻是可以破坏的。张主任讲了他会离婚的，讲了驮起了就生下来的，现在他却要我无痛人流了，我冤呀，比窦娥还要冤！比窦娥还要冤的文玉均其实不蠢，她知道她很简单的要求只可以和张主任提，不可以和刘达夫提，摆到桌面上来讲，那问题的性质就变，变成是早有预谋的第三者插足了。所以她不提，她翻来覆去面对刘达夫总之只有一句话：刘主任要为我做主。

文玉均肚子里的那点小九九瞒得过刘达夫？刘达夫就为她做主了。刘达夫再一次铁青了脸，十分严肃地向文玉均指明前途。刘达夫说，小文呵，你不要小看了文会计呢，有些事我不得不告诉你。张主任是不爱文会计，又不敢和文会计离婚。为什么？文会计是高干子女，她爷老子在北京当大官！我还告诉你吧，你住的那个小区，就是文会计的侄儿在当派出所副所长，你搞不过文会计的！你也晓得，任何事情都可大可小。第三者插足破坏人家家庭破坏社会安定团结，你这个事放下来只有四两重，提起来就是一千斤了。你自已想清楚，信得过呢我就给你调解，你信不过我呢我就不探了，你怕我真的是吃了饭没有事做呵？要不是派出所那个文副所长昨天来找过我，我怕你吃亏，我今天也不会打电话要你来。

刘达夫不愧是高级政工师，先硬后软，软了又硬，洞悉文玉均的心理，知道她的弱点，自始至终掌握了这场谈话的主动权。乡下人不在乎北京的高官，但总对管辖他们的派出所有一种畏惧感。何况刘达夫讲的也是真的，小区派出所有一个副所长确实是文会计的侄儿，曾经到张主任家里来坐过，文玉均亲眼看到过的。但副所长并没有到办事处来找过刘达夫，这个小细节是刘达夫编出来的。刘达夫说派出所文副所长已经来过办事处了，文玉均就害怕了,一双对子眼里,眼泪又流了出来。刘达夫再畜牲王八蛋大骂一通张主任,文玉均就彻底相信刘达夫是在为她做主了。刘达夫为文玉均做了一个方案:先避开文会计,搬到办事处来住一段。我们要当心文会计发狂呢,刘达夫说,文会计若发狂,和你发生了冲突,你还不还手?不还手会被打死,还了手就是两个人斗殴,派出所来解决,派出所肯定不会帮你说话的!看看文玉均一个很听话的样子了,刘达夫就搬出了他的具体方案。刘达夫对文玉均说,我的意思是你搬到办事处来住,我再去找张主任协商,他不拿出几万块钱来,我让他声败名裂。好呵,欺到我们寒陵县的妹砣身上来了,打狗都还要看主人呢,我坚决不答应!等事情过去了,我叫张主任为你安排一个坐办公室的工作,随便哪个地方,还不是他一句话?一下子安排不好我们就等他,你要是还愿意搞家政呢,我就给你挪一个地方。你要是不愿意搞家政了呢,就到酒楼来。我给罗副总讲一声,也不要你搞服务员,你专门只坐收银台。只是有一条——刘达夫要作总结了,脸又铁青起来:你答应到医院里去看一回病,我叫彭主任陪你去。你现在就回去做准备,我联系好了看病的医院,就叫罗海军开车来接你。

文玉均点点头,眼泪又流出来了。

文玉均的工作做通了,刘达夫总算松了一口气。

罗海军在大师傅三哥和众服务员面前是领导,在刘达夫面前就还是一只黑耳朵。几天以后,刘达夫叫他开车去张主任家接文玉均,他就开车去张主任家接文玉均了。彭玉蓉就没有罗海军这样好调摆。刘达夫请她陪文玉均去看一回病,彭玉蓉却话里有话地说,哪个想出的怪主意呵,腐蚀干部,败坏社会风气!听说王大师那里也演出了一场蛮有味的戏呢,记者们若晓得了,写得出一篇大文章!彭玉蓉好像有一点幸灾乐祸,公然表示她不服从刘达夫的这个安排。彭玉蓉说,文玉均这件事,就和我不相干了,我是从一开始就反对搞什么劳务输出的,这分明是助长不正之风嘛。乡友联谊会马上要开成立会了,我实在忙不赢。我帮你打个电话,叫在电业局彭局长家里的谭月娥陪她去吧,小谭是我在培养,几个保姆中间,我看只有她最稳妥了,目前还没有出问题!

言外之意很明白:你培养的都出问题了,劳务输出也是你抓的。

说完,蹬蹬蹬下楼忙她的去了,高跟鞋踩出无限的自信来。

刘达夫恨不得一口将彭玉蓉吞下肚里去，但又奈她不何，只好坐在办公室里生闷气。

刘达夫只坐在办公室生了一会儿闷气，罗海军就回来了。

空车去的，还是空车回来。

罗海军向刘达夫汇报说，文玉均又改变主意了，她不肯到医院里去看病了。罗海军还向刘达夫汇报他看见的情况，罗海军很幽默地说，真的好有味。张主任夫人住到文化局宿舍去了，张主任就更不好回去了，那个房子现在成了文玉均的了，她一个人在里面认真看书学习。我去的时候她正在写字，只怕是在复习功课，准备考大学吧？

刘达夫就坐了车，马上去张主任家。

刘达夫敲张主任家的门的时候，文玉均伏在客厅里的茶几上，正在给龙鳞日报社写一封群众来信。

龙鳞日报群工部：

我是一名打工女青年，从贪(应当是贫)困的乡村走出来，到城里来打工，为建设社会主义贡献力量，我在地区计委张主任的家里主持家政。但我没有想到，他家里比旧社会还要黑(掉了一个暗字)，我在他家里遭受了非人的待遇。我现在是有苦无处诉，我的领导也不帮我，他们和张主任勾结在一起，正在做一笔坑(肮)脏的交易。具体情况我羞于启口，信上也说不清楚，我希望鱼(舆)论来监督我。我是龙鳞日报的忠实读者，龙鳞日报的读者来信我是最爱读了，代表了我们人民群众的利益。我希望记者来采访我，我的电话是……

文玉均听见门响就去开门，见进来的是刘达夫，就赶紧跑回来想遮掩那封信，但已经来不及了，刘达夫已经看见了。刘达夫在沙发上坐下来，看着文玉均的眼睛说，写呀，继续写呀，不把电话写上，人家怎么找得到你呢？只是错别字多了点，不像是一个高中生！

刘达夫说这些话的时候，文玉均就像一个做错了事的小学生，站在老师面前手足无措。刘达夫口渴了，站起来想倒一杯茶喝。一按饮水机，饮水机里没有水，打开冰箱找饮料，冰箱早就停电了，里面的鱼呀肉呀已经在发臭。刘达夫发现，张主任的这个家现在像一个牛栏屋了，垃圾遍地，厨房里堆着长了红霉绿霉的碗筷，被打碎的电视机横躺在客厅里，大好河山已经毁于一旦。刘达夫想不清楚，文玉均已经答应得好好的了，怎么突然又变卦了呢？他也已经向张主任沟通了，张主任说只要小文去医院，就一切都好商量，现在怎么个商量法？刘达夫坐下来再看文玉均写的字，突然有个新发现：文玉均这家伙平日除了剥瓜子，从来不看报的，她怎么会晓得报社有个群工部，还有读者来信这个栏目呢？刘达夫马上想到了彭玉蓉。这个鬼婆娘，刚才要她带小文去看病，她刚才说的什么话？她说，哪个想出的怪主意呵，腐蚀干部，败坏社会风气，我是从一开始就反对搞什么劳务输出的——现在看来不仅仅是幸灾乐祸，好像还想做什么文章呢。

想搞倒我，她想来做办事处的一把手？

刘达夫马上把罗海军喊到阳台上：小罗你老老实实告诉我，彭主任她来找过文玉均没有？

罗海军支支吾吾，说也不是，不说也不是的为难样子。

刘达夫就清楚了。

刘达夫就骂，吃里扒外，都是吃里扒外的家伙！

在这个问题上，彭玉蓉表现得确实也过分了一点，甚至连罗海军都这么认为了，他只是不好讲得。彭玉蓉一回来，来不及和七老板亲热，就把罗海军喊到姿江风光带静心茶室里，要罗海军把办事处这一段时间发生的事，大事小事都讲一遍。罗海军从她的口气里听出来了，县里已经不要何一修联系办事处了，会要招商局的那个王局长来抓办事处，刘达夫有可能会重新安排。刘达夫重新安排，办事处哪个来做一把手？罗海军没有问，彭玉蓉也没有说，但罗海军心里清楚，这是不需要问的。没有想到的是，她也太性急了，马上就拿这件事来做文章，想一下子就全盘否定刘达夫的工作。罗海军知道彭玉蓉到这里来过，他刚才来接文玉均的时候，文玉均不肯去医院了，就说是彭主任讲的，暂时不要去。文玉均还说彭主任比刘主任好，说彭主任到底是女人，彭主任是真心实意维护妇女的权益。罗海军知道。彭玉蓉怂起文玉均搂起肚子来给众人看，不怕把事情闹得天大，目的只有一个：说明刘达夫搞的那些事都是错的，县里要快些把他重新安排。

可刘达夫还不知道这其中的奥妙，还只认为彭玉蓉是吃里扒外，还想找机会把她退回招待所去呢。

天真！

罗海军对刘达夫都有一些同情了。

刘达夫现在还无法和彭玉蓉计较，因为刘达夫现在要对付文玉均。刘达夫把上次在办公室对文玉均说的话，又和文玉均说了一遍后，就举起文玉均写的那封信，帮文玉均分析形势。刘达夫说，小文呀，我们不能气意用事，我们最终都还是要和张主任协商是不是？你把这个捅到报纸上去，你自己今后不嫁人也就算了，张主任得个"双开"就横了心，不和我们协商了，我们看病都还得自己出医疗费，我们还真的敢生下来？计划生育是基本国策，计生委的执法队看了报就会来找你的。我还是那句现话，你信我呢就听我的，你不信我呢就去听人家的怂。

罗海军知道刘达夫说的都是真的，彭玉蓉的搞法其实是不管文玉均的死活，就也坐下来帮了刘达夫劝文玉均。

两个人左劝右劝，文玉均还是听了刘达夫的话，不给龙鳞日报写什么群众来信了，当场就把没有写完的信交给了刘达夫。但她还是坚持一点，张主任没有个说法，她就不去医院看病。最后他们达成了一个几方面都可以接受的协议：文玉均现在就住到办事处去，一个人住在这里不安全，看病的事以后再说。文玉均开始不同意，文玉均说，我不怕，那个狗婆娘敢动我一根毫毛，我跟她拼命！刘达夫说，不是这个意思。人家就是不跟你打架，你住在人家的房子里，人家说她金首饰丢了，你讲得清？再说，我是你的领导，我也不放心。我们要和他们斗争，我们要有理有节。文玉均一听刘达夫讲"我是你的领导"，讲"我们要和他们斗争"，马上眼泪又下来了。想起还是只能依靠办事处，依靠刘主任，就很听话地收起还没有吃完的酸杨梅"酸刀豆"酸萝卜，锁上门和刘主任一起下楼了。

下楼时刘达夫悄声和罗海军说，你要注意一下，不要让小文和彭玉蓉接触。

罗海军心里苦笑：我成了风箱里面的老鼠了！

文玉均住进办事处后，刘达夫就又住到楼梯转弯处的那间小屋里去了。他把他的房子让给了文玉均，罗海军只好又见缝插针。酒楼里那一班服务员于是说怪话了，说还是要犯错误，犯了错误就可以住包房。刘达夫查出来这话是刘媛媛讲出来的，就不管她平日表现那么好，还是指着鼻子训了她一餐饱的。刘媛媛哪里晓得刘达夫的苦衷？现在是只要文玉均肯到医院去看病，她就是要天上的星星，刘达夫也会搭起楼梯亲自去摘的。问题是文玉均不要天上的星星，她只要张主任的一个说法。可张主任这一向却好像是从地球上蒸发了，刘达夫一打他的手机，手机里就是一个娇滴滴的声音：对不起，您要的电话已经关机。刘达夫到计委机关去了一趟，计委机关的一个很年轻的干事说，张主任近段很忙，不会客。你找他有什么事可以告诉我，我再转告他。

一个瓶子本来是吊在人家手臂上的，现在挂到自己脖子上了。

这个瓶子装的还是炸药，时刻都有爆炸的危险。

刘达夫那几天是什么工作都放下了，专门侍候文玉均，主要是提防彭玉蓉来做文玉均的策反工作，怕文玉均的心像春江的水一样，一拨就会起波纹。还住在办事处的那个收购楠竹的东北采购员取笑刘达夫，说他成了看守所所长兼妇幼保健站的站长了，他也只笑一笑。罗海军图表现，要来照顾文玉均，刘达夫也不肯。刘达夫要亲历亲为，彭玉蓉分明接近过文玉均了，做过文玉均的策反工作了，罗海军还说不知道，他还能相信罗海军么？

文玉均坦白交代了，给龙鳞日报写什么群众来信，确实是彭主任给她当的家后，刘达夫就这个问题和彭玉蓉交换了一次意见。没有吵，只是交换意见。彭玉蓉说她并没有什么想法，只是觉得这事太气人了，给文玉均出主意，是气头上觉得不能便宜了那个姓张的。现在想清楚了，这样搞对办事处是没有什么好处，对寒陵县招商引资也没有什么好处，还是刘主任你这样处理比较好一些。彭玉蓉这么一说，等于说是认错了，刘达夫也就没有什么话好讲了。但两个人研究近段工作时还是话不投机，刘达夫想彭玉蓉自己讲出无公害养牛场的事来，彭玉蓉偏偏不讲，还瞒私生崽一样瞒着呢。拿出王书记捎来的那两条烟来时，彭玉蓉还说，那两条烟是她到县委院子里去玩，偶然碰到王书记，王书记叫她顺带的。烟是王书记从车子后箱拿出来的，她并没有到王书记的办公室去。真是此地无银三百两呵，刘达夫接过那两条烟时心里这样想。彭玉蓉问刘达夫，海南老板的事进行到哪一步了？刘达夫也就只说进展顺利，进展顺利，绝不讲具体细节。

两个人礼节性地打了几个哈哈，就各忙各的了。

刘达夫让那两条烟感动了一阵，但没有感动好久。因为他一和何一修通电话，彭玉蓉就原形毕露了。他感觉到彭玉蓉这回是来真的了，王书记的两条烟不能说明什么问题，自己不能掉以轻心，必须认真对待。但他现在要集中精力处理文玉均的事，他暂时还没有时间和彭玉蓉打内战。

何一修这一段也不打电话来了,他打算这件事完了再回一次寒陵。

打算不要那个正科级的什么员了,有些事,直接和王书记摊牌算了。

刘达夫估计文玉均的事比较麻烦,没想到几天以后,计委机关那个很年轻的干事开一部车,到办事处来接文玉均了。很年轻的干事也给刘达夫带来了两条烟,告诉刘达夫说,张主任的事终于尘埃落定了,我现在把小文接到张主任的家里去。张主任说,他改日再来专程谢你。

刘达夫顿时感到一身都轻松了,他问都不问张主任的尘埃是怎样落定的,马上就把文玉均交给很年轻的干事,好像交慢了人家就会反口,这个瓶子从此就会永远挂在他的脖子上了。

刘达夫说,谢天谢地!

文玉均从楼上走下来时,那脑壳昂起好高好高。刘媛媛刚好又佩了那个写了“欢迎光临”四个字的红绶带,站在门口充迎宾。刘媛媛不但不讲“欢迎下次光临”,还对着文玉均的背心吐了一口口水。

这个小妹砣,真的是缺记性。

她当然又被刘达夫训了一顿。

张主任的尘埃,是这样落定的:

文玉均的故事传到文会计家人的耳里去了后,文会计的家人就把文会计接到省城去了。她的家人都在省城,不过没有做好大的官,只是条件特别好,一群兄弟姐妹中,当国企老总副老总的就有好几个。刘达夫说她爷老子在北京做大官,是吓文玉均的。一家人都在省城,只有文会计命不好,不得不跟了那个背时鬼生活在贫穷落后的龙鳞,文会计的家人本来就可怜她。出了这样的事,全家人就一个声音了:离婚!坚决离婚!离了婚调到省城来!

文会计本来还犹犹豫豫的,家人一鼓动,那决心就下了。全家人开了一个家庭会后,派了当律师的姐夫哥做代表,到龙鳞来和张主任谈判。房子不要,钱也不要,你那个房子你那点钱,我们文家看都没有看在眼睛缝里。只一个条件,你这样的畜牲不配培养革命接班人,崽伢子你就不要探了,监护权归我老妹。而且话先讲清楚,你以后看都不准去看一眼。你要是去看了,我几个侄儿脾气不好,打断了你的脚你自认倒霉。这样的条件张主任不能接受,他也愿意房子不要钱不要,只要儿子的监护权。人一辈子生不带来钱财死不带去钱财,只是在世界上留下一点骨血。这一点骨血再不能够见面了，这一辈子如何能安宁？可姐夫哥说，你可以再和你的乡下保姆生一个嘛，再生一个畜牲出来接你的班，我老妹却不可能再生育了，还说若上法院，法院也会这么考虑的。律师讲话不文明，一口一个畜牲，张主任只当不听见，说他考虑考虑。可他才考虑两天，就发现姐夫哥没有讲假话，文家的几个年轻人确实脾气不好，而且没有一点法制观念。

张主任后来在医院住了几天，说是下乡检查工作，车子出了一点事故。

医生瞒不住，医生就不瞒，找的是一个熟医生。

姐夫哥第二天打电话催张主任答复，张主任说还没有考虑好。第三天打电话催张主任答复，张主任说还是没有考虑好。第四天姐夫哥就不打电话了，直接把车子开到了计委机关。姐夫哥很客气地把张主任叫上车，很替张主任着想，对众人只说请你们张主任吃一餐饭，车子却向郊外开去。张主任一上车就差点尿了裤子，车上坐着派出所副所长，还坐着副所长的两个堂老弟。三个年轻人平常都喊张主任小姑父，但这回不喊小姑父了，改称畜牲。派出所副所长说，畜牲我问你一句话，我大姑父忙着开庭没工夫陪你，我们三弟兄陪你玩玩要得要不得？年纪最小的那个年轻人说，大哥你跟畜牲啰嗦什么？先捶一顿再说。我还没满十六岁，未成年人打架也就是拘留几天。说着就要动手，律师回过头来说不准瞎搞，才喝住了他。律师说，姓张的我告诉你，我这三个侄儿还不是脾气最不好的，最不好的在省城没有过来。你考虑好了没有？要不要会会他们？张主任还想挣扎一把，他心里想的是监护权给文会计要得，但法律规定离异了的子女还是双方的子女，我不到你家里去看，到学校里去看还不行么？刚刚提出来，那个比成年人还长得高大一些的未成年人就 拳打过来了。律师则把车停下，关好车门，站到路边上抽他的烟去了。

古时候有个城下之盟，张主任又创造了一个车上之盟。

张主任没有报案。

张主任晓得，一报案事情就闹大了，一闹大组织上就只好出面了。

还是只能私了。

私了的结果就是离婚协议由姐夫哥起草，张主任只签字。姐夫哥到底是律师，起草的离婚协议上事先就为侄儿们以后再脾气不好埋下了伏笔。协议说，考虑到男方的作为已经严重伤害了婚生男孩的感情，婚生男孩已恐惧男方，男方在自愿放弃监护权后，还自愿在婚生男孩成年前放弃探视权，以利于婚生男孩身心成长。

婚生男孩成年后可不可探视就没有讲了，文家人有足够的信心将孩子教育得嫉恶如仇。

张主任签了协议就住医院了。

所以刘达夫到计委机关找张主任时，很年轻的干事只能说张主任近段很忙，不会客。张主任的左眼眼眶被那个未成年人打青了，腰子上还被派出所副所长踢了一脚。幸喜车子上地方小腾挪不开，所长样子做得恶，那一脚踢下来还是不可能很有分量。

张主任将文玉均接回去后，文玉均名义上还是做保姆。张主任对她说，马上就打结婚证太不好了。马上就打结婚证，你就是第三者，我就是陈世美。过年把再打结婚证，就是你同情我这个单身汉，同情慢慢冲破年龄障碍，变成了爱情。张主任的老娘从省城赶了来，来与儿子同住，专门教育儿子要珍惜上帝最后的赐予。张主任痛哭流涕答应了，文玉均就到医院去看了病，一心一意等着打结婚证了。经过了这一场风雨，又有老婆婆珍爱着，文玉均知道她这一世做翻了张主任也就够了，她再也不打算做翻谁了。

三十

四老倌抖起来了

彭玉蓉休了年休假回来就更忙了,成天都是做不完的事。

七老板那边,电视大楼顺利中标了。不中标便罢,中了标就有搞不完的事。七老板的公司是一个提包公司,运作的方式是拿到了工程再找人合作,把大工程变成小工程再发包出去。大工程变成小工程再发包出去,又要追求效益又要规避风险,理论上不允许,这就必须去打通关节,那麻烦事当然就多了。别的麻烦事就不讲了,只说签协议吧,就要签无数个分项协议,有的协议还是不能放到阳光下的。一路协议签下来,打字店的老板爱得不得了。彭玉蓉和七老板做了这么多年夫妻,三年蚌壳成精怪,也懂得许多建筑业务了。她把其他的事都暂时放下来,集中精力先帮七老板把电视大楼这个工程摆平。她算了一个账,这个工程搞完了,可赚大几百万,她就更有资格和刘达夫公开叫板了。屋里有得几百万,谁还会在乎一个工作?和领导吵架都声音大些。莫说刘达夫你也开除不了我。再说,和刘达夫反正是已经撕开了脸皮了,县里又寻到了靠山,刘达夫即使告状,恐怕也告不进去了。

想清白了这些事,彭玉蓉就基本上不到办事处去了,每日里听七老板的指挥,帮他跑这样那样的工程手续。

七老板说过乡友联谊会是“联络图”,现在看来这个“联络图”还真的蛮有用处。龙鳞城里哪个部门没有寒陵乡友联谊会的人?彭玉蓉跑这样那样的工程手续,就跑得又快又好。经常是她要请人吃饭,结果饭吃完单还是人家争着买了。

有时候跑都不要跑,打一个电话就行了。

七老板拍着彭玉蓉肩膀开玩笑说,好好干!明年我提拔你做副总经理!

彭玉蓉说,公司做大了,我要做董事长,你只是总经理!

七老板说,好,好,董事长就董事长!

日子就这样一天天过去了,龙鳞广场终于有了一点人气。因为施工队伍进场了,广场上出现了许多头戴安全帽的人。白天打桩机巨大的铁砣一下又一下猛烈地撞击水泥桩,每撞击一下,大地就要震撼一次。因为要抓进度,要赶在省里几套班子换届前提升龙鳞地区的形象,打桩机就晚上也不休息。因为有噪音,老百姓就有一点反应。平常出现这样的情况,记者们会来曝光的,这次因为情况特殊,电视台和报社就都装作个不知道了。渐渐地就有人来参观了。自己开个什么大会,或者是外地来了客人,总会组织到广场来看一下。大家看一看规划图,感染一下现场的气氛,憬憧一下龙鳞城美好的未来。电视台带了一个好头,祁专员又说过帽子还在我手里的话,而且他这话还在电视台兑了现,其他单位就感到有压力了。据说另外三个楼怎么建的事,现在也已经有个初步的眉目。有一个单位的头头就说了一句很有水平的话,说是为了给后代子孙造福,我们就是卖掉短裤子,也要建好一座楼!这句话被祁专员在多个大会上多次引用,媒体一发挥,慢慢地据说就变成了全体龙鳞人民的自觉行动。但人的水平也不是一斩齐的,林子大了什么鸟都有。也还是有思想觉悟不高的人,躲在阴暗的角落里说怪话。他们说农村小学还有一大半危房没有翻修,破产工厂许多工人的社会保险也没有落实,好多乡镇发不出乡干部工资,这个领导要卖掉的短裤子,不会是他自己的短裤子吧?在人家卖短裤子的过程中,他自己的短裤子是不是还会变成长裤子呢?这当然是不对的,所以祁专员说了,重要的问题是教育群众。针对这些糊涂思想,龙鳞广场上就竖起了一个好大好大的水彩宣传画。钢筋水泥做的骨架,足足有一百多平方米的画面上几个龙鳞人做意气风发状在奋勇前行。画面十六个字一个个都有小汽车那么大,据说是道出他们的心声,是经过了许多秀才反复推敲了的。这一十六个字很有哲理,说是:有困难,所以要发展,不发展,就会更困难!

什么叫负重奋进?这就叫负重奋进。

寒陵县也在负重奋进。原来开而不发的开发区,筑巢引凤终于引进了两只大一些的鸟。一只是海南老板的牙膏厂,一只是香港老头的无公害养牛场。有了这两只鸟,老干部们就再不好说新班子的怪话了。也有人问养牛场和牙膏厂都办在一个开发区，如何能做到无公害？王书记有办法，他叫他堂老弟将开发区划成两块，一块叫现代农业园，一块叫高新工业园，这个问题不花一分钱也就解决了。

相思酒楼的生意说不上好，也说不上不好。说好，罗海军月月盘底，账面上都是亏的。罗海军说他尽力而为了，而刘达夫评价说，你尽力而为也只是赚了一个热闹。说不好，相思酒楼就是办事处，办事处就是相思酒楼。海南老板和香港老头这两只大鸟都是办事处引来的，何况“村村通”工程还为县里搞来了那么多钱？所以刘达夫在县财政为办事处要钱时又是一个说法，他说相思酒楼的效益主要是社会效益，绝不能只算经济账。

只是浮云乡鲤鱼塘村的那个四老倌，最近是抖起来了。

人一抖就不弯腰曲背了，走路也是走的摆步。

四老倌背着手在村道上走摆步的时候，村里人问他，当年那个逃亡地主到底给了你一个好大的红包？十万？二十万？四老倌总是笑而不答。但村里人纷纷传说，四老倌担任了养牛场的总经理，月薪五千。只是这五千是什么钱说法不统一，一说是美元，一说是港币。不管是美元还是港币，月薪五千当然是一个很大很大的数目。

所以村人们都认为，四老倌走摆步是确实有资格的。

乡长把四老馆带到县里协助了一回乡政府的工作，四老倌回来后，就财大气粗地请基建队建屋了。有人听见他和建筑包头讲，我是把现钱，所以你的工价要便宜一点。根本不需要推土机，众人只发了一声喊，四老倌窝了半辈子的那座土砖屋就一家伙推倒了。购红砖是现钱，购水泥也是现钱，哪个环节上都不阻工，所以只有半个月后，一座红砖预制板砌就的楼房就出现在他原来住宅的基地上了。是座两层楼房，四缝三开间，西头磨角转出来遮住了西晒的太阳，平顶封了缝，可以晒谷。一色的铝合金门窗，外墙还用瓷片贴了，白晃晃的好不耀眼。鲤鱼塘村原来是村支书的房子最好，现在村支书在房子的问题上不得不退居二线了。鲤鱼塘村第二村民小组全组成年男女一共只有七十六人，四老倌新屋上梁的那一天，他却在地坪里开了九桌酒席，一直摆到了塘基边上。四老倌请小学校老师用红纸写了请帖，他和他的病老婆家家户户送，说是略备薄酒，敬请光临。那一天四老倌将全组的人都接过来吃饭，邻组有一点交情的，也接来了。桌子少了，就将门板摘下来，架在高凳上权且代用。碗筷少了，四老倌还没有说要去借，左邻右舍就自动送来了。

乡下人腿劲好，都说站着喝酒还热闹些。

大家将好几坛子上好的谷酒喝光了，喝得四老倌心花怒放。

最让四老倌高兴的是，支书、村长、村会计还有村上的妇女主任不敢去请，怕站着喝酒他们不会来，可是他们都来了。支书走进地坪时还批评四老倌说，四老倌你不对呵，这样好的席面不请我们村支两委！

四老倌好感动。

当干部的是脚步为重呵，他们哪样的席面没吃过？他们也站在门板边上喝谷酒，这是给了我天大的面子呢——四老倌想。

四老倌就桌桌都去敬酒，他的病老婆扯都扯不住。

后来四老倌就喝得有点偏偏倒倒了。

但是高兴。

从来没有这样高兴过。

四老倌新屋上梁的先天，娥姐的父亲为去不去喝酒的事大伤脑筋。不去，乡里乡亲的实在说不过去，去吧，又好像有一些不好意思。当年落实土地承包责任制时，张三李四王五赵六都不要河边上那个菜园，自己就将那个菜园强加在了四老倌头上，确实是有一点欺负外乡人的味道。现在看起来，庚先生和娥姐是自由恋爱了，是应当鼓励的。庚先生小伙子其实还是不错的，老实，心里没有鬼，人也长得周正。他和娥姐的事情确实有点性急了，但现在的年轻人，又怎么可以用旧时标准来要求他们呢？一看见他就鼓眼睛，看来还是我封建思想在作怪呵。村支书说了，地区来的女干部说的，会给庚先生在龙鳞城里安排个工作。其实工作不工作不是主要的，主要是人好。娥姐的父亲经过一番激烈的思想斗争后，决定还是随大流，还是去。他换了一套干净衣服，又叫娥姐的妈妈也梳饰了一番，就很郑重地一起去给四老倌贺喜了。两夫妇走在塘基上的时候，娥姐的妈妈怪娥姐的父亲：毛毛都已经刮了，你还看见庚先生就鼓眼睛，鼓的个什么名堂？娥姐的父亲说，哪个要你多嘴多舌告诉我？你告诉我了，我当然心里不舒服。两夫妇正说着话，就听见鞭炮噼里叭啦地响起来了。塘基上有一棵苦楝树，苦楝树上有一个老鸦窝。突然响起的鞭炮声惊得一窝老鸦吱吱乱叫，拍翅狂飞。

四老倌站在地坪里，点响了一挂万子鞭。

有失远迎，有失远迎！

鞭炮声中四老倌跑过来拉起娥姐父亲的手，一双眼睛笑得缝都没有了。四老倌的病婆婆手足无措不会讲话，只会说稀客呀，稀客呀。

先到的邻居们纷纷让路，有人喊：亲家公亲家母大驾光临，奏乐！

几个毛头小伙子就起哄了，他们菜刀锅铲一顿乱敲，将门板上的碗筷惊得跳起来好高。

乡间的喜庆，远比城里的喜庆来得真挚。

娥姐的父亲只好也拉了四老倌的手，觉得再说什么都是多余的了。他只是附在四老倌的耳边小声说了一句话：老四呀，菜园的事你就不要拗气了，我向你保证，没有什么三十年不变！

他还是没有勇气叫亲家。

四老倌有勇气，四老倌说，亲家呀，我们苦扒苦撑蚊子攒血为哪样？还不是为了崽女？起个屋都是为崽女砌起的呢，你们说是不是？

娥姐的父亲和娥姐的妈妈都说，那是那是。

在白晃晃新屋的地坪里，两个人就这样握手言欢了。

物质基础决定意识形态。

还改变人的精神面貌。

四老倌原来是一个心底阴暗鬼鬼蹑蹑的人，从那一天起就变成了一个光明磊落顶天立地的人了。四老倌协助了乡政府一回工作，和香港老头和招商局王局长，还有地区来的那个女干部在县里宾馆里住了一段时间后，就搞清楚了很多事情。什么叫招商引资，怎样来筑巢引凤，他口里虽然还说不好，却也是心知肚明了。他和娥姐的父亲喝酒的时候，就实话实说告诉娥姐的父亲：我没有五千元月薪，也不是什么总经理。香港老头买下那块地后圈了个围墙就回去了，只是建了个小房子让我住着，叫我看守那块地。四老倌对着他亲家的耳朵说，有人说香港老头是圈地呢，他娘的，街上的地就是值钱，一年一个价，翻水车一样！我无所谓，看一万年我都无所谓，我准备看一年地就种一年菜，那收入就是额外的了，应当很可观。四老倌建议娥姐的父亲村民组长也不要当了，跟他一起到县城里种菜去。额外收入搞得好，应当是六指拇比正身还要大。我们是两条老黄牛，小车不倒只管拉哟，目的是为儿女打造一个新世界呵——四老倌这样说。四老倌还有一个设想，做保姆踩人力车都不是个事，不如让你的女我的崽都来种菜。几百亩地尽我们种，街上小菜又贵得吓人。娥姐的父亲说主意是个好主意，但他对那两个前世冤家不抱信心。娥姐的父亲说，他们会信我们的？老班子在他们心里都是蠢猪。所以目前最要紧的，还是要地区来的那个女干部讲话作数。你为政府做了这么大的贡献，她讲了要给你儿子安排一个工作的，怎么还没有反应呢？

四老倌说，喝酒，喝酒，就会有反应的，就会有反应的！

四老倌敢于说就会有反应的，肯定是胸有成竹。

四老倌回到县城开发区现代农业园香港老头给他盖的小屋里后，招商局的王局长就找过来了。

王局长一进来就说，香港老头有几个手机？这一向他是在用哪个手机？我一打电话，他电话里的自动装置就说主人现在不在，请您留言。看得出王局长有些着急。王局长说，地这么老空着不是个事呵，上头在问我呢，说是要清理闲置地了呢，我找他又联系不上。

香港老头现在用哪个手机四老倌知道。四老倌住的小屋里装了个电话机，香港老头要四老倌每天打一个电话过去，四老倌知道这部电话是查岗电话。香港老头不反对四老倌种菜，但要求四老倌发扬钉子精神，就钉在这块地上。四老倌回村里建屋，也是向香港老头请了假的。四老倌知道香港老头现在用哪个手机，但他就是不告诉王局长。四老倌对王局长哈哈哈哈说了今天的天气，说了香港老板是如何信任他，然后对王局长说，我那个崽长得好高大的，最适合当警察。

在四老倌心目中，警察最威风。

四老倌现在也穿西装了，只是还不习惯结领带。

好，好，我们正在考虑，正在考虑！王局长说。

王局长和四老倌说话时，眉毛是枯起的。

王局长近来心里有一点烦。

有小道消息说，省里有可能对全省大大小小各种名目的开发区做一次普查，目的是对各级各类开发区进行一次清理，据说会取消一些开而不发的开发区，以遏止国土流失。这一次在地区办无公害养牛场的土地手续，计委那个因为搞了小保姆而不得不离了婚的张主任，就已经讲了许多啰嗦话了。寒陵县保证了一定不会闲置，一定会马上开发，可这土地手续还是办不好，上面一定要投资方打一笔保证金放在银行里才批。香港老头这样躲着不露面，这块地空在这里难道就专门等着清理么？到时候上面刮谁的胡子呵，我王中书的胡子没有刮的！怪就只怪彭玉蓉，上次在浮云乡喝了一点酒，就大大咧咧吹牛皮，保证为四老倌的儿子安排一个工作，可工作是这样容易安排的么？

但现在牛吊在四老倌的桩上。

王局长不得不向四老倌兑现。

王局长回到招商局，考虑了一个方案就向彭玉蓉打电话。

彭玉蓉回电话说，我讲过吗？我确实讲过吗？我怎么一点印象都没有呢？

王局长说你讲过，你确实讲过，在乡政府的会议室讲的。当时四老倌说他那个崽在踩人力车，你就说小罗是我们办事处的家属，不能老是搞政府明令禁止的事，你说你有责任给他安排一个工作。

彭玉蓉呵呵两声，就记起来了。彭玉蓉说，那是为了调动老家伙的积极性，好让他配合我们工作。随便一句话就当真了，那人家今后还敢不敢讲话？

王局长说，你随随便便一句话，我现在是脱不得身了，现在香港老头只和他单线联系呢。看来不兑现，怕是不行的。

彭玉蓉就说，那就兑现吧，局长你看怎么个兑现法？你安排一个人，还不是一句话？

王局长说没有这样简单，王局长说出他的方案：公安局怎么进得了呢？公安局是进不了的。但想个办法哄一哄他，让他那个崽当个协警，还是可以的。彭玉蓉不知道什么是协警，王局长就向彭玉蓉解释。公安部门的临时工，过去叫联防队员，最近不叫联防队员了，现在叫协警了，协助警察工作的意思。我要这里寒陵县公安局和你们那里城区公安局联系一下，他们平日也是互相帮忙的，不过就是一个临时工嘛，大概不会有问题。联系归我，其余的事就归你了，你找了他那个崽带了去报到就是的。

彭玉蓉说，好，我听你领导的。

谈罢工作，两个人还说了许多其他话。彭玉蓉很同情刘达夫，说办事处这么累，我们刘主任年纪这么大了，你们还拿他做牛用，真的要不得。你看其他局，这样老资格的同志早就休息了。她说刘达夫的劳务输出应该说是彻底失败了。安排的三个保姆，一个破坏了人家一个家庭，一个和主家搞坏了关系，剩下的那个是我分管，我手摸着脚踩着，才没有出什么问题。他还想让王大师那样的人当我们乡友联谊会的会长呢，我和他工作上有分歧，但我们的个人关系还是很好的。彭玉蓉说，王局长，我就吊到你这棵树上了呵，我还要靠你关照呢。你给我在王书记面前美言几句，就当得我汇一万次报。

关照，关照，互相关照。王局长说。

谈着谈着，彭玉蓉就谈到了那一次去浮云乡，谈到了回县里时王局长喝多了酒开不得车，路上将车停在一个僻静处将座椅放倒了睡觉，笑王局长睡觉时流口水，流出来好长。当然，彭玉蓉没有说王局长一双手老是不安定，睡着睡着就滚到这边座位上来了，也不会说胸部的衣扣子也被他解开了一粒。但彭玉蓉这样一提，这么一笑，王局长心里还是又年轻人一样冲动了一回。王局长想，那个小婆娘，长得真有味呵，那一天真的是大姨妈来了吗？如果那一天我胆子还大一点，还霸一点蛮，会是一个什么结果呢？王局长想找个机会把冲动变成行动，就对彭玉蓉说，我过几天会到龙鳞来出一回差，你有没有时间接见我呵？

彭玉蓉说，敢不接见？只是你要关照我，更要关照我们刘主任。办事处这么累，我们刘主任年纪这么大了，你们还拿他做牛用，真的要都要不得。

王局长当然听得出，彭玉蓉是迫不及待想抢班夺权。

三十一

协 警

办事处刘达夫可以搪塞,县里招商局王局长不可以搪塞。

龙鳞广场上的工程尽管很紧张,彭玉蓉就像新上任的大领导一样日理万机,但县里招商局王局长叫她去接洽庚先生的事,她就还是只能从百忙中抽出时间来。世界上的事情有时候其实很简单:同样是一件事,有能力的人去办,只要一个电话,没有能力的人去办,你跑死了哭死了也是空的。王局长和彭主任当然都是有能力的人。王局长在寒陵那边打了几个电话,彭玉蓉在龙鳞这边再跑两趟,城区分局就辞退了一名据说表现不怎么好的协警,腾出一个位置来满足兄弟单位的要求了。

支援和友谊比什么都重要。

彭玉蓉接洽庚先生的事后,就跑到电业局她的家门局长的家里,将组织上的关心告诉娥姐。她敲开门的时候,娥姐正在听张阿姨讲她最近的新悟。张阿姨这一段每日里听山上龙鳞寺大慈大爱的钟声,又悟出了人之所以不能正确认识世界,不能正确认识自我的深层次原因。张阿姨坐了她的轮椅,很慈爱很安详地坐在客厅里的落地大窗下,像一尊菩萨。彭玉蓉进来刚要说话,张阿姨朝她摆摆手,她就只好莞尔一笑搬条凳坐下来,听张阿姨先把她的新悟说完。张阿姨说,人总说自己是万物之灵,其实没有一点根据。地球只是太阳系里的一颗星,太阳系只是银河系里的一个星群,宇宙到底有多少大?没有人说得清。大象的身上有一个跳蚤,跳蚤的身上有一个病毒,病毒根本就无法知道有一个跳蚤,更不用说看清大象了,就硬说它就是万物之灵,娥姐呀,你看这可笑还是不可笑?

彭玉蓉听娥姐和张阿姨争论，听得很有味道。

娥姐说，但只是地球上有人呀，其他星球上没有空气，没有水，连生命也没有，何况人。

张阿姨说，娥姐呀，我们错就错在这里。我们总是站在人的角度上来考虑问题，这就造成了一个思维定势！张阿姨恨铁不成钢，这样说和娥姐说不通，那样说还是和娥姐说不通，就举了一个例子。张阿姨说，假如东海龙王派一支科学考察队到大陆上来，考察陆地上有没有生命。水族们也一定会向东海龙王报告说，陆地上没有生命。因为水族们都是存活于水中的，它们的思维定势已经是生命只能存活于水中。而事实上呢，陆地上不但有生命，而且在层次上远远高于它们！看到娥姐有一点理解了，张阿姨就下结论说，我们凭什么说没有空气没有水就没有生命？生命是分层次的，最高层次的生命或许已经进化得只有意识，只有精神了。他们连形态都不需要了，我们看不见他们，他们来无踪，去无影。我们看不见他们，我们就称他们为神。

娥姐若有所悟：大象身上的那只跳蚤看不见我们，相对于大象身上的那只跳蚤来说，我们也是来无踪，去无影。

张阿姨高兴地说，是呀是呀，娥姐你真聪明。

娥姐却故意说，我不信你的瞎说。

张阿姨说，其实你已经在思考了。

两个人会心地相视一笑。

彭玉蓉先还只是觉得听张阿姨和娥姐争论很好玩，听下去，渐渐地就有点心得了。她本是个很聪慧的人，只是陷入了红尘，身不由己。彭玉蓉忘记了自己是来将组织上的关心告诉娥姐的，不知不觉也加入了讨论。难怪说人不能掌握自己的命运呢，这就和大象身上的那只跳蚤不能掌握自己的命运是一个道理！她说。这时候龙鳞寺的钟声又敲响了，钟声悚然响起时，彭玉蓉感觉到心头猛烈的一振，好像心里有什么秘密突然就暴露在光天化日之下了。娥姐和张阿姨也停止了争论，三个人就都凝下神来，听钟声从天上洒下来，细细密密将一切都笼罩了，一直笼罩了三颗各不相同的心。彭玉蓉突然感觉心慌：高不可测的天穹上空，莫非真有一个无限绝对的力量，借了这钟声在宣示它的存在么？在这红尘滚滚的世界上，或许真的有来无踪去无影的神，瞪大着他们善恶分明的眼睛，无时无刻不在看着我们么？彭玉蓉突然就有一点毛骨悚然的感觉，她将凳子朝张阿姨身边挪了挪，好像这个世界上,只有少了一条腿的张阿姨,才是所有人的最后依靠。钟声响过了,坐在轮椅上的张阿姨伸出一只手,很慈爱地抚在彭玉蓉的手背上说,小彭呀你来了，我还正要和你说一个事呢，娥姐的工资，你们办事处就不要发了。

彭玉蓉从幻觉中回到现实,这才记起她是来找娥姐,叫娥姐通知庚先生去当协警的。彭玉蓉不和张阿姨说娥姐的工资,她的家门局长已经多次讲过这个事了。办事处每个月将娥姐工资打到她的卡上,家门局长每个月总要再从自己的包里掏出相同数目的钱来,一定要彭玉蓉收下。她的家门局长说,这是张阿姨交代了的,我们的保姆当然是我们自己出钱。这件事彭玉蓉还没有和刘达夫说,彭玉蓉不收钱,她的家门局长就说,我会记下数目,我总会让你收下的。彭玉蓉现在又不说这个事,彭玉蓉说,我今天是来找娥姐的。娥姐那条拖尾巴蛆,老踩人力车怎么是一个事呢?彭玉蓉把四老倌,把王局长,把不必要说的过程都省略了,只说她听说城区分局还要协警,就找熟人替庚先生报了个名,现在争取到了一个指标。

上次关照了娥姐,这次又关照庚先生,彭玉蓉以为娥姐会感动得一塌糊涂呢,没想到娥姐听了只淡淡地说了五个字:谢谢彭主任。

不知从什么时候起,娥姐也修炼得宠辱不惊了。

张阿姨则什么也没有说,好像这是彭玉蓉应当做的。

庚先生是从他老爸的电话里,知道他老爸发达了的。

香港老头在他圈下的那块地里建了个小屋，又在小屋里装了电话之后,他老爸四老倌就老是和他打电话了。并不是每回真的有许多话要说,只不过是住在小屋里没有什么事做,电话费又不需要自己出钱,四老倌就有事没事总是打电话过来。他不只一次地对庚先生说,你把你们局长的电话号码告诉我,我要你干爷爷给他打个电话,要他提携你。干爷爷是哪个?就是那个香港老头,庚先生见都还没有见过,他就把庚先生送给香港老头做干孙子了,庚先生想起来都烦躁。庚先生一烦躁,后来就故意不接电话。四老倌耐不住寂寞,就把电话打到公话亭子里,让守电话亭的婆娘来喊春叔接。打多了,春叔也烦躁,但春叔不能不接。当年春叔在鲤鱼塘做知青,住的就是四老倌的偏厦屋,还吃了他那么多喂猪的红薯,他不能不跑上又跑下,来听四老倌的啰嗦。春叔自己老是跑上跑下不要紧,但春叔不好意思老是麻烦人家喊电话，就只好咬一咬牙，听从了四老倌的劝告，还是将家里的座机开通了。

只要在家里，春叔总能接到四老倌的电话。

因为总是四老倌打过来，春叔就有经济条件和四老倌在电话里长谈了。四老倌有一次问春叔，你愿不愿意还接受一次贫下中农的再教育？我现在是有几百亩地的大地主呢，你愿意的话，就来和我一起种菜。前知识青年春叔认为，一个人一生一世接受得一次贫下中农的再教育就足够了，第二次接受贫下中农的再教育，还不如在龙鳞城里拿着下岗生活费再踩人力车。春叔说当年农业学大寨天天开荒，我一年的口粮半年就吃完了，冬天就吃您窖里的红薯，我也不记得我吃了您多少红薯呵。四老倌就说，庚先生现在天天在你那里麻烦，还不又吃了回来了么？庚先生从不和他老爸说他和娥姐的事，四老倌就在电话里找春叔侧面了解这方面的情况。四老倌搞清楚了，娥姐对庚先生是死心塌地，曾经来春叔家看过庚先生。两个人就像结了婚的夫妻一样，公然睡到一起也不怕春叔看见了有什么想法。春叔把这些情况都和四老倌说了，四老倌就再一次感到欣喜。

听说四老倌建了新屋，春叔就问，我当年住的偏厦屋也拆掉了么？四老倌说，拆了不要紧。一旦你成了著名人物要偏厦屋做纪念，我们原样建起来就是的。四老倌本是一个很呆笨的人，做了香港老头的狗腿子竟然就有了一点幽默感，这一点让现在的下岗职工春叔感到很惊讶。春叔问四老倌，你要我跟了你种菜，你为什么不带了庚先生种菜呢？这人力车是政府明令禁止的，恐怕到底还是踩不成的。四老倌在电话那头说，我马上就考虑庚先生的工作问题，有可能会安排在公安局。

春叔这回大吃一惊了。因为四老倌说这话的时候，那口气就和喝蛋汤一样好随便的。

春叔想：真是穷人暴富好轻狂呵。

春叔每一次放下电话后都是百感交加。

庚先生则一次又一次打击他父亲的轻狂。他父亲向他报告家里翻天覆地的变化时，他对家里翻天覆地的变化总是表示出不屑。他说老驾呵，我和娥姐的事不要你管，你的主要任务就是把妈妈的病治好。我不会回来看你建的屋，我也不会要你的屋。你今后和春叔打电话要口紧些呵，听见你和春叔吹牛皮，我的脸就红得猴子屁股一样。庚先生还像过去一样看不起他父亲,其实这是他不懂得时世造英雄的道理。他帮助罗海军帮助夏小丽的时候和王大师打过交道,他显然没有了解过王大师的成长过程。如果他了解了王大师的成长过程,他就应当明白士别三日当刮目相看的大道理了。某一天他父亲又打电话来,说你不要踩人力车了,有领导会来找你,我已经把你安排到公安局了。庚先生对着电话说,老驾你怕不怕丑?你是吃错了药么?好像你就是行署专员了。

哪知道真的娥姐就打了电话来,叫他到办事处去找彭主任。娥姐说彭主任愿意介绍你去当协警,你自己觉得好就去,觉得不好就不去。

庚先生说,你要给我当家呀。

娥姐威胁他说,你要再不男子汉一点,我就休了你!

庚先生征询春叔的意见,春叔感叹。你父亲是真有本事了,他人都没到龙鳞城里来,就能把龙鳞城里的事办妥,这可不是一般的人做得到的呵。春叔说,当警察,这比踩人力车好了一万倍呀,去,只有蠢卵才不去呢!

庚先生征询四铁匠的意见,四铁匠说,我这一世谁都不怕,就怕公安局的人。世界上牛皮的人多了,最牛皮的还是公安局的人。

庚先生征询罗海军的意见,罗海军说,大喜呵,我这就通知众人,你要请客呀,我们好好庆祝一下。

庚先生就去办事处找了彭玉蓉。

彭玉蓉就抽出身来,带庚先生去了城区分局。

公事公办,庚先生就当上协警了。

彭玉蓉走了以后,庚先生以为城区分局会有警服发给他呢,却只在行装科领到了两套迷彩服。那样的迷彩服,街上到处都可以买得到。庚先生领了迷彩服就走,行装科那个科员却叫他交钱,而且那价格比商店里出售的高出了许多。庚先生交了钱才知道,原来协警就是临时工,就是过去的联防队员。

不过也好,不要踩人力车了。

庚先生做了协警,罗海军就真的向众人下通知,通知夏小丽、娥姐、庚先生、四铁匠和曼曼姐又到相思酒楼来聚会。这一次是他要庚先生请客。庚先生卖掉了人力车,身上的钱正宽裕着呢,就丢了两百块钱在收银台上,要大鱼大肉地慰劳大家。不想大师傅三哥整出来的菜,却远没有上次罗海军丢一百块钱整出来的菜那样丰富。罗海军问大师傅三哥,还有没有客人喝剩的酒？大师傅三哥说没有，一点都没有。庚先生只好再丢一百块钱到收银台，干脆很豪气地说，罗副总经理你折扣都不要再打了！

娥姐马上表扬庚先生，说庚先生有一点像男子汉了。

菜上好酒筛好大家刚要动筷子的时候，夏小丽接到文玉均一个电话。两个人本来是探讨用海飞丝洗发膏好还是用金丽新洗发膏好的，但文玉均一听说大家正在聚会，就马上不说洗发膏，而是向夏小丽兴师问罪了。文玉均说，你们怎么不通知我呢？把我划入了阶级敌人那一类呵？娥姐就马上批评罗海军不对，说我们可以不效法人家的生活方式，但一个人无权评价另一个人怎么样生活。罗海军就接过夏小丽的手机，马上说小文呵我正要通知你呢，我们都在等你，你不来我们是不会动筷子的。你打个的，快些来。

众人就等文玉均。

众人等文玉均的时候，很自然就说起关于她的话题。相比之下，夏小丽和文玉均的联系要多一些，她们两个平时在美容的问题上有许多话题经常要沟通。夏小丽就介绍了文玉均的许多情况。夏小丽说，文玉均现在了不得了呢。她老爸是乡政府食堂的大师傅，现在不煮饭了，乡政府叫她老爸专门为乡里招商引资。乡长书记要进县城或者到龙鳞来攻关，还得要她老爸陪了去才有效果。前不久他们乡里有人在县里纪检会搞他们乡长的名堂，要查乡办砖瓦厂的老账。他们乡长一夜急白了头发，大师傅一个电话打给文玉均，文玉均几个电话分别打给几个人，结果那个想搞垮他们乡长的人，反而提了两瓶酒来看他们乡长，请他们乡长宰相肚里划得船。罗海军说夏小丽是瞎说，是捕风捉影道听途说。他认为现在风气是不怎么好，但也没坏到这样的地步。四铁匠和曼曼姐以他们人生的经验，却相信夏小丽讲的都是真的。罗海军你副总经理当起，你是站着说话腰不疼呢——四铁匠嗡声嗡气地讽刺罗海军。罗海军就和四铁匠争执起来，可是他们谁也说服不了谁。庚先生就充当起裁判来，先说同意罗海军观点的请举手，再说同意四铁匠观点的请举手。表决的结果是四比一，娥姐弃权，夏小丽、曼曼姐和他自己都同意四铁匠的观点，罗海军孤家寡人，只有他自己同意他自己的观点。

可罗海军还是说，我不相信文玉均有这么大的神通。

四铁匠说，她是没有这么大的神通，但人家不是巴结她，是巴结张主任。

两人正瞎争，包厢门厅一推，文玉均进来了。文玉均一进门就说，你们好没有良心呵，大家聚会，偏偏丢了我一个人！

众人就都说，文玉均你冤枉我们了，你和我们不是一个阶级了，我们想喊你，正在研究你会不会来，你的电话就打来了。众人还以为文玉均做了官太太了，出门会佩金戴银穿的衣服不知道好高档呢，没想到文玉均还是原来那个打扮。只是人变得成熟些了，一双眼睛再不左顾右盼，两眼间的间距就好像正常了好多。文玉均问候了娥姐，问候了曼曼姐，要四铁匠快点把手艺学出来，说今后我做头发就到你们的发廊去做。又打趣庚先生说，你看夏小丽林妹妹一样，还怕罗海军和你抢生意么？罗海军告诉她这个聚会是庚先生请客，庆祝庚先生参加人民公安工作，她又向庚先生表示了祝贺。礼节性地和大家调笑几句后，文玉均就被众人推得挨着娥姐坐下了。刚刚过去的那个风波，好像并没有在文玉均身上留下什么阴影，大家心里都松了一口气。

还是罗海军致祝酒辞，罗海军举起杯来问众人道，我们进龙鳞城快也半年了吧？半年来我是增长了不少见识，想必大家都有同感。我们都要快一点成熟起来呢，为了我们快一点成熟而干杯！

干杯！

七只玻璃杯碰得一片响。

庚先生一口将酒喝干，抹抹嘴巴说，越成熟，越觉得生活没有意思。

文玉均说，不成熟，在这个世界上你怎么混得下去呢？

庚先生说，要是我们都不长大就好了。

罗海军笑：可惜我们都长大了。

这是一个沉重的话题，沉重得不宜于深入讨论。夏小丽不同意文玉均的观点，但又无法说出心里的话。难道就是为了生活得好一点，就不要爱情，破坏人家的家庭抢一个半老头子来做丈夫么？但文玉均呼风唤雨，原来煮饭的老爸都不要煮饭了，却又令她羡慕得要死。四铁匠和曼曼姐根本就不思考这样的问题了，经过了大风大浪后，他们只要每日里有三餐一倒就足够了。娥姐伴佛沾光，已经被张阿姨教导得有点超凡脱俗。她现在心中有了定力，觉得在城里生活还是在乡间生活，已经不是很重要的问题了，心静到处是天堂。庚先生踩人力车还是当协警，在她看来都是一回事。大不了人力车不踩了，协警也不当了，领着庚先生回去，她相信回去后，她再不会睡懒觉了。她会在鲤鱼塘建设起她的小家庭，建设起她的新生活。她看着众人微笑，生怕大家和文玉均一深入讨论下去会伤害了文玉均，就说喝酒喝酒，罗海军你的祝酒辞这回没有说得上一回好。

于是大家就都喝酒，说一些乱七八糟的事情。庚先生提出一个事来，说今后我就要在场面上混了，你们再不要庚先生庚先生地乱喊了。我叫罗荣庚，你们今后要喊我罗荣庚。

夏小丽说，还要加两个字，我们都喊你罗荣庚同志。

三十二

风云突变

光阴似箭，转眼就正式是冬天了。

二十世纪的最后一个夏天不像是夏天，二十世纪的最后一个冬天也就不像是冬天了。人们都在说地球温室效应，说是南极的冰川在慢慢融化，这样下去人类就很危险。这个冬天龙鳞城里确实非常暖和，暖和得就像十月小阳春一样。气温经常是十五摄氏度到二十摄氏度之间，东南风经常是二到四级。天上虽然有云，因为又有许多工厂关停并转烟囱不冒烟了，所以空气还是比较清新，空气中负离子的指数明显高于去年同期水平。因为天气反常，郊外一座山上竟然有映山红在冬天里开放了。人们还好生奇怪，一时间龙鳞城里议论纷纷。有人说冬日花开，这是形势大好，也有人说四时无序，这是上天的警示。地区科委就派了一帮专家去调查。专家研究出，农民在那座山培植竹林，施放的肥料正好是映山红最需要的养分，再加上南极冰川融化地球温室效应导致气候反常，十二月了还暖和得十月小阳春一样，于是就弄得映山红昏了脑壳，冬天也漫山开放如火如荼。《龙鳞日报》把这个消息报道出来后，龙鳞城里有点层次的人于是就都把家里防盗门一锁，带个傻瓜照相机再带上一点吃食，邀了三朋四友携家带口有的开私家车，有的打的士车，纷纷去那座山上郊游。办事处刘达夫的老婆来看刘达夫了，刘达夫带着他老婆去了一回，罗海军要夏小丽向主家请了假，也带着夏小丽去了一回。彭玉蓉没有去。彭玉蓉想和七老板去郊游，她这一段清闲些了，正在编那本《乡友通讯录》，天天在办事处上班，但七老板没有时间。电视大楼虽然告一段落，最忙的阶段忙过去了，可七老板马不停蹄，又绊上了几个新业务。

这一天七老板外出谈业务，就很晚很晚了还没有回来。

彭玉蓉坐在家里的沙发上，等她的七老板。

彭玉蓉是个好妻子。刚进龙鳞城时她还迷恋过罗海军的鼻子，进城在人生的沙场上一番搏杀，终于找到了自己的位置，现在是连那个鼻子都熟视无睹了。县里招商局王局长已经打了电话来，明天会到龙鳞来出差，彭玉蓉坐在沙发上就在考虑，明天是不是把话向王局长挑明算了。刘达夫这一段有一点躺倒不干了的意思，天天陪了老婆游山玩水，王书记难道就这样让他躺到不干么？相思酒楼其实也是赚得到钱的，问题是怎么样去搞，要我搞，我就有我的搞法。只是王局长这人有一点色，看样子是一个喜欢在外头卖余粮的角色，不给他一点甜头，他会不会为我卖力气呵？但真正要给他甜头，又太那个了。彭玉蓉边想边等，一直等到半夜时分，才听到楼梯上响起咚咚咚的脚步声。

菊山小区在龙鳞城里算是高档小区，住的都是一些有层次的人，大家一般都是按时作息，半夜响起脚步声听起来就有一点格外揪心。但彭玉蓉喜欢听这脚步声，彭玉蓉熟悉这个脚步声，一听到这脚步声，她就知道是七老板回来了，她赶紧趿上拖鞋去开门。门刚打开一条缝，她就觉得有一股冷风吹了进来，一直吹进了她的心里，吹得她心里一紧。

天气要变了么？彭玉蓉想。

七老板好像是经过了长途跋涉，一副筋疲力尽的样子，正倚门框站着呢。

怎么了？喝了酒么？彭玉蓉连忙伸手去扶。

七老板不要彭玉蓉扶，也不说话。他摇摇头马上又点点头，不知道是要表达一个什么意思。

彭玉蓉伸手把七老板拉进屋里。

拉七老板进屋的时候，彭玉蓉感觉到七老板身上有一股凉丝丝的气息，类似于久不见阳光的潮湿地带散发出来的那种气息。她侧耳听一听外面，外面并没有下雨呵，而露水呢，龙鳞城里冬天的晚上根本就不可能有露水。

彭玉蓉奇怪了，问七老板你从哪里来，都到了一些什么地方？

七老板不做声，只咧嘴笑了一笑，可他那个笑，彭玉蓉看起来比哭都还要难看些。七老板笑过以后,就一摊稀泥一样,非常松懈地就仰在沙发上了,看上去气息奄奄,和平日的气宇轩昂判若两人。

怎么了?喝多了酒么?彭玉蓉又问。

七老板还是不说话,还是摇摇头马上又点点头。

彭玉蓉将鼻子凑到七老板的嘴巴上嗅了嗅,并没有酒气。

你说话呵,你哑巴了么?彭玉蓉生气了。

七老板眼睛翻了翻白,终于说话了,说的是一句没头没脑的话。他对彭玉蓉说,明天你不要走远呵,手机、手机要充好电呢。

什么意思呵,你这个神经病!彭玉蓉再问七老板,七老板又不说话了,头一歪,呼呼睡去。

彭玉蓉急了,将手贴在七老板的额头上,看七老板是不是在发烧。凭手感是没有发烧的,彭玉蓉还不放心,又寻来一支温度计。将温度计掖在七老板的胳膊窝里,过了五分钟抽出来看,三十七度差一点点,温度确实正常。彭玉蓉放心了,认为七老板不过是太累了,七老板是那种工作起来勇往直前的人。龙鳞城里的油水确实太厚了一点,现在是个个单位都争着搞基建,连那些穷得要死的单位都要想方设法搭个车库,不搭车库的就今年将假山改为鱼池,明年又将鱼池改成凉亭。彭玉蓉在各个单位跑,发现个个领导都喜欢抓基建。七老板商场上声誉又好,都晓得他绝不出卖朋友,那生意当然就忙不赢了。知道他今天跑了好多地方,会了好多的人呢?商场如战场呵,翻手为云覆手为雨,当面喊哥哥背后掷秤砣,交战双方谁都是心力交瘁了还在斗智斗勇。

七老板回到家里倒头便睡的情况,也不是第一次发生。彭玉蓉想把七老板弄到床上去,弄不动,就将他在沙发上放平了,打来水帮他洗了脚,又盖上一床被子,然后扯了灯,自己才睡去。

这一夜彭玉蓉起来了三回,起来为七老板掖被子。她看见七老板睡得好香好香,并没有什么异常的情况,到天亮时自己才放心地睡了一觉。

彭玉蓉确实是一个好妻子。

好妻子彭玉蓉早晨起来,看见七老板还睡得很香。口水从七老板的嘴角流下来,七老板睡出了一个十分幸福的样子。彭玉蓉给家里换空气,她拉开窗帘,就有早晨的阳光很生动地洒进来,将偌大客厅里占据了五分之一面积的那个人造景观,罩上了一个朦朦胧胧的意境。假山山顶上的那座庙,被阳光一照,此刻就金碧辉煌了。庙门口正扫地的和尚开口在笑,湖边两个打水的和尚也在笑。青松下凉亭里,那两个额头长得特别高的长寿老人这么早就在下棋,只有七老板还在睡觉。彭玉蓉平时忙得脚不点地,并没有十分仔细地欣赏过家里这座人造景观。今天不经意看就看见那一丛文竹枯萎了不少,假山山脚下一湖碧波里的小游鱼,也有一条已经死了。只有那个黄铜锻造的水车,还是在水流的冲击下滴溜溜乱转,证明进出水的暗道机关还没有失灵。彭玉蓉把死鱼捡出来,心里想接待了王局长回来,是要特别花一点时间,打理一下这座室内景观了。

这样的家庭室内景观,整个龙鳞城里恐怕也没有几个,确实是一种身份的象征。朋友们来家里欣赏这个室内景观,无不啧啧称奇。

只是,小鱼怎么突然就死了呢?

彭玉蓉把死鱼丢进厕所再回到客厅里,又看见一只蜘蛛在七老板的脸上缓缓爬动。彭玉蓉伸手拈起蜘蛛,打开窗子丢到窗外。她感到很奇怪,这屋装修才大半年,还是新屋呀,从哪里来的蜘蛛呢?她想了一阵,想不出什么名堂,也就不想了。谁知道七老板昨天到了哪里呢?将蜘蛛都带回来了,她打算等他醒了以后,再好好地问一问他。

没什么事做,彭玉蓉就站在窗前,看太阳从东方升起。

彭玉蓉站在窗前的时候,正是一天中最灿烂的时候。龙鳞山那个方向树木葱茏,太阳每天都是从那个方向升起来的。她看到霞光是太阳的使者,太阳还在地平线下梳妆打扮的时候,霞光就先走一步,开始在染红天际了。在万道霞光的簇拥下,龙鳞寺佛塔高高地耸向天空,那佛塔的尖顶像一把直指天穹的利剑,庄严而又仁慈。一轮鲜活的太阳娇艳无比,在绿色的林梢上努力上升。那太阳一拱两拱,就拱到林梢上头了,拱到佛塔尖顶位置时,好像站住了一会,好像是在和佛塔亲吻。天像水洗过一样湛蓝湛蓝,有大鸟闪电一般,还没看清楚,就从湛蓝湛蓝的天幕上划过去了。佛塔上那口响了两千年的铜钟,又被和尚们敲响了,在这里只是隐隐可以听见,但同样可感觉到空气都在振动。娇艳的太阳瞬间便成熟了,喷射出耀眼的金光。耀眼的金光普照大地,远处的楼就变成了金楼,近处的树也变成了金树,连小区的路也变成了金路了。就在这金色的世界上,沉沦了一夜的人们又重新活过来了,一个个生龙活虎。有人在小区的道路上快奔慢跑,有人在小区的亭榭里打太极拳,还有人站在小区的鱼塘边,捏着自己的喉咙练嗓子。最让彭玉蓉感动的是,她看到了两个人在握手,握了手又互相敬烟。那两个人都是她的邻居,昨日还看见他们只为了一点小事就打了一架呢,今天在金色的阳光下,两双手就握在一起了,这情景当然很令人感动。

世界是这样美好又新鲜有趣呵,彭玉蓉感叹。从寒陵县搬到龙鳞城来,在这个屋里也住了快半年了呵,只知道忙,怎么就从来也没有想过要早晨打开窗户,看一看太阳是怎样升起来的呢?

彭玉蓉真想把七老板也拉起来,让他也站到窗前,让他也站在灿烂的金光中,感受一下早晨的太阳。

但七老板睡得正香呢,在这么一个早晨,在这么一个阳光好不容易才照进来的屋子里,他睡出了沉重的鼾声。

彭玉蓉急着去办事处,她决定不等七老板醒来了。

彭玉蓉轻手轻脚地打开门,又轻手轻脚地锁上门,再轻手轻脚地下楼去,直奔楼下菜市场。回来的时候,她手里就多了一杯豆浆,两个茶叶鸡蛋,一小碟榨菜,两根油条。在小摊上买油条时,彭玉蓉耽搁了比较长的时间。七老板吃油条吃得比较怪,他要求面团在油锅里炸的时间非常短,刚刚炸出一点桔黄色就捞起来,捞起来的油条撕开后吃的时候,里面还要有一点点白色的面粉。彭玉蓉平时对七老板的这个嗜好深恶痛绝,今天却一反常态耐心地站在油条摊子前,指导炸油条的大嫂如何掌握火候,一连炸了三次才达到她的要求。为此,彭玉蓉还多给了炸油条的大嫂两块钱。彭玉蓉再看一眼七老板,心想就看你睡到什么时候吧。她将豆浆、鸡蛋、榨菜、油条一并放在微波炉里,还调好了加热的时间。考虑到七老板到现在除了会开空调,再不会使用任何家用电器,电视机调声音调色彩都不会,彭玉蓉又找来一张纸,写了几句话放在沙发旁边的茶几上。

亲爱的,县里那个王局长今天会到龙鳞来,我要向他汇报工作。我现在要到办事处去做准备。早餐就放在微波炉里了,你只要在最上面右边那个紫色方框里点一下,微波炉就会自动工作的,停下来后它会自动开门,你把早餐拿出来就可以了。你如果心里还有一个妻子,你醒来后就给你的妻子一个电话,她不放心你呢,亲爱的。记住,点微波炉最上面右边那个紫色的方框。

做完这一切，彭玉蓉才背上她的坤包出门。

彭玉蓉出门才发现，天气陡然起变化了。

刚刚还是水一样洗过的天空，突然就密布着乌云了。乌云也是从龙鳞山那个方向飘来的，山上绿色的林梢枝条乱摆，大地正起风雷。太阳被乌云裹胁了，先还挣扎着要拱出来，看看无望，也就识时务者为俊杰，躲进云层里面再不出来了。龙鳞寺佛塔上头的那一块天空是乌云的总指挥部，滚滚乌云就是从那里散开的，一散开就壮大，壮大出千军万马，迅速地占据了天空四面八方。又有大鸟从天幕上划过了，它们从乌云密布的天幕上划过去的时候，惊恐地尖叫着，好像这个世界就要出什么大事了。彭玉蓉对这些毫不在意，是不是要进屋拿一把雨伞再出门她也没有去想。这不怪她，生活得如鱼得水的人们，对上天的某些启示往往是难于领会的。

她当然不可能想到，她和她丈夫的最后一次交流，就是用一个便条来完成的。

而且交流还没有对接上。

三十三

雨幕中的杀手

七老板从沙发上一爬起来,就用手指去挖眼窝里的眼屎。这样的动作要是彭玉蓉看见了,那是不允许的,是要挨骂的。彭玉蓉出去了,没有人骂他,他就挖出了两砣眼屎来。七老板人前像一个老板,其实骨子里是一个极没有教养的人,这就和他在马诗人面前露出流氓嘴脸,是一个道理。七老板打开眼睛后,张开嘴做了几次深呼吸,再连伸几个懒腰,还呵呵呵地大叫了几声,这才将积蓄在心里的一口恶气一扫而尽。沙发被屁股睡出了两个深坑,他伸手抹了抹,那两个深坑就自动填平了。他双手握成拳上下运动一会,所有的疲劳疲惫疲倦疲沓就都从他身上滚得一干二净了。他踱到窗前去打开窗子,一线风从窗口吹进来了,他发现变天了,心想今天出门应当加一件毛衣。风从窗口吹进来,吹起茶几上的一张纸条,纸条在客厅里快乐地飞翔。七老板抓住纸条看,一看完,脸上就笑成一朵花了。

他觉得这张纸条很好玩,就顺手放到他的黑色牛皮包里了。

放那张纸条时他想:有一个老婆真是好呵,有一个老婆最重要的不是夜里有事做,最重要的是用不着去读那些家用电器的使用说明书了,她会告诉你在最上面右边那个紫色方框里点一下,微波炉就会自动工作,停下来后还会自动开门。

而且,吃了早餐后还用不着洗碗,将碗丢在桌子上就自动有人来收拾的。

那一张纸条弄得七老板的心情好极了。

好得将昨日在商场上恶战的不快都忘记了。

七老板搞完个人卫生后就吃早餐,吃早餐时又感动了一回。那油条撕开后,里面还是白色的,偏偏又熟了,肯定是老婆站在油条摊前悉心指导才炸出来的。如果没有这样两根油条,七老板可能会给彭玉蓉打一个电话,讲几句不疼不痒的话。因为有这样两根油条,七老板就决定早晨不打电话了,他要到一个国有股份占了大头的合资公司去把一个建筑工程拿下来,拿下来了再打电话,让彭玉蓉好好地高兴一下。

七老板吃了饭要到那家公司去。

那家公司的董事长有一点不听话。

七老板做生意是从来不打预付款的,那家公司的董事长也和马诗人开始的时候一样,有一点想不通。七老板不打预付款,他就想丢开七老板,另外再去找人合作。七老板不着急,七老板想钓的鱼,还没有咬了钩又吐出来了的呢,七老板有办法叫他听话。

办法还是那个办法,百试百灵的办法。

那家公司的董事长没有和马诗人一样去越南旅游,但七老板带他已经在龙鳞城里某一家宾馆的床上旅游过一回了。导游还是施丽华,施丽华现在在七星桥也开着一个发廊,七老板随喊随到,而且战之能胜。她已经赚足了钱,她的发廊就比四铁匠曼曼姐开的那个发廊大气得多。她还带了几个女徒弟,她的女徒弟都和她一样, 也是身兼多职。她有时候不想和七老板做业务, 就派她的女徒弟去。她的女徒弟和她这个师傅一样,也很敬业,也是随喊随到,而且战之能胜。

七老板的这个办法让马诗人投降了。

七老板的这个办法让许多人投降了。

七老板的这个办法当然还可以让那家公司的董事长投降。

七老板准备那家公司的董事长投降了,再给彭玉蓉打电话。

男人不能经常让自己的女人高兴,那还算什么男人呢?

前天就约了那家公司的董事长今天再谈一次的,今天就搞定他算了。

出门前七老板自言自语,心里对那家公司的董事长说:哼,想跑? 上了我的钩,就没有再跑脱的鱼!

一心要让彭玉蓉高兴的七老板, 出门时对正在起变化的天气毫不在意。他看到有一些人把衣服被褥什么的晒在外面了,这时候正在慌慌忙忙地往家里收。其实上天还是启示了七老板的呢,七老板来到车库,上车挂了倒挡要将车子从车库里倒出来时，一条平时和他关系很好的狗像疯了一样，堵在车库门口汪汪地叫。七老板叫它走开，说老子回来会记得给你带桌子上的剩鱼剩肉的，你叫叫叫叫什么呢？七老板就骂，说你再不走开，老子就轧死你算了。可那条狗还是汪汪地叫，一点也没有走开的意思。七老板没有办法，只好将车挂了停车挡，走下车来拿起车库里的拖把，比划着要打那条狗。那条狗还是不走开，它用牙齿衔着七老板的裤脚，呜呜咽咽的像有什么话要说。七老板来火了，扬起拖把照着狗头狠狠地来了一下，那条狗才眼泪汪汪地夹着尾巴，一步一回头地走开了。

七老板望着一步一回头走开的狗想：好怪呵，这条狗今天怪了！

七老板将车倒出来，奔驰在小区的水泥路上时，天就开始下雨了。雪铁龙在小区的水泥路上奔驰了一阵，就吼叫一声冲向大街了。雪铁龙奔向大街的时候，小雨变成了中雨，窗玻璃上的刮雨器必须开到中挡了。雪铁龙在七星桥停了下来。七老板捏着一串钥匙冒雨下车，他先打开他公司的门，又上楼打开他的总经理室，再打开他那个带了锁的冰箱，捏着鼻子在冰箱冷冻室里选中了他现在要用的东西。七老板还是捏着鼻子，用一个信封装了他那个克敌制胜的法宝，再丢在他的黑皮包里了。锁上冰箱，锁上总经理室，再锁上公司的门，七老板坐到车里就加大油门，鞭打着他的雪铁龙，在雨幕中很痛快地狂奔了。

七老板在和人较量之前，喜欢听听音乐。

七老板伸手打开车上的音箱，音箱里放出来的歌是《大刀向鬼子们的头上砍去》。七老板不喜欢靡靡之音，如果不是业务上非常需要，他平时是从来不到舞厅里去的。他认为他生不逢时，假如早出生多少年，生活在英雄起四方的乱世，他还绝不止现在的这点作为。他血管里流动的绝对是男人的血，敢于搏击，敢于把一切困难都踏在脚下。他听音乐，也只听男子汉音乐，他认为只有这首《大刀向鬼子们的头上砍去》，才是真正的男子汉音乐。鬼子们是谁？鬼子们就是阻拦你前进的困难。面对阻拦你前进的困难，男子汉没有退缩的道理，就是要举起大刀，向鬼子们的头上砍去！

七老板觉得现在自己就是正举起大刀，在向鬼子们的头上砍去！

雨又下大了，催人奋进的雨！

那家公司在远郊，下国道后上便道，还有很长一段泥巴路。七老板想抢在雨水还没有将路上的泥巴泡成汤之前，走完那段泥巴路，就又一次加大了油门。他记得那段泥巴路有一个很长很长的之字形上坡，雨水若将坡上的泥巴泡得太湿了，雪铁龙没有四轮驱动功能，爬那么长的坡有可能打滑。雨越下越大了，雪铁龙欲与天公试比高，从国道折上那段泥巴路后也就没有减速。雪铁龙很快就开始爬坡了，发动机的声音很响。车窗前一个闪电闪过，一声炸雷突然炸响，那雨点便变得铜钱大一粒了。冬天怎么也打雷呢？七老板心头一震，但还是没有去多想。冬天映山红都可以开放，那雷当然也就是可以打的了。七老板没有多想，也没有精力多想，这时候的车子很难开，需要特别集中精力。铜钱大一粒的雨点从万里高空凌空而下，打在他的车顶上蓬蓬响。雨幕像一堵墙了，能见度只有几公尺，七老板不得不放慢车速，尽量选硬度大一些的路面走。

好大的雨呵！七老板感叹。

好寂静的山谷里呵！七老板又感叹。

七老板还要感叹，可是他感叹不成了。

雪铁龙转进之字弯经过一片竹林时，竹林里突然就冒出了一个人来。那个人穿一件长雨衣，明明看见车子开来了，却还是一跳就跳到了路面上。七老板心里一惊，一脚踩在刹车上，雪铁龙才在离那人不过两三米远的地方停了下来。那人伸出一只手摇着，嘴里说着什么向车窗走过来，后来就将脸俯到车窗上了。七老板差一点就吓出心脏病来了，他摇下车窗开口就骂：我×死你的祖宗！你要搭车，也不是这样搭的呵！

七老板气愤得要死，口水就像利剑一样，直接就溅在了那个人的脸上。

七老板平时不怎么骂人的，如鱼得水的人一般都不骂人。七老板平时不怎么讲痞话的，活得风光的人用不着讲痞话。七老板这回用痞话骂人，不知道是不是第一次，但可以肯定是最后一次。他太气愤了，世界上真的还能有这样强行要求搭车的人呵？假如那个人真的是强行要求搭车，七老板那一天会让他搭车吗？这个问题现在是没有人回答得出了，因为那个人走拢来后，突然就从怀里抽出了一把手枪。

一把装有消声器的黑油油的手枪！

因为惊愕，七老板嘴巴张得好大好大，那个人把那装有消声器的手枪，冷冰冰地就直接顶在七老板的嘴巴里了。

七老板开始还以为那人是在掏烟呢，想搭车的人从怀里往外掏，不是掏烟又是掏什么呢？

可掏出来的是一把手枪！

一把冷冰冰的自制手枪。

过去！坐到副驾座上去！

那个人毫无感情色彩地对七老板说，声音就像是从另一个世界传来的。七老板这才发现，那个人戴了一个面罩，只露出两个眼睛一个鼻子和一个嘴巴。

坏了！遇上劫车贼了！

七老板的脑袋轰的一声就大了。

在手枪的威逼下，七老板只能顺从。

那个人坐上驾驶座关上车门，七老板的整个世界就缩小得只有一点点大了。七老板坐到副驾座上后，脑子便冷静了下来。劫车贼有的只要车，不要命，有的要了车，还要命，这个人会是前者还是后者呢？车外是倾盆大雨，这个时候不可能会有人经过这里。就是有人经过这里，隔着镀了色的窗玻璃，车外也看不见车里。七老板只能自己救自己了，他努力看那个人的脸色，他想从那人的脸色里看出来，自己的命还有没有希望。但看不出什么，那个人穿的是一件长雨衣，坐到车里后将雨帽掀到后面，头上还戴着头罩。见他的眼睛里并没有很多凶光，七老板就说话了。七老板慢慢地说，享替，吼梯泡里有一汗凯钱，铿我也凤给享替了，亢下游命！七老板的嘴巴让手枪顶住了，无法完全合拢来，他的话说出来就成了外国语。那个人把枪口向外移了一点点，七老板把刚才说的话再说一遍，那个人就听懂了，七老板原来说的是：兄弟，我的包里有一万块钱，车我也送给兄弟了，枪下留命！那个人叹口气，说兄弟呀，钱确实是好东西，但我不能拿你的钱。三百六十行行行都有规矩，干我们这一行的破了规矩，那就得死。

七老板于是就知道了，他面对的是一个职业杀手。

七老板问，吼死共了(我死定了)？

那个人再不移开枪口了，因为他听懂了七老板的这句外国语，不需要移动枪口了。那个人点点头说，兄弟你死定了，好好上路吧。不是我要杀你，你我无冤无仇。你不是我杀死的，我没有杀你，你是你就要会面的那个人杀死的。冤有头债有主，你一定能够理解，来世冤冤相报你不会找我。你不要说话了，我不知道你和他有什么纠葛，我猜想是你威胁到他的生存了，你不死，他就活不出滋味了，所以他才肯花大价钱找我们。服气吧兄弟，十八年后又是一条好汉！

七老板还想说什么，那个人手指轻轻一扣，他就什么也说不出来了。

沉闷的声音在车里响了一下，淹没在车外暴雨和车身的撞击声中。

七老板头一歪，就靠在座位上了。

只有很少很少的一点鲜血从脑后的弹孔里流出来，刚刚在椅背上开出一朵茶碗大的血花，就没有再流了。那个人真的没有翻检七老板的黑色牛皮包，只是从七老板的上衣口袋里拿走了半包烟。因为他收起手枪想要抽一根烟的时候，从自己身上掏出来的是一个空烟盒。那个人脱下面罩点上一支烟，吸着烟找到了弹在后面椅座上的子弹壳，再戴上雨帽，这才打开车门朝路两头都看一看。

他看到山谷里死一般寂静。

而且雨幕中三尺外就什么东西都看不清楚了。

那个人跳下车再跳上山坡，顷刻就消失在密不通风的竹林里了。

他留在地上的足迹，很快也被暴雨冲没了。

三十四

洗脚城

协警罗荣庚坐在候勤室,眼看着窗外的雨景心中很忧郁。

雨是越下越大了,他担心寒陵县浮云乡鲤鱼塘村的那一条小河是不是会暴发山洪。那条小河是一条狡猾无比的小河,平时装得老实极了,浅浅的河水清澈见底,刚刚淹过人的膝盖。河湾里有一片温情脉脉的草滩,草滩是情侣们的伊甸园,罗荣庚就是在草滩上放翻了娥姐,一瞬间就变成了男人的。可是只要下得一天暴雨,你就看吧,小河一转身就变了脸色。浑浊的河水腾起浊浪,温情脉脉的草滩沉入了浊浪底下,浊浪上漂浮着死猫死狗,漂浮着烂棉花破鞋子。一排又一排的浊浪追赶着撕扯着,吼叫着呼啸着惊涛拍岸。浊浪大口大口地咬食堤岸,河岸就崩溃了,轰的一声巨响腾起一缕轻烟,一大块一大块的岸土就倒在浊浪里了。罗荣庚在当上协警之前人们还不叫他罗荣庚,人们叫他庚先生。庚先生家的菜园就在小河边上,河岸一年崩溃一回,庚先生家的菜园就越来越小。菜园是庚先生一家的命根子,人吃的猪吃的主要取之于菜园。每一次天降暴雨,那死无寸用的父亲都会点燃一炷线香,将线香插在门槛上,他跪在屋里朝天作揖,请求这样的菩萨和那样的菩萨都来保佑他,他要求浊浪发神威最好去找小河出口处的那个水电站。水电站的大坝冲垮了国家一夜之间就可以修复,他的菜园若冲毁了,他就不能实现多喂几头猪的远大理想了。

庚先生现在是罗庚荣了,但他还是挂念着那个菜园。

他好像看见了他老爸又在烧香。虽然他知道他老爸现在不会烧香了,他老爸已经在村里可以走摆步了，但他总觉得那个不烧香了的老爸不真实，只有那个会烧香的老爸才是他真实的老爸。

雨还在下。

而且越下越大。

罗荣庚太挂念那条小河了，就向地区气象台“气象早知道”打了一个电话。“气象早知道”告诉他，咨询城区气象请按1，咨询各县气象请按2。罗荣庚按了2，“气象早知道”又告诉他，咨询琼池县气象请按1，咨询岩山县气象请按2，咨询寒陵县气象请按3，龙鳞地区十二个县，“气象早知道”服务很周到很热情，一直耐心地指示他，请他按到了12。罗荣庚按了3就没有按了，“气象早知道”再告诉他，咨询过往气象请按1，咨询当前气象请按2，咨询以后气象请按3。罗荣庚按手机键按得脑毛汗都出来了，“气象早知道”才告诉他，寒陵县今日小雨，但是少数局部地区有大到暴雨。

“气象早知道”八毛钱一分钟呢，罗荣庚气愤不已。二十秒可以说完的话，它生生让你按来按去按了五分钟。罗荣庚算了一个账，他算出今天的工资又被“气象早知道”抢去五分之一了。

不过，菜园可能没有问题。

这就好。

但是，鲤鱼塘是不是属于“少数局部地区”呢？

这又不知道了。

正七想八想，队长开一部警车呼的一声就停在了门口，轮胎溅起的泥水射在窗玻璃上，画出来一幅谁也看不懂的现代派图画来。队长坐在车上喊：屋里有人吗？出发，出发！

协警罗荣庚抓起雨衣就冲到了车上。

队长问，还有的人呢？还有的人都死到哪里去了？

罗荣庚答，龙须路有人骑摩托车抢劫，治安队叫他们去围追堵去了，只留了我一个守屋。

队长骂，你们都是治安队的人了？你们听我的还是听谁的？你们下个月都给老子去治安队领工资去！

队长骂完了，驱动警车在雨中疾驰起来。

罗荣庚坐在车上，他既不问到哪里去，也不问去干什么。只要是公安局的人，只要是穿了警服的人，谁都可以在任何时候把穿着迷彩服的人叫到任何地方去，让穿着迷彩服的人去干任何事情。队长穿的是警服，罗荣庚穿的是迷彩服，所以罗荣庚不需要问到哪里去，也不需要问去干什么。罗荣庚正好在车上想他的菜园，心疼八毛钱一分钟的“气象早知道”咨询费。

车是向郊外开去的。

雨渐渐停了。

警车跑完国道准备折入一条泥巴公路的时候，罗荣庚看见路边上站着许多穿警服的人。穿警服的人向警车招手，警车就停下来了。穿警服的人纷纷上车，他们互相打招呼，但是没有一个人和罗荣庚打招呼。警车又开动了，罗荣庚听穿警服的人说话，知道前面十公里处发生了一桩凶杀案，一个叫熊国英的男人被人枪杀在小汽车里了。半个小时前，一个大货车被那辆小汽车拦在了路上，司机下来拍着玻璃恶骂小汽车驾车人，结果吓了个半死。司机向当地派出所报了案，现在派出所的人已经封锁了现场，城区公安局刑侦部门和地区公安局技侦部门的人，则正在风雷火急赶往现场。

罗荣庚马上就想：那具肮脏的尸体不会叫我去抬吧？

他后悔没有带双手套来。

很快就到了现场。

幸亏雨停了，尸体不会弄得很脏很脏。

幸亏雨停了，那些围着看热闹的农民才不要打伞。

现场勘查开始的时候，队长叫罗荣庚把住公路下面的一条小路，不准看热闹的当地农民爬上公路来干扰勘查。罗荣庚刚刚庆幸手套没带也没有问题了，可是队长又在小汽车旁边喊了，小罗小罗，你过来一下！罗荣庚只好又过去。原来法医要给死人照相，照完了正面要还照背面，需要把死人翻动一下。这件事当然是罗荣庚来做最合适。法医给了罗荣庚一双手套，罗荣庚爬上车只看了死人一眼，立刻大叫道：七老板！

子弹是从嘴里打进去的，七老板面部没有伤口，干干净净就像睡着了一样。罗荣庚大叫七老板的时候，七老板好像还皱了皱眉头，仿佛在责怪罗荣庚呢：人家已经睡着了，你吵吵吵吵个什么？

城区分局局长走过来了，局长问罗荣庚：你认识这个人？

罗荣庚一颗心乓乓直跳，我认识局长。

有人笑。罗荣庚马上意识到，应当在“我认识”中间停顿一下再喊局长，否则的话，那意思就变了，局长就是死人了。但是已经喊过了，收不回了，幸喜局长要研究案情，没有时间来研究语言。有人笑，局长不笑，局长再问罗荣庚，死者不叫熊国英？

我只知道他叫七老板——罗荣庚答，心里不跳了。

局长就对刑侦队长说，记录下来吧，身份证上是熊国英，外号七老板，寒陵县城关镇人。

局长做了三点指示就走了。第一点指示是赶快收拾现场，不要扩大影响。龙鳞日报社的记者采访凶杀新闻都有瘾，除非我批准，任何人都不准接受任何媒体记者的采访。第二点是要过细侦查，不能一说要赶快收拾现场就只记得收拾现场了，要记住现场是不可以重现的，一定要在现场发现有用的线索。第三就是要尽快破案了。经费问题我回去就向财政打报告，但你们不能指望财政会给好多钱。局长走了后，刑侦队长就落实这三点指示了。他问罗荣庚，你认识死者，认不认识死者的亲属？最好是能将死者的妻子找过来。

罗荣庚马上就给娥姐打电话。他见过办事处那个彭主任，也见过彭主任的先生，但从没有和彭主任打过电话。他找娥姐本是要彭主任的电话号码的，可他接通娥姐后，说出来的第一句话却是：娥姐呵，七老板死了！

刑侦队长一把抢过罗荣庚的手机，很沉着地对着电话说，我是城区公安分局，我们正在调查一个案件，我请您协助一下我们的工作。

彭玉蓉在办公室编那本《龙鳞乡友通讯录》，编着编着就编不下去了。窗外下暴雨，她发现自己今天真的是心绪不宁，两个眼皮子都总是在跳。俗话说左眼跳喜右眼跳灾，两个眼皮子都跳，那又预示一个什么呢？想想七老板也该起来了，她就在桌子上随便摸了一本书翻看，等七老板的电话来。九点多钟的时候，还不见七老板的电话，她就生气了。她不知道七老板再不会和她打电话了，还以为七老板又忽视她呢，一生气就决定七老板你不打电话来，我就绝不打电话去。如果不是今天县里的王局长要来，她会陪七老板去那家公司。彭玉蓉早就听七老板说过了，那家公司在远郊的一个山谷里，山谷里长满了一丛一丛的凤尾竹，竹林里有锦鸡还有斑雀，那里的风景非常美丽。

可是七老板没有打电话来。

倒是王中书打了电话来了。

王中书一说话还是那个口头禅：你这个家伙。王中书在电话里说，彭玉蓉你这个家伙，你在做什么呵？我天没亮就从寒陵出发，好大的雨，我现在进龙鳞城了。都说龙鳞城的脚浴世界一流，我们就在皇太子洗脚城见面吧，我请你洗脚。我已经定好了包厢，三号包厢。

彭玉蓉一听洗脚，就感觉脚趾间有一些痒了。

龙鳞城里工业不发达，商业不发达，休闲娱乐业还是很发达的。仅讲洗澡城，就形成了桑拿、盐浴、干搓、自助四大系列，每一大系列都有十多种洗法，而且还分文洗和武洗。文洗是健康消费，武洗有人陪，但要小心公安部门扫黄打非。经营洗澡城利润丰厚，但不是随哪个都可以染指的，投资大，还要有势力，一旦出了事，黑白两道都要能够摆得平。一些小老板就想出了新花样，你洗澡，我就洗脚。洗脚城有一个场地置几个木盆就可以开张，一时间龙鳞城里就雨后春笋，无数个洗脚城百花竞开。越是小本经营，越要气势逼人。龙鳞城里的洗澡城名字都很雅：一江春水、梦在溪边、花飘流水、洗尽忧思等等等等，龙鳞城里的洗脚城口气也大得多了：天皇洗脚城、首相洗脚城、酋长洗脚城、玉帝洗脚城、总统洗脚城、皇太子洗脚城，据说还有人在工商局申报要开联合国秘书长洗脚城，工商局告诉他联合国秘书长并没有行政级别，他才给洗脚城另外取了个名字。

彭玉蓉从没有到洗脚城去洗过脚，她听说洗脚城里给男顾客洗脚的是小姐，给女顾客洗脚的是少爷，对洗脚城就有些鄙视的味道了。但王中书请她去洗脚，却不好推脱，自己还有好多话要和王中书说呢。彭玉蓉只好将桌子上的东西一把扫进抽屉里，下楼冒雨扑进一个的士车里，叫司机直奔皇太子洗脚城。

罗海军拿一把伞在后面追，没有追得上。

皇太子洗脚城口气好大，其实原来不过是一套临街的二楼住房。房主做了个旋转楼梯通上去，再将房子隔成一个一个的小间，就是洗脚城了。下的士车的时候，彭玉蓉见人行道上停着一辆寒陵牌照的小车，就知道王中书已经先到了。王中书显然已经吩咐过老板娘了，彭玉蓉一上楼，老板娘就笑吟吟地迎了上来，把彭玉蓉让到一个包厢里。包厢里两个小床，王中书背对着门躺在靠墙的那个小床上，裤腿被卷到大腿上，一双脚已经让小姐洗得红扑扑的了，小姐正在给他做穴位按摩，小姐的技术不错，王局长躺在床上舒服得直哼哼。

嗨！我来了！

彭玉蓉故作少女状，进包厢便在王中书的肩上拍了一掌，待王中书转过身来，再抛给他一个很妩媚的浅笑。

王中书说，来了好，来了好，先洗脚吧，这里的按摩技术还很不错呢。

王中书朝门外一招手，叫一声少爷，便有一个标标致致的后生提桶水，蹑手蹑脚地进来了。

彭玉蓉就只好也在小床上躺了下去。

尽管她感到很不适应。

灯光很暗，在灯光很暗的地方和一个不怀好意的异性在一起，彭玉蓉就好像是做梦一样。

幸亏不是两个人，有四个人。

为了不让自己睡着，彭玉蓉就和后生说话。

他们叫你少爷？彭玉蓉问。

后生毫无感情色彩地回答：在这样的地方，女的都叫小姐，男的就当然叫少爷了。

少爷——彭玉蓉玩味这个称谓，觉得人们也真的是想得出来。

后生却自己说出来：我知道你们这样喊我时，是一个什么心态。

什么心态？彭玉蓉故意问。

少爷不说话了，努力为顾客服务。少爷面无表情调好热水，在桶里又放了一些粉粉末末，那热水就变成粉红色了，而且还散出一种异香。少爷请彭玉蓉躺得下来一点，突然就将她一双秀脚抱在怀里，要按程序给她脱袜子。彭玉蓉一惊，连忙将脚缩回来，自己脱了袜子将脚浸在桶里。好舒服呵，那热水就像心仪男人的一双手，一接触就有一种触电的感觉。这双手是哪个的呢？彭玉蓉一会儿想象成七老板的手，一会儿又想象成罗海军的手，只是没有想成是王中书的手。

问题是旁边睡的却又恰恰是王中书。

好舒服，真的舒服！

也不知过了多久，朦朦胧胧中，少爷将她的脚捞了出来，用毛巾揩干了开始按摩了，她还不知道。她云遮雾罩的觉得自己在看电影，看的是苏童小说改编的电影《大红灯笼高高挂》。在那个电影里，老爷妻妾成群，老爷年高力衰了，老爷的办法就是给妻妾洗脚，洗脚时按摩相应的穴位。现在老爷变成了少爷，少爷比老爷还要专业，彭玉蓉就有些自制不住了。她先是感觉到嘴唇干燥，继而又感觉到耳轮发热，她完全忘记了身边还有一个王局长，忘记了自己来这里的目的，是要向王局长汇报工作。

彭玉蓉忘记了身边有一个王中书，王中书却没有忘记身边有个彭玉蓉。

王中书看看火候到了，便向小姐和少爷都挥了挥手。

小姐和少爷很懂事地站起来，也不说话就走。他们走出包厢的时候，还顺手带上了门。

王中书笑一笑，躺到了彭玉蓉的小床上，向彭玉蓉伸出了手。

彭玉蓉抓住王中书的手，口里却喃喃地说，老七呵老七，你回来了？

那身子就向王中书贴了过去。

可就在这时候，彭玉蓉接到了娥姐的电话。

电话骤然响起的时候，王中书正激动。正激动的时候一怔，就感觉到下面突然一热，资源就浪费了。

王中书悲哀地想：完了，今天又完了！

彭玉蓉却不知道王中书出了事故，她只听见娥姐在电话里惊慌地喊：彭主任你在哪里呵？出大事了呢，七老板出大事了！你在皇太子洗脚城？你不要动，千万不要动呵，我现在和刘主任在一起，我们马上就到你那里来！

三十五

大结局

寒陵县驻龙鳞办事处只搞了不到一年,就没有再搞了。

主要是形势发生了变化,正像何一修分析的那样,寒陵县的王书记接到调地委的通知后,思维的角度也就不同了。他不希望下面县里都到地区来建什么办事处,都在龙鳞城里钻山打洞。那样,地委还怎么工作一盘棋呢?临行前他和接替他当了书记的李县长商量:中央的调子在变呢,考核我们不再只是经济指标了,现在加上了环保指标,清理开发区的工作也开始了,我们是不是把办事处撤了算了?已经当了书记的李县长本来是不想撤的:你在就搞办事处,你一走就撤办事处,寒陵县是你的试验田呵?但是不撤也不行。地委的一把手也换人了,新来的一把手看样子是一个做实事的人,一来龙鳞地区就栽树,就搞农村配套改革,商还是在招,而且加大了力度,但绝不牺牲环境,绝不搞圈地运动,绝不搞假大空。就在这样的形势下,李书记又接到了刘达夫的报告,刘达夫说他身体不好,要提前退线,举荐彭玉蓉来当办事处的一把手。这不是瞎胡闹么?李书记认为这简直就是讥讽县里!听说彭玉蓉的丈夫出事了,她精神都有点失常了,还当得办事处的一把手?李书记严厉地批评了刘达夫,但那个老东西却不怕批评了,他连那个正科级的什么员也不要了,不等组织上批准,就先撂了挑子。

李书记只好要县招商局去收捡残局。

王中书大刀阔斧,三下两下就把残局收拾好了。

残局很好收拾。

相思酒楼一次性租了三年,不做办事处了,房租总要付,空是不能空着的，那就不空吧。王中书就让那个叫罗海军的临时工先维持着，八万元一年承包给他了。财政每年赔四万，只要赔两年，办事处就成为一个过去的故事，一点遗留问题也没有。罗海军起先还有些胆虚，大师傅三哥怂起他，说这个价钱很公道，你一个钱都不要投入就得了一个店子，天底下再没有更好的事情了，我保证你两年就买得起小车！罗海军也想发财，他和夏小丽一商量，就答应了。以招待所名义招的那三个服务员呢，也就没有成为县里的包袱。三个服务员一个嫁人了，自己都要请保姆了。一个主家早就不要办事处发工资了，算是自动脱离了办事处。剩下的那个夏小丽，因为是承租人的未婚妻，正好帮承租人打理酒楼做老板娘，也不存在安置问题。

王中书说，这也叫改制。

而且寒陵县也没有吃什么亏，毕竟搞回来了两个项目。

刘达夫原本就是县招商局的，当然还是回县招商局。

王中书和罗海军签好协议，就将那部桑塔纳开回县里去了。

刘达夫一身轻快休息了两天，第三天收拾好行李后，最后一次将罗海军叫了过来。办公室已经被罗海军换了块牌子，变成了罗海军的总经理室，写有“自主创新敢为人先”的那个条幅，也被他换成了“和气生财”，但罗海军站在刘达夫面前，还是有一点紧张。他手脚都不知道往哪里放才好，涨红着脸只是反复说，刘主任，您就走呵？还扶我一程嘛，还扶我一程嘛。刘达夫说，你坐呀，现在你是老板了，现在我们结账。从王局长和你交结那天算起，我的伙食费你一回结了，不要拖泥带水。罗海军不结账，罗海军眼泪都快要流出来了。罗海军说，刘主任，你的心肠真硬呵，你就这么走了，彭主任怎么办呵？

刘达夫说，彭玉任找了一个好去处，我也想去，但我是党员，我不能搞唯心主义，我不能去。

其实刘达夫不是党员也不能去，他老婆在寒陵已经把私人诊所的营业执照都办好了。

刘达夫将罗海军找来，其实就是找罗海军说彭玉蓉的事的。他们两个人第一次推心置腹说了许多话，最后刘达夫要求罗海军，你每个月至少要去看彭玉蓉两次，情况好就算了，情况不好就给我打一个电话。

罗海军说，刘主任，你其实是个好人。

刘达夫说，我现在也悟出来了，世界上其实没有好人也没有坏人，都是在哪个山上，只好唱哪个歌。

这时候离七老板出事，已经是两个多月以后了。

两个多月前，那一天刘达夫和娥姐将彭玉蓉从皇太子洗脚城接出来，接到发案现场，彭玉蓉都还表现得比较正常。悲痛当然是很悲痛，遇到这样的事，不悲痛反而不正常了，但她还是能够处理后事。七老板的后事处理好后，公安局广泛搜集破案线索，就在七老板的公司里将那个上了锁的冰箱搞开了。搞开后，综合七老板黑皮包里面的内容，丑闻就现出了冰山一角。七老板原来是这样一个人呵？他的本事原来就是这样的一些本事呵？彭玉蓉先是惊骇，后来就开始不正常了。包括马诗人在内，龙鳞城里好几个有身份的人都被纪检会叫去讲清楚，他们讲不清楚，他们的家属就都愤怒得不得了。有无聊文人听了讯，晓得了事情的来龙去脉，就把这个案子写成了半真半假的纪实稿，一块钱一个字卖给了外省的一家地摊文学杂志。那一本地摊文学杂志那一期开创了发行新高，在龙鳞城里更是加价出售。无聊文人虽然用的是假地名假人名，A城B女士C先生地乱写一气，但彭玉蓉只要一出门，还是有人在她的背后指指点点，说看啰看啰，那就是那个缺德死鬼的老婆。后来彭玉蓉家里的窗户就打不开了，估计是讲不清楚的那些人的家属，经常在夜里坐了出租车跑到她住的楼脚下，将一些很污秽的东西丢到她的窗子上。马诗人经不起事，他不像人家。人家该承认的承认，不过就是犯了一次作风错误嘛，不该承认的绝不承认，反正七老板死了也没有了对证。他经不起事，纪检会刚叫他一次他就扛不住了，回到家里来越想越怕。老婆又和他闹离婚，两面一夹攻，他一时想不开，就一索子自己将自己吊死在家里了。国土局的那个文科长是个蠢宝，这样的事你就不要告诉彭玉蓉了呵，还要去刺激她？他却宝里宝气还在殡仪馆打电话，说是大家也和马诗人朋友一场呵，彭主任你身体不好就不要来了，我代替你也给马诗人送了个花圈。

蓉玉蓉就是听了这个电话疯了的。

当时还没有疯，当时她一个的士打到殡仪馆，扑通一声跪在马诗人的遗像前就不起来了。众人将她扶起来，叫她爱惜自己的身体，她却指着其中的一个人说，七老板你该死，你看你害了好多人呵！众人都大骇，那个人对彭玉蓉说，你认错人了，你看清人呵，我不是什么七老板。彭玉蓉眼睛没有

神,又指着另一个人说,你该死,你看你害了好多人呵!

众人这才知道,彭玉蓉的神经搭错线了。

彭玉蓉的神经搭错线后,刘达夫只好把她送到了安定医院。安定医院的医师却不收,说病人不过是一时糊涂,服点安定剂静养几天就会好的,放在安定医院一折腾,有可能反而就会真的疯了。医师问清了事情的起因,医师说,这样的关键时刻,是不能让她一个人独住的,要让她生活在亲人们中间。刘达夫就想送她回寒陵县去,但罗海军说不行。罗海军说,她家里四老一小,见了还不哭天抢地?她不病都会被他们哭出病来的。刘达夫没有办法,只好把她接到办事处,让她生活在同志们中间。安顿好彭玉蓉后,刘达夫为这件事召集大家专门开了一个会,说哪一个嘴巴管不住舌头,哪个诱出了彭主任的病,老子就马上开销他。众人都说,刘主任你就不要这样讲了,我们没有一个人怕你开销,你这个办事处也搞不了好久了,但我们一定会好生看待彭主任的。同船过渡还要五百年修呢,莫说我们一起工作了快一年了。

大家说话算数,因为怕吵了彭玉蓉,从那天起就再没有一个人上楼去唱流行歌。

刘媛媛有一天还特地到郊外采了一捧野花,用一个花瓶养了,放到彭玉蓉住的那个包厢里。

安定医院的那个医师是一个好医师,他果然说得很对。彭玉蓉在办事处住了几天后,脸色就红润起来了,只是还不讲话。罗海军怕她会闷坏,经常找起她讲话,小心冀冀地和她讲,讲龙鳞街上新近都发生了一些什么有趣的事。突然有一天,彭玉蓉又讲话了,她拿出一片钥匙,要罗海军收下这一片钥匙。彭玉蓉说,小海呀,我们是亲戚,我要托付你一个事呢。这是我屋里保险柜的钥匙,密码就是我的生日。我的现金存折股票国库券都放在保险柜里,你去给我点一个数,分成四份。一份送给马诗人的小孩,一份送到地区慈善基金会去,一份送到龙鳞寺去做佛贡,一份你就保管了,等到我屋里兵兵长到十八岁,你再给他就是的。罗海军吃了一惊,以为彭玉蓉要寻短见了呢,罗海军就哭了。罗海军说,蓉姐姐你千万不要想不开呵,兵兵还要来龙鳞附小读书呢。罗海军一哭,彭玉蓉就笑了,彭玉蓉说,兵兵有四个优秀幼师优秀保育员,四个人都不太老,都拿着退休金,一滴露水养一棵草,我都不担心他,你又担心个什么呢?小海呀,你的鼻子真的长得好,刀削出来的一样！这样的鼻子只要是女人都喜欢，我晓得你对小丽好，但姐姐我还是要嘱咐你，你要一生一世都只对小丽好呵。你就不要哭了，你要祝贺我呢，我重生了，我为什么要送一份贡献给龙鳞寺？我要到龙鳞寺去重生，我只当是为七老板折罪呢。

罗海军坚决地说，那不行，龙鳞寺也不会收你的。

彭玉蓉说，我佛慈悲，行不行你说了不算。

罗海军开始还只当彭玉蓉是一时冲动呢，说一说也就会罢了的。可第二天中午他给彭玉蓉送饭，就发现彭玉蓉人都走了，桌子上只留下一纸“财产处理委托书”。他下楼问众人，有人说，早晨彭主任出的门，一脸的笑容，见人就握手，说要出去走走，我们以为她病好了呢，都高兴得不得了。罗海军返身进车库，开出那部桑塔纳就向龙鳞寺跑。进得山门，正好碰上娥姐下山来。娥姐说，明显大师一早晨就给我打电话，要我来劝一劝彭主任，我劝了，不起作用。彭主任进寺前自己买了僧服，她是穿着僧服上山的。明显大师说，寺里也并不是轻易就收一个俗人的，但彭主任不管，一进寺也不和人打招呼，尼姑们做功课她就做功课，她说我心许我佛，那是我自己的事，你们收不收，那是你们的事，明显大师拿了她也没有办法。明显大师说，也只能这样了，再考验她一段时间，她果然是断了尘念，佛也只能收留她，不收就不是慈悲为本了。你呢，就不要去劝她了，你罗海军这样的水平，去劝她也只是出个丑而已。

罗海军很着急，罗海军说，那我们就让她做尼姑了？

娥姐问，做尼姑有什么不好？

罗海军说，天天吃斋，油腥都没有。

娥姐和他讲不清，就骂他，说罗海军你是个蠢猪！

娥姐不想和蠢猪讲多话，骂了罗海军就扬长而去了。罗海军对着她的背影鼓了一阵眼睛，还是一个人上了山。进得寺来，只见到处绿林修竹，鸟语花香，果然是个很诱惑人的地方。先找到管事的知客和尚，知客和尚带他找到了明显大师，大师听他讲明来意后说，阿弥陀佛，施主你能劝她回去最好，修行是修心，修性，其实也不一定硬要出家的。都要出家，我这个寺也是装不下。转过钟楼，大师将罗海军带到后院，后院有几个尼姑正在种菜，彭玉蓉夹在中间。见到彭玉蓉，罗海军眼泪又快流出来了，走近了轻轻唤一声蓉姐姐。彭玉蓉转过身来，笑容可掬，反而双手合十问罗海军说，阿弥陀佛，这位施主，看你满面悲戚，你有什么伤心事呵？说出来，说出来心里会好受些。罗海军不说话，彭玉蓉又劝他说，这位施主，其实天下本无事，烦扰都是自找的呢。罗海军见彭玉蓉这样绝情，就很愤怒。罗海军说，蓉姐姐，你真的不认得我了？我是小海呢！彭玉蓉双手合十说，种种一切昨日死，种种一切今日生，我已经六根清洁了。阿弥陀佛，这位施主你若没有什么要紧事，我就种菜去了。

仍然是笑容可掬的。

说罢，丢下罗海军做自己的事去了，

罗海军只好一个人怏怏地回来。回来和刘达夫一说，刘达夫叹口气，就向组织上写报告，说自己身体不好，体检查出了身上有肿瘤，要提前退二线。

再后来，王中书就来收拾残局了。

刘达夫回寒陵去了，罗海军答应了刘达夫，每个月至少去看彭玉蓉两回。情况好就算了，情况不好就打电话告诉他。他没有帮彭玉蓉处理财产，心里想过一段时间后再看，看是不是可以和彭玉蓉的父母谈一谈，让他们去处理还是好一些。

相思酒楼和寒陵县没有一点关系了，但寒陵县许多人到了龙鳞城里，还是习惯到相思酒楼来吃饭。加上夏小丽天生会揽客，那生意就很好了。罗海军赚了钱不忘老同学，娥姐和庚先生就差不多每个星期都要来搓一顿。搓饱了自己的肚子，他们还要选好的打一包，带回去给张阿姨吃，给彭局长吃。

庚先生后来也在龙鳞城里立下脚了。

庚先生碰上了一个好机会。

公安局追捕一名持刀逃犯，他压住了逃犯后喊队长来上拷子，但业务不熟又慌里慌张，一不小心就自己碰到刀尖上去了，于是流了血，也立了功。那个逃犯是公安部通缉了好多年的重要逃犯，新闻媒体当然要报道这件事，于是采访了庚先生，庚先生就伴着那个逃犯也出了名了。有大领导看了报纸说，这个警察不错嘛。公安局就特事特办，将庚先生转为正式警察了。

庚先生成了正式警察后，张阿姨说庚先生穿了警服，还住丝绸厂像个什么样子呢？她要娥姐和庚先生地下工作就不要搞了，把婚结了算了。娥姐不肯，说我们房子都没有，结了婚住哪里？张阿姨就出资，租房在龙鳞山下进龙鳞寺的路口办了个佛音书店，专门出售经书和朝佛的用品，还有做法事用的唱片。她让娥姐店家合一，就算是小两口的小天地了。张阿姨经常坐了一个轮椅帮娥姐照顾小店，她们的关系，依旧分不清是保姆和主家的关系呢，还是女儿和母亲的关系。

庚先生只要不上班，就守在小店里。

庚先生还是不爱讲多话，但他对前途很有信心。社会要前进，需要一部分人英勇奋斗，也需要一部分人忍辱负重。他认为他和他的乡亲们，就是忍辱负重的那一部分人，同样是在为社会前进做贡献。局里经常开会，经常学习，他总是回来就向娥姐传达一些好消息。政府不向农民征收农业税了，政府开始考虑农村低保的问题了，政府要在农村搞合作医疗了，这些消息都是他回来向娥姐传达的。娥姐嫌这些步伐都慢了，他就说，太阳总是慢慢升起来的，阳光总是一寸一寸照亮大地的。他用他现在骑的摩托车做比喻，他说，我现在就不骑从修理店租来的那种烂家伙了，我现在骑的是政府发给我的警用摩托车了。你看，车上印得有中华人民共和国的国徽呢。

庚先生说得很对，太阳总是慢慢升起来的，阳光总是一寸一寸照亮大地的。

（京）新登字083号
图书在版编目（CIP）数据

办事处/刘春来著. 一北京：中国青年出版社，2008
ISBN 978-7-5006-7997-4
Ⅰ.办… Ⅱ.刘… Ⅲ.长篇小说-中国-当代 Ⅳ. I247.5
中国版本图书馆CIP数据核字（2007）第188671号

责任编辑 曾玉立
装帧设计 瞿中华
出版发行 中国青年出版社
社址 北京东四12条21号（邮编100708）
网址 www.cyp.com.cn
营销部 010-84039659
编辑部 010-64010309
印刷 聚鑫印刷有限责任公司印刷
经销 新华书店
规格 700×1000 1/16
印张 19
插页 2
字数 220千字
版次 2007年12月北京第1版
印次 2008年12月河北第4次印刷
印数 24001-32000册
定价 29.00元